李均诗文选

李均 著

作家出版社

笔名毓砾，1958年11月生于北京市东城区，祖籍甘肃高台，毕业于西北师范大学教育系。务过农，修过水库，当过煤矿工人、教师、文教局干事；后历任甘肃省肃南县委宣传部副部长，县委办公室主任，张掖地委宣传部副部长兼《张掖报》社书记，甘肃省委政策研究室处长，天祝县委书记、县人武部党委第一书记，临夏州委常委、组织部部长，甘肃省人民政府副秘书长，省水利厅副厅长、省引大入秦工程管理局局长、党委书记（正厅长）、省引大指挥部总指挥，甘肃省委宣传部副部长兼省文明办主任，甘肃省政协教科卫体委员会副主任等职。先后当选为中共甘肃省第十、十一次代表大会代表，甘肃省第十一届人民代表大会代表。1994年6月加入中国作家协会甘肃分会会员。自幼酷爱文学，业余坚持创作，文学创作与理论写作并重，八十年代初期开始发表文学作品，先后在《光明日报》《中国文化报》《甘肃日报》《飞天》《金城》《甘泉》《西风》等报纸杂志上发表散文、诗歌、小说等文学作品数百篇，理论文章百余篇。已出版《母亲·坎坷之路》《实践与思考》等著作。

序

李德奎

作家出版社出版发行《李均诗文选》,是甘肃文苑的一件幸事。此前,我读了全书的清样。

我认识作者李均已四十余年了,我们数度交集,很有缘分。所以,读起来往事历历在目,回忆时在心中涌动。

李均的从政道路起步于少数民族自治县,从县委到地委到省委,一直是领导机关的"笔杆子"。后从省委下派到县,再到州,而后又回到省上。他是从基层一步一个脚印成长起来的。

早在20世纪80年代初期,我和李均都在肃南裕固族自治县工作,当时正值改革开放初期,新气一开,劲头十足。李均那时还是个小伙子,他阳光向上,坦诚质朴,不怕吃苦,工作上进,给我的印象很深刻。他有很好的文化素养和文字功底,是一个惯于思考问题、善于调查研究、勤于动笔写作的人。我经常能看到他的文学作品在报纸、刊物上刊登。裕固草原的朝日,牧区的恬静,远处的马嘶,近处的犬吠,如今都积淀为深沉而绵长的回忆。

本书中最使人动容的篇章是,他对自己母亲的那种挚爱、孝敬,让人颇为感动!1998年,他为母亲写的《母亲坎坷之路》一书出版发行,6月8日在兰州举行了首发式,他邀请我出席并发言,当时我们都已到省里工作。那天参加首发式的各方面嘉宾很多,大家都为李均的大孝深深感动。基于我对李均和他母亲的了解,也因为李均对母亲的大孝,我在会上作了即席发言,我感到有话可说，有话非说。特别是在动乱年代里，他父母及家人的坎坷经历，催生了李均的早熟。他母亲大爱无疆，书中往事读了令人悲催盈泪，让我懂得了，李均为什么那么刻苦、自制、勤奋、上进，因为他有一个伟大的母亲作为自己的精神支撑！我为有李均这样的忘年交而庆幸。

文学作品要感动人，首要一条就是动情，天下有情皆文章！认识李均四十多年光景，他待人以诚，处事以恭，热情而不失分寸，严谨而不拘一格。虽然他的工作岗位在变动，生活环境亦随之变换，但我知道他有一个唯一不变的爱好：那就是文学创作，就是他对"诗意地栖居"的不懈追求，他对文学创作的持之以恒。他写诗、写小说、写报告文学、写杂文、写评论、写歌词，尤其在散文创作上引人注目。他一参加工作，就在少数民族地区，二次返基层，又去了民族地区县、州任职，因而对农村和民族地区社会生活民俗风情非常熟悉，积累了丰富素材，写这类题材有多维度的观察思考，作品亮点频出，使人感动，引人深思。他能把淡淡的"乡愁"，化为浓浓的温馨，从而孕育共情、给人以独特的审美享受。所以他的作品每见诸报端，只要我看到，都有一种他乡遇故交的亲切与欣喜。

人的社会活动，两个层面必不可少：一是本职工作，二是个人爱好。前者为使命担当，后者是情趣所寄。高品质的业余爱好，丰富生活，优化心态，提升悟性，拓展想象，既有利于身心健康，又助力于本职工作。在这方面，李均比较"富有"——无论身处何时何地，职位怎样更替，政务工作如何繁重，他都能保持着当年文学青年的那种激情、率性与勤奋。他把读与写当作终身不渝的追求，手不释卷，躬身笔耕，成果累累。

在李均笔下，草原的晞露，松山的晚霞，烟雨升腾的苍茫，阳光普照的灿烂，多姿多彩地展现着大自然的蓬勃生机。他用更多的笔触，去表现对乡村生活的眷恋，对农家父老的倾心，对草原儿女的挚爱，如诗如画，感人肺腑。

特别是他对母亲的大孝挚爱，点燃了他创作的激情，辉映在无数人心中，是作者和广大读者共享的精神财富。他写道，母亲是天，风雨之后，总有阳光照耀；母亲是地，坎坷过去，总有温暖怀抱。赞美母亲，感恩母爱。他说，写作赋予寻常日子以不寻常的意义，使灵魂受到一次次洗礼。他还说，感激写作，能不断地丰盈精神生活，提升幸福指数。

在李均的诗文选里，我们看到公文写作与文学写作相互成就、相互促进、相得益彰的鲜明特征。李均的主业是公文写作，案牍劳形、夙夜灯耕了几十年。文学创作是业余爱好，纵笔"深耕"也经几十年。他能把枯燥的公文写得中规中矩又含蓄生动，能把散文写得活泼优雅又文采飞扬。不容易！我以为成就他写作的，是站位高度、理性深度和视野的开阔度。这些，都与他的从政经历息息相关。写公文的人多了，跨界进行文学创作的不很多。关键在于有没有审美情趣，有没有奋斗意志，有没有实践精神。李均有，所以他的公文写作和文学创作相得益彰、相映成辉。机关文字生涯，给李均的文学创作以丰厚涵养。文学创作，又给了他机关文字高光亮色。可以说，李均自己与自己互动，收获了双赢。李均选择了文学，文学成全了李均。

读李均诗文，能感知几个显著特点：一是真情实感，如同面谈；二是张弛有度，娓娓道来；三是发人所未见，张人所未知；四是不落窠臼，不拘一格。这些也许不是特点的全部，对他作品的特点和优点，仁者见仁，智者见智。生活是一杯醇酒，李均用四十多年的写作来酝酿它、品尝它、吟味它，艰辛并快乐着。

这本诗文选收录了李均四十多年来发表于报刊的一部分文学作品，大部分作品我先前都读过。现在结集出版，重温尤感亲切。我相信其思想内涵、创作风格、作品张力，为今天文苑奉献了一重新绿，几多亮色，相信广大读者和我一样，会真心地喜欢它。

借《李均诗文选》付梓出版之际，说说这些感触，是对李均表示祝贺，同时也期待和大家共勉。

2023年12月19日于兰州

（作者系甘肃省人大常委会原副主任）

李均散文的河西风味

——对话作者

陈新民

河西许多地方,长辈把年轻小伙子昵称为"娃子",很亲切,够暖心。三十年前,我在高台县委工作,有次和县人大常委会主任一道去张掖地委开会。主任指着台上的你说:"我们山里走出来的这个娃子,吃下大苦的。书念得好,人实为又干散,公事准能干大!"

乡亲展望你的仕途,我关注你的创作,先前已经在《甘肃日报》《兰州晚报》上陆续读过你的一些散文与诗歌。来到你家乡高台工作,你描述的人、景、事、物近在眼前。身临其境,阅读向深,收获自然更多一些。

"大山的儿子",引我攀援绵延的大山

高台县城市民称你们新坝老乡是山里人,我更愿意把你看成"大山的儿子"。你写祁连山"像父亲一般高大坚韧,抵挡着北方的风寒侵袭,蕴藏着无穷无尽的矿产宝藏……呵护一方生灵,为神州大地增添异彩"。打开将由作家出版社出版发行的《李均诗文选》清样,随着你的笔端,我好像又回到祁连山,渐走渐高渐深远,移步换景雄姿百千重,渺远、丰饶、壮丽、神异……因为心中共存远山,我成为离你最近的读者。

说起来,你和我都与祁连山有着难解难分的缘分。你14岁参加民工建勤,来到西岔山口修建摆浪河水库。我15岁进二只哈拉,入列修筑连通甘青两省

战备公路的民兵方阵。

挖不完的冻土、挥不尽的热汗、填不饱的肚子……苍白花季属于谁？——你我。

后几十年，我们进山出山，无论是跨马踏歌，还是驱车疾驰；无论是坎坷跌宕，还是便当顺畅，面对大山扪心自问，不曾抛荒岁月就是庆幸。你在后记表达的这层意思，我赞同。

仰望祁连，也是寻找存在的意义。历历往事，已积淀为精神财富。财富如何"变现"？价值如何升华？唯有持续努力！把曾经的努力、挫折、欣喜、苦闷、感念、反思诉诸作品，交给读者吧。

帐篷的女婿，领我走进温暖的帐篷

你出生在首都北京，又随父母从北京回到高台。人的命运，其实就是一连串偶然事件组合成某种必然趋势。试想，如果不是你父亲遭遇不公正待遇，说不定你也成了京城这二代那二代什么的，不可能被呼唤为"山里娃子"，也不可能被剥夺上高中的权利，14岁就去修水库。至于能不能在草原收获爱情，成为裕固人家的优秀女婿就难说了，姻缘这东西，奇妙得很！

在肃南、张掖工作生活期间，你对裕固民族的历史文化和生活状况进行了长时期、多维度的调查研究，把握了丰富素材，创作出《做客》《裕固新歌》《裕固风情》《歌声中长大的裕固族》《帐篷的变迁》《夜访牧人家》《祁连牧歌逐云飞》《赛马》《祁连魂》《思情》《一号枪手》等数十篇文章。这一批文章，珍重历史，传播知识，提升文化自信，对裕固民族作了全方位介绍。读后思量，更敬重这个民族，更热爱这个民族。

你写那一座座帐房，写那一个个牧民，小处落笔着实发力，字里行间处处荡漾大爱深情，读来使人动容，掩卷心潮难平。写到这个份儿上，足以体现你对第二故乡的真诚回报。

草原的骑手，带我信马由缰看草原

四十年前，我数次到甘南、川北的草原写生，前前后后盘桓过差不多半年光景。在草原，我领略过别处不曾有的美好，结识了别处遇不到的朋友，深化了别处不曾有的生命体验。我画过草原景，写过草原人。看了你写的草原，觉得真应该跟着你再走走才好。

你与河西走廊草原有着接连体温的脉动，你对这里的河流、草木、动物，处处上心，写来如数家珍。《大草原》《草原情结》《裕固草原的记忆》《请到裕固草原来》《沸腾的草原》《草原春雨》《绿色的生命》《帐篷新声追彩云》《梭梭自述》《芨芨草赋》……一篇又一篇，展开长长的风情画卷，令人目不暇接。在《抓喜秀龙草原纪行》里你写道"信步于丰草如茵，野花灿然的草地上，仿佛在纯净恬淡的童话世界徜徉，不由得赞叹大自然这位无与伦比的神工巧匠，甚至会童心萌发，想要在草地上，打滚儿、奔跑……"你在《仰望祁连》中写下"雪浪般涌动的白牦牛，是祥瑞之风，是灵光吉照……"没有牧区生活经历，没有与牧民的共情，很难有这般现场感十足的文字张力。

蜿蜒流淌的隆畅河、摇曳起舞的红柳丛、灿若舒锦的花海，苍茫厚重的雪山背景，在你的笔下邈远又昵近，苍茫还真切。你开辟了一片生机勃勃的天域，营造出一方令人神往的乐园——那些事、那些人、那些场景、那些画面，冲击视域，激荡心扉。读你作品，犹如再次信马由缰走草原。

"庙堂工坊"与文学江湖

浓郁的抒情色彩，晓畅的叙事方式，使你步步走上文学高地。做到这一点，为什么不容易？我最清楚。

过往岁月，你和我手中的笔，多是用来写公文。从基层单位写到县里，写到地市，写到省城。你我又从省城下到县上，从县干到地、州，再回到省里。两个回环间，较长的时间里，我们的身份是所谓机关的"笔杆子"。

曾有文友戏说："尔等奉公'庙堂工坊'，看似高、大、上，其实远不如文学江湖来得自在。""庙堂"相对民间(江湖)而言,古代朝廷办文机构,被称之为"庙堂工坊",坊间大佬,往往身兼文学江湖的领袖。现在情况不同了,两股文脉泾渭分明各行其道。身在"庙堂工坊",寄情文学江湖的人虽然越来越少,仍不失为一种特殊的文化群落。

特殊的文化群落,松散在各种机关内外。散文门槛低,群落扩展易,众多写手云集于此。散文写好难,坚持大不易,许多写手又转身而去。

当职场生涯已成既往,手中的笔由自己支配,新的起点随之呈现。用白纸黑字记述的别人不曾有过的种种经历,无疑是积极的选择。做出这个选择,意味着迈进艰辛坎坷的上坡路。

你这本诗文选面世,对我是一种启示,一种鼓舞。相信也会感动更多曾出入机关走向文学的作者。

跨界写作的困惑

1998年,你的论文《从甘肃二十年的改革开放看解放思想的先导作用》,入选中共中央召开的纪念党的十一届三中全会二十周年理论研讨会。会议结束时,你登上人民大会堂主席台,从胡锦涛同志手中接过论文入选证书。

在最深刻的意义上,机关写作和文学创作有着共性要求。无论说理还是记事,无论评价还是抒情,都是特定时代的反映。不同的是,前者侧重理性传达,后者追求感性表现。你和我长期从事机关文字写作,深知其规程之严格,行文要求与审美之疏远。跨界写作的纠结,常因此胶着。"庙堂工坊"与文学江湖间的白眼青眼,常于此飞动。

曾几何时,机关选拔写手,多从舞文弄墨的文青中寻找。看到你80年代发表的那些散文诗歌小说,可以看出当年对文学的炽烈追求。我还想起80年代自己周围那些选进省、地、县机关的文青(包括我的一些学生),经过十几年、几十年,后台写材料者,终于登上前台念起材料,于是,他们的文学之梦纷纷飘散,跨界写作的文化群落中,再也见不到"念材料"人的身影。

往返于两种文体间,有正效应,如丰富人生体验,增进观察思考深度。

亦有副效应，如弱化审美追求，磨损文学趣味——行文重论述轻描述，不自觉地流露文件、社论语气。这些弱点，在特殊文化群落具有共性，在我和你创作中也不同程度地存在。于是，我建议你增加附录三，想的是，请读者走近"原矿"，以便有比较地开采和"冶炼"，从而拓展把握作品的维度。

那一年，在漳县

漳县曾经是省委领导的扶贫联系点，每年，省委政策研究室都要派一位处长来县里蹲点，1996年来的是你。你刚来，我即指派一位副书记陪你去各乡镇调研熟悉情况。很快，乡镇就有信息反馈："新来的工作组长对基层太了解，看事准，拿事稳……"得知你在肃南县当过几年县委办主任，有人啧啧："怪道！"（怪不得）

那年，中组部确定了两个调研点，工业点在辽宁葫芦岛造船厂，农业点是漳县。我向调研组的负责人介绍："李均同志熟悉县乡情况，材料过硬，配合你们最好。"你加入了调研组，参与调研报告的起草修改。

……有个周末，我让司机拉咱俩上了一趟远乡韩川。车行至草原深处停了下来，放眼四周，山岚郁纡，空水澄鲜，草木葳蕤。平素温文尔雅的你，像是变了个人，抖肩扬臂，唱起赞美草原的歌曲，一会儿用西部裕固族语言唱，一会儿用东部裕固族语言唱。歌声，回响在人迹罕至的草原，清泉般流淌在我心间。你对草原的那份缱绻，听得我泪水盈眶；听得曾在青藏高原服役多年的司机坐立不安……

看了你写的一些诗篇，回想你草原放歌的情景，我想，身居"庙堂"守望诗与远方，仅靠心仪还不够，还要有超越环境、超越自我的意志。

开掘富矿提炼精品

担任县委书记，是我们人生最重要的阅历。

2000年，我离职漳县，你赴任天祝。去贫困县前，我们都在河西走廊条件较好的县上工作过。两地反差，双重经历，使我们有了更多共同语言，谈论最多的还是县上那些公事。可以说，我们各自的决策里，融入过对方的经验和智慧，这是友谊的"硬核"，也是我把你的作品读进去又读出来的前提。

我是离你最近的读者，欣赏你的作品自有与众不同的角度。你写上乌梢岭去藏族贫困户家访，写下抓喜秀龙草原与灾区牧民一起过大年，那情形仿佛又把我带回漳县山乡，带我回到当年走访贫苦户，安抚灾民的现场……

作者与读者的互动，很大程度上取决于共情。而共情的生发，与相近的生活体验，以及由此引发的相似的审美情趣息息相关。我看散文，不喜欢出语赫赫的，自己写散文，总避开煌煌叙事，这也算"有是格，便有是调"吧。看你心贴大地一路写来，文字沾着山间泥土，冒出炕土热气，流溢野草芳香，于朴素处见真情，于微末中寻真章。我能不喜欢？

弥足珍贵的往昔，亲切隽永的回忆，借助文学的力量为更多人共享，便是创作。你努力了，你做到了。县上那几年，是最没有条件静心写作的几年，也是最有可能积累文学创作素材的几年。你离开后写天祝的系列篇章，以文学形式重温县上的工作片段，以简朴而隽永的情致，吸引读者，感动读者，扩充了全书的精神容积，聚集成文本高光。启发从过政的作者：昔日的工作经历中，有的是文学富矿。

开掘富矿，提炼精品，前面的路，长着呢。

河西走廊——寻美的坐标

美，首先在于发现，然后才是表现。文学之所以美，不仅在有尽之言，而犹在无穷之意。在寻常生活中，看到别人看不到的美，才能在更广阔、更深远的意义上诗意地表现，才能激活人们的审美通感，才能广泛地、持久地拥有读者。

你是视野开阔的作家、且行且歌的诗人。你的笔触伸向大江南北长城内外，作品题材广泛内容丰富形式多样。但是，我始终认为，河西走廊从来是你写作的重头戏。河西走廊，也是我一直努力描绘的对象。

你写了《石窝青松》，我写下《红军树》；你写了《沙海里的明花草原》，我写下《娜馨的草原》……这可不是简单的题材"撞衫"，而是内心河西情结的折射。河西情结赋予我们的，是发现一方土地一方人美的眼界，是表现一方水土一方人生活的动力。

感觉到河西风味，正是我珍惜你作品的最重要原因。

表现出河西风味，体现你提纯文学趣味的持久努力。

最后再说两句。新版中，你二十四年前写母亲非常岁月的，那些沉郁而精准的叙说，那些有揭示、有反思的章节，为什么不见了，你当过县、地区、省三级宣传部长，一定自有考量。但是我要说，幽暗阴冷的世相，正是母亲光明磊落的反衬；重重灾难的深处，有着母亲人格品行高扬的底座。没有这些，现实关怀会不会降格？

博尔赫斯声称："我写作，不是为了声名，也不是为了特定的读者，我写作是为了光阴流逝使我心安宁。"

颇有同感，抄给你看看。

2023年冬月于北京广通小区

（作者为中国散文学会会员。曾任中共中央先进性教育活动办公室宣传组副组长、《中国国土资源报》党委副书记、国土资源部离退休干部局副局长）

目录
contents

碧海松风——散文辑

仰望祁连 / 003

做　客 / 013

草原情结 / 016

首届敦煌文博会散忆 / 022

润泽陇原的现代都江堰 / 025

抓喜秀龙草原纪行 / 033

临夏韵 / 036

绽放的人性之花 / 039

兰州之夏 / 043

和政化石　见证沧桑 / 045

石窝青松 / 050

梭梭自述——献给民勤沙生植物园的建设者 / 052

我爱白刺 / 054

裕固之歌（上）——富裕巩固的民族 / 056

裕固之歌（中）——从封闭走向开放 / 063

裕固之歌（下）——启人心智的文化教育 / 070

绿色的生命 / 079

高台雄风 / 080

沸腾的草原 / 084

长跑，让春雨润心 / 089

赞美你骆驼 / 093

哦　个体户 / 096

铁血军营　英雄本色 / 098

帐篷的变迁 / 101

芨芨草颂 / 102

祁连牧歌逐云飞 / 103

故乡情 / 104

裕固族传统体育（二则） / 107

母校的松柏林 / 109

沙海里的明花草原 / 111

清明话杨柳 / 112

国旗在我心中飘扬 / 113

春来杏坛更芬芳 / 116

小草颂 / 118

祁连魂 / 120

草原春雨 / 122

歌声中长大的裕固族 / 123

大草原 / 126

兴游石门山 / 128

帐篷新声追彩云 / 130

故乡守岁 / 132

请到裕固草原来——寄语西北师范学院应届毕业生 / 134

福建三明纪行 / 136

描写集 / 140

古老商道新脚步 / 141

做菊花一样的人 / 144

夜访牧人家 / 146

田　野 / 148

甘州览胜 / 149

裕固风情（四则） / 153

新年断想 / 158

祁连山下"金张掖" / 160

电视专题片《美丽富饶的肃南草原》解说词 / 163

新的起点 / 179

像煤一样发热无限 / 180

爱国·立志·奋斗 / 181

周末的遐想 / 182

可喜的一步 / 184

有感于借名片作宣传 / 185

闲话"泼凉水" / 187

生　活 / 188

写作心声 / 189

伟大的起点——观影片《开天辟地》 / 191

真实感人的银幕形象——《女大学生宿舍》观后 / 193

巧珍值得爱吗？——电影《人生》专题讨论 / 195

裕固新歌 / 196

裕固草原的记忆——献给肃南裕固族自治县成立四十五周年 / 198

初心慧灯相辉映 / 200

中秋情思 / 203

《人文甘肃》耕耘记 / 205

搏　击 / 210

从甘肃二十年的改革开放看解放思想的先导作用 / 216

尘陌缱绻——诗歌辑

咏　祁连　/237

高原油菜花　/239

内蒙行（组诗三首）/241

伊敏河（外二首）/244

　　贴心货郎——给赶马车的鄂温克老汉　/245

　　三碗奶酒　/246

呼市印象（二首）/247

黄石抒怀（外一首）/249

　　登月亮山　/250

秋思（二首）/251

大西北，丰腴的土地　/253

黄河波涛　/254

草原情韵（组诗）——贺肃南县四十五华诞　/256

煤矿欢歌　/262

秋　菊　/265

在那雪夜里　/267

美丽的临夏　/268

皇城水库感怀　/270

路　/271

阿妈最亲——天祝草原放歌　/272

祁连山瀑布　/274

阳关之歌　/276

老师的……眼睛　/277

老师的……心　/278

牧羊女　/279

致戈壁（三首）/280

人生的价值——致公安干警 / 282

河州放歌 / 283

哦，祁连雪 / 285

幸福裕固人 / 287

金　秋 / 289

草原，美丽的地方 / 290

除夕爆竹 / 292

飞驰的骏马 / 293

绿色的草原我可爱的家乡 / 294

如意甘肃我的家 / 295

牧羊姑娘 / 298

隆畅河放歌 / 299

在这块神奇的土地上——嘉峪关抒情 / 301

裕固草原抒怀（二首）/ 303

小溪流淌着春的草原（散文诗）/ 305

兰州，不夜的城 / 307

采蘑少女 / 309

黑帐篷 / 311

春的温馨 / 313

金张掖风景线（组诗）/ 315

春到草原（散文诗二章）/ 319

丝路红霞——贺《张掖报》创刊十周年 / 321

草原之恋 / 323

晨　读 / 325

草原情思（组诗）/ 326

草原欢歌 / 329

家乡的小河 / 330

站在毛主席纪念堂前 / 331

陇原的春天　/ 333

春晖永铭——忆母辑

媳妁之言的婚姻　/ 341

婚后七年的长久等待　/ 348

首都北京的闪亮人生　/ 358

命运之神的逆转　/ 366

儿子被淹死的打击　/ 372

丈夫早逝的悲苦　/ 375

动乱年代的阵痛　/ 382

苦难生活的磨砺　/ 390

供儿上学的艰辛　/ 399

今日的幸福生活　/ 405

往事萦怀　/ 434

附录一 ——小小说

王老师入党　/ 439

台上与台下　/ 441

一号枪手　/ 443

写作角度　/ 445

思　情　/ 447

附录二 ——歌曲

河州放歌　/ 451

黄河涛声　/ 452

如意甘肃　/ 453

草原之恋 / 454

美丽的临夏 / 455

兰州,不夜的城 / 457

草原,美丽的地方 / 459

阳关之歌 / 461

幸福裕固人 / 462

阿妈最亲 / 463

附录三——访谈录

党管武装不能只喊在嘴上
　　——甘肃天祝县委书记、县人武部党委第一书记李均
　　　关心武装工作纪事 / 467

以地域特色唱响旅游大戏
　　——天祝县委书记李均访谈 / 470

打造特色经济快艇
　　——访市一次党代会代表天祝县委书记李均 / 473

县委书记的民情日记 / 475

做好表率,把自治县带入一个生机勃勃跨越式发展的新局面
　　——访中共天祝县委书记李均 / 477

书记踏雪访移民 / 479

春风总管万家事
　　——书记信访接待日第一天见闻 / 481

以公开选拔为突破口　积极推进干部人事制度改革
　　——州委常委、组织部长李均访谈 / 483

展出亮点　赛出效益　评出成绩
　　——访州委常委、组织部长李均 / 488

后　记 / 491

散文辑

碧海松风

仰望祁连

没有高耸入云的祁连山，就没有雪水灌溉的万顷良田；没有浩瀚葱郁的林海，就没有翡翠铺成的千里草原……

在那古老而遥远的丝绸之路古道上，有一脉气象万千、绵延千里的大山，横亘于甘肃省和青海省之间，呵护着沟通中原西域的河西走廊。它就是古时被匈奴称为"天山"的祁连山。

打开中国的地形图，祁连山脉位于甘肃西部和青海东北部，是两省的界

祁连深处

山，是中国境内的主要山脉之一。它西端在当金山口与阿尔金山脉相接，东端至黄河谷地，与秦岭、六盘山相连，北临河西走廊，南靠柴达木盆地，东西长约 1000 公里，南北宽约 300 公里，海拔 4000—6000 米。祁连山并不是一条单独的山脉，而是由多条西北—东南走向的高山与宽谷盆地平行排列组成。从东到西有冷龙岭、托勒山、托勒南山、党河南山等大山，自北而南包括 8 个岭谷带，其间夹杂有湖泊、河流和很多水草丰美的宽谷盆地。驻足河西走廊南望，高耸陡峭的祁连山直插云端，与天相连。古时匈奴呼"天"为"祁连"，祁连山在匈奴人心目中就是天山。

当今，很多人并不是从地理教科书里知道祁连山的，而是从"失我焉支山，使我嫁妇无颜色；失我祁连山，使我六畜不蕃息"这句古老的匈奴民歌中感知了祁连山的神圣和神秘。匈奴民歌广为流传，闻之者众，真正走进祁连山的人并不多，只有那些真正走进祁连山腹地的人，只有从东到西、从南到北沿着山谷考察过祁连山的人，才能感受到它的博大精深，才明白地理教科书和有限的文献资料对祁连山的描述过于简单。

从小生活于斯、成长于斯的我，也是在日复一日、年复一年的仰望和品读中，渐渐读懂了这座横贯东西、雄视河西走廊的祁连山。

我和祁连山有着难解难分的缘分。少年时代，我是在老家甘肃高台县新坝乡的乡下度过的。那里北临巴丹吉林沙漠，南倚祁连山群峰。黑河平原的人称我们是"山里人"。小时候，我们时常南行几里地进入祁连山，砍柴、拾粪、挖药材、采蘑菇、放牧驴马牛羊。谜一样的大山，就像是老百姓的衣食父母，总对我们慷慨地敞开胸怀……

长大后，我和许许多多探访考

探访祁连山巴尔斯雪山

察者一次次走进这座大山，从东部的冷龙岭向西，经民乐县、肃南县一直到达敦煌。一路的景观异彩纷呈：东部降雨丰富，林木森森，分布有一个个国家森林公园；向西到张掖市境内，森林渐少，牧草丰盛，世界第一大军马场——山丹军马场和大马营草原、肃南草原等是我国重要的牧区，再向西便是雪山冰峰和戈壁大漠了。

大学毕业后，我先后在祁连山北麓的中共肃南裕固族自治县委员会、祁连山中段的张掖地委以及祁连山东段的中共天祝藏族自治县委员会工作长达22年。出于对这座大山灵境的神往，更因为工作需要，我无数次登临雪峰、爬上冰川、攀援山崖、穿越森林、跨过河流、走进草原……用脚步、身下的马蹄和车轮丈量着祁连山的博大雄浑。

祁连山是丰饶无比的"金山银山"。祁连山素有"万宝山"之称，蕴藏着种类繁多、品质优良的石棉矿、黄铁矿、铬铁矿及铜、铅、锑、镍、锌等矿产。其中，八宝山的石棉为国内稀有的"湿纺"原料。中国最大的镍钴生产基地、第三大铜生产基地、《财富》杂志"世界500强"企业——金川集团公司，就是1958年10月祁连山地质队在这里发现了金川镍矿后建设起来的。国家"一五"期间重点建设项目之一、我国西北地区最大的碳钢和不锈钢生产基地、荣登中国企业500强榜单的酒泉钢铁（集团）有限责任公司更是依托山岳高耸、沟壑纵横的祁连山腹地的铁矿而建立的。

祁连山脉的不同区段带给了我不同的景观体验，温度和降水在山体不同高度上的组合，形成了各具特点的自然风貌：绝顶上，云缠雾绕，白雪皑皑；往下来，针叶林密布；再下来，阔叶林与杂灌林错杂，河水蜿蜒其间，草原从林缘向山坡下展开，把绿色推向深远。冬天，千山万岭，一片洁白，银光熠熠；夏天，雪线把它拦腰截断，上有堆银积玉、流光溢彩，下有林木葱郁、滴翠泻绿。明代诗人郭登在一首赞美祁连山的诗中写道："祁连高耸势岧峣，积素凝花尚未消。色映吴盐迷晓骑，光生玉树晃琼瑶。寻梅腊外春寒敛，仗策吟边逸兴飘。几度豪来诗句险，恍疑乘蹇灞陵桥。"

在祁连山被列入国家级自然保护区的范围内，有无数奇珍异兽出没于崇山峻岭之间。栖居岩洞、昼伏夜行的雪豹，奔腾原野的野马群，稀奇珍贵的马熊、马兰鸡、雪鸡,体大耐寒、善于长途跋涉的野牛、盘羊,国家一级保护动物白唇鹿,还有獐子、狐狸……据统计,祁连山有1044种高等植物、229种陆栖动物物种。

大千世界无奇不有,人们印象中牦牛都是黑的,可21世纪初,我在中国民族自治第一县——天祝藏族自治县任县委书记时,却在抓喜秀龙、赛什斯、毛藏等19个乡镇176个村的雪域高原上看到了雪浪般涌动的白牦牛群,如同悠悠吹响的白海螺,饱经雪雨风霜,承载着藏族牧人的沧桑一路前行。白牦牛突然奔来眼底,是祥瑞之风,是灵光吉照……我既惊奇又兴奋,领会了民谣"天下白牦牛,唯独天祝有"的内涵。

白牦牛是中国及世界稀有珍贵的地方类半野生特有种群,"食雪山肥草,饮雪山清水",是极其宝贵的资源。多年来,天祝县委县政府围绕这一资源的保护、开发和利用,带领当地牧民做了大量工作,终于使天祝白牦牛走向全国,被中国绿色食品发展中心认定为全国绿色食品A级产品。白牦牛已被列入《中国牛品种志》和《甘肃省畜品种志》,成为全国农产品地理标志,并入选中国农业品牌目录农产品区域公用品牌。在甘肃省十大畜牧业县之一的天祝县,被誉为"雪域之宝"的白牦牛养殖,已成为"人无我有"的特色优势产业,在藏区群众脱贫致富奔小康进程中发挥着不可替代的作用。

水草丰美的辽阔草原,是祁连山很重要的景观,祁连山草原总面积约2.4万平方公里,按不同地理类型可划分为高山草原区、中部低地草甸区、荒漠草原区。其中,最著名的是大马营草原。这里地域广阔,总面积329万亩,气候湿润,自古为优良的天然牧场,是目前世界第一大军马场山丹军马场的所在地。自西汉开始至清朝,山丹军马场一直是皇家军马饲养基地。1949年8月1日,毛泽东主席亲自电令第一野战军并西北军政委员会,要求完整无缺地接收山丹军马场,足见其战略地位在政治家心目中的分量。

水草最丰美的要数肃南草原。这里如诗如画,处处都是"天苍苍,野茫茫,风吹草低见牛羊"的美丽画卷,被《中国国家地理》评为全国最美的六大草原之一。特别是夏日塔拉草原,曾是匈奴浑邪王的牧地,之后回鹘人和蒙古人也选择在这里定居。"夏日塔拉"意为"黄金牧场",藏族史诗《格萨

| 多彩的画廊祁连山

尔王传》中说这一片草原是"黄金莲花草原"。夏日塔拉四季分明，清代学者梁份在地理名著《秦边纪略》中说："其草之茂，为塞外绝无，内地仅有。"每当夏季，走进夏日塔拉草原，百鸟争鸣，繁花争妍，使人迷恋陶醉。斯时斯地，深吸一口清新空气，浑身舒泰，神清气爽。裕固族人在自己的民歌《家园》中唱道："美丽的风光，遍野的牛羊，祁连山脚下千里迷人的画廊，幸福的岁月飘散着酒香，裕固人的家园是人间的天堂。"走进肃南草原，那风中起伏的碧波绿浪，那银色、粉红色、金色的花海，都让我心动不已，不知此时是何时，乐而忘返不思归。

山里的春夏秋冬，山里的风雨晴晦，都记在了我的工作日记里，深印在了我的脑海里。尽管每一次到山里去都少不了马驮帐篷，人背行囊，爬冰卧雪，忍饥挨饿，但我却因近距离朝圣灵山，而每每超越艰辛，体验到深刻的快乐。

祁连山是滋润一方的"生命之山"，是山南山北的万水之源。水，生命的源泉，生命的象征；水，也是打开祁连山这本天书的前言。广袤的西北干旱区，有水资源就意味着生命的繁衍生息。祁连山孕育的水，成就了河西走廊的繁华及其无法取代的战略地位。"甘州不甘（干）水浇田，凉州不凉米粮川。"正是得益于祁连山大量雪水的补给，才有了"金张掖""银武威"之美名，有了"不望祁连山顶雪，错将张掖认江南"的佳句。

祁连山郁郁葱葱的森林，犹如一块块绿色的宝石镶嵌在阴坡上，把足下的土地牢牢吸引在自己的周围。那刚劲挺拔的松柏、婀娜多姿的杨柳、繁茂稠密的灌木、名目繁多的草药、万紫千红的山花，把祁连山打扮得美不胜收，分外妖娆，连空气、阳光都成了绿色。《河西志》记载："祁连山山高气寒，纵山深谷，有广大的天然林和草原，终年积雪，成为冰川。"祁连山海拔5000米以上的山峰终年积雪，最高峰疏勒南山团结峰海拔5808米，海拔4000米以上的山地面积占整个山区的三分之一，高大的山峰截住了气流和云团，在高山发育了众多的雪山和冰川。祁连山已查明冰川共有3066条，总面积2062平方公里，储水量约1320亿立方米，这是一个巨大的固体水库。河西走廊是典型的绿洲经济，出自山中的河流养育了山下片片绿洲。

无数次进进出出，我渐渐读懂了谜一样的祁连山，这是一座对河西走廊乃至全国自然生态都举足轻重的神山。你看，它像父亲一般高大坚韧，抵挡着北方的风寒侵袭，蕴藏着无穷无尽的矿产宝藏；又像母亲一样柔情似水，它的森林雪峰、河流湖泊、草原湿地集合出无与伦比的富饶，呵护着一方生灵，为神州大地增添异彩。

将祁连山放入更大的人文及自然背景下，才能真正理解它对甘肃乃至中国的意义。祁连山脉是被干旱区包围着的高地，它的北边是戈壁和沙漠（北山戈壁和巴丹吉林沙漠），南边有柴达木盆地，西边是库姆塔格沙漠，东边有黄土高原。祁连山在来自太平洋季风的吹拂下，是伸进西部干旱区的一座湿岛。没有祁连山，蒙古高原的沙漠就会和柴达木盆地的荒漠连成一片，沙漠将会步步向兰州推进。正是有了祁连山，有了高山冰川和山区降雨才发育了条条河流，养育了河西走廊，有了东西方文明交流的通道丝绸之路。

祁连山是中华民族的"精神之山"。祁连山的地理意义和文化内涵远超出我们的想象！沧桑厚重的历史告诉我们，多元文化于此交织融合，成就了山里山外各族人民的坚韧刚毅、自信乐观和善良淳朴。记得有一次在肃南县杨哥乡深山区骑马下乡调研，在白云深处的牧帐中，我听到了裕固族牧人中流传甚广的诗句："当我忘记了故乡的时候，故乡的语言我不会忘；当我忘记了故乡语言的时候，故乡的歌曲我不会忘。"当时，奔放欢快的敬酒歌不停地在我耳旁回荡，我的心却随着雄浑苍凉的诗句飞向远方。是啊，近年来国内外考古学家在河西走廊、祁连山地区发现了大量新石器时代的游牧文化遗存，陆续出土了家畜骨骸、骨制的生产工具、红铜器、青铜器等，这一类型文化距今已有3500—5000年。在祁连山的许多山岩上，还有史前时期牧人遗留下的岩画，内容以动物、狩猎、放牧、祭祀等为主。

祁连山养育的众多河流与绿洲，让古代中原的政治和文化越过了西北的广袤沙漠，到达了新疆，走向了帕米尔高原甚至更远的地域。在悠久的历史长河中，伴随丝绸之路重要区段近1000公里祁连山总是传唱着不同民族的友谊与融合之歌。

西汉元狩二年（公元前121年）春天，汉武帝派遣骠骑将军霍去病，率领骑兵1万，自甘肃陇西出发北击匈奴。他们越过祁连山支脉焉支山1000余里，切断匈奴右臂，执浑邪王子，缴获了休屠王宫中的祭天金人。同年夏秋，攻祁连山浑邪、休屠二王，浑邪王杀休屠王，率众4万余人降汉，匈奴余部远遁西域，隐于漠北。汉庭遂置河西四郡（武威、张掖、酒泉、敦煌），移民屯田，开辟了造福千秋的丝绸之路。隋大业五年（公元609年），隋炀帝西巡，在祁连山中段的张掖主持有西域27国使臣、商贾参加的"互市"，史称"万国博览会"。此后，张掖日益繁荣，由中西贸易的中转站，逐步发展成为隋朝对外贸易和开放的窗口。历史上，张骞、玄奘、左宗棠，还有法显和尚、李白、王维、高适、岑参、王昌龄等都曾经在祁连山区留下动人的故事或不朽的诗篇。

到近现代，祁连山更留下了可歌可泣的英雄史诗。

1936年10月8日，中国工农红军一、二、四方面军三大主力在甘肃会宁胜利会师。红军大会师之后，为实现打通苏联援助道路目的，党中央决定由河西部队组成西路军。在挺进河西的日子里，西路军攻山丹、占古浪、苦战临泽、血战高台……到1937年3月，历经120余天的河西苦战后，敌众我寡，西路军人员锐减，弹尽粮绝被迫转战祁连山深处。冻饿伤残的西路军将士不

1986年6月，作者在祁连山冰峰肃南寺大隆考察

屈不挠，与优势装备的敌军在西牛毛山、马场滩、康隆寺、红石窝等地殊死搏斗，战至最后一刻……

1937年3月14日傍晚，在三面悬崖，海拔3700米以上的肃南石窝山顶上召开了西路军军史上极为重要，也是最后一次军政委员会扩大会议——石窝会议。会上确定了西路军最后的行动方案，将所剩部队分为三个支队，分别向西、留原地和向东游击。这次会后，向西支队部分人员在李先念、程世才等带领下，克服重重困难，历经43天，在祁连山腹地艰辛跋涉840公里，最终从酒泉瓜州县境内冲出祁连山，到达新疆星星峡，受到党中央代表陈云、滕代远的接应。另两个支队的部分将士在本地群众帮助下历尽千辛万苦，或分散返回延安，或流落异地。绝大多数壮烈牺牲在千里祁连山区。刀光剑影里远去的千万名西路军将士，在祁连山熔铸了血与火的悲壮篇章，在共和国柱石上镌刻了不可磨灭的丰功伟绩。

1949年9月，王震将军率领的中国人民解放军第一野战军第一兵团从青海翻过祁连山的扁都口至河西，一举击溃仓皇逃遁的国民党马步芳部，解放

| 作者深入祁连山腹地

河西，挺进新疆……

    祁连山给了我们生息的家园，给了我们智慧和力量，也给了我们仰视精神高地的标识。坐落于祁连山下的玉门，是当之无愧的"中国石油工业的摇篮"。工人阶级的杰出代表"铁人"王进喜，带领他的钻井队用20世纪四五十年代的落后设备，在20世纪60年代的玉门，打出那样多、那样高水平的钻井，双倍实现了他的"月上千，年上万，祁连山上立标杆"的宏伟目标，彰显了迎难而上、不畏艰险的创业勇气。"宁可少活20年，拼命也要拿下大油田"的"铁人精神"，曾经是一个时代奋斗精神的见证，激励和鼓舞了几代人，给人们祁连山一样的坚毅力量，让人们在祖国建设和民族复兴的伟大事业中奋发图强、一往无前。

    地处祁连山乌鞘岭下的甘肃省古浪县八步沙，是腾格里沙漠南缘凸出的一片内陆沙漠。20世纪六七十年代，这里一片荒芜，一年四季8级以上的大风要刮十多次，沙漠以每年7米多的速度向南推移。20世纪80年代初，古浪县土门镇6位农民以守护家园为己任，封沙造林，治理沙害，成为八步沙的第一代治沙人。之后的三代治沙人用38年时间坚守，用"一棵树，一把草，压住沙子防风掏"的治沙办法，一步一叩首，一步一躬身，硬是在这个寸草不生的沙漠里，绘就了人进沙退的壮美图景，生动地诠释了"绿水青山就是金山银山"的深刻内涵。2019年3月，中共中央宣传部授予古浪县八步沙林场"六老汉"三代人治沙造林先进群体"时代楷模"称号。八步沙"六老汉"治沙的凯歌高扬在祁连山区，回荡在神州大地……

为保护祁连山地区的生态环境，国家1988年成立了祁连山国家级自然保护区。2017年，国家开始创建祁连山国家公园试点工作。这个国家公园的主要职责是保护祁连山生态系统的原真性、完整性。公园总面积5.02万平方公里。其中，甘肃省片区面积3.44万平方公里，占总面积的68.5%，涉及肃北、阿克塞、肃南、民乐、永昌、天祝、凉州区等7县（区），包括祁连山国家级自然保护区、盐池湾国家级自然保护区、天祝三峡国家森林公园、马蹄寺省级森林公园、冰沟河省级森林公园等保护地和中农发山丹军马场、甘肃农垦集团等机构。祁连山国家公园的建立，将有力推进生态环境保护，使祁连山生态环境得到有效保护和修复。

巍巍祁连山，是华夏文明的重要发祥地，是西北地区生态安全的重要屏障，是民族团结的桥梁纽带，保护着中西交流的陆路通道——河西走廊。它见证了中华民族走向世界的历史。今天，它保护的河西走廊又是我国在国际社会履行大国责任，造福万民，共同发展，共享福祉的生态通衢大道。

说不尽的祁连，道不完的祁连，我仰望，我赞美，我深深地眷恋……

（原载于《甘肃日报》2020年9月22日"百花"文艺副刊）

做　客

回到了阔别三十多年的康乐草原,我们去牛毛山下康尕大叔家访旧。正巧,康尕大叔和小儿子雪松刚刚牧羊归来,笑盈盈地在帐篷前迎接我们。

"哎呀呀,是哪路祥云把贵客引来了?有些年没见你们啦!"

"是啊,是啊!我们专门看望你来了!瞧你,老人家吃了多少羊肉呀,脸上都快渗出油来啦!"同伴老张的一句话,引动笑声一片,在草原传播开来。

才端上香甜的奶茶,老人已吆喝儿子去宰羊,我们连忙劝阻。康尕大叔说:"早些年你们来,我康尕别说宰个肥羯羊,就连个乏羊肋条也难得让你们

| 走进帐房

吃上。如今，这算个啥，宰只羊就像打颗鸡蛋。正巧，我们今天正准备宰羊呢，也不是专为你们。话说回来，你们几个又能吃多少！"

乘老张和康尕大叔拉起家常，我走出帐篷极目远眺。这时，天边的云霞也如同火一般，牛毛山高处被玫瑰色霞光映照得熠熠生辉。牧归的羊群正陆续回归棚舍，那些夜间不返回的牦牛还在山坡上悠哉游哉地晃荡。

帐篷中升起的袅袅炊烟，和山下草原上随风荡起的一层层绿浪，勾起了我对往事的追忆。

那是三十多年前的一个秋末，我们来调查牧业发展情况，第一天就来到康乐队的秋季草场——牛毛山。只见山上东一块、西一洼的荒坡地里，堆积着小山包一样的草袋子，条条沟壑如同老人脸上的皱纹，光秃秃的山岭上不见一只牛羊。奇怪，牛羊到哪儿去了呢？

我们在山下碰到了一位老人，便上前问："老人家，你怎么在石滩上放羊呵？"

"不在这里放，让我到哪儿去放呢？草场开成了地，草挖去烧成了灰。我原来305只的羯羊，放了3年，乏死了176只……"

而今，牧区发生了翻天覆地的变化。就在前不久，我们听康乐队来城里办事的牧民说，自从开展生态环境保护和治理，牧民们对草场加强了管理，有的用围栏圈起，有的整修种草，有的灭虫保草……康尕大叔的那座秃岭现在已变成芳草萋萋、绿浪滚滚的优质草场。近年他的牧草、毛和肉连连丰收，收入节节增长。去年，他还参加了省里的劳模大会。

"小李，快来吃饭吧！"康尕大叔还以30年前的习惯口吻喊我。我回到帐篷，只见炕桌上摆满了丰盛的晚餐，酥油、烧馍、炒面、曲拉、酸奶子、炒菜，更不用说那才出锅的，热气腾腾鲜美无比的手抓羊肉。康尕大叔斟起牧场自酿的青稞酒，一个热烈浓情的傍晚，拉开了帷幕……

夜渐渐深了，帐篷内外一片寂静，只有毛毛细雨轻轻落下。我躺在地炕上辗转反侧，心潮起伏。这么多年过去了，不变的是康尕大叔的好客，和从前不同的是，他脸上昔日的愁容一扫而净，而今只有喜悦。

第二天一早，我走出帐篷。一夜的细雨，把广袤的、芳草如茵的牛毛山洗刷得碧绿闪亮。缕缕薄雾似轻纱，像烟岚，浮动飘逸，馥郁的野花香扑面而来，沁人心脾。极目远望，从天涝池流下的一股股雪水像洁白的哈达，从天空湛蓝的背景脱颖而出，点缀在草原上。一顶顶帐篷宛如落在地上的朵朵白云，"白云"间，那匆匆走过的牦牛、悠闲自在的群羊，合成"天苍苍，野茫茫，风吹草低见牛羊"的联动画面，把人的视域引向邈远的天地。

我们就要启程了，康尕大叔穿着锃亮的马靴为我们送行。他站在如同绿绒织就的草原上，站在清凉而甜润的空气里，笑容绽放得像一朵盛开的雪莲花。

（原载于《光明日报》2023 年 5 月 12 日副刊）

草原情结

孩童时期，我赶着生产队的驴马牛羊在祁连山腹地的大口子放牧，每当看到它们贪婪、香甜地吃着青草，便对如茵的草原产生好感。玩耍时赤着脚在茸茸的草坪上蹦跳着，又醉又痒。有时干脆赤条条躺在河边的草地上，滚上满身的草香，是那样惬意。后来我到省城上大学和工作，渐渐地和草原疏远了。到了中年，由于我到天祝藏族自治县任县委书记，又和草原重续旧缘。走进天祝，人们能从时光的回眸中寻觅到历史与传统的踪迹，又可以从美丽、

2001年7月2日，作者（前排左一）在第一届天祝三峡风光暨民族风情旅游节开幕式上

神奇、富饶的草原上发现她独具的魅力。海拔4447米的马牙雪山天池，碧水清澈、神秘莫测，足见"一湾湖水映晚霞"的宁静；铺青叠翠的岔口驿马产业基地，徐徐展开一幅"蓝蓝的天上白云飘，白云下面马儿跑……"的壮美画卷；从抓喜秀龙到乌鞘岭，从天堂到小三峡，从石门到松山，从夏玛到祁连布尔智，到处是"天苍苍，野茫茫，风吹草低见牛羊"的景象。吉祥富饶的天祝草原，像一大片一大片一直铺到天边的绿地毯。微风吹起，草原顿时掀起浮云一般的波浪。在那绿色的海洋里，你会不时地看到白牦牛群、羊群……远处静卧的白牦牛，像撒在草原上雪白的珍珠；那流动的羊群，又像一片片飘动的白云；那奔腾的马群，像朵朵彩云。那壮实的牛儿、悠闲的羊儿、机灵的马儿，个个吃得滚瓜溜圆，它们时不时抬起头望着来人，想要告诉你什么似的。这时，忽然从草丛里蹿起一群鸟儿，它们唱着婉转动听的歌，自由自在地飞向蓝天，大老雕也在洁净的天空盘旋着，天地间升腾起一种

2001年春，作者在天祝县委办公

作者在中共天祝藏族自治县第十三届委员会第一次全体会议上讲话（原载2002年11月12日《天祝报》）

雄壮的生动……这真正是牛羊成群马儿壮，水美草绿花遍地的大美景象。置身于此情此景，你会感到生命的活力顿时舒展开来，像天空中飘动的流云，似苍穹中翱翔的雄鹰，旷达、宽容和超脱，更让你领略到城市喧闹中所没有的平静与舒畅。

天祝，天祝，天之祝福。巍巍的山峰，浩浩的林海，清清的河水，绿绿的草地，这是大自然的造化，更是上天的恩赐。上天滋养了这美丽的草原，也养育了在祥云下勤劳勇敢、淳朴善良的天祝人……

在我的"情感记忆"里，永远也忘不了天祝各族人民纯朴可亲的情谊，那些画面电视般时时在脑海里播放。

2003年6月，作者在藏族牧民家中

一次，我一大早就深入到海拔3000多米的安远镇的贫困片调查研究，当我来到乌鞘岭村藏族牧民祁世清家时，他们一家三口顿时抱头痛哭，泣不成声。原来祁世清儿子严重肾衰竭卧床不起，妻子又做了子宫瘤手术也不能下地劳动。为给妻儿治病，他卖掉了全部牛羊，已债台高筑，到了绝望的地步，产生了轻生的念头。为使这个因病致贫的家庭重新鼓起生活的勇气，我将自己口袋里仅带的600元钱交到祁世清手中，让他给儿子拉有线电视，并当场协调2000元救助金帮助买羊发展养殖业。两年后的深秋，当我重访祁世清家时，他妻子已下地干活，儿子的病情也大有好转，他们一家在种好庄稼的同时，养的绵羊已发展到20多只，我深深地被藏族牧人增强"自我造血能力"的坚韧和勤劳而感动。临别时，一家三口紧紧拉着我的手，个个脸上绽放着笑容。

2002年农历正月初二是藏历水马年，我没有和省城的家人过年，来到几

碧海松风——散文辑 | 019

作者在天祝县打柴沟镇农户家调研

无比珍惜在牧区的工作生活经历（左为作者）

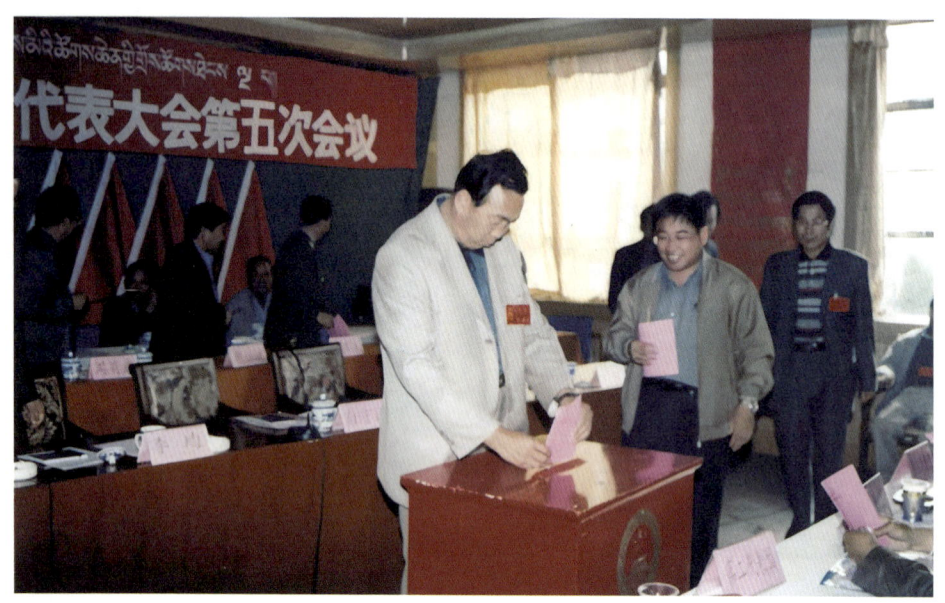

2001年9月8日，作者（正在投票）出席县十四届人代会第五次会议

年前遭受过地震灾害的抓喜秀龙乡红疙瘩村与这里的农牧民一起过年。我带着春联和肉、砖茶，挨家挨户地给村里的藏族、土族等民族农牧民拜年，亲手给他们献上洁白的哈达，亲自把盏为他们敬上三杯美酒，祝福他们节日愉快，扎西德勒。牧民蒋仲麟接过我敬的酒，情不自禁的一曲《翻身农奴把歌唱》，唱出了自己的心声和对共产党的感激之情。看到农牧民的脸上个个都漾着笑意，我喝着农牧民自酿的青稞酒，和他们共同跳锅庄舞。村支书朵恒草才让动情地说："没想到，县委书记能和我们一起过年。还帮我们审定修建红疙瘩学校的方案，协调解决建成牧区一流寄宿制学校的资金。"毛藏乡地处天祝最边远偏僻的深山区，是纯牧业乡镇。那天，漫天大雪纷纷扬扬，我夜宿藏族牧民卢生财家，盘腿坐在主人用羊粪和松毛籽煨的热炕上，和乡村干部及牧民们围着火盆开会到清晨公鸡打鸣，共商毛藏水库坝址和进一步改善农牧民生产、生活状况的办法和措施。牛粪火烧了一盆又一盆，酥油茶喝了一碗又一碗，发言的乡亲一个又一个……虽然腿压麻了，眼皮重得用火柴棍都难以支撑，但心里却感到为老百姓办了实事而甜滋滋的。当组织上调我到新的工作岗位要离开天祝时，小毛藏村的牧民代表从160多公里之外赶到县城

2001年6月，在天祝牧区调研扶贫开发工作（左一为作者）

来为我送行……

天祝，天祝，多少纯情的记忆啊！民俗真纯朴，人情好温馨，沉浸在醇浓的乡情中，一切都那么美好；让你感情丰盈，觉得天祝处处都是家……就因为这样，我记住了天祝的父老乡亲，父老乡亲们也记住了我。

我深深地眷恋着天祝人民纯朴的感情。天祝情，这难解难分的、难以割舍的，给人以慰藉的草原情结啊！

（原载于《飞天》文艺杂志2021年第4期）

首届敦煌文博会散忆

"华夏文明八千年,丝绸之路三千里。"这是对甘肃历史与文化的高度概括和生动写照。

公元609年,在甘肃河西走廊的焉支山下,一场"万国博览会"盛大举行。如今,国家把丝绸之路(敦煌)国际文化博览会永久落地敦煌,是现实对历史的一次辉煌而生动的回应。

我很荣幸亲身经历和见证了敦煌文博会的创办。当我用记忆重走一遍文

2016年9月22日,在首届敦煌国际文博会新闻发布会上向国内外媒体记者发布文博会成果

博会兴办之路，当年的场景一幕幕犹在眼前。

2016年9月20日清晨，太阳刚爬出地平线，三危山上泛起金光，一支支载着游客的驼队，迎着红日绕行在鸣沙山上、月牙泉边。一场新丝绸之路的国际文化盛事在这里拉开了大幕！敦煌——昔日丝绸之路上的大都会，东西文化交流之要枢，再次吸引了全世界关注的目光。

"大漠孤烟直，长河落日圆！"吟诵着这样壮美的诗句，你就会想到敦煌，那背靠黄沙、面朝绿洲的敦煌。如今，一座座汉唐风韵的宫殿式建筑在敦煌拔地而起。走进敦煌国际会议中心，幕墙上"推动文化交流、共谋合作发展"的标语非常醒目。整个会议中心"五色交辉，相得益彰；八音合奏，终和且平"。2016年9月20日上午9时，首届丝绸之路（敦煌）国际文化博览会隆重开幕。来自85个国家、5个国际和地区组织的95个代表团、1700多位中外嘉宾陆续进场。来宾笑容满面，主人掌声如雷。人们纷纷拿起摄像机、照相机、手机留下这光彩照人的历史瞬间……此刻，这里成了汇聚人类精神文明的一片绿洲，在此，世界文化多元交响，交相辉映。

华夏文明史，悠悠数千年。若想找一个"行五十步穿越百年，行百步穿越千年"的地方，那一定是敦煌。2100多年前，汉代张骞凿空西域，开启了中国同中亚、欧非各国友好交往的大门，开辟了一条横贯东西、连接欧亚的丝绸之路。作为丝绸之路的必经地，敦煌也因此成为丝绸之路的"咽喉"。著名学者季羡林说，在人类诸多文化中，历史悠久、地域广阔、自成体系、影响深远的文化有四个，即中国、印度、希腊和伊斯兰，而将四个文化体系汇流成河的地方只有一个，这就是敦煌。

美人之美，美美与共。当昔日的咽喉之地再次响起合作共赢之声，80多个国家的代表齐聚敦煌，一方面使得我们的"朋友圈"越来越广，另一方面，不同国家、不同地域的文化成果得以在敦煌文博会的平台上共享。在会上，听到最多的声音是"共享"。无论是国外嘉宾还是国内专家，在演讲中都不约而同将"共享"放在首位。文化年展荟萃60多个国家8000余件珍贵展品，集中展示了"一带一路"文明成果，许多文化遗产和艺术精品举世瞩目，具有非常典型的代表性和重要的国际影响力。以经典舞剧2016版《丝路花雨》

在敦煌文博会上

为代表的文艺展演活动，荟萃丝路沿线25个国家13台优秀文艺节目，为观众奉献了精彩难忘的艺术盛宴。

敦煌的9月是最美季节。大街小巷花团锦簇、绿树成荫、硕果累累。宽敞的新干道、雄伟的新场馆、美丽的新机场，展现着沙漠中绿洲里的新景，真正是绿洲美城。2016年9月21日晚，在各国友人的见证下，与会丝路沿线国家就进一步加强文化交流合作在敦煌大剧院共同发布了文博会标志性成果《敦煌宣言》。《敦煌宣言》的诞生，标志着"一带一路"文化交流与合作新机制的建立，为今后共同推进丝绸之路文化建设打牢了基石。

首届文博会很成功，充分彰显了高端化、国家化、专业化的特点，成为群英荟萃的大聚会、文化艺术的大盛宴、智慧见解的大集锦、增进互信的大平台。成果琳琅满目、精彩纷呈，实现了敦煌文博会的开门红，为今后持续举办奠定了良好的基础。此后，就有了第二届、第三届、第四届、第五届……有了永不落幕的敦煌博览会！

（原载《中国文化报》2022年12月21日文艺副刊）

润泽陇原的现代都江堰

左宗棠给清廷的奏折一言惊心:"陇中苦瘠甲于天下。"作为名垂青史的政治家、军事家,左宗棠谙熟中国国情,对西部了解尤深。这句话,已留下难以磨灭的历史印记,引发后来者无数叹息。

陇中苦,苦在哪里?缺水!翻开史书,涉及陇中水土,但见苦涩比比皆是:十年九旱,水比油贵,逢荒年草根树皮掘食净尽……

改造山河,改写历史,何处发力?治水!

一、从旁观到亲力亲为

我国第一个民族自治县——甘肃省天祝藏族自治县,是当年引大入秦工程的重要施工区段,也在工程供水覆盖范围之内,属于直接受益区。我曾担任天祝县委书记,一次次真真切切感受了各族人民对这项史无前例的工程的获得感,及由之而来的幸福感。

如果说我原先的感受是近距离的话,那么后来我担任甘肃省引大入秦工程管理局(引大入秦工程指挥部)局长(指挥)、党委书记就是零距离了,与"引大"结下不解之缘。在"引大"工作的岁月里,值得回忆的人与事太多太多。

我和我的同事,每解决一个难题,每办成一件大事,最突出的感悟是:为人民谋福祉,是中国共产党人的谋事之基,党的坚强领导和社会主义制度的巨大优越性,正是"引大"工程的成事之道。投身"引大"事业,更加坚定了我和我的同事们对中国特色社会主义的道路自信、理论自信、制度自信、文化自信。

从"引大"工程的观察者，到亲力亲为的领导者，角色转换，使我对这项德政工程、民心工程、生存工程和发展工程，有了更多的了解、更深的理解。

二、倾听"引大"的回声

昔日，陇人与天斗的历史，就是一部治水史。当今，甘肃真正改写历史进程的第一次治水大手笔，当数引大入秦工程（以下简称"引大"）。

"引大"纪念碑镌刻着"开天门，辟地穴，越津通流，成就几千年好事，功盖秦川，光照日月千秋；凿祁连，穿走廊，跨河引水，滋润百万亩良田，德泽陇原，惠及子孙万代"。

诚哉斯言！而无字丰碑，早已矗立在千千万万陇原儿女心里。

这项跨流域的大型自流灌溉工程，从甘肃、青海交界处的天祝县天堂寺引大通河水东调，利用自然地理落差，跨庄浪河流域，灌溉永登秦王川地区，使得靠天吃饭的旱作农区，成为旱涝保收的灌区，还为日新月异的兰州新区源源不断地提供建设生活用水。

水到之处，荒寒苦瘠渐无踪影，富庶祥和步步临近。

"引大"创造了水利建设史上前无古人的奇迹，蹚开了一条无比艰辛、成就赫然的治水之道。

今天，是不是可以从引洮河渠的哗哗清流听到"引大"工程开山凿岩的隆隆回声？

三、举步维艰的抉择

发源于青海省木里山的大通河，流淌在秦王川西南120千米外山涧。何时起，多少有心人期盼着，把滔滔大通河水引到秦王川，在开阔平坦、荒寒寂寥的旱原造一番胜景。然而，连绵群山重重阻隔，引大入秦谈何容易！岁

2014年3月4日，作者（左三）深入兰州新区供水项目引大渠道除险加固盘道岭隧洞工程现场

月如水，几多期盼竟成白日梦的代名词。

回眸"引大"工程始末，可体会为了人民梦想成真，历届甘肃省委省政府是怎样接力奋斗的。

早在20世纪50年代，甘肃省委省政府就提出了引大入秦水利工程设想。

20世纪60年代，省水电设计院开始勘测设计工程。

到20世纪70年代中期，这项工程被提上省委省政府的议事日程，1976年开始动工。

1981年，因建设资金短缺，工程被迫缓建，其间两次上马，两次下马。

4年后，省委省政府决定工程第三次上马，成立由省长牵头的协调领导小组，组建指挥部统筹协调推进。

1987年，甘肃引进世界银行贷款和国外先进技术，工程得以全面复工。

1989年，省委省政府召开了"引大"工程现场专题会议，会议形成了以下共识："引大"工程是甘肃的农业翻身工程，困难再大也要一干到底。省委常委、引大入秦工程指挥部指挥韩正卿立下军令状："骑虎不下、背水一战，完不成任务解甲归田。"同时，省上作出一系列决策部署，逐一解决了工程建设中的许多重大问题，建设从此进入快车道。

1993年，工程东一干渠宣告建成。一年后，全长86.84千米的总干渠通水成功。又过了一年，东二干渠全线通水，引大入秦工程主体工程基本建成。

之后，黑武分干渠、电灌分干渠等重要工程相继建成。2008年，引大入秦工程尖山庙调蓄水库、武川水库陆续建成，为引大入秦可持续发展，写下浓墨重彩的篇章。

2015年，引大入秦工程全面竣工验收。历经几代人心血、跨越近半个世纪的工程，终于向陇原人民交出了满意的答卷。

四、披荆斩棘的攻坚

从勾画蓝图到大功告成，回首39年来的历历往事，"引大"经历的艰难曲折，千章难书，万言难尽！

据当年"引大"总工程师张豫生同志回忆："干了一辈子水利工程，'引大'工程遇到的难题是无法想象的。整个工程穿山隧道就有149座，总长达110千米，而且特殊的地质条件更是工程建设的拦路虎。"

最初，将这一浩大工程确定为"民办公助、土法上马"，是当时的社会环境和物质条件决定的。当时，上千名农民分段作业，依靠钢钎打眼放炮、铁锹镐头挖洞、车拉肩挑运土，一把干粮一口水，天当房地当床！一点一点推进工程，其中苦累后人不可想象。

1976年8月31日晚，下暴雨，山体突然塌方，住在干打垒屋内的3人被埋，两人被救，但在现场担任施工队长的年仅18岁的兰州知青为了"引大"而牺牲了⋯⋯

土法上马，代价沉重。艰难行进，路在何方？

五、创造奇迹的战场

"引大"工程是改革开放以来甘肃省第一个引进外资、国际招标、国外参与建设的成功项目，也成为世界银行援华项目的样板工程。

回顾既往，不能不钦佩建设者们攻克在复杂地质条件下施工的世界性难题时所展现出的智慧与创造力。工程圆满成功，也离不开新技术、新工艺、新材料的运用，施工取得多项技术突破。

"引大"工程创造了多少当时水利建设工程的亚洲之最和世界之最？

比如，由日本（株）熊谷组承建的全长 15.7 千米的盘道岭隧洞，是无压输水隧洞，长度居当时的世界第七、亚洲第一。

比如，由意大利 CMC 公司承建的 30A、38 号两座隧洞，为国内率先采用世界最先进的双护盾全断面掘进机（TBM）施工，创造了日成洞进尺 75.2 米和月成洞进尺 1400 米的纪录。

又如，先明峡倒虹吸长 524.8 米、最大工作水头 107 米，为桥式倒虹吸，将水导入东岸的隧洞群，是当时亚洲同类工程中最大的。水磨沟倒虹吸长 567.96 米，最大工作水头 65.5 米，由两根直径 2.65 米的钢管并排组成，是当时国内最大的钢制倒虹吸管。

再如，气势雄伟的庄浪河渡槽全长 2194.8 米，最大近空高度 43 米，共 76 跨，每跨 40 米，横跨庄浪河、兰新铁路、312 国道、G6 高速及汉长城、明长城等，巧妙地利用地理地势和自然环境，建成了大型跨流域引水自流灌溉系统，是全国最长的引水渡槽，被称为"河上之河"。

"引大"工程建设中的一些重大技术措施和施工经验，后来被水利、铁道、煤炭等四部门先后召开会议学习推广。

这条名副其实的"人工地下长河"，也是当之无愧的"现代都江堰"。

六、梦想成真的乐园

当年"引大"工程概算总投资 28.33 亿元，支渠以上渠线长达 1265 千米，设计引水流量 32 立方米每秒，年引水量 4.43 亿立方米，规划农业灌溉面积 66 万亩、生态灌溉面积 7.34 万亩，安置移民 5.64 万人，供水范围覆盖兰州市区、白银市区、景泰、皋兰、永登、天祝等地，受益区人口 200 多万。换句话说，"引大"深刻地影响了 200 多万人的命运，大大提升了他们的生活质量和幸福指数。

工程解决了主灌区 40 万人和 20 多万头（只）牲畜的饮水困难，昔日的旱

作者（右二）在"引大"灌区现场工作

沙田变成了水浇地，秦王川居民彻底摆脱了靠天吃饭的历史，粮食亩产由通水前的 60 千克提高到 400 千克，人均年占有粮食由通水前的 300 千克提高到 600 千克，来自省内宕昌、东乡、永靖、天祝、永登、皋兰、榆中、七里河等县（区）贫困山区搬迁的 5.64 万移民，实现了从"挪穷窝"到"拔穷根"的飞跃。

"引大"工程自 1994 年建成通水以来，累计引水 29 亿立方米。近年来，随着秦王川灌区和兰州新区生态绿化面积的不断扩大，区域生态面貌发生了可喜变化，渠路田间防护林网建设逐年发展，造林 20 多万亩，森林覆盖率由原来的 0.8% 提高到 15% 以上，小气候明显改善，风沙天气逐年减少，降雨量年均增加 50—80 毫米，昔日"十里不见树""电杆比树多"的旱塬，如今变成了"良田万顷，绿树成荫，瓜果飘香"的新型灌区。

说起"引大"工程，榆川村老书记滕生堂很激动："我们刚从榆中县来到秦王川'引大'灌区的时候，大家住的是土坯房，看到的是一片沙滩，听到的是刺耳风声，有的人禁不住打起退堂鼓。经过 20 多年的努力，榆川村脱贫致富了，我们种的水浇田，住的砖瓦房，出门不是开小轿车，就是骑摩托……饮水望源头，党的政策好，'引大'功劳大。"

七、扮靓新城的功臣

2012年8月国务院正式批复设立全国第五个、西北第一个国家级新区——兰州新区。2011年，引大入秦工程开始向新区供水。不到10年时间，一座绿色生态、产城融合的现代化绿色新城在古老的秦王川大地上拔地而起，一派繁荣景象。不用说，成就这一巨大而深刻的变化，"引大"工程功不可没。有人用诗一般的语言，称颂"引大"工程为兰州新区提供了丰沛而优质的水资源保障："如果说兰州新区是嗷嗷待哺的婴儿，引大入秦工程引来的源源清流则是母亲的乳汁。"

为适应区域经济发展的新要求，适应兰白都市圈、兰州新区开发建设的新形势，"引大"工程功能由当初的发展灌溉、生产粮食、解决温饱拓展为统筹农业、工业、城市生活、生态等各类用水需求，为兰州新区开发、兰白都市圈建设和供水区经济社会发展提供水资源支撑。引大入秦工程局近年已累计投入资金5800多万元，维修改造干支渠重点部位、险工险段、水毁及防洪设施，使工程安全输水保障能力稳步提高。兰州新区有了"引大"工程丰沛的水资源，激活了灵气，焕发了新生。如今的兰州新区水林相映，楼宇交错。从街景花圃、公共绿地，再到垂柳湖堤，无论从哪个角度看去，都有生机勃勃的画卷映入眼帘。

八、载入史册的辉煌

迄今，"引大"工程是甘肃省唯一写入总理的《政府工作报告》的水利项目；是甘肃省载入《中华人民共和国建设成就概览》和《中华人民共和国大事记》的篇章；是镌刻于北京《中华世纪坛青铜甬道铭文》的永久性标识，可谓"千秋伟业，造福万代"。"引大"工程还是全国首批爱国主义教育基地之一，被评为改革开放以来全省十大建设成就之一和中华人民共和国成立以来甘肃成就地标之一。

"引大"工程的建设，受到党中央、国务院的高度重视和大力支持。建设期间，胡锦涛、温家宝、李鹏、朱镕基、乔石、李瑞环、宋平等十多位党和国家领导人亲临现场视察指导。

历届省委省政府精心谋划、果断决策、大力推进，为引大入秦工程提供了坚强的政治领导和组织保障。如果要总结"引大"工程的成功经验，党组织的坚强领导不可替代。

2013年"五四"青年节，作者参加管理局"青春献引大·我的中国梦"活动

九、弥足珍贵的无形财富

我为什么在文中列举了一系列看似枯燥的数据？因为其中凝聚着"引大人"不可胜数的心血与汗水啊！

在雄浑辽阔的黄土高原西部，俯瞰引大入秦工程，犹如一个大大的"人"字镶嵌在苍茫的高原上。今天，当我们物质生活日趋丰富、科学技术越来越发达，我们不能忘记有一种精神叫"引大"。

老一辈"引大"工程建设者夜以继日奋战在隧洞深处，长年累月坚守在崇山峻岭之间。他们顽强拼搏、百折不挠，在艰苦鏖战的岁月里，孕育形成并践行了"引大精神"。

"引大精神"的核心，是艰苦奋斗、坚韧不拔。在这种精神的感召下，甘于寂寞、甘于奉献、不畏艰辛、以苦为荣，已经内化为一代代"引大人"的共同信仰，成为"引大人"艰苦奋斗不竭的内在动力，也成为"引大"工程的"基石"。

看到"引大"工程正在并持续地造福陇原民众，相信"引大精神"的无形财富将代代传承。

（原载于《人文甘肃》2021年6月第八辑，
12月21日《甘肃日报》百花文艺副刊转载）

抓喜秀龙草原纪行

抓喜秀龙草原,从天空到地面都是极其美丽的。

你看那悠悠白云时时挂在蓝天。白云下面,格桑花争奇斗艳,成群成群的白牦牛、羊、马在那里缓缓走动。草原就像抒情诗,骏马是节奏,牛羊是韵律。草原又像水彩画,炊烟是线条,染上朝霞的颜色、百花的颜色。站在草原上极目远眺,真叫人分不清哪是白云,哪是羊群、白牦牛群。特别令人赏心悦目的是,那群星星般撒在辽阔草原上的藏式帐篷,它们点缀着这幅草原风景画的勃勃生机。

置身抓喜秀龙草原,天穹昵近,白云擦肩,放眼茫茫原野,犹如碧波浩

雪域高原迎新春(2001年12月于抓喜秀龙草原)

2002 年 8 月，作者在抓喜秀龙草原

作者和外孙女白芮菡在抓喜秀龙草原

与家人重返抓喜秀龙草原

瀚、绿浪翻卷的汪洋大海一直涌向遥远的天际。那一片片平坦如砥、五彩缤纷的草滩，像是一块块巨大无比、锦绣斑斓的藏毯，铺挂在蓝天碧空之下，似乎永远望不到边际，也走不到尽头。而那一座座山色含黛、水波映翠的小山丘，好似浓绿叠翠的屏障，错落有致。跃上牧民们专供游客乘骑的骏马，奔驰在这空明澄碧、起伏如浪的大草原上，令人心旷神怡。信步于丰草如茵、野花灿然的草地上，又仿佛在纯净恬淡的童话世界中徜徉，不由得赞叹大自然这位无与伦比的神工巧匠，甚至会童心萌发，想要在草地上打滚儿、奔跑……

到了抓喜秀龙草原，藏族朋友迎你送你，是要你喝下马酒和上马酒的。面对几位身穿鲜艳民族服装的藏族姑娘双手捧着哈达，举着银碗，唱着《天祝欢迎你》《天祝酒曲》《如果我在天祝遇见你》等清脆动听的祝酒歌向你敬酒的时候，你即使再不会喝酒，也得要尝上一点儿。因为在藏族兄弟姐妹敬的酒中，既饱含着深情和期望，也斟满对尊贵客人的美好祝愿。

主人用当地牧区特有的美味佳肴招待客人。有白牦牛棒子骨、牛排、烤全羊、手抓羊肉、烤羊肉串、烤羊肚、羊血肠；有羊肚菌、野蘑菇、鹿角菜、萱麻菜、麻茵菜、苦苦菜、柳花菜；有藏包、烧锅馍、牛肋巴油果子、青稞面搓鱼子、藏式点心、蕨麻米饭、蘑菇面片；还有奶茶、酸奶、酥油、糌粑……

夜幕降临，草原上一片沸腾。帐篷外的广场上点起了篝火，藏族兄弟姐妹拉起客人跑向篝火，大家手拉手围着篝火跳起欢快的锅庄舞。这时帐篷内外的万家灯火和景区里的簇簇彩灯，伴着燃烧的篝火，好像天上的群星一下撒落在草原，民族大团结就像篝火一样温暖无比，就像美酒一样芳香甘甜！

（原载于《甘肃日报》2020年12月4日"百花"文艺副刊）

临夏韵

每每想起美丽富饶而又充满神奇色彩的临夏，我都会心驰神往——作为"中国彩陶之乡"，我神往被列为国宝的"彩陶王"上闪耀的先祖智慧；作为中国古生物的"伊甸园"，我神往距今 6500 万年前恐龙、海生爬行动物等众多生物化石的神奇，仅和政古生物化石国家地质公园就有六项世界之最；作为"中国花儿之乡"，我神往她丰富多彩、馥郁芳香的民族风情；作为旅游胜地，我神往令人流连忘返的刘家峡、松鸣岩、莲花山、大河家的旖旎风光……

临夏古称河州，"漫上个少年走天下，花儿的故乡是临夏"。临夏自古以来就是多民族融合并繁衍生息的热土，"花儿"经过长期的衍化发展，至明清时在各民族的继承和弘扬中逐渐完善成熟，在代代咏唱中使其更富有民族特色和时代特征。它像一颗璀璨耀眼的明珠，在古老而又神秘的河州大地熠熠生辉。去过临夏的人都知道，生长在这里的回、汉、东乡、保安、撒拉等各民族人民群众都会唱"花儿"。高冈山丘，川道塬上，绿野路旁，树林溪边，田间地头，喜庆筵席，迎送道口，随时都能听到这美妙的歌声。正像他们唱的那样："花儿本是心上

2007 年 3 月 27 日，作者（中）在和政县出席"临夏州科技工作者乡村行"活动

2006年9月，作者（前排右二）出席中共临夏回族自治州委员会全委（扩大）会议

2004年5月12日，作者（前排左一）深入自己的联系县——积石山保安族东乡族撒拉族自治县，图为在居集镇深沟村与结对帮扶的贫困户共同商定脱贫致富的路子

的话，不唱是由不得自家……"

我第一次下乡来到积石山保安族东乡族撒拉族自治县，晚饭是在大河家镇一个农户家里吃的。餐叙中间男主人先给我们唱起了"花儿"："提起我的家呀我家在临夏，白布的尕汗褡呀，青布的黑夹夹，担来夏河水呀，尕锅里熬壶茶，远方的客人请下马看看我的家，先喝一碗尕青茶，拉拉家常话，站在高处看临夏变化实在大呀……"紧接着女主人唱道："黄河飞出积石山，养育了古老的大河家，保安三庄我的家，保安族姑娘美如花。"

唱"花儿"是临夏人一种不可替代的交际方式，尤其在招待宾客时，第一次见面，唱着"花儿"给客人送上祝福，有时感动得对方也以歌回敬，彼此交心、互动感染、增进友谊。

临夏的"花儿"，是人们心底流淌的歌、激扬的诗，是丰富生活的生动写照，是历史向前发展的形象记录。这些歌词大都来自群众口头用语，朴实无华，比兴风趣，耐人寻味，音律灵动，生机勃发，盈耳入心，使寻常生活富于诗情画意，使歌者内心更加丰富多彩。如今，"花儿"从民间山野走向了艺术舞台，走上了文学殿堂，走进了越来越多表演者和欣赏者的审美互动中。

一次在临夏市，正值春末夏初，走进居民的院落家庭，发现凡有庭院的住户，大大小小都有一个花园，专门种植河州紫斑牡丹。一些住户，在门前院落里种植着牡丹。住楼房的市民，在阳台上、窗台上也都摆满了牡丹盆花。无论园中花还是盆中花，红、白、紫、黄等异彩纷呈，摇曳生姿，雍容华贵，香气袭人，令人陶醉。

临夏人酷爱牡丹，种植牡丹历史悠久。早在800多年前，河州就有栽培牡丹的历史记载。花开时节，临夏大地到处弥漫着牡丹的芬芳，令人心旷神怡。现在种植牡丹已发展成本地特色产业，不仅作为退耕还林、荒山造林、水土保持的优选树种，更是调整种植结构，增加各族群众收入的有效途径。大夏河滨河路几十里牡丹长廊唱响牡丹的华章，牡丹园更是遍布河州。种牡丹、赏牡丹、唱牡丹，年复一年，经久不衰。

（原载于《甘肃日报》2022年3月13日"百花"文艺副刊）

绽放的人性之花

苦难中绽放的人性之花，最为鲜艳！

如果不是亲历其境，人们很难相信，十年前被特大暴洪泥石流灾害侵袭的岷县，如今变成了一幅美不胜收的生态田园画卷。参与救灾的那些日日夜夜，面对一幕幕突如其来的天灾下的惨剧，忍不住泪流满面；颤抖的灵魂，又被救灾的一个个动人故事所激励，升华成一种纯粹而高尚的情愫。

今年晚秋，我又一次走进岷州大地，满眼看到的是姹紫嫣红，郁郁葱葱。置身其中，一幅幅美丽宜居乡村画卷让人心旷神怡。一个个乡镇村庄白墙灰瓦、错落有致；一座座农家"美丽庭院"扮靓乡村；一条条道路干净开阔，两侧的树木生机盎然，一片金黄，房前屋后清爽整洁，村里村外井井有条，有序展开灾后重建的生动画卷。

然而，谁能料到，十年前一场突如其来的特大冰雹山洪泥石流突袭了岷县——耕地被毁，房屋倒塌，通信瘫痪，供电中断……灾害造成47人死亡、12人

| 2012年夏，作者（左二）在定西市调研

失踪、132 人受伤入院治疗，35.8 万人受灾。历史将永远记住这一天：2012 年 5 月 10 日傍晚。灾情就是命令，时间就是生命。我作为省政府副秘书长，因分管工作职责所系，奉命于当夜 11 时许从兰州出发，第一时间先行赶往岷县，与市、县领导一起组织救人、查看灾情、慰问受灾群众、指导抢险救灾工作……

越野车在兰州至岷县的公路上疾驰，驶入岷县北部海拔 2900 多米的木寨岭时便是雨夹雪，风挡玻璃前面，在车灯的照射下，棉球般的雪花和连成线条似的雨点，交替飞落模糊了视线，我们的小车，艰难地爬行着。深夜 3 点，我到达 18 个受灾乡镇灾情最严重的茶埠镇，一下车两腿就被漫过膝盖的淤泥死死吸住，用劲拔出腿脚，球鞋被吞没了，只好穿上当地同志找来的高勒雨靴开展工作。借着车灯的亮光环顾四周，现场被洪水撕裂的土地民房，满目疮痍，一片悲情，212 国道边茶埠镇卫生所旁的一座公路桥栏都被洪水冲毁了，近 10 米长的枯树根和淤泥、垃圾堆积在桥面上。

受灾场面惨不忍睹！当我们摸着夜色走进安置受灾群众的镇政府办公楼时，大大小小的会议室、办公室里挤满了翘首期盼黎明的妇老幼童。有的在喧嚷，有的在静坐，有的因无法联系到家人而焦虑。年轻母亲怀抱着婴儿在喂奶，孩童们在酣睡，还有的老人在掩面抽噎。该镇沟门村 24 岁的后明强说，下午 5 点多，一场冰雹突然袭来，紧接着是暴雨，局部雨量达 69.2 毫米。他爬上屋顶，却看到了一幕恐怖的景象：耳阳河水骤涨，以过往三四倍的惊人水量，吞噬了河坝、村道……耳阳村 60 余岁的老奶奶杨先巧哭着对我说，洪水袭来时，她和老伴正在吃饭，汹涌的水浪从门缝里冲了进来。老伴腿脚不便，她赶紧扶着老伴冲出大门尽力往附近的山上跑，好在村子里的年轻人帮他们一把，他们才得以逃到山势较高的地方。然而，就在她回头的一瞬间，家里的 7 间房子、2 座羊圈已被冲塌，300 只羊、1 头牛和所有的家具以及还没来得及卖掉的药材，全部被洪水冲走。说着她吞声欲泪，我紧紧握着杨先巧的双手说："老人家不要哭，洪水无情人有情。有党和政府的关心，有四面八方的支援，有灾区群众的自救，我们的新房子一定会盖起来的，我们的新家园一定会建起来的。"

2012 年 3 月 12 日，作者（前排右二）在天水市武山县马力镇北顺村检查工作

救人第一，抢险第一。在我驻扎岷县参与救灾的十多个日日夜夜里，每一天我都被抢险救灾的人和事感动着……袁成江、闾井镇干部，洪水发生后，在齐腰深的洪水中与村民一起抢救伤员，整整忙了一个晚上。第二天一大早就进入到寻人、救人的行列中。在禾驮乡救灾现场，我看到该乡卫生院院长包雪梅的眼中布满了血丝。站在她身旁的医护人员告诉我，灾害中，禾驮卫生院门诊部被冲毁，住院部被泥水浸泡，只能将学校作为临时医疗点。包院长和卫生院医护人员连续 30 多个小时没有合过眼。"病人太多，忙不过来。"包雪梅说。灾情刚刚发生时，已经下班回家的岷县公路段职工杨晓平接到了紧急出发的电话。时间紧急，什么都来不及带，他开着推土机出发了。"到处是洪水，山上不时有石土滚下，但我们一刻也不敢耽搁。"当夜，岷县公路段 80 多名职工全部上路抢修疏通道路。

众志成城，重建家园。风雪中，人民子弟兵、武警官兵等与村民自救队合力清淤。天水预备役旅的官兵们冒着雨雪在禾驮乡石门村清理淤泥，开挖被堵塞的桥洞，帮村民清理房屋。队伍中 4 名年轻的女战士干得十分努力，她们中年龄最小的只有 17 岁。清理木头的时候，王琼宇的手指头被扎破了，但她甩了甩手，继续坚持。"清淤泥，搬东西，啥活都干！"自救队的村民对我说。在抢险救灾的日子里，感人的场面处处可见，感动的故事层出不穷。

越是艰险的时候，人性的光辉越是耀眼！全国各地心系灾区，社会各界大力开展"送温暖献爱心"活动，纷纷伸出援助之手，踊跃向岷县灾区捐款捐物，中央和省、市、县各级财政积极安排救灾资金，帮助受灾群众渡过难关，重建家园，使九成以上受灾群众重建了新房……

历史是最有说服力的，人性的光辉在救灾和重建中闪光！

岷县，岷山，95 年前，中国革命的红色巨流就从这里经过，当时毛泽东率领中央红军越过岷山，长征即将结束。回顾长征一年来所战胜的无数艰难险阻，满怀喜悦的战斗豪情，他写下了"更喜岷山千里雪，三军过后尽开颜"的《七律·长征》。以人民为中心，在革命、改革和建设中，形成了一根红线，初心不改，贯彻始终，人性的光辉，超越古今！

世纪风呼啦啦吹到今天，看岷县处处发生翻天覆地的变化，岷州儿女正踏着红军留下的足迹，进行着新时代的长征。他们正用自己勤劳的双手和无穷的智慧，书写乡村振兴的新篇章，建设着一个更加美好的家园。

（原载于《民主协商报》2022 年 11 月 14 日）

兰州之夏

从大漠孤烟,峰峦叠嶂的裕固草原来到省城已经年。我最爱兰州的夏天。且不说"虹销雨霁,彩彻区明"的瑰丽色彩,也不表黄河般深邃的夜空,皎洁的新月。我最倾心的是金城生机盎然,浓绿波动,它载起了我人生的风帆。

夏天来了。兰州的夏天真迷人啊!清风徜徉,绵绵雨点,密密匝匝地笑着跳着,驱走空中的雾霾,涤净花草树梢的灰尘。于此,你深吸一口雨后的空气,犹如喝了一杯浓浓的咖啡,馨香浓郁,沁人心脾。

| 家人相聚中山铁桥前

夏天来了。黄河摆动着婀娜多姿的身躯，翩翩起舞。草更密了，山更青了。安宁的桃园，雁滩的果林，白塔山的苍松，五泉山的杨柳，浓荫掩映，溢光流彩……青青的果实滋滋地吮吸着树干的乳汁，如慈母怀中的婴儿。那绚丽灿烂的市花——玫瑰，更是争芳斗妍，滴翠泻绿，远远胜过了"天公巧制红罗锦，挂向风前散异香"的荷包。

　　夏天来了，东隅的太阳比以往明亮多了，她迈着勤快的步伐，五六点钟就露出笑脸，慰问早起的人们，傍晚七八点钟才把最后一缕光明送给暮归的行者。

　　哦，兰州的夏天景物如此可爱，它给人们的生活增添了无限的情韵……

　　街道上，车水马龙，人声鼎沸，各种小吃琳琅满目。累了，花前树下歇息，饿了，吃碗牛肉面、酿皮；渴了，冰棍、汽水、小香槟、兰州鲜啤比比皆是，应有尽有。逛金城的老汉高兴得眼睛眯成了一条缝。干散的小伙儿穿着背心，衬衣斜搭在肩膀、手腕上，多么惬意、神气。姑娘们扇动着连衣裙，如蜂蝶起舞，似惊鸿腾飞。"鼻涕将军"笑声连天，上身白衬衣，下身蓝短裤，脖子系一条鲜艳的领巾，谁不说像一朵朵花儿呢？盛夏与严冬相比，俨然两个世界。

　　正当"满目青山夕照明"的黄昏时分，路旁、树下、河边、草滩……鸟声啁啾，细语潺潺，是老人的聊天，是孩子们戏闹，还是恋人在窃窃私语……

　　人们都说秋天是收获的季节。农作物多在秋天进仓，乔木多在秋天结果。然而兰州的夏天却是瓜果的世界：白兰瓜溢香流蜜，南瓜、西瓜丰姿横陈，黄瓜、丝瓜丰润苗条，冬瓜、香瓜脆生生、胖乎乎，辣椒皱眉，茄子弯腰，西红柿朱红翠绿，马铃薯硕果累累……

　　呵，兰州之夏，是生长的季节，也是收获的季节。你犹如人之盛年，丰满厚实。我愿在这骄阳当空的夏天，努力干事业，出成果，不愿在风卷落叶的秋天，看着秋收的人们，兴一番悲叹！

（原载于兰州《金城》文学杂志 1986 年第 1 期，总第 30 期）

和政化石　见证沧桑

巍峨沉静的山峦河流养育了勤劳质朴的河州儿女，造就了独特的风土人情。我曾在临夏州委工作过5年，挚爱这片土地。离开多年了，这里的山山水水，这里的一草一木，令我魂牵梦绕，对这里的人民群众我更是深怀感恩。

河州古地，历史悠久文化底蕴深厚，在唐朝"天下称富庶者无如陇右"的时代，古河州成为"安乐州""上等州"。明代开屯田，兴水利，建番厂，重商贸，修城池，"河州遂为乐土"，已是"秦陇以西，繁华称首"之地。这片如今略显偏远但生机勃勃的热土，孕育了辉煌灿烂的文明：马家窑文化一枝独秀；"中华第一刀"林家遗址铜刀名扬天下；大禹治水"导河自积石"开启文明；"北部旱码头"商贸交流自古繁盛；"西北歌魂"河州"花儿"蜚声海内外……

大量出土的古动物化石，更是占据了六项世界之最。

临夏是远古时代各种动物繁衍生息的乐园。由于受到青藏高原隆升的影响，气候逐渐变冷，加之海尘陆岸，天翻地覆，大震频发，山崩地裂，在地质构造剧烈变化的背景下，史前古哺乳动物遭受到一场巨大的自然灾难，遂成为化石。亿万年之后，在临夏盆地中，发现化石埋藏点和出露点众多，古生物学家将这一片哺乳动物化石的产地统称为和政地区。这里发现世界上最丰富的铲齿象化石、世界上独一无二的和政羊化石、世界上最大的鬣狗化石、世界上最大的三趾马动物群化石、世界上最早的第四纪披毛犀化石、世界上最大的真马化石埃氏马等，这六项世界之最让这片沉寂千年的土地闻名遐迩。

行走在临夏大地上，看着起伏的山峦，想到在这里出土的数量巨大、种

2005年7月25日，作者（右三）在和政古动物化石博物馆调研时留念

类庞杂的古动物化石，让人不禁神游四海，心骛八荒，仿佛置身于茂密的远古丛林、奔走于各类动物种群之间。20世纪80年代，有位专家探察了临夏地区地质构造后，果断预言："临夏地区的红砂地质中，一定会有石破天惊的发现！"果不其然，考古学家们在临夏发现了大量被人们称作"龙骨"的化石。为了保护和政化石，当地政府一面取缔民间私挖乱卖活动，一面开始从民间征集化石，并从20世纪90年代开始进行大面积的收购，第一次征集到了1055件化石标本，后来又陆续征集了许多，截至目前，总共征集到各类古动物化石标本3万多件。尤其是第一次征集时，也是化石走私最为严重的时期，作为贫困县的和政出资53万元征集了千余件化石，一时间连机关干部的工资都无力发放。现在看来，正是那一次政府出资征集的行动，使得和政古动物化石的命运真正出现了转折。在国家、省里和中科院的大力支持下，当地相继建成了和政古动物化石博物馆、化石博览苑和桦林古生物化石原址埋藏馆，特别是古动物化石博物馆，是全国唯一一座古脊椎古哺乳动物化石博物馆，荣获2012年度第十届全国博物馆十大精品陈列奖，并获得世界纪录认证，被

确认为"世界上铲齿象头骨化石最多的博物馆"。远眺桦林古动物化石埋藏原址馆，螺旋状造型凸显"生命回响"主题，让人们读懂临夏山山水水神异玄妙。经过多方努力，当地建成了甘肃和政古生物化石国家地质公园，弥足珍贵的古动物化石在得到妥善保存的同时，也让人们与那个遥远的古动物伊甸园有了交流的平台。

走进和政古动物化石国家地质公园，年轮一般绚丽神奇的地质层面，如同卷帙浩繁的历史书页，无垠的岁月被定格在起伏的山峦断面之中。掩埋在泥沙下的化石，如同书卷中的象形文字，揭示生命的真相，破解地球演变的秘史，向人们诉说着不同时代、不同种群生命的繁衍生息。目睹斯地地层剖面，就能感知时空的变迁，每一层叠加留下的都是时间的重量。远古的岁月在此被浓缩定格成地球历史的片段，又被那神秘的自然之手装订成册，构成了高原史书博大的页面，成为献给世人无比神圣的惊世巨著。面对丰厚的自然之作，感受斑驳的风尘之重，让人不禁感叹大自然的沧海桑田和浩渺的史海风云翻覆。在生态环境脆弱的西北内陆，一点一滴的生命痕迹都让人心生敬畏，何况那些来自遥远年代的生命回响，让人们仿佛于天荒地老的时间空间中，看到了叶绿花红草长莺飞的昔日景象，给人以寄蜉蝣于天地，渺沧海之一粟的震撼与警醒：我们人类跟其他物种一样，只是浩瀚宇宙中蓝色星球上短暂的过客而已，过度的索取和肆意的破坏，只是在加速人类消亡的过程罢了，如何与这神秘未知的大自然和谐相处才是我们真正应该去探究的宏大课题。

在和政，扒开不深的泥土，就能找到大量的古生物化石，甚至很多村民家里就堆放着这些珍贵的化石。从 20 世纪 80 年代开始，国内外专家对和政地区发现的各类古哺乳动物化石进行了大量、广泛、深入的研究，并与其他地区发现的同类材料对比综合研究。极具科研、收藏和展览价值的和政古动物化石，吸引了国内外各界广泛关注。人类演化的规律跟其他动物非常类似，研究古生物化石，对研究人类起源有借鉴意义。临夏州与国家相关科研院所深度合作，围绕和政古动物化石先后召开多次国际学术会议，为更好地促进化石交流、展现化石魅力提供了科研保证。在向世界展现化石科研及普及价值的同时，专题研讨会的学术报告肯定了临夏盆地的主要哺乳动物群与青藏高原隆升的密切关系，不仅证明了和政化石填补了我国古哺乳动物化石收藏中的一个重要空白区，还为研究我国新生代晚期第三纪古地理古气候演变提供了重要的科学依据。和政古动物化石作为东西部文化交流的重要载体，在上海、厦门等地交流展览，引起了很大轰动。2013年，在台湾隆重推出的《从龙到兽·大灭绝与大演化特展》，让更多的台湾民众了解甘肃，解读临夏这个"古动物化石之乡"，体味兼具生物演化与生命美学之旅，亲身感受大陆自然历史文化，助推两岸携手探索生命演化迈出重要步伐。

茂密的原始森林早已不复存在、成群结队的远古动物都已被时光封印在形态各异的化石之中。在这里繁衍生息的人们，日复一日地在这片黄土地上辛勤耕耘。连接东西方交流的丝绸之路南道从河州经过，这条线路与中路、北路相比虽然路途略远，却因沿途富庶、安全，成为无数奔走于中原和西域之间的商贾、驿使、官员乐走的路线；丝绸之路南线和唐蕃古道在河州交会，文成公主、金城公主、弘化公主从此处进藏，历史的车轮不舍昼夜、滚滚向前，迤逦而行的商队、清脆悠远的驼铃和喧闹富丽的仪仗都跟随时光一同逝去。斗转星移，白云苍狗。站在青藏高原和黄土高原的结合处，又有谁能够想到，在远古时期，这里河流纵横、水草丰茂，曾是古生物生存的乐园？面对大自然的神奇巨变，不禁使人感慨万千。

"人事有代谢，往来成古今。"近代的临夏，由于军阀混战，民不聊生。新中国成立后，在中国共产党的领导下，临夏实现了民族区域自治，勤劳智慧的河州儿女挑起了"全国脱贫看甘肃，甘肃脱贫看临夏"的重担，全州上下和衷共济，抢抓"三区三州"建设重大机遇，"两不愁三保障"全面实现，高质量打赢了脱贫攻坚战，全面开启了乡村振兴的崭新征程。广大人民群众树牢再造绿水青山的坚定信心和决心，始终心系绿色崛起，深入实施黄河流域生态保护和高质量发展战略，立足新发展阶段、贯彻新发展理念、构建新发展格局，推动高质量发展，谱写了一个又一个奋发进取的精彩篇章。陇剧《大禹治水》、花儿剧《布楞沟的春天》《幸福像花儿一样》都讲述着从古到今在这片土地上发生过的感天动地的奋斗故事。

奋进新征程、建功新时代，临夏全州上下坚持文化铸魂、景观搭台、融合发展，深入实施"中华文明探源"和"考古中国"工程，挖掘和宣传化石文化、彩陶文化、大禹文化、石窟文化和独特多彩的民族文化，做活临夏大美山水，努力建设旅游目的地城市，促进文化和旅游综合消费，着力打造文旅首位产业。围绕创建和政古生物化石文化旅游区 5A 级景区，挖掘释放文化旅游资源优势潜力，实施"铸魂""探源""守根""塑形"行动，依托厚重多元的化石文化、红色革命文化，以及原生态花儿、傩舞傩戏、社火秧歌等民俗文化，加大花儿演艺、民俗展演等团队培养建设力度，实施非物质文化遗产传习中心、印象花儿实景演出、化石文化创意园等项目，组织创作富有时代气息的新花儿、新酒曲，打造研学探秘、民俗体验、革命教育等旅游新品牌。综合艺术家的审美视角、规划师的设计理念、美术家的描绘手法开展绿化美化工作，绿水青山中映衬着红瓦青砖，一条条生态长廊、艺术画廊正在形成，全面提升了"花儿临夏·在河之州"的知名度、美誉度。

如今的河州大地，六十里牡丹文化长廊，八十里大夏河风景线，太子山、莲花山、松鸣岩风光旖旎，惊艳了时光，黄河三峡的樵管惊秋、渔歌唱晚，迷醉了游人，独特的风土民俗带领人们感受古河州的万千风情，古动物化石遗址向人们揭示远古生命更迭的秘密，黄河山水文化给人们呈现出华夏文明的发展轨迹，宜居宜业宜游的生态新城乡向客商张开热情的怀抱。

这里化石数量之丰富、种类之繁多、保存之完好世所罕见。"江山留胜迹，我辈复登临。"三趾马、铲齿象、巨鬣狗、披毛犀……种类繁多、形态各异的古动物化石，无声地叙述着时光洪流中生物演化的精彩故事。神秘临夏从和政古动物化石到永靖恐龙足印，揭示着地球演化、物种进化、环境变化的深刻内涵和生命更替。源自唐朝的八坊十三巷，历经岁月的洗礼，依旧保留了独特的世相人情，古丝绸之路南道要冲、唐蕃古道重镇、茶马互市中心，一个个响亮的名号都在向人们讲述着从枹罕之地到西部旱码头，从河湟雄镇到幸福美好新临夏的历史变迁。"活着的诗经"花儿曲调在山水间久久萦绕，与一步一景的迷人河州风光汇聚成动人交响，传唱着临夏人民对美好生活的向往，赓续着他们创造美好生活的新故事。

（原载于《人文甘肃》第十辑，甘肃教育出版社 2022 年 6 月出版）

石窝青松

我沿着当年红军西路军转战的路线,来到肃南县红石窝村,请易明清老人带路,登临石窝顶。

"当年,转战呀,周旋呀,西路军又一次陷入了粮尽弹绝的境地。在这关键时刻,党中央从陕北来电了。徐向前等主要领导人就在这石窝山顶上召开了紧急会议。"老人健步走着,操着浓重的江南乡音说:"会上决定把三十军的千余人编为左支队,九军的三百多人和一百多骑兵编为右支队。根据中央指示,左支队冲出祁连山,向新疆星星峡挺进……"

老人参加过石窝顶战斗已是近半个世纪前的事儿,他记得如同昨日一般清晰。这位当年血气方刚、英勇善战的小伙,如今已两鬓苍苍,皱纹满面了,但那行进的步伐和速度仍留着当年的虎劲。

老人深情地说:"这就是当年召开红石窝会议和红军与敌人激战的地方。那三面绝壁的石崖顶上,就是徐向前等领导同志指挥战斗的司令部。"我顺着他指的方向望去,哦,多么险峻奇特的山崖呀!当年的战壕至今还有尺把深,蜿蜒不断,像一根绞断敌人喉咙的绳索;陡峭的山岩,像劈开苍穹的利剑神斧,立在四周。当年的炮壳子弹在松树上留下的小孔,现在已变成一个个空洞,足足能伸进一个拳头了。时隔48年,这些不朽的青松,犹如革命先烈的英灵,历经战火洗礼仍然昂首挺立。更使人惊喜的是:在那些粗壮耸立的苍松近旁,又有了那么多茁壮的幼松。它们冒着祁连山的冷风寒流,扎根在巉岩危石之上,用自己的新绿为这曾有过光辉一页的红石窝增添了盎然的生机和蓬勃的朝气。

作者在红西路军当年战斗过的肃南红石窝松林采风

山顶歇息时，我和老人聊了起来。在那场悲壮的战争之后，他被爱情的神箭射中了。

战斗中易明清的右脚脖被打断而落入敌人手中。敌人见他不能行走，便把他丢在康隆寺。好心的裕固族牧人焦斯巴楞大娘收留了他，还把自己的亲生女儿嫁给了他。从此，一家人靠游牧打猎过着和睦清贫的生活，然而，没等到解放，他妻子又离开了人世。性格开朗、善良温柔的丈母娘又给他介绍了裕固族孤女扫道麦吉做妻子。如今，易明清年已古稀、儿孙满堂，日子过得好不红火。

老人手抚青松，脸上不时现出欣慰的笑容。我望着他黑里透红的脸膛、粗壮有力的手，突然觉得面前这位坚韧不拔的红军战士多像山巅的青松呀！他们在血和火的洗礼中，不屈不挠，顽强生长；他们在民族团结的雨露滋润中，扎根祁连，更见精神！在他们身边，那一排排、一行行的小松树，不正拥簇着参天苍松，托举出一个崭新的时代吗？

遐想中，我似乎听到习习山风诉说着遥远的往事，巍巍劲松吟唱着祖国的新歌。

（原载于《兰州晚报》1985 年 5 月 16 日"兰苑"文艺副刊）

梭梭自述

——献给民勤沙生植物园的建设者

我叫梭梭,生长在沙漠。形似红柳,又像柴蓬。我的银灰色基干斑驳陆离,虬须般枝丫布满青筋,岁月在我身上留下深久的痕迹。当风暴伴着风暴轮番袭来时,我将身躯伸展,不为所动,与伙伴们手挽手,肩并肩,在荒漠中生出一片又一片,一丛又一丛,把浅绿和鹅黄的希望献给人间。

二十多年前,我伴着民勤治沙站的诞生,来到巴丹吉林沙漠边缘。年复一年,科学家们用我和其他伙伴向大沙漠挺进,与风沙拼搏。终于,我和伙伴们在流动的沙丘上铺设起了四米宽的带状黏土屏障。一批又一批本省、本国的,甚至国外客人来看望我,赞扬我为发展荒漠地区的林、牧、农、副业创了一条路,提供了技术措施和科学依据。

我是不怕风沙的,这一点我就像把我移植到这里的科学家们一样,每当狂风肆虐,黄沙四起,我甚至根部都裸露出来,但我髭髯般的根须扎得很深很深,风沙轻易是拔不出去的。

如今,我已成为固沙造林的先锋树种。人们称我是大漠的绿色皇后,染绿了一片又一片沙漠,而培育我的一些科学家们却两鬓染霜,把与风沙搏斗的记录,深深留在额上。他们有的来自万紫千红的绵绣江南,有的来自繁华的大城市。为了共同的事业,来到了巴丹吉林大沙漠的边缘,建起了沙生植物园,它现在已成为我国西北地区荒漠植物的科研、教学和与国外学术交流的场所。梭梭我在这里已经十一年了,已经有了五十多科的近三百种伙伴。我们这里可是个"大观"园,来者都感到大开眼界,仿佛走进了一个神话世界。看着多姿多彩的毛条、花棒、胡杨、沙拐枣、老鼠瓜、沙兰刺头、黄花矶松、中麻黄、齿叶白刺、罗布麻……谁会想到这里曾是大沙漠！

哦，亲爱的朋友！若奏梭梭曲，先唱"驼铃"歌。要称颂我，首先应赞美培育我的科学工作者，他们是可敬的，人们应当好好为他们谱一曲拓荒者之歌！

（原载于《甘肃日报》1985 年 4 月 4 日"百花"文艺副刊）

我爱白刺

在牧区工作，第一次下乡就来到了裕固族歌乡——明花。丝绸古道上此起彼伏的一路驼铃声，使人听得入神，那夕阳斜照下的长城峰峦和古老的骆驼城、明海城、莲花城更使我从内心发出赞叹："美啊，气象万千的古塞风光！"但除了这些令人欣喜的所见所闻，满眼看到的却尽是戈壁荒漠和柴蓬、枯草。正如唐代边塞诗人李益所说的："我行空碛，见沙之磷磷，与草之幂幂……"总觉得无可留恋。而居住在海子滩上的裕固牧民却告诉我说，在这荒漠之中，有一种形状像沙枣树枝一样的植物，名叫白刺。它生长在荒漠之中，给予人的甚多，要求于人的甚少，是戈壁荒漠中防风固沙的屏障。所有到过这里的游客，无不为它这种坚韧不拔、勇于献身的精神而赞不绝口，裕固族人民还亲切地赞它为"荒漠之松"。我便兴致勃勃地采来几棵白刺，把它折断捆成一小把，珍藏在背包里，每当看到它时，就思绪万千。

白刺，其貌不扬，远不及红柳那么秀丽明艳。我喜爱白刺，就在于它不像荒漠中的刺蓬、衰草，几经狂风黄沙的侵袭，就连根拔起，纷纷移散了。每当狂风肆虐，黄沙四起，别的野花异草都连根兀起，随波移动，而白刺却坚贞不屈，不怕黄沙掩身，任凭风沙摧折，兀立在沙漠峦中，昂首向天，风沙的洗礼、烈日的暴晒、严冬的寒流，几乎要把它的生命断送，但是，它献给大自然的仍是坚硬的体骨。

我爱白刺，是因为它耐寒、耐旱又耐涝，就像勤劳的裕固族人民，不管风吹雨打，不怕严寒酷暑，长年累月在草原和戈壁上傲霜斗雪。

白刺的可贵，还在于它可做烧馍、烧饭的柴火，也可把它砍来捆成圆柱形的捆子，作为林园、土地、村镇的围墙。它既是戈壁荒漠中防风固沙的钢铁长城，又是保护树木的优质原料，只要把白刺缠在树上，任何牲畜都难以啃掉树林的皮枝。

望着白刺，不知怎的，我忽地想起了党的好儿子焦裕禄，他为了改变兰考荒漠的面貌，抑制着癌症的疼痛，把最后的一滴血汗，都洒在与风沙斗争的疆场上。就连他瘦弱的遗体，也埋在了荒漠之中。望着白刺，我又想起了彭加木，他不眷恋舒适的生活，宁愿十多次来到西陲戈壁，在荒无人烟的戈壁滩上，去探求科学、走向真理，甚至以身殉职，消失在罗布泊畔的荒野里。他们不都正像一棵棵平凡而又坚强的白刺吗？

（原载《甘泉》文学杂志1983年第1期）

裕固之歌（上）
——富裕巩固的民族

也许是对裕固这个民族的崇尚，也许是在裕固草原上工作了整整16年的缘故，笔者虽然阔别草原度过了2000多个日出日落，但那晶莹的雪峰、挺劲的松林、广袤的草原、丰茂的牧场、洁白的羊群、悠然的牛群、奔腾的马群……更有那勤劳勇敢的裕固牧人的形象，就像万花筒一样在我眼前时常变幻，不时勾起我无数奇妙的回忆。

青春是美好的、宝贵的。我把最美好的青春年华奉献给了裕固草原，而大山、草原和生活在这块高山牧地上的各民族同胞，却给了我比青春年华还要珍贵的思想、灵魂、精神。雄峙的祁连山赋予我刚毅的性格，大草原拓开了我广阔的胸怀，裕固牧人浓酽的酥油奶茶、大块的手抓羊肉哺育了我的成长，草原上真挚温暖的生活丰富了我的人生，使我和高山、草原、牧人结下了深厚的情谊。每当我拿起笨拙的笔开始写作的时候，就感到有着写不完的草原故事。在欢庆肃南裕固族自治县成立四十周年的大喜日子里，我要为裕固人当家做主四十年而歌，用欢歌酿造沁心的美酒，用美酒谱写裕固新歌，献给肃南的父老乡亲，献给广大的读者。

甘肃独有的少数民族

这是一个古老而又年轻的民族；

这是一个勤劳而又善良的民族；

这是一个马背上长大的民族。

作者（前排左一）率员来到裕固牧民家

裕固族自称"尧乎尔"。历史上，裕固族曾有过各种称呼。在元代称为"撒里畏兀"，明代称为"撒里畏兀儿"，清代称为"锡喇伟古尔"或"西喇古尔黄番"。"黄番"是反动统治者强加给裕固族人民的侮辱性的称谓。解放初期，曾根据历史记载，称为"撒里维吾尔"。1953年筹备成立肃南自治县时，经裕固族人民充分协商讨论，一致同意用与"尧乎尔"音相近的"裕固"兼取汉语富裕巩固之意，作为全民族的名称。

裕固族溯源于我国古代北方民族回纥（回鹘）人，它同我国新疆的维吾尔族有着共同的渊源关系。有一首裕固族民歌传唱着裕固族东迁的故事：

说着唱着才知道了，
我们是从西至—哈至来的，
西至—哈至迷失了方向来的。
千佛洞、万佛峡来的，
青山头底下住下了，
我们是从远处迎着太阳光来的。

在历史上，从公元 6 世纪中叶到 11 世纪上半叶，裕固族的祖先曾先后建立过强大的回纥汗国和甘国和甘州回鹘政权，同历代中央王朝以及周围的兄弟民族政权有过广泛的接触，为共同创造祖国的历史，作出了宝贵的贡献。以后在长期的历史发展过程中，他们又融合了一些蒙古部落，以及藏族、汉族等兄弟民族，才逐渐形成了今日的裕固族。

裕固族是甘肃省三个特有的少数民族之一，人口万余。主要聚居在河西走廊中部的祁连山北麓、张掖地区肃南裕固族自治县境内，从明朝裕固族东迁入关始，他们在肃南草原上已经生活四五百年了。裕固人性情豪爽，英勇剽悍，男女善骑善猎，善歌善舞。男子除放牧以外还从事其他劳动，妇女主要担负挤奶、织褐、捻线、接羔、采集、打酥油等家务活。

裕固族虽然没有文字，但在长期的历史发展过程中，以他们的聪明才智，创造了本民族丰富多彩的民间文艺和口头文学，包括历史传说、故事、谚语和歌谣，其中以民间叙事长诗《我们来自西至哈至》《黄黛成》《萨那玛可》最为有名。这些作品以优美朴实的曲调，形象精练的语言，丰富生动的内容，独特鲜明的民族风格，叙述民族历史，吟诵爱情，歌唱劳动，憧憬幸福，充满了历史上被压迫者的满腔悲愤和强烈控诉，是我国民间文学宝库中的珍品。

裕固人一出生就沉浸在歌海里。歌声伴着裕固人的一生。比如能劳动了，那歌就更多了，放牧有歌，织褐子有歌，捻线有歌，割草有歌，挤奶有歌，奶幼畜有歌……

裕固人多能触景生情，即时随意地创作歌曲。裕固民歌绝大多数以口头形式，飘飞在美丽富饶的肃南草原。倘若你有幸到草原一游，裕固族姑娘的歌儿准能唱得飞落你的心窝窝。

丰腴美丽的草原

有人说，陕西有八百里秦川。我要说，肃南有八百里祁连。素有"万宝山"之称的祁连山，宛如一条巨龙纵卧在东西长 650 公里的肃南裕固族自治县全境。冬天，千山万岭一片洁白，银光熠熠；夏天，雪线把它拦腰斩断，

驰骋裕固草原

上端仍然积雪，银光四溢，下端却林木茂盛，滴翠泻绿。正是祁连雪峰的积雪，如母亲的乳汁一样成为河西走廊的众海之母，是河西人民赖以生存的命脉。有雪才有水，有水才有森林、草原。这里的草原、矿藏、森林、水利和秀丽的山水、众多的名胜古迹，构成了自治县得天独厚的资源优势。

在这块富饶的土地上，有可利用草原2133万亩，主要养殖甘肃高山细毛羊、牦牛和骆驼，牲畜总头数达70多万头（只）。浩荡如云的祁连山原始森林，像一条绿色的长带，飘荡在裕固草原的高山牧地。全县森林面积859.1平方公里，林木总蓄积量858万多立方米，以青海云杉为主体的祁连山森林和草原生态系统、高山雪岭组成了完整的"天然绿色水库"。每当盛夏，走进祁连林间，百鸟啼鸣，百花斗妍，偶然还有金鹿、青羊、野兔出没，赤鹭起飞，使人迷恋陶醉。刚健挺拔的松柏，富有诗意的山柳，繁茂稠密的灌木丛，泻绿滴翠，连枝叶间筛下来的阳光，都呈绿色。这时，若要深吸一口林间空气，犹如喝了一杯浓浓的咖啡，肺腑清香，精神欣然。正如裕固族人民在民歌中唱道：

走进鲜亮的草原，近观裕固族服饰

没有高耸入云的祁连山，
就没有雪水灌溉的良田；
没有浩瀚郁葱的林海，
就没有翡翠铺成的草原；
没有中国共产党的领导，
就没有千里祁连的今天。

源于祁连山、始于自治县境内的964条冰川，总面积408.68平方公里，冰储量159亿立方米。石羊河、黑河、疏勒河三大水系10条主要河流和23条支流，水能蕴藏量约204万千瓦，流经河西走廊三地区六市十一个县，既灌溉着4.5万公顷良田，又为工业、畜牧业、林业的发展提供了丰富的水资源。得天独厚的自然环境，繁衍生息着270余种野生动物，以雪豹、马鹿、西藏野驴等最为珍贵。还盛产麻黄、大黄、秦艽、黄芪、鹿茸、麝香等几十种珍贵药材。

叩开祁连山的大门，剖开肃南草原厚厚的地皮，地层深处蕴藏着极为丰富的矿产资源。现已初步探明的矿产有27种，矿点228处。不仅有大量的金、铁、铜、铝、铬、锌、锰、镍、锑、钨等金属矿产，而且有煤、石膏、萤石、大理石、玉石、石棉、芒硝、黏土、云母等非金属矿产。这丰富的矿藏资源，为发展肃南地方工业和对外经济协作创造了优越的条件。

在这块神奇的土地上，风光秀丽，景色宜人，名胜古迹和艺术瑰宝散落遍地。闻名遐迩的藏传佛教胜地马蹄寺，使1700多年前的石窟艺术大放异彩。马蹄寺包括南、北马蹄寺、千佛洞、上下观音洞和金塔寺石窟群等7处景点。据《甘州府志》载，马蹄寺"石窟凿于郭瑀以及弟子，后人扩而大之，加以佛像"。这些石窟群分布在群山环抱的临松山上，林木葱茏，景色优美。特别是高达40多米的"三十三天"石窟，分上下7层，层层相连，洞洞相通，为国内罕见。金塔寺高肉雕影塑飞天的精湛艺术更是令人叹为观止。沿着垂直于地面60米、像"天梯"一样的208级台阶攀崖而上，洞窟里的佛、菩萨、比丘、天王泥塑像等神情各异，虽经历代彩修，但仍保留着晋代早期塑像质朴简练的特征。令人最感兴趣的要数窟正中通顶中心方柱四面龛顶上的大型影塑飞天，全是彩塑，方柱的每面有八身或六身。古代匠师们把圆雕、浮雕和彩塑的手法在这里完美和谐地结合起来，使飞天部分着壁，其余悬空，做呼之欲起、腾空飞舞之势，看上去栩栩如生，立体感、动感强烈，是全国罕见的文物。1954年著名考古学家史岩在"考察记"中对飞天的评价写道："体形极大，做法采用了高肉雕，富有立体感觉，而且体躯健实，姿态生动自如，艺术成就上比较莫高窟那种小型浮雕式的近于平面的影塑，又提高了一步。它给予人们的感染力大大地超出影塑，艺术家非有更健全的想象力，更高度的表现技术，更丰富的造型经验和大胆的构图设计能力是不能做到的。"

除马蹄寺、金塔寺、文殊寺、沙沟寺等名胜外，自治县境内还有气象万千的草原风光；有鬼斧神工的奇山怪石；有漫山遍野的原始森林；有清澈湍急的大川小溪；有被称为沙海明珠的东西海子、观山旱海；有距离交通干线最近的冰川——七一冰川。在肃南，从东面的皇城区到西面的祁丰区，已形成了一条瑰丽、神奇、迷人的旅游风景线。裕固族、藏族、蒙古族独特浓郁的民族风情，更为自治县旅游业增光添彩。

在这块殷实的土地上，有中国革命史上的光辉一页。1936年，徐向前、李先念等率领的红西路军西渡黄河，攻山丹，进张掖，战临泽，最后转战进入裕固族居住的祁连山区的东西牛毛山、康隆寺、马场滩一带，与数倍于我的马步芳反动军队浴血奋战，还召开了著名的"石窝会议"，留下了悲壮的历史篇章。半个多世纪后，徐向前、李先念、李卓然的骨灰又撒在了祁连山，撒在了肃南草原这片曾被烈士鲜血染红的土地上。如今，草原上仍传诵着"红军泉""屈大哥送红军""小班弟""红女人"等反映红军与裕固族人民鱼水关系的动人故事。在石窝山巅建成的"红石窝会议纪念碑"，在自治县首府红湾寺修建的"红西路军纪念塔"等，是历史的见证，教育和鼓舞着一代又一代的来自全国各地的礼拜者。

今天，美丽富饶的肃南草原，以她崭新的风姿，博大的胸怀，独特的民族文化，炽热的民族情谊，丰富的物产资源，多姿多彩的祁连秀色和改革开放的满腔热情，欢迎国内外朋友们到裕固草原来。

（原载于《丝绸之路》杂志 1995 年第 1 期）

裕固之歌（中）

——从封闭走向开放

世世代代以放牧为生，过惯了"一顶帐篷驮牛驮，随着牛羊度生活"的裕固族，如今在市场经济急切呼唤下，转换观念，立足支柱产业和传统产品，走向市场，投身开放大潮，唱响了"千年牧歌唱新曲，裕固人走上五彩路"的时代新歌。

巍峨的祁连山冰川雪水滋育了丰美的草原，以绵羊、山羊为主的畜牧业是裕固人世代相承的支柱产业。长期以来，裕固族牧民习惯于自给的封闭式生活，"一只羯羊换几块茶，一斤羊毛换几斤盐"，自满自足，安贫乐道。家中牛羊数量多寡，成为衡量谁富谁贫的唯一标准。这种落后的惜杀惜售的观念，不仅造成了超载放牧、牧草退化的矛盾，而且造成了畜群"夏肥、秋壮、冬瘦、春死"的恶性循环。加之偏远闭塞，畜产品价格反馈既迟又不准确，自治县畜牧业在相当长的时期内发展缓慢，经济效益较差。

改革大潮的猛烈冲击，国家对畜产品价格的调整和牧区改革政策的出台，不仅疏通和拓宽了畜产品销售渠道，也把裕固人推向了商品经济的浪潮之中。封闭的草原敞开了宽阔的胸怀，封闭的牧人开始改变"帐篷前的牛羊越多越富有"的传统观念，逐步树立起了合理出栏和及时淘汰老弱畜的思想，积极主动地把绒毛、肉食、皮张等畜产品推向市场，随行就市，按质论价，多渠道自由交易，既满足了市场需求，又增加了自己的收入。尝到市场经济甜头的牧人，把增加的收入用于扩大再生产，自觉投资改善牧业基础设施条件，其生产、生活方式也随之发生了显著变化。从 80 年代中期开始，自治县动员国家、集体、个人一起上，大搞栽桩、刺丝围栏和网围栏，以户为主并且种植了大面积的人工草地，大大提高了草原单位面积产草量，增加了载畜能力。红石窝乡的广大裕固族牧民自筹资金 200 多万元，围栏草原 9 万亩，畜均 2.4 亩，有的牧户已将冬春草场全部围栏，草原利用率提高了 30%。牧民王学宝先后投资 5.7 万元，在承包草场上建蓄水池 2 个，羔羊暖洞 21 个，种植饲草料基地 14 亩，逐步向配套的家庭专业化牧场发展。如今的肃南草原上，围建的草库伦内牧草丰茂，为春季缺草时节饲养牲畜打下了物质基础。那一排排木桩、水泥桩、铁桩，像列队的卫士，那一条条铁丝网如构筑的长城，显示出科学养畜的丰硕成果；一座座坚固耐用的新式羊舍、畜棚，为母、幼畜安全越冬创造了条件；机井、土井、塘坝等水利设施的不断增加，大大缓解了部分干旱草原人畜饮水的困难。据统计，自治县近 10 年间用于畜牧业基本建设的投资多达 2100 万元，累计围栏草场 100 万亩，畜均达到 2 亩。修建标准化羊舍、畜棚、畜圈 7361 个。1990 年，又以原有甘肃高山细毛羊为母本，引进了新西兰美利奴和邦德种公羊，采取集中采精，大倍稀释新技术，进行导入澳血改良，使 98.73% 的绵羊全部改良，产毛率与羊毛质量明显提高。肃南裕固族自治县也因此跨入了全国细毛羊基地建设先进县行列。

▎1987 年 10 月，肃南县、区、乡三级工作组在韭菜沟乡种公羊草场现场观摩（前排右二为作者）

祁连山是祖国著名的宝山，素有"聚宝盆"之称。著名的"夜光杯"原料产地就在肃南。千百年来从事畜牧业生产的裕固族人，把心中的赞歌都献给了美丽富绕的牧场，却没有唤醒那些在地下沉沉酣睡的丰富矿藏。矿藏，就像祁连山顶晶莹的积雪一样，是一种神秘的存在。

如今，祁连山依然皑皑白雪，熠熠银光。然而，在商品经济浪潮的冲击下，千山万壑间却锤声叮叮当当，机声轰轰隆隆，世世代代只知道放牛牧羊的裕固牧民终于叩响了祁连山的大门。他们既放牧，又开矿。一时间，国营的、集体的、个体的，县办、乡办、村办、联办的铜矿、煤矿、石棉矿……如雨后春笋，层出不穷。黄色的铜、褐色的铁、黑色的煤、白色的石棉、红色的花岗……开辟出了裕固人五彩的路，五彩的宝藏被源源不断地开发出来。现在，自治县国有、集体、个人各类矿业产值达4000多万元，占当地工农业总产值的40%。

矿产资源的开发大大增强了自治县地方财政的实力，进一步加快了裕固族牧民脱贫致富的步伐。特别是大办乡镇企业，不仅使口袋里鼓鼓的牧民们增添了笑容，而且也增强了他们投身商品经济潮流冲击的搏击力，拓宽了视野。人说皇城区马营乡除畜牧业外有二宝：一是煤，二是萤石。乡里从1983年起就办起了萤石矿。裕固族矿长安有财原是牧业生产队队长，管理畜牧业是行家里手，经营企业还是头一遭。起步几年，企业效益一直不太好。挫折磨炼了他的意志，也打开了他的眼界，他致力于扩大产品销路，亲自带人上西宁，下西安，进兰州；摸市场，问行情，产销挂钩，终于叩响了产品市场之门，部分产品还远销国外。像安有财这样通过开矿采矿、办乡镇企业而逐步参悟市场经济之道的牧民，在肃南草原上已不是一个两个，而是成百上千了。裕固人在市场经济的洗礼下，日益精明起来。"葡萄美酒夜光杯"早已成为千古绝唱。过去，裕固人只是将开采出的生产夜光杯的祁连玉石料用牦牛、汽车运往山外，1993年，县里购进先进的超声波玉石钻孔机、研磨抛光机等加工设备，建起了自己的宝石工艺厂。夜光杯、水晶石眼镜、玛瑙项链等产品摆上了北京、广州等大都市的商厦货架。县皮毛厂从生产皮鞋、毛毡、山羊毛房毯起步，发展到现在的白剪绒干衣、染色剪绒干衣、反毛皮衣、风雪大衣等皮革系列产品和款式新潮的男女皮夹克、中长皮大衣、皮裙、皮手套等市场抢手货。该厂生产的"雪莲"牌裕固族羊剪绒皮衣，被轻工部、国家民委评选为"全国少数民族用品优质产品"。今日的裕固族，他们叩响的不只是祁连山这座宝山的大门，同时也在越来越有力地出入于市场经济大门。

百灵鸟儿在欢乐地歌唱，
天边飞来金色的凤凰，
哎咳哟，欢迎您啊远方的客人，
草原就是你的家乡……

闪亮的酒杯高高举，
这酒杯斟满了情和意。
祝愿朋友身体健康，
祝愿客人吉祥如意……

这是祁连山的歌声；这是大草原的歌声；这是裕固族同胞的歌声。宽敞的帐篷，荡悠悠的歌声，喷香的奶茶，诱人的手扒肉，醇醇的青稞酒与江南小桥流水、亭台楼阁、轻歌曼舞迥然不同。但从裕固族的歌声中人们看到了这个民族改革开放的强烈意识。

伴随着社会主义市场经济的发展，古老而又年轻的裕固族在全新的启动点上，正放眼八方，敞开山门，走出草原，再造辉煌。当裕固人直接参与市场经营时，就如骏马有了驰骋的广阔天地。他们勇敢地跨越祖祖辈辈"羞于言商、耻于经营"的"雷池"，走出帐圈，击浪商海。祁文乡文殊村牧民杨永胜依托家中养羊的优势，去嘉峪关市场办起了阿艳喜清真餐馆，月收入 2000 元以上，还在城里购买了三套商品楼，过上了以前想都不敢想的城市生活。三年前，区、乡动员牧民去马蹄寺旅游区内从事牵马、摆摊设点搞饮食服务，许多人视为"丢人"而不去干。如今却有 70 多个牧民主动牵着骏马，供游客上山、照相，90 多户牧民经营饮食服务、卡拉 OK 厅、录像厅、小旅馆、茶

白云深处裕固族人家（前排左二为作者）

座等，收入十分可观。草原上的牧羊人还把自己自产自用的牛奶、酥油、曲拉等拿到市场上变成抢手货。一些有头脑有见识的牧民从事商业、饮食、贩运等二三产业，将本地的活畜、皮毛、牛羊肉等贩出去，再将外地的日用品等运回来，奔波于南北东西，活跃于市场与草原之间，被誉为"草原上的倒爷"。

牧民们还将独特的民族帐篷改制成供人们吃、住、玩、乐的接待景点——"裕固之家"，不仅在县境内的红湾寺、马蹄寺、文殊山等旅游胜地遍地开花，而且跻身省城兰州的五泉山、白塔山、雁滩、兴隆山、西固公园和张掖、嘉峪关、酒泉、金昌等城市。谁能料到，两年前还只能在草原上使人心旷神怡、如痴如醉、流连忘返的场面和情景，如今却搬进了大都市的公园、文化宫等娱乐场所，让城里人大饱眼福。这不仅宣传了肃南，提高了本民族的知名度，培养了一批率先走向市场的"排头兵"，而且取得了显著的经济效益。无论你在城市还是到草原，只要走进"裕固之家"帐篷前设的"家门"口，从帐篷中就会走出一群热情奔放的裕固族男女青年，他们身着艳丽的民族盛装，端着美酒，捧着哈达，载歌载舞地向客人们走来。热情的主人首先向客人献上洁白的哈达，然后在裕固族姑娘迎客的歌声中，用银碗向客人敬"迎宾酒"以示对客人的欢迎。走入帐篷刚刚落座，裕固族姑娘就轻手轻脚地在你面前的茶几上摆上奶茶、酥油、曲拉、炒面、白糖和油果子，客人可以根据自己的喜好随意享用。奶茶的香味还在口中回味，又香又酥的手抓羊肉又端上来了。当客人们津津有味地品尝手抓羊肉时，裕固族姑娘就开始用歌声表达对客人的敬意，热情的主人就开始用龙碗敬青稞酒，忘身事外的客人就开始翩翩起舞了。最使客人感动的是在"裕固之家"喝酒没个够，盛情总是难却。伴着"双手捧起甘甜的美酒，裕固人民和你们亲如一家"的悠扬歌声，一个接一个的裕固族姑娘、小伙双手捧着酒杯唱祝酒歌，唱一支歌给每一个客人敬一杯酒，唱了一支又一支，敬了一巡又一巡，酒杯不干，歌声不断，不停地敬，不停地唱：

    金杯、银杯斟满酒。
    双手举过头，
    酥油、奶茶、手扒肉，
    今天喝个够。
    朋友啊朋友，
    请你尝尝，
    这酒美好，
    这酒纯真。
    在这"裕固之家"里，
    我们友情长久，
    让我们肝胆相照，共度春秋……

  即使在都市的闹市之中，这些不是很大的帐篷，却创造出了完全不同的多彩世界：就是在这种追求效益的经营活动中，裕固族人依然不失他们纯朴、豪放的民族本性，没有丝毫的矫情与做作。

  在他们那样一种真诚友好的环境和氛围里，人们的心头架起了一道友谊的彩虹。此时此刻，此情此景，既让你陶醉于欢乐之时，又使你忘情于歌声之中，你就会情不自禁地接受裕固人所有的盛情安排，就是不会唱歌、不会跳舞的人，也加入了那些唱者、舞者的行列。又有谁能不"一醉方休"呢！

> 尊敬的客人你不要走，
> 裕固人民把你留。
> 深情的酒杯高高举，
> 请喝这杯友情酒……

尽兴吃饱、唱够、喝好、跳完舞的客人最后喝完酸奶就要告辞了，在"家门"口，主人又在歌声中敬"送客酒"。裕固人的情意就像青稞酒一样醇，一样浓。

裕固族，勤劳的民族，好客的民族，开放的民族！

（原载于《丝绸之路》杂志1995年第2期）

裕固之歌（下）
——启人心智的文化教育

美丽富饶的肃南草原，不仅孕育着丰富的地上地下资源，也孕育着启人心智、绚丽多彩的文化教育。挚爱草原的裕固族人民，对这方糅合着清丽秀美与粗犷剽悍的土地，对那深蕴在大山褶皱与草原人家的生活矿藏及文化教育内容，有着直接的感知与特殊的悟性，他们对文化教育的崇尚与追求，为改革开放大潮中自治县经济的发展，注入了如山泉般甘洌清纯的新鲜血液。

一个民族的繁荣与发展，既要靠经济，又要靠文化教育，而经济的兴衰，最终取决于人的素质。裕固人历来崇尚教育。新中国成立前，曾有明花、大河一带的一些牧民，为了让娃娃不当"睁眼瞎"，省吃俭用，长途跋涉送子女到兰州上学。新中国成立后，在党和政府的关怀下，裕固族自治县的民族教育事业有了长足发展。到目前，自治县各级各类学校由1954年建县时的8所增加到59所，其中完全中学2所、寄宿制民族中学1所、十年一贯制学校1所、八年制学校4所、乡镇中心小学30所、村学32所。在

与家人同行

校学生由建县前的 307 人增加到了 5746 人，其中少数民族学生 3113 人。已初步形成了以普通教育、职业技术教育、成人教育为主体的比较合理的民族教育体系。截至 1993 年，全县适龄儿童入学率达 98.2%，在校学生年巩固率 98.2%，小学生毕业率 96.8%，普及率 96.3%。青壮年中文盲率下降到了 15%。经省上验收，已完成了普及初等义务教育任务。自治县有大学本科毕业生 89 人，专科生 321 人，中专生 1016 人，高中毕业生 3092 人。平均每万人中拥有大中专和高中毕业生 1282 人，高于全省和全国的平均水平（全省为 892 人，全国为 945 人）。现在，裕固族不仅有了自己的中专生、大专生、本科生、研究生，而且有了自己的讲师、教授、医师、畜牧师等中、高级知识分子。从中央有关部门到省、地、县党政领导机关，都有裕固族的干部。80 年代以来，随着牧区经济的蓬勃发展和牧民收入的大幅度提高，裕固人兴教办学的积极性空前高涨。富裕起来的牧羊人把手中的钱一部分用于扩大再生产，一部分用于集资修建校舍。如今的裕固人，不再满足于让后代结束本民族"结绳记事，点豆计数"的愚昧生活，而是追求更高层次的教育。许多牧民为解决子女上学往返路途遥远的问题，在县城和区、乡所在地建起了专供孩子上学的"陪读房"。

崇尚教育成为一个民族的集体意识和人们的普遍行为时，它所带来的必然是这个民族追求文明、走向进步的盎然生气。

在姹紫嫣红、令人目不暇接的我国各民族文化的原野上，裕固族也有一片独树一帜的花圃。悠扬、欢快、甜润、优雅、亲切的裕固族民歌，有时唱得叫人心上淌蜜。裕固人无论男女老少都爱唱歌，正如裕固族俗语所说："当我们忘记了故乡的时候，故乡的语言我们忘不了；当我们忘记了故乡的语言的时候，故乡的歌儿我们忘不了。"

裕固族最早的歌，可以追溯到她的先民的《敕勒歌》：

敕勒川，阴山下，
天似穹庐，笼盖四野。
天苍苍，野茫茫，

风吹草低见牛羊。

据史书记载：敕勒族"男女无小大，皆集会。平吉之人，则歌舞作乐"。5世纪中叶，他们还召开过有数万人参加的祭天歌咏大会，"歌吟忻忻，其俗称自前世以来无盛于此会"。敕勒族能歌善唱的传统，被他们的后裔裕固族人保持下来了。在长期的历史发展过程中，裕固族人民用自己的智慧创造了内容极为丰富、形式多样的民间文学，它们在本民族群众中广为流传并不断发展。

裕固族民歌大致可分为传统民歌（包括叙事民歌、劳动民歌、习俗民歌）、情歌、民间小调和新民歌。

> 有名的萨娜玛珂啊，
> 闻名全世的萨娜玛珂；
> 你走到哪里就唱到哪里，
> 山坡上却成了你的归宿；
> 你的骨头变成鄂博，
> 让人们天天都来敬仰；
> 你的眼睛变成灯笼，
> 照亮人们黑夜走路明；
> 你的鲜血变成大涝（即大潮水），
> 白天鹅成对落在上面；
> 你的头发变成牧草，
> 让裕固人的牲畜吃个饱。
> ……

这首典型的叙事诗《萨娜玛珂》，是歌颂和怀念裕固族女英雄萨娜玛珂的，至今还在流传，经久不衰。

裕固族人民以牧为主，在放牧时经常要唱牧歌，还时常出现对歌，这些对唱的牧歌基本上是情歌。如《你为什么要脸红》：

> 女唱：要吃酥油你莫作声，
> 初次见面你为什么脸红？
> 要骑马驹你莫要跑，
> 初次见面你为什么低头笑？
> 男唱：我把牛羊赶到沙柳坡，
> 沙柳坡上骆驼多；
> 我唱牧歌羊吃草，
> 姑娘你为什么偷看我？
> ……

这样即兴对唱的民歌，可以无休止地唱下去。对歌的最终目的是要取得对方的好感，进而产生爱情。

裕固族人民长期和汉族人民友好相处，学会了不少汉族小调，但更多的

| 心花怒放裕固草原

是自己创作的、用本民族语言演唱的小调。如反映过去冬季裕固驼户走南闯北、非常辛苦和劳累的小调《驼户难》：

> 驼铃响彻戈壁滩，
> 驼户行路四更天；
> 露宿沙漠披毡片，
> 驼户人儿受熬煎；
> 站大走到深夜半，
> 站小走到二更天；
> 鞋底破了赤脚行，
> 驼户人儿苦难言；
> 肚子饿得腿发软，
> 衣服破烂不御寒；
> 戈壁路途长又远，
> 驼户人儿更艰难。
> ……

新中国成立以后，裕固族人民不再受奴役、压迫，当家做了主人；在经济上也彻底翻身。裕固族人民纵情歌唱，歌唱共产党，歌唱毛主席，歌唱人民解放军，赞颂新社会、新生活。于是，新民歌应运而生。如《父亲和母亲》：

> 那热爱天空的，
> 是太阳和月亮；
> 那热爱孩子的，
> 是父亲和母亲；
> 那热爱各族人民的，
> 是伟大领袖毛主席。

《裕固人民纵情歌唱》：

> 天空是这样晴朗，
> 万山也换上盛装，
> 美丽富饶的肃南草原，
> 洒满了万道金光——
> 裕固人民纵情歌唱。

《裕固人走社会主义路铁了心肠》中唱道：

> 雄鹰在暴风中飞翔，
> 靠的是矫健的翅膀；
> 革命的航船乘风破浪，
> 因为有党中央导航！
> 草原上牛羊膘肥体壮，
> 靠的是水草丰茂的牧场；
> 靠的是走社会主义路铁了心肠，
> 因为有伟大的毛泽东思想！

裕固族新民歌，思想内容健康向上，表现形式热情奔放，充分表明裕固人坚信共产党的领导，坚定地走社会主义道路。如果说，辽阔的肃南草原是裕固族民歌的海洋，那么一代接一代的民歌手就是海上善歌善舞的"海鸥"。歌的海洋，培育了许多优秀的裕固族民歌手。老一代歌手不但能连续演唱倾诉旧社会苦难生活的苦歌、习俗歌、叙事歌，而且能即兴创作歌颂新生活的赞歌。特别是党的十一届三中全会之后，伟大祖国的艺坛百花盛开，争芳斗妍，裕固族歌坛上也相继出现了一大批后起之秀。裕固族牧民歌手的女儿阿尔昂·银杏吉斯，14年前，她以那首"裕固族姑娘就是我，姑娘我心中歌儿多"的成名之歌，登上了少数民族歌星荟萃的殿堂——中央民族歌舞团。十多年来，她没有忘记大漠戈壁、茫茫草原赋予她的激情，没有忘记父老乡亲对她的谆谆嘱托和殷殷期望。党和人民的关怀，使这位年轻的歌手在艺术的道路上逐渐成熟起来。在北京，她先后多次参加了中央电视台举办的节日大型演出。她录制的《大地五十六彩》独唱磁带在全国发行后，得到专家的好评和广大听众的喜爱。她还应邀到匈牙利等国演出，那优美的裕固族民歌的旋律，使异国观众看到了在世界东方有一个兴旺的民族。现在，她不仅能用本民族的语言唱本民族的歌，而且她还会唱维吾尔族、回族、蒙古族等十多个少数民族的歌。裕固族青年歌手雅荷洁斯，不仅歌唱得好，而且长于表演、报幕、弹琵琶和钢琴。她演唱的《裕固草原换新天》等歌曲，获全国首次乌兰牧骑式文艺汇演优秀表演奖。裕固族独唱新秀贺俊华参加了甘肃省青年歌手选拔赛，获三等奖。她还先后参加过全省少数民族专业文艺调演和首届丝绸之路节、第四届中国艺术节等大型文艺演出。如今，老一代裕固族歌手有的已渐渐隐身，有的已满头银发，而新的一代正大踏步起来。这些活跃在草原上的青年歌唱家，继承和发扬老民歌手的艺术，并不断开拓、创新。放眼展望未来的裕固族民歌海洋，定会是更加宽阔的世界。

在丰富多彩的裕固族文化艺术中，富有特色的民族舞蹈，犹如五彩缤纷

裕固族文化走向世界（2017年11月作者率领"中国西部文化美国行"演出团出访美国洛杉矶、圣地亚哥、旧金山、硅谷等）

的朵朵奇葩,盛开在肃南草原。无论是明花草滩,还是洮翔河畔;无论是祁丰南山,还是红石窝边;无论是水关峡谷,还是马蹄寺景区,到处都能领略他们的高歌欢舞。这些歌舞,既有源远流长的历史积淀,又现生机盎然的传承新姿,其内容之丰盈,色彩之斑斓,令人叹为观止。

裕固族的舞蹈,主要有民间舞蹈和现代舞蹈。民间舞蹈在历史上曾有过辉煌的时期和丰富的种类。在唐朝,裕固族的先民——回鹘人的舞蹈艺术就十分发达。但随着社会文化环境的变化,许多舞蹈已逐渐失传,有些只出现在传说和石窟壁画中。而在民间只有为数不多的几种,如流行在裕固族居住的西部地区的劳动舞,一般多表现打沙米、割草、捻线、织褐子等生产和生活动作。表演时,男女人数相等,男子动作刚健有力,女子动作柔软灵活,边歌边舞,虽然队形简单,但生活气息浓厚。而另一种流传较广的欢庆舞,其形式多种多样,一般多为男女老幼排队或转大圈而跳,中间置以篝火和猎物,在鼓声和歌声中起舞,节奏往往由弱变强,佐以"啦、喽、依哟"的集体呼号声,气氛异常热烈。这种舞蹈多在喜庆丰收、欢度节日时表演。

裕固族现代舞蹈,主要是在新中国成立以后发展起来的。50年代末,自治县歌舞团在有关专家的协助下,根据牧民在劳动中的形态动作,创编了第一个现代民族舞蹈——《裕固族劳动舞》。它为裕固族现代舞蹈的创作,奠定了基础。从此,自治县的民族舞蹈事业蓬蓬勃勃地发展了起来。经过几十年的努力,先后产生了许多优秀的裕固族舞蹈作品,如《隆畅河畔春光好》《迎亲路上》《奶羊羔》《甜甜的泉水》《裕固婚礼》等等。这些舞蹈的素材都是在裕固族日常生活、劳动形态和民间舞蹈的基础上创编的,具有浓郁的民族风格和鲜明的地方特色,生活气息十分浓厚,并富有时代感。经常参加中央、省、地级的各种文艺会演,并获得国家有关部门的奖励,得到了广大观众和国内外专家的赞誉。

裕固族的舞蹈,丰富多彩,绚丽多姿,深刻动人而又别具一格。它犹如一面镜子,形象而生动地反映了裕固族人民的生活和斗争,情感和愿望;表现了裕固族人民的才能和智慧。

改革开放以来,裕固族的群众文化活动非常活跃,乡村基本上建起了文化站（室）、"牧民之家""青年之家"等文化活动场所。自治县民族歌舞团经常深入草原牧区，为牧民送戏上门，被誉为乌兰牧骑式的"草原轻骑兵"。县文化馆多年来以"草原大篷车"的形式，把录像、图书等送到乡村牧户，长年累月巡回在高山牧地。

哦，裕固人，这个在马背上长大的民族，他们的脚下依然是祖先扎下帐篷的草原，然而启人心智的文化教育，已为他们拓展了广阔新空间。

（原载于《丝绸之路》杂志 1995 年第 6 期）

绿色的生命

小草——绿色的生命。平凡又无盛名，置身于山㟅沟壑之中，经受着大自然和家畜野牲的虐侵。烈日的曝晒，暴雨的袭击，狂风黄沙的扑打，山石泥土的挤压，骡马牛羊啃刨，在它身上留下了道道伤痕，可它奉献给大自然的仍是绿的身躯，醴的霖汁。

我爱小草，爱它有着姑娘温柔的性格，爱它有着小伙子的刚强气质，爱它有着野火烧不尽的顽强生命。你看它在高山峻岭不傲岸，在逆境深处不自弃，只要根部的土壤和宇宙的阳光空气存在，它就默默无闻地生长着。给予人的很多很多，要求于人的却甚少甚少……

每当我看到小草挺起鹅黄的身，以超越一切之力掀开沙石泥土，排列在路边、田埂、山坡时，我仿佛觉得整个身躯披上了绿纱，充满了力的旋律；每当我看着满山的牛羊，侧着脑袋、用长长的舌头把它那一撮撮嫩绿的生命一搅，稍微摆动，缓缓嚼着的时候，我不由得以它为牛羊捐躯的精神所感动。可是，它的存在不仅仅是为了这些，调节气候、涵养水分、保持水土、防治污染、改善生态环境，更需它付出生命的代价……

望着青青的小草，望着能屈能伸的绿色生命，我想起了粪池中舍身救老农的张华，想起了身残志不残的当代保尔——张海迪，想起了"80年代的活雷锋"朱伯儒……他们不正是一棵平凡的小草吗？

我爱小草！我愿做一棵小草，和无数有志青年一样，长在治穷致富，改造山河，振兴中华的大地上，为祖国和家乡的繁荣昌盛，峥嵘吐翠，献出青春的生命……

（原载于西北师范学院《同学》丛刊杂志，1983年第12期）

高台雄风

看过《红旗飘飘》的几篇文章，我一直被红军西路军为中华民族的解放而走过的悲壮历程所感动，为他们衣单腹空、弹尽粮绝，与马匪血战到底的精神而感动。

今年清明，我有机会和数百名裕固草原的青少年们乘车来到了位于河西走廊中部、居高台县城东郊、面积约四万多平方米的高台"烈士陵园"，为革命先烈扫墓。

汽车刚停稳，我第一个跳下车厢，放眼望去，大门横额上刻有朱德同志手书的门匾"烈士陵园"，我步履缓慢，随着一队队人群，走进了这座松柏苍翠，碧叶萧萧的陵园。

笔直的水泥路从门口通向庄严肃穆的"烈士纪念堂"。路旁是松柏花圃，堂前有一块专供瞻仰者举行纪念仪式的六边形场地。场边环绕着高大的槐树、柳树。迎面一幅色彩浑沉、气势磅礴的巨型油画，再现了枪林弹雨中与马匪浴血奋战的英雄情景。

纪念堂左右两旁的梨、桃、果、杏林中，矗立着四座纪念亭。董振堂纪念亭中央立着"董振堂同志纪念碑"，亭子正面的红木柱上刻着"宁都豪气千秋在，高台雄风万古传"，亭内版壁上记录着他的生平简介和为革命殉难的事迹。杨克明纪念亭的中央立着"杨克明同志纪念碑"，亭子木柱上的对联是"三过草地心犹壮，一死高台志未移"。

登上双层楼式的纪念亭，亭里版壁上是烈士诗抄。陵园大门横额上有郭沫若题的"浩气长存"四个刚劲有力的大字。

我轻轻推开"烈士纪念堂"的双合门,毛泽东、朱德、叶剑英、徐向前等老一辈无产阶级革命家写的碑文、挽词和"红五军攻占高台简介"展现在眼前。

毛泽东同志手书的碑词是:"共产主义是不可抗拒的。星星之火,可以燎原。死难烈士万岁!"

朱德同志的题词是:"伟大的革命先驱者的英名将永远留在人民的记忆里。"

徐向前同志的题词是:"振堂、海松、启华、义斋及西路军牺牲的诸位烈士们,你们为中华民族的解放和劳动人民的利益坚韧不拔、自我牺牲的精神和英雄气概,是我军无上的光荣。"

革命老前辈手书的这些碑文和挽词,不仅仅是他们对烈士们的怀念,也是对死难烈士伟大功绩的高度评价。从这些碑文中,我深深感到了先烈们千古不朽的业绩,同山河共存,与日月同辉!

在纪念堂大厅南侧"血恨志"的十张照片面前,更加激起我对先烈的无限思念。刽子手们把血淋淋的人头和尸体拍成照片,是拿去在他们的主子——蒋介石面前做请功领赏的证据。

环视着厅内的一张张遗像,一件件遗物,一幅幅油画,我仿佛觉得四十多年前红五军将士可歌可泣的悲壮历程——血战高台,一幕幕浮现在眼前……

1937年元旦拂晓,红五军军长董振堂、政治部主任杨克明率五军三十九、四十五两团和总部四个连及两个骑兵连共三千余人,经过激烈的战斗,

▎我们曾是军属,1993年清明节,母亲带着一家人来高台烈士陵园悼念烈士

一举攻占了高台，守敌保安队、民团兵一千四百余人全部投降。红军把胜利的红旗插上了高台城，随即成立了"高台县苏维埃政府"。

但敌人并不甘心失败，元月12号，马匪尾追拥来，以二万多人的兵力，在飞机大炮的配合下，围攻高台。并切断了城内红军主力与临泽城内的西路军总部及九军、三十军等各部红军的联系。红五军指战员在六倍于我的敌人面前，依托城外工事，孤军奋战，英勇抗击，和敌人激战七天七夜，打退了敌人一次又一次的进攻。

在敌优势兵力的压迫下，红军退于城内防守。20日，敌倾全力攻城。在敌炮火猛烈轰击下，城墙此崩彼塌，残破不堪，部队遭到严重伤亡。可五军指战员依然前赴后继，英勇杀敌。敌人每次攀上城头，都被大刀、刺刀、矛子砍戳下去。不少伤员扭住敌人跳下城墙，与敌同归于尽，与高台共存亡。在弹尽粮绝的困境里，红军以刀砍石砸；刀刃卷缺，石头打完，继之以拳打口咬。城被攻破后，五军指战员当即与敌人展开了逐屋逐巷的相争。血战十余小时后，终陷于敌众我寡、力竭援绝之境地，除个别官兵突围外，军长董振堂，政治部主任杨克明，十三师师长叶崇本，参谋长刘培基以及三千多名红军战士壮烈牺牲……烈士们的鲜血流成了河，染红了高台的城头街巷，渗透了这块土地……

"血溅沙场威武不屈，志光中华豪气长存"。先烈们"碧血丹心血沃神州兆大地，壮志豪情志屹华夏贯长空"。这气壮山河的血战，怎能不使人激动，又怎能不使人振奋呢！

我顺着纪念堂的后门走出去，啊！烈士墓前人如潮，花似海。烈士公墓有双层翠柏和五颜六色的花圈环绕。公墓像一个小山包，山上的花草一丛一丛，仿佛就要伴着春风破土而出。公墓正前方竖着一块黑色的大石碑，正面用隶书刻着"中国工农红军四方面军第五军阵亡烈士公墓，公元1965年6月10日立"。成千上万的人们敬立在为寻求革命真理，为中华民族的解放而捐躯于高台城下的先烈墓前洒泪祭奠。有的在墓前致悼词、献花圈，有的举手握拳、庄严宣誓，有的在墓地上插几枝杨柳、几束小花，表示对烈士的追思，身着民族盛装、来自百里之外的裕固族草原的各族青少年们，还从祁连山上移来了一棵棵小幼松，把它们精心地栽种在烈士墓前和四周，寄托草原儿女的哀思。看到这一切，我又一次心潮起伏，浮想联翩……

我想，安息在这座公墓里的烈士们，多数连姓名也没有留下。为了祖国的独立，民族的解放，他们辞亲人，爬雪山，过草地，穿弹雨，冒烈焰，飞天险，渡急流，从万紫千红的赣南山地来到了冰雪飞凌的祁连山下，把最后的一滴血洒在了与马匪拼搏的沙场。

今天，高台回到了人民的怀抱。三十多年来，高台人民在荒凉贫瘠的戈壁滩上，建设了欣欣向荣的社会主义新农村。大片新开垦的荒原同原有的耕地连在一起，经过农、林、畜、牧综合治理，呈现出条田似锦，渠道交错，林带成网的大好景色。高台人民正以自己辛勤的劳动告慰着革命先烈。

夕阳快下山了，点点余晖像金光一样洒在这座巍峨的建筑上，也洒在每个扫墓者的头上、脸上、身上……

汽车开动了，我透过车窗又一次看到了大门横额上朱德同志的手书"烈士陵园"四个大字。目光久久地、久久地不愿离去……我抑制不住内心的激动，默默地向陵园挥手告别："安息吧，为革命捐躯的先烈们，当我下一次来扫墓时，我一定采一束祁连冰峰上最洁白的雪莲花，献在你们墓前，让你们在九泉之下含笑千秋，同我们一起来吮吸祖国今日芳馨浓郁的空气！"

再见了！高台"烈士陵园"！

革命烈士永垂不朽！

（原载于《甘泉》文学杂志1983年第2期）

沸腾的草原

青年朋友，你到过裕固草原吗？你听过裕固族姑娘甜蜜的歌声吗？你看过裕固小伙的赛马、摔跤吗？在庆祝肃南裕固族自治县成立三十周年的大喜日子里，我们有幸来到坐落在祁连山北麓中部的自治县首府——红湾寺，这里我们向你介绍在庆祝活动中剪下的几个小镜头。

肃南裕固族自治县首府是新兴县城。高山环绕，流水潺潺，历史上因此地西北面山坡呈红色，并且有一座禅定的法旺寺，所以人们俗称"红湾寺"。

登上城西的喇嘛坪，整个县城尽收眼底。东柳沟、西柳沟相应对流，与南来的隆畅河汇合向北蜿蜒伸去，四条水道把个四周环山的小盆地划成了田字形。远眺，祁连山峰雄峙参天，白雪皑皑；近望，两条笔直的柏油马路由北向南伸去，大河两岸树木成荫，郁郁苍苍。新砖瓦房鳞次栉比，大街小巷，人头攒动，车水马龙。正当艳阳高照，碧空如洗的时辰，蓝天背景下，好一幅壮丽的山河图。

一

县庆开幕的头一天下午，我们伴着穿梭的人群来到西柳沟桥头迎接前来参加盛会的中央、省、地代表团。当客人们列队行至桥头时，我们看到自治县委书记和县长同一群身着民族服装的青年男女、少年儿童手捧哈达、花束，端着青稞美酒迎上前去，为远方的客人献上洁白的哈达，捧出祝福的美酒，继而跳起欢快的舞蹈，美妙的歌声在红湾寺上空随风飘荡。裕固族人迎接客

闪亮的银碗高高举，酒杯斟满了情和谊

人是别有一番情韵：先是鞠躬献上一条长五尺、用丝绸织成的白色（或浅蓝色）绸子哈达，而后再献上花束。紧接着为客人敬上一龙碗青稞酒。敬酒时有数名男女歌手在一旁用民族语言伴唱。歌词大意是：请喝一碗青稞酒，为远方的客人接风洗尘，莫嫌咱家的酒味淡，好日子还在后头……

二

赛马是裕固族人民非常喜欢并具有历史传统的体育活动，尤其对青年男女来说，更是一种终身爱好。在很早以前，裕固族是每逢寺院放会、祭俄博、算总账时，都要以部落举行赛马。新中国成立后，随着牧民生活水平的不断提高，裕固族对赛马这一传统体育活动，兴趣更加浓厚。每逢盛大节日或牛羊肥壮、牧草丰收的时节，都要举行赛马活动。

县庆第二天清晨，我们驱车登上喇嘛坪，一个中间低两边高的天然赛马场呈现在眼前。近百名剽悍的骑士身着民族服装，披红挂彩，伫立待令，展

欣逢县庆（作者和女儿）

示着威武雄姿。赛马是分走马赛和奔马赛两种。走马赛即是把惯走的马组织起来比赛，要求走马既要走得轻快，还要走得稳，而且一步也不能乱。奔马赛主要是赛速度。比赛时通过预赛、复赛、决赛，最后定出走马和奔马的名次，对夺得一、二、三等奖的骑手和马匹都要披红挂彩，分别奖给马褥子、马鞯、马鞍子等物品。

随着主裁判手中的彩旗用力一挥扬，激动人心的赛马开始了。只见一组又一组的骏马如离弦之箭，风驰电掣般地驰骋草原，腾起一阵阵土雾。"1号，加油。3号，好样的。6号，棒极了！"骑士们精湛的骑术和骏马良好的表现激发着数万观众热情，呐喊助威，声浪滚滚。

三

在县庆活动即将结束时，我们乘兴赶到隆畅河畔的县一中球场观摩裕固族青年们激烈的摔跤比赛。听身旁的几位牧民讲，他们称摔跤为"玛勒啊拉斯"。自愿报名或众人推荐的摔跤手开始比赛前,主持人(裁判员)说:"依勒玛勒噢升,依采尔沟什卡丢尔特。"即意为:"一个马鞍子,是用四块木板做成的,好汉子的本事,只拼三次。"在摔跤比赛时,双方对手只摔三次,二次或三次取胜者,被牧民称之为好汉子。

解放前,裕固族各部落,每年要在寺院放会,一般有正月大会、六月大会、十月大会;还有以部落组织的"祭俄博";各部落每年要算一次总账,摊销部落费用,还有结婚等聚会。家家都要去人参加,甚至全家出动,在这种场合,一般都要举行摔跤比赛。

说话间,摔跤开始了。只见十余名脸膛黝黑、粗壮结实的小伙子走进赛场,待他们抽签找好自己的对手时,我们仔细地观察裕固族摔跤的特点:先是双方都侧身抱好对方的腰,待裁判一鸣笛双方就开始斗智。如果双方力量强弱悬殊,很快就见了分晓。如果势均力敌,相持不倒,三分钟后即算平跤。

我们清楚地看到,裕固族人的摔跤的确是一种力量、智慧、毅力的较量。一个叫安维雄的小伙子功夫超群,时而用极低的姿势压倒对方,时而又紧收两臂勒紧对方腹部,时而又把对方悬空抱起,时而想办法稳住自己的阵脚,消耗对方的力量。一轮、二轮、三轮……他终于夺得了这次摔跤比赛的冠军。

快要离开肃南山城了。我们看着牧民们穿着各色艳丽的民族服装,在琳琅满目的商店争相购买电视机、自行车和自己心爱的物品……回味着几天来的所见所闻、所感所想,品味着裕固族人民招待我们时端来的酥油奶茶、酸奶子、手抓羊肉、青稞酒的香味,我们禁不

| 走进盛会,我来了

住为三十年来肃南草原发生的翻天覆地的变化由衷地赞叹！正如裕固族人民在民歌中唱到的：

  没有高耸入云的祁连山，
  就没有雪水灌溉的粮川；
  没有清澈见底的隆畅河，
  就没有翡翠铺成的草原；
  没有中国共产党的领导，
  就没有裕固族人民幸福的今天。

（原载于《兰州青年报》1984 年 9 月 14 日）

长跑，让春雨润心

冬季的祁连山峡谷，寒风呼啸。当丝绸之路在晨曦中醒来，就传来一阵阵跑步的口令声在山谷间的回响，那是甘肃省肃南裕固族自治县红湾小学长跑队开始活动了。

迎着新世纪清冽的长风，红湾小学有七百多名学生，其中有不少裕固族和藏族儿童，进入一种奔向未来的新境界。每年冬季，学校都要搞一次规模很大的"漫游祖国"象征性长跑。去年冬季，全校除一年级小同学以外，各年级都组织了长跑队。每天长跑的距离加起来就有四百多公里，跑了一冬，行程有一万八千多公里，"足迹"踏遍包括台湾在内的三十个省、市和自治区。孩子们自豪地说："我们一不坐车，二不乘飞机，靠两条腿跑遍全国！"这种家国情怀，在他们幼小的年纪，就打上深深的烙印！巍峨的祁连雪峰，都为之俯首点赞！

杏坛留影——作者（班主任）和肃南红湾小学二年级四班学生们在一起（1980年6月1日）

共商丰富多彩的少先队活动（1982年3月，作者〈前排右三〉时任红湾小学教师、校团支部书记、大队辅导员）

1982年5月5日，作者（第二排左一）出席共青团肃南县第八次团代会

2017年秋，作者（左三）带领省委宣传部调研组来肃南县红湾小学检查调研社会主义核心价值观教育活动情况

三年级的刘静，从内地来这里学习，在海拔两千多米的高原，每天跑八百米，实在费劲，在她不想跑的瞬间，老师和小伙伴们纷纷过来，围着她鼓励："身体是革命的本钱，没有好身体，文化程度再高也没用。跑步既是我们向祖国汇报，也是为自己实践诺言。"她在同学们的帮助下，开始练短距离慢跑，慢慢地适应了，很快就追上了大军，体质也逐渐增强了。沙沙的脚步声，像春雨润心，让孩子们倍感亲切！

肃南是少数民族聚集的地方。裕固族、藏族等少数民族的队员更适应这里的地理及气候条件，跑得最带劲。他们生在高山牧区，从小就背着小猎枪跟阿爸阿妈翻山越岭，打猎牧羊，有时突然跑来一只小野兔，赶快举枪瞄准，"乓"的一声，"打准了！"就欢呼雀跃着。所以，他们体质好，耐力强，是长跑队里的最活跃力量。11岁的裕固族队员安卫东和12岁的藏族女队员柯惠萍，比老师跑得都快，在他们的带动下，不少同学超额完成了任务。

学校少先队大队委员会辅导员老师为了扩大孩子们的眼界，启发他们的兴趣，定期出黑板报"长跑专刊"，每天绘出彩色的前进路线示意图，公布当天到达地点和第二天的目的地。当小红旗插到一个省会的时候，黑板报的"祖国各地"专栏里详细介绍当地的地理概况、文化古迹和土特产等。漫游祖国的鲜明主题，给孩子们极大的精神鼓励！祖国在他们脚下，祖国更在他们心中！

祖国的形象，就这样伴随着朝阳在孩子们心中升起，他们天天用脚步奔跑的美妙声音，宣示着对祖国的大爱深情。同学们说："漫游祖国的长跑真好，不出县城就游览了整个祖国的锦绣河山！"他们纷纷向老师提议："我们年年冬季都搞长跑活动吧！"

（原载于《中国少年报》1981年12月2日）

赞美你骆驼

也许是自小在牧区长大的缘故，我对那生性机警、嗅觉敏锐的骆驼总是有那么一种诚挚的感情。听居住在海子滩裕固族牧民讲，这里自古就是"丝绸之路"上的交通要道，美丽富饶的莲花草原，被中外游客称为"驼乡"，曾为开创西域文化的先辈们洗尘接风，壮胆正色，也为丝绸之路增添了无限的情韵。难怪那古老的莲花城、明海城、骆驼城，至今还残留着两千年以前的气息，成群的骆驼，沿着丝绸之路，越过巍巍大山，跨过重重绿水，把中国的丝绸、友谊和艺术的花雨洒向波斯海峡；又把伊朗等地的珍物佳品，真情厚意带回中国。

骆驼，十二生肖的特点它都有：猴头、兔脸、蛇眼、鼠须、马耳、龙脖、虎皮、鸡腿、牛蹄、羊肚、猪尾、鸡峰。骆驼，咸盐充食特别能耐寒暑饥渴，跋涉千里无畏无阻；在茫茫黑夜中它从不迷失方向，在极其恶劣的环境中也不抱怨、自弃。骆驼，具备了马的勇敢、牛的毅力、鹿的机敏。不要看它平时总在稳稳地，不慌不忙地走，一旦奔跑起来，比马快得多！就像茫茫瀚海上的"气垫船"。一练子、一练子的驼队，在驼户的带领下，顶风沙，披烈日，冒雨雪，逆朔风，夜以继日地负重长途跋涉，担负着繁重的运输任务。人们需要它驮盐它就驮盐；需要它驮煤它就驮煤。始终以马不停蹄的精神，为人们驮货、耕地、拉车打场……

每当狂风肆虐，黄沙四起，别的动物都纷纷避躲，而它却顶风逆浪，在戈壁流沙、岩块碎石上"叮咚！叮咚！"如水中行舟，行走自如，把粮、油、盐、货送到千家万户，把安全和顺送进牧民的心里……

望着它强壮高大的躯体，形似盘状，不怕破沙踢石的蹄足，怎能不使人敬意油然而生！

呵！"骆驼，你是沙漠的船；你有生命的山！在黑暗中你昂首天外，导引着旅行者走向黎明的地平线。"

我爱骆驼，因为它象征着西北劳动人民忠厚、朴实的性格；象征着西北人民建设家乡的那种默默无闻的创业精神；也象征着勤劳勇敢的裕固族牧民，不管风吹雨打，不畏严寒酷暑，长年累月奔波在荒滩戈壁上傲霜斗雪的坚强品德。

望着骆驼，不知怎的，我忽地

▎1995 年 8 月，作者和女儿李海芬

▎驼铃声声

想起了为祖国核工业贡献出自己毕生精力的优秀共产党员、全国劳动模范张同星；想起了50年代末，60年代初，为支援祖国大西北的建设辞亲别友、放弃舒适的城市生活，从繁华的京、津、沪、豫……来到人地稀疏、空旷荒凉的大西北安家落户、贡献余热，乃至献出个人生命的建设者们，他们不正是党和人民所需要的一个个耐寒忍饥，为革命默默无闻、跋涉不休的骆驼吗？我赞美骆驼，更赞美甘于奉献的骆驼精神！

（原载于《兰州青年报》1984年3月16日"新苑"文艺副刊）

哦　个体户

时逢 3 月下旬，我提着脱了底的棉皮鞋去找"个体户"——张鞋匠。

在人如潮、车如川流的十字街头上，我寻寻觅觅着。在人群围拢的鞋摊上，我找到了他——一位年仅二十的个体户。他身穿一套被阳光掠去光泽的劳动布工作服，胸前护一块黑色的人造革围裙，上面星星点点地磨开了几个小孔。那双黑里发紫的手比一般中年男子的手要粗壮结实得多。"叔叔，多少钱？""拿去吧，小朋友，叔叔保你的脚趾再不会露出来了。""噢，叔叔是学雷锋，做好事，免费修补。""不……快穿上吧，小心着凉。""谢谢叔叔！"望着小孩子一溜烟远去的背影，张鞋匠脸上的笑意把双眼眯成一条缝。

"好人，好人啊！"坐在小方凳上的一位胡须花白，身躯就像干柴一样的盲人，摸着手中钉好的拐杖，哑哑嘴皮说。"哎，大伯，瞧你说到哪里去了，别人看到也会这样做的。"张鞋匠边钉掌边说。从盲人一阵辛酸的诉说中，我才知道他是一位受不孝儿媳虐待的"叫花子"。半小时前跌倒在十字街头，是张鞋匠扶他来坐下，钉好了他折断的拐杖……时辰已到正午，补鞋队越排越长。围观的过路人和着泉涌般的阳光，像一群好奇的孩子蹲在周围看张鞋匠上底、打掌、擦油、修补球鞋、胶鞋、布鞋、皮鞋……"师傅，我这双新皮鞋穿了半月底就脱层了。"张鞋匠接过说话人手中的"美高跟"一看，原来是胶水粘着的两层底从中间裂开了。他一声没吭，抽一根结实的麻绳把底上好，又用小钉加了一层皮掌。女主人接过鞋子端详，而后满意地付了一元。"同志，给四角就够了。"张鞋匠说着顺手找给她六角。主人微微一笑："哟，师傅，你这营业证上不是写着个体户吗？收四角连你的本钱都赚不回来，这怎么能行？""嗯，我说同志呀，我是个体户没错，可我得遵循国家的统一标准。我知道，人们心上的补丁正一块块揭去，可衣上、鞋上还有补丁呀。我需要的并不多，扛起一家三口人的'粮油簿'，加上有钱买几本自学丛书和稿纸，付去夜校的车费和每天抽四五支烟卷的款就足了，还计较啥本和利呢？只要人们穿上我修补的鞋，在生活的道路上，脚印更美、更匀称、更坚实，我就觉得自己活得有价值……"

哦，个体户——鞋匠，鞋匠——个体户。我明白了，在你的鞋摊上，流通的并不仅仅是人民币，在镶着营业执照的镜框里，也镶着一颗面向世界微笑的透明、坦荡的心……

（原载于《兰州青年报》1985 年 3 月 26 日"新苑"文艺副刊）

铁血军营　英雄本色

　　英雄，用鲜血和生命博来的称号，自古以来，就被人民，特别是青年所敬仰、所崇拜。硕果累累的金秋时节，我有幸来到云南部队英模报告团西北分团兰州驻地，分享英雄们的故事。

　　他们身上还带着老山、者阴山的风尘硝烟和为保国门留下的创伤。他们中有：集体三等功荣立团副团长杨工力；被中央军委授予"战斗英雄"称号的"老山十五勇士"之一的班长杨国跃；一等功臣班班长丰德全；被中央军委授予"老山神炮连"称号的某炮兵连代理指导员魏永生；被昆明军区授予"战斗英雄"称号的某班副班长马应国。听着他们生动的讲述，我们仿佛来到了那炮火连天、硝烟弥漫的惩罚越寇的战场上……

杨国跃——老山显军威

　　他，21岁，从他那黝黑黝黑的脸上看，倒像是一位饱经风霜的牧羊人，而正是这个"羊倌"，在战斗中打出了国威、军威。

　　今年7月12日，越军以一个加强连的兵力分三路偷袭我老山某高地。杨国跃等14名战士在代理排长李海欣的带领下，用手榴弹和轻重机枪、冲锋枪打退了敌人的进攻。越军偷袭不成，又以1个步兵营和1个特工连的兵力，向高地轮番强攻。激战中，排长李海欣英勇牺牲，杨国跃挺身而出接替指挥。这时，坚守阵地的15名同志，已有5人牺牲，9人负伤。在敌众我寡、与上级中断联系的情况下，杨国跃带伤组织战友们连续挫败了敌人4次进攻，然后转入坑道固守了 9 个小时。当友邻班排向某高地实施反冲击时，他又带领大家配合作战，夺回了表面阵地。战斗中，杨国跃毙敌 13 名，伤敌 1 名。被中央军委授予"战斗英雄"称号、"老山十五勇士"之一。当我们听完他的事迹时，这位操一口云南话的英雄感慨地说："我这个人平时比较稀拉，以前当班长因调皮被撤了。战前，领导上让重任了班长，说实在的，当战斗打响的那一刻，我内心确有些紧张……"

杨工力——英雄凯旋话乡情

他 34 岁，五〇四厂子弟学校毕业生。父亲是该厂机械处原处长，母亲曾任厂医院领导职务。当问起他的戎马生涯时，这位魁梧、洒脱的年轻副团长微笑着对我们说："我真没什么值得采访的。老山战斗是我第四次打仗。"

战斗中，杨工力任某团参谋长，和团长两人一直在前沿指挥所。看到平日里的那些"小调皮"，在战场上猛打猛冲，把越南侵略者打得溃不成军，横七竖八。战斗取得最后胜利，高音喇叭播出雄壮的《中国人民解放军进行曲》时，无论是指挥战斗的，还是前沿杀敌的，没有一个不流泪的。

也许是出于谦逊他总不愿表白自己的事迹。话题快要转向兰州了，杨副团长说："我 1960 年到兰州，1967 年离开。人对住过的地方总是很留恋。我们英模报告团在昆明时，领导上把我分到南京和天津一路，我主动要求到西北分团。14 号早晨到达兰州，一看这美丽的金城，真有点不相信。我觉得大西北开发上路了。"这时，坐在周围的英雄们都异口同声地说："这与我们想象中的大西北真是两样！"经我们一再要求，杨工力和众英雄为西北青年留下了催人振奋、向上，耐人寻味、思索的题词。

傅秀良——大义大勇　戴罪立功

某团四连战士傅秀良，曾不慎走火，致死伤 5 人，以过失罪被判刑一年半。他提前释放后，巧遇老山、者阴山战斗。小傅欣喜若狂地回到连队，不料迎接他的却是退伍的通知。他捧着通知号啕大哭:"我不走,我回去没脸见人!"

他写了七次申请,八次保证。被逼没法,他给父母去信,请二位老人帮他求情。父母很快给部队寄来一封沾满泪水的信:"……请相信我们的孩子,让他留下吧。让他在生死关头证明自己的人格……"

战斗中,他始终冲锋在前。他是一个冲锋枪手,竟拿起火箭筒,在极其危险的情况下站起来攻破了敌人火力点。班长负伤后,他主动挑起了指挥战斗的重担。他以勇敢无畏的精神实现了战前的诺言,荣立一等功。

我们的青年,在民族大义面前,都是好样的。

曹杰——死要死在主峰上

某部排长曹杰左手手腕被敌人子弹打穿,他就用右臂夹着枪,继续冲杀。敌人的子弹又击中他的腹部,肠子露了出来。他用急救包、三角巾往腰上一系,仍然继续战斗。经过三次冲杀,终于带着部队冲上了主峰,亲手击毙了4个敌人,抢救了5名伤员,可他却光荣地牺牲在主峰阵地上。在他壮烈牺牲的时刻,两眼圆睁还死盯着主峰阵地,英雄手里还紧紧地握着那支冲锋枪。

英雄的事迹将永远刻印在人们的记忆中。

最后,杨副团长和英雄功臣再三要我们转达对西北青年的亲切问候:"让我们携手共进,为振兴中华、振兴祖国大西北和大西南做出贡献!"

(原载于《兰州青年报》1984年10月26日总第199期)

帐篷的变迁

"一顶帐篷一峰驼,随着羊群度生活。"大凡到过裕固草原的人,谁不知道这是裕固族牧民过去的生活写照呢?然而,随着社会的不断发展,人们思想观念的逐步改变,古老、单一的帐篷却发生了变迁……

古往今来,裕固人都是以简陋帐篷为家的。九根木杆支撑起一顶牛、羊毛织成的褐子帐篷,篷内左侧住人,地上铺以羊粪、柴草、兽皮,右侧陈放日用家具和做饭、存水之处,中间是三个石头支着一口铁锅,火皮袋风匣扑哧着一堆羊粪火。春夏秋冬,年年月月,祖祖辈辈,哪里有帐篷,哪里就是牧民的家。

党的十一届三中全会精神,犹如春风化雨,像甜甜的泉水滋润着牧民的心田。草畜双承包责任制,把千百万牧户引上富裕之道,跨入奔小康进程。如今,裕固人的生活由逐水草而居转为定居游牧。古老帐篷逐渐消失,红砖瓦房在草原深处拔地而起。洋炉、烤箱代替了"三石一顶锅"。新毡地毯、绸褥缎被取代了羊粪柴草、兽皮褐毯。昔日是"一日三餐的酥油炒面茶",今天是面片、炒菜、米饭。电视机、收录机、洗衣机、沙发、双人床、大衣柜、摩托车……这些过去连听都没听过的高档东西,如今却成了牧民的普遍用品。这,有谁不说是文明富裕的社会主义新生活的象征呢!

社会在变,生活在变,帐篷也在变……

(原载于河北《未来》文学杂志 1988 年第 10 期)

芨芨草颂

时值九月，序属三秋，裕固草原上骆驼蓬、猫儿刺、黄狗秧、沙葱、马莲、锁阳、冰草、芨芨草依然郁郁蓊蓊……

芨芨草，其貌不扬，在植物王国里，她总是默默无闻。然而，她的生长却不择环境的优劣。无论生长在肥沃的优质牧场，还是根须深扎于严酷的戈壁碱滩，无论是雨水旺发的年辰，还是天旱不雨的岁月，她始终以"野火烧不尽，春风吹又生"的顽强生命力，生长在山坡、沟岇、河滩、草地……每逢金秋，面条粗细的枝秆挑起舒展的长叶和一簇簇金黄色的穗儿。裕固族牧人把秆儿割下来卖给农区的人们搓绳、编筐、打草席。把叶儿割下贮备成青干草，用于来年春乏弱畜的补饲。一捆捆秆儿就是一笔笔经济收入，一垛垛贮草对应着一群群肥壮的牛羊。

当芨芨草丰收的时候，正是裕固族青年男女爱情收获的季节。他们一边放牧，一边割芨芨草，时而放喉对歌，时而窃窃私语。窈窕姑娘抬起头羞答答地闪着眸子，强悍小伙直起腰抹着额头汗水憨厚一笑，于是，把歌声、爱情、牛羊都赶进芨芨丛中……

哦，芨芨草，你给予人的甚多，要求于人的甚少，甚少……

（原载于《嘉峪关报》1988 年 2 月 5 日"花海"文艺副刊）

祁连牧歌逐云飞

10月中旬的一天，我们驱车来到距自治县首府红湾寺镇80多公里的西河村。当汽车停在三面环山的西河岸边的山梁上时，映入眼帘的是这个村牧民的冬春定居点。穿过长约1公里的村镇街心，一幢幢造型别致多姿多彩的红、青、白色的新砖瓦房，在昔日杂草丛生的山梁坡上拔地而起鳞次栉比，一家一个庭院，大门两侧是草房和厨房，中间是住房，后边是存放柴、煤的棚檐和畜圈（棚），几乎都是三点成一线。院内宽敞洁净，池花、盆花点缀其间，显得生机蓬勃。

藏族牧民、村党支部书记索成录一边陪同我们走访牧民，一边向我们解释："随畜而徙，逐水草而居，是几千年来牧民的传统习惯。三年前，全村牧民住的还都是帐篷、窑洞、简陋土房。随着草畜双承包责任制的落实，牧民经济收入逐年增长，去年全村人均纯收入达780元，目前，全村49户中已有26户盖起了砖瓦房。家家户户基本上都有了沙发、立柜、收录机等，等明后年通了电还要买彩电、洗衣机……"

我们来到藏族牧民强民国的新居，他年逾75岁的老母亲告诉我们：年轻时跟着娘老子随畜迁徙，很想有个固定居所，这个愿望在今天终于实现了。我们问她"如今日子过得怎样"，她高兴地连声回答道："好、好、好！去年政府把自来水送进了家家户户，这福气连过去的头人都没有过。"

太阳快要落山了，洒下的万道金光，普照着藏民的新居，我想这道道金光不正是党的富民政策吗？

（原载于《生活环境报》1987年12月9日）

故乡情

龙年秋末,我有幸回到了我的故乡——高台县新坝乡。

岁月硕金秋,新坝的秋天,可真是豁亮多了。没有都市那样叫人坐卧不宁的噪声,没有工厂烟囱冒出的浓浓烟霭,没有高山戈壁那样的空旷荒凉,湛蓝的天空下一切都是那么透亮,一切都是那么明朗。

橙黄的画纸上调尽了五颜六色,宛若一幅色彩斑斓的风景画。黛绿色的玉米林,黄澄澄的油菜花,还有明镜似的摆浪河水库;麦场里、庭院内、屋

2017年5月,作者(中)在故乡高台县新坝镇中心学校(原高台二中)调研检查工作

碧海松风——散文辑 | 105

幸会高台崇文楼（2022年8月11日）

在故乡，丰收的田野上

顶上堆晒着金灿灿的小麦。一台台小四轮拖拉机，一辆辆架子车，满载着鼓鼓囊囊的麻袋，在种粮大户们的簇拥下络绎不绝地驶向各个粮站、仓库；一对对平时把爱情的种子埋在心底的姑娘小伙正带着丰收的喜悦步入洞房……登高望远，奔来眼底的都是诗情画意。

我好像回到了十多年前的金色童年一样，毫无顾忌地仰卧在黄土地上，眷恋之情油然而生。我想，在百花盛开万物更新的春天，它勃勃的生机洋溢着旺盛的生命力给人以生活的勇气；而到了硕果累累的秋天，却给人以启迪，以鼓舞，以追求生活的信念。

（原载于《张掖报》1988年12月28日"甘泉"文艺副刊）

裕固族传统体育（二则）

一、摔跤

裕固族的摔跤活动历史比较悠久，沿袭到今天也很普及。裕固族人自己称摔跤为"玛勒啊拉斯"。摔跤开始前，主持人（裁判员）说："依勒玛勒噢升，依采尔沟什卡丢尔特。"即意为："一个马鞍子，是用四块木板做成的，好汉子的本事，只拼三次。"在摔跤比赛时，双方对手只摔三次，二次或三次取胜者，被牧民称之为好汉子。

解放前，裕固族各部落，每年要在寺院放会，一般有正月大会、六月大会、十月大会；还有以部落组织的"祭俄博"；各部落每年要算一次总账，摊销部落费用，还有结婚等。每逢这些机会，家家都要去人参加，甚至全家出动。在这种场合，一般都要摔跤取乐。

裕固族摔跤的特点：先是双方都侧身抱好对方的腰，待裁判一鸣笛双方就开始斗智。如果双方力量强弱悬殊，很快就见了分晓。如果势均力敌，相持不倒，三分钟后即算平跤。

裕固族的摔跤的确是一种力量、智慧、毅力的较量。摔跤的方法技巧也是灵活多样的，有用极低的姿势压倒对方的，有紧收两臂勒紧对方腹部的，有把对方悬空抱起的，也有用僵持的办法稳住自己的阵脚，消耗对方力量，使自己最终获胜……

（原载于《甘肃体育报》1986年7月10日）

二、赛马

赛马是裕固族人民非常喜欢并具有历史传统的体育活动，尤其对青年男女来说，是一种极大的嗜好。在很早以前，裕固族是利用寺院放会、祭俄博、算总账时，以部落举行赛马。新中国成立后，随着牧民生活水平的不断提高，裕固族对赛马这一传统体育活动，兴趣更加浓厚。每逢盛大节日或牛羊肥壮、牧草丰收的时节都要举行赛马活动。

裕固族赛马是分走马赛和奔马赛两种。走马赛即是把惯走的马组织起来比赛，要求走马既要走得快，还要走得稳，一步也不能乱；奔马赛主要是赛速度。比赛时通过预赛、复赛、决赛，最后定出走马和奔马的名次，对夺得一、二、三等奖的骑手和马匹都要披红挂彩，分别奖给马褥子、马鞴、马鞍子等物品。

（原载于《甘肃体育报》1986年8月10日）

县庆赛马会指挥

母校的松柏林

母校的松柏林，给我的记忆染上了绿色，时间愈久色彩愈浓。校园里，到处是她翠绿的姿容，四季都有她雍容倩影。

春天，我们站在新绿喜人的松柏林中，春潮涌进坦荡的胸怀，冲击着年轻的心扉；顷刻间，种种烦恼、挫折、沮丧，被滚滚春潮荡涤干净！夏季，我们围坐在松柏下，凝望着青葱翠绿的松叶，拓展的希望使心胸像无垠的田野一样开阔；你言，他讲，我说，千言万语汇成一个共同的心声：我们，要像松柏一样根植于生活的沃土，给大地增添希望的绿荫。

今天，我们要离开母校，离开松柏的怀抱，带着绿色的希望走向四面八方，耕耘丰收园地。种花，浇水，修枝，育苗。无论我们走到哪里，依然留恋着母校，留恋着老师和同窗好友，留恋着操场和教室，也留恋着松柏林……我们，从这里得到了知识，受到了启迪，在思考和探索中度过了大学时光。

哦，多么难忘！西北师院的松柏林。

（原载于《西北师院》校报 1986 年 10 月 30 日文艺副刊）

在母校西北师范大学

沙海里的明花草原

走进裕固草原的游客，会有不同的感觉。有人曾对我说：康乐区真乃静静的草原，静得连小草破土的声音都能听到。有人却说：皇城草原像奔腾的江河，昼夜不息，轰鸣作响。

啊，地处古丝绸之路上的明花草原是沉静的，又是活跃的——如镜的海子湖和哈达般的溪流，好像显现在绿绒织就的地毯上。红柳、白刺、芨芨草好似毯上的题花图案。倘若是艳阳高照的日子，蓝天做背景，整个草原犹如一幅清新淡雅的山水画，令人陶醉，使人倾倒。

然而，在草原戈壁深处却又呈现出另一番景象：一群群白云似的羊群滚瓜溜圆，咩咩叫嚷；一堆堆彩霞般的牛群膘肥体壮，哞哞游荡；一座座小山般的驼峰摇来晃去；一对对裕固族青年男女载歌载舞，如戏水鸳鸯；勇敢剽悍的小伙——氆氇长衫，圆筒毡帽，长筒皮靴，驾着轻骑驰骋草原，携带着风生水起的动感……

呵，别说"明花没治"，别说这草原是滞后的象征，党的富民政策使明花区的各族牧民由满足温饱过渡到逐步富裕，这不正是动静的结合吗？

（原载于《兰州青年报》1987年5月8日"新苑"文艺副刊）

清明话杨柳

不知是生长在"杨柳依依"的河西的缘故,还是受吟古今文人墨客咏春赞柳诗词的影响,我对杨柳总是有着一种特殊的感情。尤其每当年轮转到清明前后,春回大地,"塞上绿洲"河西,"满街杨柳绿烟丝""雨丝烟柳欲清明"的诗情画意历历在目。清明时节,由于思柳心切工作再忙,我也要到柳树成荫的田埂、河滩和园林观赏。

杨柳是春天的使者,展开的是春色的画卷。唐代诗人贺知章在《咏柳》中写道:"碧玉妆成一树高,万条垂下绿丝绦,不知细叶谁裁出,二月春风似剪刀。"杜甫诗云:"春风一夜吹杨柳,十万嫩枝着绿条。"明代艺术大师吴承恩在《西游记》中写道:"系春情短柳丝长,隔花人远天涯近。"这些诗词,情景交融,寓意深长,道出了"漏泄春光有柳条"的信息。

杨柳也是人们别情旧叙,依依惜别的象征。记得有这样一个传说:早年唐太宗把文成公主嫁给松赞干布,临走时,文成公主特意从京城长安带上一株柳树,亲手栽种在拉萨大昭寺前,象征着文成公主与藏族同胞相亲相爱。据说,这棵柳树至今还蓬勃在那里。鲁迅先生"扶桑正是秋光好,却折垂柳送归客"的诗句,成为文成公主为无数折柳送客的多情人的生动写照。

是的,写杨柳的诗词太多了,也太美了,杨柳的自然美给人们展示了无限的诗情画意。今天在植树造林中,杨柳的内在品质也得到了充分的展现。它易于成活,不择环境优劣,无论是在路旁,还是在河流沿岸,总以那旺盛的活力,为大地增色,为家园添彩。

(原载于《张掖报》1988年4月6日"甘泉"文艺副刊)

国旗在我心中飘扬

1989年10月1日晚，电视屏幕演播了庆祝建国四十周年在天安门广场举行隆重升旗仪式的壮观场景，坐在电视机前的观众，无不为这庄严的场面所感动。

在武警官兵的簇拥下，鲜艳的五星红旗伴着雄壮的国歌徐徐升起。望着它迎风招展，呼啦啦地展现在蓝天白云之间，像一团腾升的火焰，映红了广场，映红了首都，映红了960万平方公里的中华大地。霎时，我脑海中浮想起无数先烈为推翻专制毁家纾难，为创建共和国而奔走呼号，以至献出宝贵生命的情景。我仿佛看到了井冈的明月、南昌的烽烟、遵义城的篝火、延河边的宝塔……

啊，国旗！您是祖国的象征，中华民族的骄傲。40年前，毛泽东同志亲自把第一面五星红旗升起在天安门广场上空，从此，中国人民站起来了，一个内忧外患、饱经沧桑的旧中国被新中国所取代。如今，我们的国旗伴随着祖国建设和改革的进

一家人在天安门广场观看升旗仪式留念

2019年10月1日，作者在天安门广场观礼席出席中华人民共和国成立70周年庆典活动

驻足国旗升起的地方（2006年五一劳动节）

程，显得更加庄严，更加鲜红……

在天安门广场冉冉升起的五星红旗，也升起在我心里。我想，国旗是革命的象征，胜利的象征，为了捍卫它的尊严，再不受反动势力的践踏，我们每一个当代中国青年，都应把自己平凡的岗位看成报效祖国的阵地，以做炎黄子孙为骄傲，以无限的深情热爱祖国，建设祖国，以献身祖国改革开放和四化大业为荣耀，做一名无愧于时代，无愧于人民的有志青年，为绚丽的国旗增添新的光彩。飘吧，国旗，我心中的旗！

（原载于《张掖报》1989 年 10 月 19 日"甘泉"文艺副刊）

春来杏坛更芬芳

"我们的校园在黄河岸上，这儿鲜花朵朵绿树成行……"

多么悠扬的旋律，多么动人的歌曲！12月17日，冻云浮空，寒风凛冽，西北师院为了庆祝建校四十五周年，举行了各种庆祝活动。新朋老友聚集在宽敞明亮的音乐厅里，歌声阵阵，笑声朗朗。校方邀请在兰的各界校友参加的校庆茶话会正在进行着。几百名校友欢聚一堂，回忆往事，谈新叙旧。省委、省人大及教育厅的有关领导同志也兴致勃勃地到会祝贺并讲话。中文系教授彭铎于病榻前撰贺联，嘱人代书送到会场。音乐系师生演出的文艺节目，更为会场增添了热烈的气氛。当整个大厅里回荡起1938年的校歌时，许多老校友的思绪又被牵回到那久远的年代里。他们脸上漾着微笑，眼中闪着激动的泪光。

历史，在世事风云中展现的是一种大度和坚定！

为了欢度这喜庆的日子，连日来，各系举办了不同类型的学术报告、游艺、展览等活动。美术系师生展出的130多幅美术作品，格调高雅，技艺精湛，其中，有许多作品曾参加过全国全省的展览，这些气象万千的画作，歌颂了十一届三中全会以后我们国家发生的巨大变化，同时也表现出了美术教学的丰硕成果。

指点江山，激扬文字，回顾往昔，豪情满怀！作为师院新面貌象征的图书馆，也是引人注目的胜景，这里展出的四大类珍善本书画，使人大饱眼福赞叹不已。然而，更为引人心动的，是连日来各系举办的科学报告会。几十位教授、专家、学者精彩的学术报告，犹如闪亮的星座，辉映着万双求知的目光。一个时代的春天来到了，春雷响过之后，大地万物萌动，创造的激情表达着久贮内心美好向往！这些在师院里辛勤耕耘的知识分子们，几十年来，不仅在学术上取得了丰收，同时也为国家培养出了无数教育界的栋梁之才。聚天下英才而教之，这是前辈教育家最大的幸福！

夜幕降临，星汉灿烂，欢腾了一天的校园渐渐平静下来，全院的热闹气氛又在大礼堂里集中。剧场里座无虚席，走道上都挤满了人。千余名师生怀着极大的兴趣，观看了师生们自己创作、演出的文艺节目。

台下不时发出阵阵热烈的掌声和喝彩。歌舞中包含了节日的喜悦，包含了对学院45年来巨大丰收的庆贺，更是对历史承诺的深远睿智远谋。历史将铭记这一天！这一天将证明三尺讲台对于共和国具有怎样重大的意义！现场师生激动的心情是对历史使命的庄严回馈！

是呵，这所诞生于抗日烽火之中的学院，45年来，已为国家培养出23500多名人才。学院哺育的桃李之花，在全国各地散发着芳香。

夜深了，阵阵歌声在天地间回荡："燕山下发芽，秦岭中长大，黄河岸上的沃土，使你枝叶勃发，啊，西北师院……"你有着艰难坎坷的历史，更有着光明锦绣的前程。时代的召唤，从历史的深空隐隐传来，在一个未来更为广阔的舞台上，把对党和国家的无限忠诚，化作春雨，孕育出一代代新的弄潮儿，搏浪远航！

（原载于《兰州晚报》1984年12月22日）

小草颂

也许是从小在深山草原上长大的缘故，我对那平凡的小草有着深厚的感情。在广阔的大自然中，一棵小草的确微不足道，然而在牛羊成群的高山牧地，它却是优质的"粮食"。

记得孩童时，我和伙伴们常常跟着大人们在草原坡地上拾蘑菇、捡青菜、猎取野兔。一到初春，我们就背着毛线织成的小口袋，在草坪上寻找刚刚出头的苜蓿、野菜。有一次，我发现几天前我刚刚铲掉头的苜蓿草，又长出了新芽，并且比原来更绿了。我惊奇地问妈妈："苜蓿被我铲了，为什么又长了出来？"妈妈笑着说："傻孩子，苜蓿就和我们门前的芨芨、青草一样，你只要不挖掉它的根，它就一直活着，小草还会在秋天结下种子。冬天，它在泥土中默默地孕育着生机，春风一吹，它就破土而出，把自己奉献给牛呀、马呀、羊呀……如果不是它这样生长着，我们的牛羊就会饿死，人们就喝不上牛奶，吃不上羊肉，穿不上毛、绒织成的衣服。"

从这以后，我对小草有了浓厚的兴趣。乡亲们开荒种草，我跟在后面偷偷地抓上一把草籽，撒在我用小手开垦的方块地里；乡亲们割草采种，我帮他们背草，并不时地把一粒粒金黄、饱满的种子装进衣兜里。一次我患病，十多天没去看小方地里草的长势，心里很着急。后来，妈妈带我去了，远远地，我就看见苜蓿草开出了一朵朵小蓝花。我高兴极了，像农民看到自己成熟的庄稼一样喜悦。

日复一日，年复一年，这些草在母亲乳汁——祁连雪水的滋润下，越长越旺，越生越多。家乡的一群群奶牛、菜牛、纯良种牛、高山细毛羊、新疆细毛羊……也由瘦变肥了，像五彩祥云飘游在各个山头。如今，我和伙伴们也伴着青青的小草，由一个不大懂事的孩童成长为立志献身"四化"的青年。当我看到草地时，便由衷地赞美这绿色的生命：小草。正是这小草的存在，才使大自然绿纱丝丝，流光溢彩；这小草，保住了黄土的流失；这小草，顶住了沙漠的扩展；这小草，蓄积了无限的水分。也正是这小草，养活了无数的野牲家畜，使家乡人民夺得了百母超百仔、毛肉双收，为祖国建设做出了贡献。

青青的小草，是大自然的"被褥"，是牲畜的"佳肴"，是我们治穷致富的"摇钱树"。每当看到小草，我就心潮起伏，思绪万千。

今天，如果我们青少年都用自己勤劳的双手撒下一把把草籽，那明天就会是一片片翠绿的青草地。当我们满头白发、鬓染严霜的时候，带上我们的后辈，在牛羊遍地、芳草萋萋的大地上旅行，在镶满锦花、栽满绿绒的地毯上斟满美酒、共祝幸福和欢乐时，我们会是一种什么样的心情呢？是体验创造生活的自豪，还是回忆青春奋斗的骄傲？到那时，我们就会说，我们无愧于勤劳的祖先，无愧于创业的父辈，也无愧于我们的后代子孙。

我愿做一棵平凡的小草，长在中华大地上，为她的繁荣昌盛，献出自己的一切……

（原载于中国写作学会《作文周刊》
1984 年 4 月 14 日大学版第 49 期）

祁连魂

禾苗吐翠，草色青青。

为了完成一个采访任务，我背着绿色挎包来到河西走廊中段地区，来到甘肃张掖、临泽一带的祁连山中。这里，四十八年前曾是红军西路军将士同敌人浴血鏖战的地方。

走过倪家营不远，在一条小路侧畔，我看到一段古城墙。它像一块赫然屹立的路碑，更像一个饱经风霜的老人的面孔。可不吗？纵横的皱纹、斑驳的汗孔、褐黄的脸色构成了整个形象。正当我竭力展开想象，欣赏这尊由自然伟力雕塑的作品时，一阵硬朗而深沉的吆喝声驱散了我的逸兴。

"嗷，咪咪咪……"这是一位年迈的牧羊人，他手拿着鞭杆，身披一件没有上面料的老羊皮大衣，花白的发茬像钢针一样指向四方。他的脸膛，除却面色黧黑外，其他都神似那段残存的古城墙。我坐在他身边，寒暄不几句，问起当年的事来。

"你看见了吗，这墙上的枪眼？"

"枪眼？"我循他突然发光的眼睛和粗硬的手指指点的方向望去。果然，墙上出现了一串又一串枪眼，有的已被风雨剥蚀得有碗口大小了。

作者（左四）在红色记忆石窝会议纪念馆建设现场调研

"那是 1937 年，红军西路军与敌人在这一带接上了火。一战就是三十天，歼敌数千，可咱西路军也剩下不到一万人了。接着又是血战九天九夜，最后咱们的部队弹尽粮绝，就从这儿突围，转移到临泽以南的三道流沟。这枪眼就是那一次留下来的……

老人讲着，心中的痛楚使他眼中溢出了泪水。他见我掏出了小本和水笔，说："这些，咱都记在这儿——心里！"

"经过倪家营苦战，西路军就不足三千人了。李先念率领着左支队向南去了。越红山，穿梨园，三天急行军，才摆脱了敌人的尾追，进入了祁连山。在寸草不生、飞鸟罕见、没有人烟的冰天雪地里，红军赤着脚板行军，饿着肚子作战，身体弱一点的陆续倒了下去。山越钻越深，生活越来越苦，吃不到粮食，吃不到盐巴，头昏眼花，浑身酸软。他们在行军打仗外，还得捡牛、羊粪来烧火，打野牛、野羊在火上烧了充饥。在不停的转战中，祁连山的哪个山山岭岭、沟沟洼洼没有我们的好同志倒下去？哪里没有留下这样的枪眼呀？"

戈壁上一阵风起，白云一样飘荡在草原上的羊群"咩咩"地叫了起来。后来，我知道了老人的父亲和哥哥，就是在为红军悄悄送草药、炒面和火镰时，被敌人抓了去活活折磨死的。

我停下了手中的笔，同老人一样，长时间地沉默了。我望着弹痕累累的城墙，望着严峻得像一座铜雕的老人，把一切都深深地镌刻在心里了。这时，我的心里霎时涌出三个字：祁连魂。

它和这块路碑一样的城墙将指引我去石窝，去裕固草原，去祁连山中红军走过的地方，辨认依稀可见却又是难以磨灭的历史足迹。

（原载于《兰州晚报》1985 年 4 月 4 日第 1205 号"兰苑"文艺副刊）

草原春雨

草原上的第一场雨是从不拘泥的。阵阵微风洒下阵阵细雨，从遥远的天边飘来，飘落得这么亲近。潇潇洒洒，密密层层，亮晶晶的声音，轻音乐风度。难怪诗圣杜甫写下了"好雨知时节"的千古名句。

草原上的春雨，使人迷离。一阵风来稀落了，一阵风来密匝了，看不清、听不出哪些是牧羊姑娘的山歌，哪些是牧童的故事。针线儿似的雨点落在牧人身上，身上顿感一片春意，心里却充满了无限欢喜。于是，把牛羊、牧歌、爱情都赶进雨里，沐浴着春的洗涤。当牧草青青、牛羊肥壮、对对恋人沉浸在诗一般的壮美凝思中时，草原开始生发春雨浇灌的硕果。

（原载于安徽《未来作家》文学杂志1987年7月31日总第34期）

歌声中长大的裕固族

　　生活在祖国西北边陲河西走廊中部祁连山北麓的裕固族，人口万余，是甘肃省独特民族之一。裕固人性情爽朗，英勇剽悍，男女善骑善猎，善歌善舞。男子除放牧以外还从事其他劳动，妇女担负挤奶、织褐、捻线、接羔、采集、打酥油等。裕固族男子一般穿高领左大襟镶氆氇长袍，系红、蓝色腰带，戴圆筒平顶卷檐毡帽或礼帽，穿长筒皮靴，佩戴腰刀。妇女也穿高领长袍，外套短褂。衣领、袖口、襟边均绣有丝线图案，束红、紫、绿色腰带，头戴喇叭形毡帽，顶缀红缨穗。

| 请喝一碗青稞酒

金杯银杯斟满酒

裕固族虽然没有文字，但有着灿烂的口头文学。在漫长的游牧岁月里，产生了不少描述历史、歌颂劳动和爱情的作品，包括历史传说、故事、谚语和歌谣。裕固人一出生，就沉浸在歌海里。歌声伴着裕固人的一生。如孩子一生下来，就能听到妈妈唱的"催眠曲"；该学走路了，有"学步歌"；到三岁该剃头了，又能听到亲人们的"祝愿"；该受教育了，大人们就唱认识大自然、认识本民族苦难历史、认识英雄人物、孝顺老人、尊敬客人的歌；能劳动了，那歌就更多了。放牧有歌，织褐子有歌，捻线有歌，挤奶有歌，奶幼畜有歌……《裕固族姑娘就是我》是牧羊姑娘最喜爱唱的歌曲：

哎，裕固族姑娘就是我，
姑娘我心中的歌儿多，
闪光的珍珠我戴过，
美丽的头面我绣过。

哎，羊毛细线我捻过，
五彩的褐子我织过，
花背子奶牛我挤过。
酥油曲拉我做过。
哎，草原泉边我走过，
祁连山顶我上过，
羊群好像白云朵，
有谁唱歌能比过我？……

富有艺术才能的裕固人，多能触景生情，即时随意地创作歌曲。浩如烟海的裕固民歌，绝大多数以口头形式，飘飞在辽阔的肃南草原。倘若你有幸到草原一游，裕固族姑娘的歌儿准能唱得飞落你的心窝窝。

（原载于湖北《黄石日报》1990年11月17日）

大草原

有人曾对我说：肃南的草原静静的，静得连小草破土的声音都能听到。有人却告诉我：肃南草原犹如奔腾的隆畅河，昼夜不息，雷霆万里，热闹非凡。我，作为草原儿女，对母亲自然有着比别人更多的了解和热爱……

与河西走廊相偎相依的裕固草原，置身"八百里祁连"之中。它的的确

美丽的草原我可爱的家乡（作者与孙子李昊泽）

确是静的——水平如镜的天涝池、海子湖和哈达一样的小溪镶嵌在绿绒织就的地毯上，青松、翠柏、山海花、杂草给毯子点缀着色彩斑斓的提花图案。倘若是晴空如洗的日子，蓝天做了背景，整个草原如一幅清新淡雅的山水画，使游客陶醉，为之倾倒。

然而，在草原深处，雪山脚下却又呈现出另一番景象。一群群白云似的羊群滚瓜溜圆，咩咩叫嚷，一堆堆彩霞般的牛群膘肥体壮，哞哞游荡，一座座小山似的骆驼摇来晃去，背负重任，"叮当"不休，一对对情侣如鸳鸯戏水，你歌我舞，还有那草原上最勇敢剽悍的裕固族年轻小伙——氆氇长衫，圆筒毡帽，长筒皮靴，驾着轻骑噗噗赛啊……

啊，谁道是"草原生活太单调"，在党的富民政策的感召下，广大牧民已由满足温饱过渡到逐步富裕，共同富裕，这对大草原来说，不是静或动的单一，而是现实与追求的结晶。

（原载于《张掖报》1987 年 6 月 4 日"甘泉"文艺副刊）

兴游石门山

前不久，我到天水市参加一个会议。会后，正值中秋佳节，乘兴游览了天水胜境一绝——石门山。来到石门山，我深深地被这里的山、树、奇观异景所陶醉。

由天水市出发，行程约35公里，在一个三峰鼎立的绿坡下停住了。我跳下车远眺：在通向石门南、北山峰的羊肠小道上，游客们千百把撑开的伞，像五颜六色的山花由山下一直开到山巅；千百顶白蓝相间的太阳帽像瀑布一样飞流直下……

伴着熙熙攘攘的游客，我们也徒步向石门山顶攀登。但见漫山遍野一片郁郁葱葱。那火红的枫叶，飒飒作响的白桦，挺拔的樟树，直刺青天的量天

笑对石门秋色（1995年8月）

柏，滴翠泻绿的蓬松、针叶松、马尾松……还有在那碧绿碧绿的灌木丛中开放的各种山花，争芳斗妍，煞是好看。

站在"聚仙桥"上，仰望直插苍穹的两壁山峰，一个美丽的传说禁不住在脑际荡漾：一个中秋之夜，嫦娥在山头迎候众仙，诸位仙人登山齐向嫦娥致意，可是整座山已被吴刚劈成两半。为了助兴，何仙姑采折山上树木，在裂缝上搭起一座色彩斑斓的虹桥，八位仙人登桥欢聚。后来，人们称它为"聚仙桥"，吴刚劈开的山缝，两壁对峙，中间一线嵌补，整个构图，宛如一座通天大门，人们便称它"石门"。

游完挂满明镜的"圣母殿"，我们又来到"赵公殿"。据说这是赵子龙将军的塑像，我们伫立端详，这位战功卓著的大将，手提宝剑，气势威猛，征战疆场的英姿如在眼前。

我环视石门全景，放眼四顾群峰，黄山的奇异，华山的险峻，泰山的雄伟，峨眉山的秀色，在这里兼而有之。哦！真是融百山精灵于一身。外地游人的确没想到在甘肃中部，竟有这般灵秀山峦胜境奇观，给人留下深刻印象。

（原载于《生活环境报》1985年12月31日"环境"文艺副刊）

帐篷新声追彩云

"美丽的肃南,你是我可爱的家乡,雪山松林溢光流彩,水草丰盛牛羊肥壮。草原各族勤劳的牧人,双手为你穿上新装……"这是牧民从内心深处唱出的喜悦。

红砖瓦房处深山

"一顶帐篷驮牛驮,随着羊群度生活"是康乐区牧民古老生活的写照,如今拔地而起的一座座红砖瓦房取代了破旧帐篷、窑洞和简陋的土房,全区98%的牧民在定居点建起了坚固舒适的新瓦房。新居,为古老的裕固族大草原增了光添了彩。这个区的白银蒙古族乡牧民拉秀芸对我说:"现在我们养羊几百只,收入上万元,盖起了砖瓦房,添置了新家具,穿起了新西装,生活真正变了样。"

"洋机"纷纷落草原

藏族同胞聚居地——祁丰区,10年改革,山乡巨变,牧民人均纯收入由1978年的270元增加到去年的1227元,人均储蓄存款余额达到800元。牧民手中从未有过这么多钱!于是,草原围栏不断扩大,城里人有的山里人也都渐渐有了,一些机械也开进了深山。据统计,目前祁丰区牧民有汽车21辆、大小拖拉机41台、摩托车67辆,85%的家庭有了收录机,80%的家庭有了洗衣机，60%的家庭有了电视机。尚未通电的后山地区牧民大部分有风力发电机，酥油灯在新一代牧民眼中成了历史文物。牧民们唱出了由衷的心声："没有高耸入云的祁连山，就没有翡翠铺成的草原，没有中国共产党的领导，就没有肃南人民幸福的今天。"

当然，这只是千里大草原牧民幸福生活中的一束小花。

（原载于《张掖报》1989年10月25日）

故乡守岁

孩提时，我最喜欢过年。腊月三十的长面，正月初一的饺子，初二的年糕……让人盼得垂涎。然而，比这更有意思的是大年初一的五更就起床，从头到脚，里里外外都换上妈妈赶做的新衣，等到太阳刚探出头来，就与当家户族的兄弟姐妹排上整齐的队伍，逐门逐个地给长辈拜年。有跪下磕头的，有敬少先队礼的，还有鞠九十度躬的，无论哪种形式，都会得到长辈给的压岁钱，多则是几个崭新崭新的角角钱，少则是几个大小不同的硬币。这些压岁钱谁也舍不得花在别处，各自都用来买炮，足以玩到正月十五。我胆子比

故乡社火闹新春

较大，表兄弟姐妹们一旦有双响和小鞭炮，总要请我代放。手中拿着炮，耳朵听着噼噼啪啪的声音，自以为有点英雄气概，心里好不快活。

一晃十多年过去了。

去年我回家乡过年，看到那年头以贫困出名，用糁子汤、炒面茶、沙米面刀把子充饥都还时时"吊起锅来"的新乡小镇，人均纯收入达到了六百元以上，许多人家盖起了新砖瓦房，户户都有余粮和存款。房东张老伯过去一家虽有五个劳力，但过得到了夏天愁冬衣，吃了上顿没下顿。如今，四个儿子在山里开小煤窑发了财，过年时竟从裕固族牧民那儿一次买来两头肉牛，杀了三百多斤，把肉分到全村各户，请全村人共过丰年。张老伯还特意请我到他家，让大儿媳做了红烧牛肉、鸡肠面。面对许多明晃晃的新式家具，再看看"北京"彩电，"三洋"双卡收录机，"长风"双缸洗衣机，还有带暖气片的烤箱，我禁不住想起了那不堪回首的年代。是啊，我想这也有好处，因为，它会使我们更加珍惜今天的丰年盛世，更会使我们紧密地团结在党中央周围，团结奋斗，扎实奋斗，坚韧奋斗。

写到这里，家里又来了拜年的队伍。哦，故乡的守岁、故乡的春节多么富有诗意，令人神往啊！

（原载于《兰州晚报》1986年2月20日"兰苑"文艺副刊）

请到裕固草原来

——寄语西北师范学院应届毕业生

年轻的同学们,请到河西走廊来,请到肃南来,请到裕固草原来吧!这里,是甘肃的宝地,有着悠久的历史和广阔的发展前景。这里,辽阔的草原、茂密的森林、丰富的资源、秀丽的风光、肥壮的牛羊,强烈地吸引着有识之士。

肃南裕固族自治县辖六个区,总面积 20133 平方公里,生活工作在这片高山牧地上的裕固、藏、回、蒙、汉等十多个民族,人口仅有 33900 多。自治县成立三十二年以来,在党的民族政策的光辉照耀下,在肃南各族人民的共同努力下,全县面貌发生了翻天覆地的变化,农牧民的生活持续得到改善,

慧眼看肃南(1999 年 8 月)

人均收入由 1958 年的 116 元增加到 1985 年的 600 元；文化、教育、卫生、科技等事业蓬勃发展，尤其是教育事业发展得比较快，学校由解放初的 7 所发展到 1985 年的 77 所，学生由 77 人发展到 6593 人。

由于历史原因和地理条件的限制，肃南的教育还远远不能适应四化建设的需要，特别是师资奇缺。目前初、高中教师中，专科以上学历的仅有 59 人，按国家规定的教师编制标准，尚缺 86 人。全县现有文盲、半文盲 8845 人，占全县人口的 37.6%。

肃南县各级党委、政府十分关心重视教育事业。尤其对扎根牧区的各民族教师倍加尊重、爱戴，政治上信任，工作上支持，生活上关心。仅 1982 年以来，有 11 名教师被提拔为领导干部，有 20 多人被吸收入党；解决了 86 户、299 人的户口"农转非"；有 131 名教师享受了地区补助，67 名教师享受了浮动工资及地区补助；民办教师的报酬由原来每月 30—50 元提高到了 60—100 元。

好儿女志在四方，古朴、辽阔、美丽、清秀、文明富裕、团结繁荣的新肃南，正在向年轻的同学们招手，肃南的各族人民盼望你们来贡献自己的聪明才智。愿以此拙句与青年朋友共勉：

祁连山万宝山，有志者来登攀。肃南县辽阔地，好儿女开拓她。

（原载于《西北师院》校报 1986 年 6 月 20 日）

福建三明纪行

深秋的闽西北，树青草绿，鲜花盛开。我有幸随地委考察组来到全国著名的文明城市三明学习考察，所见所闻，确实名不虚传。

美丽的花园城市

如果说三明一尘不染，那是言过其实的。但三明确实是个清洁文明的城市。我们一踏进这个名闻遐迩的山城，第一个感觉就是仿佛置身于美丽的大花园中。24平方公里的城区，四周青山环抱，绿树浓荫蔽日，花带万紫千红，一幢幢色彩明快的建筑，错落有致地掩映在绿海翠波之中。无数个花园式楼院、园林式单位和遍布街头巷尾的花坛、草坪、雕塑浑然一体。在创建文明城市中，三明人致力把"森林引入城市，园林引向街道，花园引向家庭"，把三明打扮得无处不绿，无处不花。目前，三明市人均绿地4.3平方米，居全国领先地位。我们漫步三明市区，走的是园林路，看的是花草树，穿街走巷，犹如人在画中。

更令人惊叹的是三明的卫生。20多万城镇人口生活的市区，空气清新，无论何时大街小巷总像刚刚清扫过一样。马路旁，机关内，庭院里，沿河边，到处是树木、草坪和鲜花，很难看到树叶、脏物、痰迹。从1986年起，三明市连续被评为全国文明卫生城市和全国绿化先进单位，真是实至名归啊。

城美人更美

如果只说三明是一个清洁的城市，那是很不够的。三明之美，美在人的心里。小住三明，你会深切地感受到三明人高尚的道德风尚和良好的精神面貌。在公共汽车上，秩序井然，没有拥挤和叫骂；在街上购物、理发、办事，处处备感亲切、友爱。我们所到之处，没有遇到过打架、斗殴现象。据三明市领导介绍，去年春夏之交，北京和其他一些城市发生政治风波时，三明市稳定而平静。全市所有大专院校没有停一节课，所有工厂、企业没有停一天工，所有商店没有停一天业。时下，全国一些地方大声疾呼治安形势严峻之时，三明市 96% 的内保单位实现了无刑事案件、无违法犯罪人员、无自然灾害事故的"三无"要求，全市区刑事发案率连续 5 年控制在中央要求的指标以内。在三明，我们还听到这样一个小故事：1987 年 3 月，到三明务工的四川省万县农民李文国，烧炭时不慎掉进炭窑，烧伤面积达 76.6%，其中三度烧伤面达 45.5%。为了抢救这个外省人，三明化工厂医院的医护人员连续 8 个多小时进行手术，市区许多市民无偿为李文国献血，全市广大干部、工人、市民、学生自愿捐款 3.5 万元，帮助李文国解决了医疗费和生活费，终于使李文国转危为安，获得了新生。这一切都显示了三明人的高尚道德和精神风貌。今年 7 月，三明市对 2000 名市民问卷调查，99% 的人感到人际关系和谐或比较和谐。

满意在三明

早就听说，一进入三明，就会感到阵阵文明清风扑面而来。百闻不如一见，我们刚到三明的那天晚上，已是深夜 1 点，步入三明饭店会客厅还未坐稳，服务员就微笑着端来了擦脸毛巾和茶水，之后又提着我们的包送进各自的房间。离店那天，4 名服务员列队送我们上车，并一再说"欢迎下次再来"。这个饭店还有个惯例，顾客换下的衣服放在房间里，会被服务员悄悄拿去洗，而且凭你怎么说，也不肯收费。我们来到三明市最大的百货商店——列东百

考察全国文明卫生城市三明（1990年6月，右一为作者）

货大楼，其被授予"无假冒商品销售单位"。走进大楼，"诚招四方客，满意在大楼"几个字首先映入眼帘，进门处一张大木牌上张贴着该店所有营业员的照片和编号。在大楼里购买东西，有问必答，百挑不厌，而且服务员还耐心地向顾客介绍所购物品的产地、性能、使用方法等。商店还随货发放商品退换或试用信誉卡，顾客在这里买高档耐用的消费品可试用5天，不满意的包换。自1987年以来，他们已接受8000多人（次）退换商品，金额达25万元。据了解，在这条两公里长的列东"三优街"上，目前已有95%的单位、门店建立了保修、预约、退换货、送货上门、代售邮票、代购车票、免费供应茶水等20多种300多项便民措施。总之，漫步三明街头，"宾至如归使你满意""满意在饭店""满意在医院""满意在市场"……处处可见，不管你走到哪里，在车站、在宾馆、在商店、在机关，总感到这里的笑脸多，人间的真情多。

启示与思考

三明的精神文明建设成效是实实在在的，真正做到了两个文明一起抓，这是地委赴三明市学习考察组领导和同志们的共同感受。大家在学习考察中对比三明，反思张掖，既兴奋，又着急，尽管三明的基础和条件同我们张掖有很大不同，但有许多方面很值得我们学习和借鉴。大家共同的体会是：首先，要从建设有中国特色的社会主义这一高度，进一步深化对精神文明建设的认识。尤其要克服"精神文明建设是软任务、虚指标，抓与不抓无关紧要"和"物质文明搞好了，精神文明自然会好"等模糊认识，应该像三明市那样，不论任何时候，任何情况下，都要坚定不移，坚持不懈地两个文明一起抓，两项任务一起下，两副重担一起挑，两个成果一起要。其次，搞精神文明建设，应制定合理的规划。从上到下要制定长远规划，而且必须制订年度精神文明建设计划，做到同经济建设的规划和计划相适应。逐步形成纵到底，横到边的规划网络。再次，思想建设与城市建设同步进行。下功夫抓好以"四有""两德"（社会公德、职业道德）为主要内容的政治思想教育和科技、文化知识的教育，着力提高人的素质。同时，抓好城市建设和环境卫生建设，切实治理脏、乱、差。特别是搞好绿化、美化、净化。联想到我区张掖市，作为地区所在地，应在已有规模的基础上，有计划地建设一些花坛、绿地、雕塑。从地区到各县、市，本着量力而行的原则，舍得在精神文明建没上投点资，推进与思想教育相同步的城市建设，特别是文化娱乐设施和绿化、卫生及公共场所等设施的建设，既为精神文明建设创造条件，也为群众创造一个舒适、优雅的生产生活环境。最后，切实加强领导，逐步建立健全双文明责任制是搞好精神文明建设的关键。党委、人大、政府、政协等几套班子既分工明确，各司其职，又互相支持，齐抓共管，并把精神文明建设的任务，定出若干量化指标，层层分解，逐级落实，年终考核时，与经济建设成果一起验收，奖罚一起兑现，从而推动我区的两个文明建设向着更高的台阶迈进。

（原载于《张掖报》1990 年 12 月 12 日）

描写集

她站在似绿绒织就的草原上,手中紧握着一条三尺长的牧羊鞭。身着粉红色的高领长袍,系蓝色腰带,外套紫红色坎肩,衣领、袖口、襟边上绣着五颜六色的丝线图案。头上戴着一顶喇叭形红缨帽,镶有黑边,帽檐虽然不宽,但后檐微翘,前檐平伸,显得很潇洒。正当我的目光与她的视线相对视的一刹那,我才真正见到了姑娘的"庐山真面目"——黑油油的刘海下,闪烁着一双水灵灵的会说话的大眼睛,秀丽细嫩的脸蛋红里透紫,显示出牧羊姑娘在草原上风吹日晒染就的"高原红",她身材苗条,胸部、肩部、腰部都显着柔和动人的曲线,走起路来襟飘带舞,看上去极其美丽。

(原载于著名作家姚雪垠主编的《描写集》一书,中国人民大学出版社 1990 年 2 月出版)

古老商道新脚步

地处祖国大西北的甘肃，历来深受轻商薄利思想影响的广大农民，面对市场经济的大潮，内心失去了旧日的平衡与宁静，越来越多的人积极参与，昔日"日出而作，日入而息"的农民亦"下海"经商，一时间成为人们瞩目的热点。

久居西北省份的内陆农民，已有相当一部分人思想解放，脑筋转换快，步子迈得大，在市场经济海洋的风浪中尝到了更多的甜头，如鱼得水。

地处张掖地区的高台县巷道乡巷道村的何作剑，看到本地农产品在当地卖不出去，而一些大城市却急需。于此，他发现了搞贩销是一条致富的路子。他把高台的小麦、猪肉、仔猪、蔬菜、瓜果等运销到陕西、青海、新疆、四川等地，再把粉条、鱼、葡萄干、煤炭等运回高台，生意由小到大，成为远近闻名的运销大户致富能人。近年来累计经营收入80多万元，实现利润27万元，向国家上缴利税4.1万元，个人存款12.1万元。

不仅男人如此，就连从来未走出过县境的农家妇女，也走上了流通贩运之路。张掖上秦乡李怀玲，以借来的30元钱，买来了几袋韭菜贩卖起家，在艰难的商品经济竞争中尝尽了甜酸苦辣。在村委会的支持下，创办了"张掖市东五堡农副产品综合经销公司"，下设面粉厂、粉条厂、食品加工厂、粮油经销部、烟酒门市部、汽车运输、钢屑加工等。几年来，累计创产值500万元，实现利税98万元。李怀玲致富不忘国家和众乡亲，自觉向国家缴纳税金20万元，并积极资助公益事业，扶持贫困户。1992年被推选为八届全国人大代表。

一位普普通通的农村妇女，在张掖沃土上干出了一番不平常的业绩。面对市场经济的大潮迭起，李怀玲自信地说："我还要迈出新的一步。"

祖祖辈辈固守田园，看摊守业，日出而作，日入而息，头脑闭塞，眼界狭窄的农家子弟，如今深感"二亩地只能解决温饱而奔不了小康"的道理。只有大胆地试，大胆地闯，才能走出一条致富路子。一批敢闯敢冒的先行者出现在这一片土地上。

民乐县洪水乡城关村56岁的老农张焕文，1992年7月得到东北市场每公斤黄河蜜瓜可以卖到3元左右的信息，便筹资20万元，从千里之外的安西收购360吨黄河蜜，运到相隔3000多公里的哈尔滨销售。谁知却遇上了20天的连绵阴雨，气温骤然下降，6车皮黄河蜜瓜无人问津，腐烂变质，被当地环保部门责令限期拉走，这一下把计算好的100万元钞票白白地丢了。此时的张焕文，犹如热锅上的蚂蚁。为了挽回20万元的损失，他通过熟人和哈尔滨有关方面的介绍，联合老友与俄罗斯乌苏里斯克市对外贸易公司达成协议，双方投资10万元，在乌苏里斯克市开办了一个以经营俄罗斯最抢手的中国羽绒服、日用品、妇女儿童服装为主的中俄友谊商场。并以此为依托，开展了

1993年5月，作者（右一）在张掖地区临泽县农村调研

中俄易货贸易，对内进口钢材、汽车等工业产品，对外出口白糖、白酒等日常生活用品。张焕文被聘为中俄友谊商场驻绥芬河市办事处主任。他做的第一笔生意是给广西进口了 35 辆翻斗车，盈利 17.5 万元。他并未满足，又从俄方组织钢材、小轿车销往广州和西北，并从内地组织白糖运往俄罗斯销售。这笔生意做成至少可以赚 200 万元。同是祖祖辈辈生息繁衍过的这块土地，同是面朝黄土背朝天的农家子弟，当许多庄户人至今仍视经商谋利是"不务正业"之时，张焕文却闯出了一条跨国经商的新路。

但就更多农民而言，他们大都不愿跨地区、跨省、跨国当"倒爷"，而更乐意依托本乡、村的资源优势靠自身的一技之长和本领，勤劳实干，多种经营，发家致富。民乐县六坝乡正南村，发挥本村优势，大办绿色企业，家家户户开展"兴一业""苹果梨"活动，去年全乡苹果定植面积已达 1141 万亩，户均 3.3 亩，果品产量达 700 万公斤，仅此一项人均收入就达 220 元。山丹县位奇乡东湾村被人称为"土专家"的王德性，去年在自己承包地里套种玉米、草莓、黑瓜子等取得成功，定植苹果梨 3 亩，还饲养猪、羊、牛等，用他的话说就是"啥能赚钱就种啥"。

虽然适应市场经济发展的人越来越多，但是，在长期封闭的内陆省份的农民，仍有相当一部分人存在小富即安的心态，恋旧保守，不思进取。

这部分人仍抱住长期形成的"养牛为耕田、养猪为过年，养鸡下蛋为换点油盐针线钱"的自给自足思想。满足于"穿上裤子，吃饱肚子，盖上房子，娶上娘子"的生活，甚至还有极少数人留恋旧体制。他们在取消计划种植农业进入市场的趋势面前惊慌失措，情愿政府仍下达种植计划，到时销售由国家包下来，卖给国家既省心又省力。

改革发展之势不可挡，"二亩地"也不再是农家致富奔小康的独木桥。在市场经济的大潮面前，让农民利用自身优势，把握机遇，迎接市场大潮的挑战。

（原载于新华社《瞭望》周刊 1993 年 10 月 11 日〈第 41 期〉，
并获本刊"走向市场之路征文"奖）

做菊花一样的人

大千世界，花卉丛生。有人喜爱富贵的牡丹，有人赞赏火红的杜鹃，有人留恋艳丽的玫瑰，还有人钟情温柔的茉莉，而我最爱那晶莹高雅又质朴芬芳的菊花。

菊花是高雅的。每逢深秋时节，大街小巷，机关院内，广场四周，那一盆盆、一丛丛、一架架、一片片秋菊花团锦簇，五光十色；那红、黄、白、墨、紫各色菊花艳丽芳菲，争奇斗妍，形成一幅幅缤纷斑斓的立体画卷；那飞、卷、垂、叠的各种花形，有的像玉龙闹海，有的犹猛虎下山，有的似孔雀开屏，有的如杏花春雨……千姿百态，巧夺天工，给人以美的享受。菊花秉德无私，甘愿把自己的美丽献给人间。在盛大国宴的主桌和国家领导人会见外宾时的茶几上，常常摆放的束束鲜菊，朵朵是那样鲜丽晶雅，缕缕是那样馨香扑鼻，沁人肺腑。我曾在《日中文化交流》杂志上看过一篇纪念周恩来总理的文章，题为《菊花的怀念》。写的是1972年金秋时节的一个晚上，周恩来总理亲自出席中日友好团体联合举办的庆祝邦交正常化盛大宴会并即席发表了"吃水不忘打井人"和继续推进中日友好的重要讲话。杉村春子与高峰三枝子作为日中文化交流代表团成员应邀出席宴会并有幸坐在主桌，与周总理碰杯畅饮欢谈。在欢宴结束时，周总理提议把桌上的鲜菊花赠送给日本友人杉村和高峰，并说希望继续为中日友好作贡献，让友谊之花永开不败，香飘万里。两位女士激动万分，一再鞠躬致谢并表示绝不辜负总理的厚望。为能长久珍存周总理赠予的菊花，回国后她们还根据所拍下的照片做成插花，永志纪念。时隔四年后，周总理不幸病逝，杉村与高峰眼里噙满泪水，多次手捧菊花在东京中国大使馆吊唁，还特别以鲜菊与插花表达深沉的怀念。

2017年12月16日，作者在国务院新闻办公室、日本国外务省支持主办的"第13届北京—东京论坛"上演讲

  春华秋实，斗转星移。如今，敬爱的周恩来总理离开我们已整整21年了，但繁荣昌盛的中华大地，繁花似锦的中日友好园林，无不是浸透周总理孜孜不倦、耕耘浇灌洒下的汗水。我想，那朵朵鲜丽晶雅的菊花，那缕缕沁人肺腑的馨香，不正是周总理这位伟大园丁为党和人民的事业呕心沥血、无私奉献的见证和高尚品格的体现吗？

  菊花是质朴的，它开得鲜艳夺目却从不妖艳作态。无论在居室雅厅，还是农家院落、河滩山地，它从不抱怨土壤的肥沃与贫瘠，不挑剔生长环境的优劣。尤其是生长在山崖和灌木中的野菊花，无须人们去浇水、施肥、修枝剪叶，长年累月经受烈日的暴晒，狂风狂沙的侵袭，雨雪雷电的洗礼，依然生机盎然，不怨不馁。每当秋风瑟瑟，寒冬来临，其他花卉伴着落叶纷纷萎缩枯竭，而秀菊虽满面风霜，却更加挺拔端庄，赋予人坚韧不拔的启示。望着根植山崖，怒放于寒风雨雪中的菊花，我禁不住又一次想起为人民鞠躬尽瘁、死而后已的周总理，他不正是一朵永不凋谢的秀菊吗？

（原载于《兰州晚报》1998年1月9日"兰苑"文艺副刊）

夜访牧人家

夕阳西下。我乘的吉普车在祁连山下裕固草原上缓缓行进。远处的坡坡岇岇、沟沟坎坎不停传来"嗽咪咪……"的吆喝声。牛羊向各自的归宿奔去,身后留下一串串翻腾的尘埃。

车行一阵后,"嘎吱"停在一家牧羊人的帐篷前。一个头戴"牛吃水"式毡帽,身穿氆氇高领长袍,腰间束一条大红绸带,着一双锃亮的黑皮靴的老人闻声迎了出来。他叫索旦,虽年过六旬却显得十分结实、精神。当他见到我时,一边同我握手,一边"呀呀、呀"地请我进了帐篷。

夜幕降临了。风力发电机为牧民帐篷带来了光明。乳白色的荧光灯代替了祖辈使用过的昏暗的酥油灯、清油灯、煤油灯。灯光下,一幅新型的牧民生活图展现在眼前:帐篷中央,一只"金鹿"牌烤箱呼呼作响。索旦大娘正蹲在那里熬制奶茶。昔日的地铺和石板炕已被折叠式钢丝床所取代,上面,厚厚实实地铺着崭新的毛毡、地毯和绸褥缎被。过去那种以羊坂粪、芨芨草、柳柴、青羊皮、褐子为主的铺盖早与帐篷告别了。索旦远方来的亲家和邻里串门的安戈老人盘腿围坐在舒适柔软的床上正品味着奶茶。帐篷右角,索旦的两个孙子和一个外孙女并排坐在小方凳上,翘首看着床头柜上的二十英寸"春风"彩电。电视机左侧,依次排列着"长风"双缸洗衣机和"蝴蝶"牌缝纫机。我曾多次到过裕固草原,而这些高档东西先前在牧民帐篷中是从未见过的。

晚餐时,索旦的大儿媳从隔壁小帐房里一个劲儿地端饭端菜。除了平日常见的酥油、曲拉、炒面、烧馍、手抓羊肉外,还有几盘热腾腾的炒菜和主

1987年4月，作者（前排左一）与牧民一家人

食大米饭。主人为我们边倒"兰州"啤酒、"女士香槟"，边说："这几年我们吃喝变了！再不是'奶为浆，酪为食，一日三餐的酥油炒面茶'了。"

他的话逗乐了大伙儿。索旦老人又叫儿媳去高低食品柜里取好酒。

"怎么，食品柜也搬进了帐房？"我吃惊地问。

老人呵呵笑着，说："自古以来，裕固族游牧倒场都是靠牦牛、骆驼等大牲畜。如今，好多牧民都有了汽车、'铁牛'和手扶，倒场不用愁了。平时放牧、串亲访友或进城买东西，多半都骑摩托车。我们这个乡五百多户就有三百多户买了摩托车。而且十之八九都是'幸福'牌的！"

一席话老人总结了昔日艰难、酸辛的生活，说得我眼里都噙着泪花。索旦一家八口人，每人的生活都像蜜拌冰糖一样甜美。

夜深了，帐房沉浸在如海子一样的大草原里。唯那夜话，像小舟划动的浪花，送着大家驶向灿烂的明天。

（原载于《兰州晚报》1987年5月19日"兰苑"文艺副刊）

田 野

  一个春和景明的早晨,我漫步在故乡田野,兴致油然而生。田野美极了,极目盛开金灿灿、黄澄澄的油菜花,那黄色的花粉在慵困的空气中游丝般飘拂,蜜蜂嗡嗡地飞着,采集自然之母赐予的甜蜜。与金黄的油菜花相间的,则是青青的麦苗,都已灌浆,饱满青翠,展示出大地的丰饶。勤劳的农人用自己掌握的先进适用技术,在小麦、玉米、豆类的间作套种中,栽植的果树、梨树、枣树,纵横阡陌,郁郁苍苍。那"忽如一夜春风来,千树万树梨花开"的绝妙景象,此时令我欣喜若狂。视线逐渐延伸,小路边、田埂上,一排排的白杨,挺拔俊秀,滴翠泻绿,在微风中,每片叶子都在欢快地跳动,发出轻微的啪啪声。我彻底忘却都市的喧闹、嘈杂,深深陶醉在融融春光里,尽情享受大自然的温爱。

(原载于《文学台历》1999 年 6 月 12 日)

甘州览胜

"金张掖",南依祁连,被泽黑河,山川秀丽,地貌奇特。既可观赏到"小桥流水长,绿荫蔽日短"的江南水乡秀色,又可饱览"大漠孤烟直,长河落日圆"的西部动魂景观。在张掖,绿洲与荒漠错杂,渔歌伴驼铃交响。您若有幸登临祁连,既可领略到山川之博大、雪山林海之雄浑,又可在一日之内体验到春夏秋冬四季之浓缩,阴阳五行更迭之奇妙。4000多年农耕文明的悠久历史,使张掖成为寻古揽胜、旅游观光的胜地。

在"金张掖"这块神奇的土地上,有汉代黑水国、骆驼城、许三湾等古城遗址和众多的古墓葬群,有马蹄寺、金塔寺、文殊寺、大佛寺等魏晋以来各个时期的石窟、寺庙、雕塑、壁画以及汉、明长城、烽燧等价值极高的文物古迹。以张掖市为中心向四周延伸,自然景点、名胜古迹遍及全区,择其要者,介绍如下:

大佛寺 张掖大佛寺,是甘肃名刹之一,建于西夏,至今已有800年的历史。相传是元帝忽必烈降生之地。殿内佛像各具情态,栩栩如生。释迦牟尼涅槃像以其身长35米、高7.5米而居国内室内泥塑卧佛之最。大佛寺两翼的土塔和木塔遥相对称,构成一组古色景观,展示了张掖古城的风韵和魅力。

黑水国遗址 黑水国遗址在距张掖市西十余里处。在一片绿洲环抱中的沙丘之上有依稀可见的残垣断壁。据考证认定,遗址下有古城两座。著名学者陈寄生1940年探访黑水国遗址后,在《政论杂志》发表《张掖黑水国探访记》,认为黑水国古城为"张掖古城无疑"。黑水国始建于何时尚无可靠依据,但据有关资料记载,"隋朝韩世龙守黑水国驻此,有古垒四,去后一夕为风沙所掩"。(《扰新记程》)民间有"老道黑水国卖枣梨,韩世龙悟出'枣梨'即'早离'"的神奇传说。

马蹄千佛洞 马蹄千佛洞位于肃南县马蹄区行政公署所在处的临松山下。那里以祁连雪山为背景,奇峰林立,云雾缭绕,松柏森森,草地青青,流水潺潺。在临松山口,靠近公路北侧的红沙岩崖壁上错落有致地凿雕着几十个大大小小的舍利塔龛,这就是马蹄千佛洞。考古学家们说:这些石塔是存放舍利子的地方,大部为元、明时代开凿,其中有两个西夏时期凿雕的舍利塔,为塔群的历史增添了光彩。这些石塔雕凿精巧,一般由塔座、塔身、须弥座、相轮刹盘、塔顶构成。与其相连的千佛崖是另一番景致。崖上,古窟、石塔、阁楼高悬,石梯、栈道布满其间;崖下,绿树环绕,泉水淙淙,庭院幽雅,柏烟飘香。

金塔寺 金塔寺位于大都麻河刺沟深谷之中,是深藏于天然胜景中光彩奇异独特的佛教石窟。这里叠峰屏遮,地僻路崎,风景秀丽,四季如画。寺窟即于半壁临危而立,灌木纷披,肠径隐迹,曲涧深沉。寺内人物塑造采用最为独特、极富创造性的高肉雕技法,众多大型泥塑飞天菩萨宛然当空凭虚,

| 1992年春,母亲和家人在张掖甘泉公园

考察张掖黑水国遗址（左一为作者）

彩带飘扬，绣裙御风，翩然绝尘，极富立体感又极为生动传神。

山丹军马场　山丹军马场占地329万亩，为世界第二、亚洲第一大马场。西汉以来，历代皇家于此养马。这里不仅以良驹——山丹马驰名中外，其自然风光也旖旎多姿，有雪山水库、松山峡谷，牧草丰美，风光别致，骏马牛羊遍地，是骑马狩猎、领略草原风光的理想去处。山丹军马场同时已成为我国著名影视外景拍摄基地之一。

民族景点　"民族景点"为少数民族设置的迎宾旅游生活设施，亦称"牧民之家"。它是各民族综合文化艺术的体现，其中包括服饰文化、茶文化、酒文化、食文化、起居文化等等。"民族景点"大都以帐篷形成点落在山麓畔和景色优美的草地上。主要有裕固、藏、蒙古等民族景点，各具特色，民族风情浓郁。

目前，全区已开通五条旅游线路，沿着这五条旅游线路可大致领略到区内基本的旅游景观。

第一条为张掖商城游，包括游览大佛寺、木塔、土塔、西来寺、镇远楼、唐钟、黑水国、甘泉公园等景点及四大专业市场、五条商贸文化街。

第二条为马蹄寺游，包括游览千佛洞、普光寺、马蹄殿、藏佛殿、三十三天、胜果寺、剑劈石、试剑石、金塔寺等文物景点和临松瀑布、马蹄山、卧龙岭、莲花湾等自然风光。

第三条为山丹游，包括游览明长城、汉烽燧、峡口驿站、路易·艾黎文物博物馆、焉支山、南湖公园等。

第四条为军马场游，包括欣赏窟窿峡、西大河和亚洲第一大马场的草原风光等。

第五条为临泽、高台游，包括欣赏沙生植物园、流沙河、高老庄、牛魔王洞，瞻仰临泽西路军纪念馆、高台烈士陵园，观光骆驼城遗址、晾经台、沙漠海子、海市蜃楼、文殊寺石窟等。

（原载于《丝绸之路》杂志1994年第1期）

裕固风情（四则）

一、独特的生活习俗

裕固族性情爽朗，英勇剽悍，忠厚好客。男女均善骑善猎，善歌善舞。男子除放牧外还从事狩猎，妇女担负挤奶、做饭、织褐、捻线、打酥油等劳动，有时也从事接羔、采集活动。

他们过着逐水草而居的游牧生活，常年居住在帐篷里，随着季节的变化和牲畜的转移，帐篷经常移动。帐篷由二、六、九根木杆支撑，视大小而定；外用牛、羊毛织成的褐子搭盖而成。一般依照地形，选择避风向阳的地方搭盖。帐篷内部正上方为供佛之处，进门左边为铺，垫以毡片、兽皮、草等；左边是男客人的坐位，右边为女客人坐位，并放茶炊具等物件。中间为炉灶。过去是"三石一顶锅"，现改为火炉、烤箱等，是做饭和取暖的地方。燃料为牛羊粪或木柴。解放后逐渐推行定居点，老人、儿童均在定居点上住土房。

裕固族牧民的饮食以酥油、糌粑（裕固语"塔勒坎"即用酥油、奶子、青稞炒面调制而成），乳制品为主。一日三茶一饭（即每天喝三次酥油炒面茶。茶里放酥油、青稞炒面，只在天黑收牧回来才吃一顿面片或米粥，有时也吃烤馍馍、烤花卷等）。他们生活在高原，一般都喜肉食善饮酒。但不吃驴、马肉。裕固族牧民热情好客，每当家里来客人，先用奶茶招待，为客人接风洗尘。熬茶时很有讲究，先把茶叶捣碎，然后放进盛凉水的锅内，并加放适量的草果、姜片等热性调味品，待茶熬酽，再调入鲜奶和食盐，用勺子反复搅一阵，在碗内放酥油、炒面、曲拉、奶酪皮等物，沏上熬好的奶茶，敬给客人。茶后以手抓羊肉、青稞酒款待。给客人敬酒，至少是两杯，如果客人只喝一杯，主人会说"你是双脚走进来的，还是单脚进来的"。男主人敬过是女主人，从大到小，论辈依此类推，家里有几个人都要给客人敬酒。如果只喝男主人的，女主人会说"你瞧不起女人"；只喝大人敬的酒，年轻人又说"你看不起晚辈"。有时，主人双手捧着酒杯唱祝酒歌，每唱完一支歌，给客人敬一杯酒，客人实在不能饮酒，只要以诚相待，主人心意尽到后是会谅解的。

（原载于《民主协商报》1986 年 6 月 14 日）

二、丰富的口头文学

裕固族人民虽然没有文字，但有着灿烂的口头文学。过去，产生了不少描述历史，歌颂劳动和爱情的作品，包括历史传说、故事、谚语和歌谣等。为广大人民喜闻乐见的民歌，具有独特的民族风格。

"民歌里有民族历史——说着唱着才知道了，我们是从西至哈卓来的民族……"

这是叙述裕固族自西域东迁祁连山的史诗《尧熬尔来自西州哈卓》中的诗句。史诗艺术地再现了在明洪武年间，裕固族举族东迁的悲壮历史。

民歌还反映了裕固人民在旧社会的悲惨遭遇——

"我不能回到自己的家乡，不能和爹娘、儿女聚会一堂；因为交不起牧主的草租，我只好含泪到处流浪。"

裕固族人民热爱劳动，热爱生活。割草、放牧是他们的主要劳动。每逢到了割夏草的季节，如有十多个人在草滩上割草，常由一人领唱，大伙跟着唱起来。——"哎咳哟，哎咳哟，草儿青青多肥茂，羊儿吃了长满膘，伙伴们哟，快来割草，快来割草……"

《放牧歌》是牧羊姑娘最喜爱唱的歌曲。一人赶上几百只或上千只的羊群来到了辽阔的草原，边放牧、边唱歌，她唱的是一种"啦罗"曲调，委婉动听。每当悠扬的歌声打破原野的沉寂，常常引起对方的呼应。有的男女青年

作者（右二）调研肃南县裕固族特色村寨

就用这种对唱，来表达彼此之间的爱慕之情。如姑娘唱道："要吃酥油酸奶莫作声，和你第一次见面时，你为什么脸红？要骑马驹莫要跑，和你第一次见面时，你为什么低头笑？"小伙子唱道："牛羊赶到沙柳坡，沙柳坡里骆驼多；我唱山歌羊吃草，姑娘你为啥偷看我？"

富有艺术才能的裕固族人民，多能触景生情，随意创作歌曲。浩如烟海的裕固民歌，绝大多数以口头形式，飘飞在肃南草原，回荡在祁连山川，刻印在裕固人的心里。

（原载于《民主协商报》1986年7月5日）

三、特有的服饰、丧葬

裕固族服饰具有独特风格：男子一般穿高领左襟大氆氇长袍；系红、蓝色腰带，戴圆筒平顶锦缎镶边的"牛吃水"白色毡帽或礼帽，穿长筒皮靴，佩戴腰刀。妇女也穿高领长袍，外套短褂。衣领、袖口、襟边均绣有丝线图案，束红、紫、绿色腰带，腰带两端垂于腰后两侧，腰带左侧还系有几条各色手帕，头戴喇叭形红缨帽或用芨芨草制作的帽子，帽檐上缝有两道黑色丝条边，后檐微翘，前檐平伸，帽顶上缀着红线穗子，有的还饰有各种花纹。未婚的少女，在宽檐圆筒平顶帽上加一圈红色珠穗。盛装妇女的帽顶上垂下大红的彩络。已婚妇女佩戴长带形的头面，一般用珍珠、珊瑚、玛瑙、海贝、金银等物缀成，并用丝线绣有各种花纹和图案。佩戴的方式也很别致，女子到结婚年龄，把头发编成许多小辫，然后结成三条大辫，一条垂在背后，两条垂在胸前，每副头面重六七斤。随着人民生活的改善，裕固族在服装上也有了较大的改变。

裕固族的丧葬分为火葬、天葬、土葬三种。解放后，主要分火葬、土葬，以火葬最为普遍。人死后，在未僵硬之前要收尸，用一条带子或绳子把尸体捆起来，成胎儿型，也叫圆寂。然后，将尸体装入一条白布袋内停放。一般在下午出殡，忌讳遇到闲杂人员。选好火葬地点，根据风向挖一个地炉，放好柏木柴，将尸体放置柴上起火即可。第二天，从木炭中捡出骨灰，再盛入一条红布袋中葬入坟地。坟地周围及上面，镶上白色石头，以示吉祥。

（原载于《民主协商报》1986年6月28日）

四、别具一格的婚俗

生活在祁连山北麓草原上的裕固民族，是甘肃省特有的少数民族。由于特殊的环境，形成他们特有的风俗习惯。在新中国成立以前，他们还沿袭着古老的婚姻习俗——帐房戴头婚姻。

所谓帐房戴头，即女子长到15—19岁时（多为单数），选择吉日，宴请宾客，给姑娘戴头面，另立小帐房，从此以后就有了社交自由。男女青年在日常生活中若情投意合，即可到小帐房同居，不受非议。所生子女称男子为"古衣"（即姨夫），若感情较成熟称"巴巴"（即叔叔）。同居的男子必须帮助女家劳动，否则要受到冷遇或遗弃。帐房戴头的妇女不受男子的约束，在家庭中具有很高的地位和权利。离异时，男子不能带走任何东西，孩子随女方。帐房戴头的婚姻，不要彩礼，因而解放前的贫困牧民，大多去戴了头的妇女帐房中同居。这种女不嫁、不娶、家庭中以女性为主的婚姻，是古老婚姻习俗的残余。

新中国成立后，裕固族人民普遍实行新婚姻制，移风易俗，废除了帐房戴头婚姻和封建包办婚姻。现在男女青年自由恋爱，婚姻自主，生活得幸福美满。

裕固族的婚礼，头一天是女方家里宴请客人，第二、三天是男方迎亲和宴请宾客。当娘家的送亲队伍快到婆家门口时，队伍中就有七八个甚至十几个骑手策马扬鞭，向婆家为新娘立好的新帐篷冲去。每个人都想方设法接近帐篷，目的是弄断四周的拉绳使其倒塌。新郎的兄弟姐妹们或亲戚朋友们，则在帐篷里一面使劲用棍棒敲打帐篷，一面大声呼喊，使马不敢靠近。马冲过后，再由一群骆驼冲。最后是马和骆驼一起冲。此时，婆家的人更是大喊大叫，想法惊吓牲口，保住新帐篷，气氛紧张热烈。不论是马、骆驼，还是二者合群去冲，都是绕帐篷三圈。如果三圈冲不倒，就表示婆家爱惜儿媳，有能力保护她的安全，于是娘家就把新娘送了过来。

穿着新装的新娘下马后，由伴娘搀扶着向新立的帐篷走去。这时，婆家忽然在帐篷前燃起两堆火，要新娘从中间通过，据说这是为了烧掉路上跟来的"毛鬼"。在新娘通过火堆时，新郎站在帐篷门口，轻轻地向新娘身上连射三支无头箭，这就是"箭射新娘"的婚礼。这一婚礼是与古代"射箭驱妖"的传说故事有关。这样做，是为了驱走一路上附在新娘身上的"邪气"，使小两口相亲相爱，白头到老。

裕固族的婚姻习俗中，除了男娶女而外，还很盛行"女娶男"，即"男到女家"。这一习俗，在过去是以"戴天头"的形式出现，现在则是正式娶、"嫁"，一夫一妻制了。"女娶男"这一习俗在过去来说，多少带有母系氏族社会的烙印，但在裕固族一举进入社会主义的今天，它对提倡男女平等应该说是有积极作用的。

（原载于《民主协商报》1986年6月14日）

新年断想

斗转星移，岁月更迭，不知不觉新年又来了。

在新年伊始的时辰，扯一片云霞裁衣，捉一把清风洗面，听一声晨钟咚鸣，看一眼彩灯华放，顿感"身加一日长，心觉去年非"。果然一切都是新的：太阳是新的，绿叶是新的，牧笛炊烟是新的，广告社论是新的。沐浴着这新日子的亮丽、艳妍和洁净，心情何尝又不是新的呢？

新年真好。激人奋发，催人疾进，使多少为繁杂的工作忙忙碌碌、为艰辛的生活四处奔波的人们，从刚刚过去的一年中或得到收获快慰，或总结失误教训，或萌生新的希望，或体验生命的欢快与美好、恬静与律动。也正是在这"邻墙旋打娱宾酒，稚子齐歌乐岁诗"的时候，人们在新年的案几上，把日月熏烤几成焦灼的情绪静静地铺展开来，拂去阅世的蒙尘，捋平世俗的皱褶，抛开那些无聊与琐碎的事务，想着新日子里的新打算、新路子、新境界。于是，对生活的理解总在这种时候递进一层，对人生的感触也总在这种时候诚挚一些——烦事乐事，功名成就，金钱财运，权力地位无妨看淡，即刻便想得清白，活得洒脱。岁月难再，事务苦多，多少东西都是淡淡的。亟须赶紧的，只是争分夺秒地学习，只争朝夕地工作。别浮浅也别虚妄，别冷漠也别迟疑，别悲观也别失望。因为"时间可孕育创造，也可衰颓毁灭；时间很有情，也很冷酷，人事成败兴衰决于一瞬，正是常见的事情"。更迭的岁月给我们欢乐也给我们忧愁，给我们宁静也给我们喧嚣。

新年真好。即刻便长了精神。在新年中领悟人生真谛的人，便以勤快的步伐去上班；以慈善的心绪去待人；以求真的胸怀去读书；以严谨的姿态去做人。校园读书,当有"学海无涯苦作舟"的精神;街市卖炭,当谅"晓驾炭车碾冰辙"的艰辛;人我相向,当有"退后一步自然宽"的博大;恋爱持家,当怀"南楼北斗两相当"的温柔;坎坷之时,当具"纵死犹闻侠骨香"的骁勇……新年便应是这般的新面貌新精神,新气节新举措,才觉成长的不愧与喜悦,不负岁月的修斫与培植。

新年真好。多少旧景会被新春装扮,多少尘埃会被新年打扫,多少颓唐会被新年震撼,多少炎凉会被新年融解。

(原载于《兰州晚报》1998年1月15日"兰苑"文艺副刊)

祁连山下"金张掖"

张掖,历史上曾称甘州,甘肃省省名的首字就是源于甘州地名。张掖,西汉初以"张国臂掖,以通西域"而得名。由于张掖土沃水足,物阜文昌,自古就有"金张掖"的美誉,使这颗丝绸之路的明珠芳传华夏,享誉海外。

张掖,历史悠久,文化灿烂,风光独特,民风淳朴,历史文物古迹遍布全区,古代文化瑰宝散落各地。地区所在地张掖市,1986年被国务院定为历史文化名城。

在这块神奇的土地上,古文化遗址达100多处。有新石器时代的山丹"四坝文化"遗址,有汉代黑水国、骆驼城、许三湾等古城遗址和众多的古墓葬群,还有高耸兀立的汉烽燧,直插云天的隋代木塔,雄伟绵延的明长城,建造独特的明代钟鼓楼,等等。建于西夏的张掖大佛寺,寺内有全国最大的泥塑释迦牟尼涅槃像,其身长35米,高7.5米,仅一只耳朵就有4米多长,可容纳8人并排而坐。开凿于北凉时期的金塔寺,窟内有把圆雕和浮雕艺术有机结合的高肉雕影塑彩绘飞天,其造型奇古,风韵独具,世属罕见。藏传佛教胜地马蹄寺,有高达40多米的"三十三天"石窟,分上下七层,层层相连,洞洞相通,在我国古代石窟艺术中独一无二。

在中国革命史上,张掖也有着光辉的一页。1936年,徐向前、李先念等率领的西路红军西渡黄河,攻山丹,进张掖,苦战临泽,血战高台,与数倍于我的国民党马步芳军队浴血奋战,写下了悲壮的诗篇。如今,在众多红军烈士牺牲的遗址上建成了高台"烈士陵园"、肃南"红石窝会议纪念碑"、临泽"西路红军纪念塔"等。

新景张掖，幸福童年

金张掖之"金",得益于河西走廊独特的天时、地域和丰富的生物、矿藏资源。我国十二大山脉之一的祁连山,以其博大的胸怀和丰富的乳汁,滋养着张掖大地。区内发源于祁连山的黑河、山丹河、梨园河等 26 条内陆河和祁连山众多的冰川,为动、植物的生存和农作物的生长,提供了适宜的气候和丰富的水资源。祁连山区"雪山千仞,古木参天,林草丰美,涵源吐流",是河西地区主要的水源涵养区和林牧业区。栖居在境内的野生动物达 262 种,属国家一、二级保护的珍禽异兽有 55 种。已建有世界最大、中国唯一的蓝马鸡养护中心。区内盛产小麦、玉米、水稻、豌豆、大麦、啤酒花、棉花、油料等多种作物和品种繁多的优质瓜果蔬菜,是我国五大蔬菜产区和商品粮基地之一。1997 年,全区粮食总产量达到 9.7 亿公斤,商品率 50% 以上,农民人均纯收入 2518 元。民乐苹果梨、粉丝、紫皮大蒜、张掖苹果、临泽红枣、山丹发菜、高台辣椒、丝路春白酒、滨河酒、昭武神酒、肃南茸血酒等一批农林畜工产品先后在国内外获奖,畅销全国各地并打入国际市场。矿产资源已探明的达 32 种。

张掖地区地理位置优越,交通便利,通讯发达。兰新铁路、312 国道、张青公路贯穿全区,县乡公路四通八达。沿路建有 130 多处市场和星罗棋布的服务网点,为物资交流和产品运销提供了十分便利的条件。刘家峡电网覆盖全区城乡,区内火电厂、小水电与之并网,电力资源较为充足。近年来,通信设施进一步完善,先后开通了 14000 门程控电话,大部分乡村都装上了直拨电话,直通国内外。

今天,在大力发展社会主义市场经济的新形势下,随着国家经济建设重点的逐步西移和"再造一个河西"战略的实施,张掖将以重要的地理位置,丰富的资源优势,发达的交通通讯网络,绚丽多姿的名胜风光,开放的优惠政策和条件,成为大西北开发的新热点和联结内地与边疆,沟通我国与西亚、东欧各国经济贸易、文化交流的纽带和桥梁。物阜文昌的张掖,定会展现丝路明珠新的风采。

(原载于《中国西部发展报》1998 年 7 月 9 日总第 386 期)

电视专题片《美丽富饶的肃南草原》解说词

（音乐起，画面推出祁连山。草原。牛羊。各族人民。流水。）

一、概况

在那古老而遥远的丝绸古道上，有一脉巍峨壮观，绵亘千里的祁连山。它，宛若一条长龙纵卧在河西走廊。

雄伟的雪峰，银光熠熠，浩瀚的林海，郁郁葱葱，莽莽苍苍。正是祁连山母亲般乳汁的滋润，才使河西大地焕发了生机，有了这芳草茵茵、辽阔坦荡的草原，有了这膘肥体壮、滚瓜溜圆的牛羊，有了这清澈见底、潺潺绵绵的河流溪水，也才有了河西各族人民一代接一代生息繁衍的肥沃土壤。

在这被誉为"绿洲"的河西走廊上，镶嵌着一颗草原明珠——（推出片名）美丽富饶的肃南草原。

（甘肃省行政区域图显示出肃南在全省的地理位置，紧接着推出肃南县行政区划图）

甘肃省肃南裕固族自治县位于祁连山中段北麓，东西长约650公里，南北宽120—200公里之间。南靠青海省的祁连县、门源回族自治县，北望永昌、山丹、高台、玉门等县市，西与肃北蒙古族自治县相毗邻，东与天祝藏族自治县衔接，横跨武威、张掖、酒泉、金昌、嘉峪关等河西五地、市，与14个县（市）接壤。总面积23800多平方公里，约占甘肃省总面积的4.4%，平均海拔3000米。自治县共辖6区、23乡、1镇，10个国营林牧场，96个

1990年2月，作者在中共肃南裕固族自治县第九次党代会上作说明

行政村。全县由三块不连片的地域组成，东部皇城区为一片，中西部马蹄、康乐、大河、祁丰四区为一片，北部明花区为一片（行政图毕，推出草原景色）。在这美丽富饶的草原上，生活着勤劳勇敢的裕固、藏、蒙古、回、土、汉等9个民族，34100多人，其中少数民族占总人口的51.2%。

二、政权建设

（红湾寺由远及近全景）

自治县首府红湾寺，35年前，仅有一座小寺院，周围是一片沙滩乱石。（推出县委办公楼、电视楼等）如今，高楼耸立，新砖瓦房鳞次栉比，大河两岸绿树成荫，四条纵横交错的街道，把整个山城划成了"井"字形，每逢庆祝节日和农牧业生产闲暇之际，各族人民身裹盛装，兴高采烈，聚集县城，红湾寺就像一块磁石，吸引着南来北往的游客、牧人，凸现了自治县的政治、经济、文化中心地位。

1953年，报经政务院批准，于1954年2月20日成立了肃南裕固族自治县。从此，这个还不足一万人口的裕固族实现了民族区域自治，同祖国大家庭中其他55个民族一样，享受了民族平等的权利。

（历届全国人大代表、政协委员在一起交谈）

从三届全国人民代表大会到七届，每届都有裕固族代表参加。党的十二大有裕固族代表，七届全国政协也有裕固族的委员。这个马背上长大的民族代表能同其他兄弟民族的代表一道汇集共和国的首都，参政议政，共商国是，不仅是裕固族的光荣，也是自治县各族人民的骄傲。

根据《宪法》和《民族区域自治法》赋予的权力，裕固族和其他民族共同管理自治县的内部事务，研究决定各项重大问题。

为了能使少数民族在管理本民族事务上当家做主，充分发挥民族干部的桥梁和骨干作用，自治县各级党组织把培养和造就少数民族干部当作实行民族区域自治的核心问题来抓，坚持贯彻"积极培养，大胆提拔，放手使用"的方针，使大批少数民族干部茁壮成长。目前，少数民族干部已由自治县成立时的98名增加到572名，占干部总数的40%以上。县委、人大、政府、政协等部门的主要领导职务均有民族干部担任。（推出六区干部工作镜头，并打出字幕）他们同汉族干部亲如手足，团结互助，同群众协商对话，解决两个文明建设中的疑难问题，在不同的岗位上为肃南牧区的四化建设默默无闻地做着贡献。

（红石窝纪念碑，夹心滩纪念塔等）

雪山皑皑，丰碑耸立。谁能料到这美丽富饶的肃南草原，曾是红西路军与马步芳反动军队浴血奋战的地方。

1937年3月，祁连山一片冰天雪地，寒风呼啸。徐向前、李先念等同志率领西路军的残部，衣单腹空，金戈寒光，在这里和马匪进行了殊死搏斗，写下了悲壮的诗篇。为了纪念先烈，教育后代，自治县人民政府分别在石窝之巅和夹心滩建起了"西路红军红石窝会议纪念碑"和"西路军烈士纪念碑"。每当清明和庆祝盛大节日的时刻，各族干部群众和少年儿童纷纷来到纪念碑前踏青扫墓，肃立默哀，慰祭英烈。

（马场滩等景色）

几度风雨，几度牧场。石窝山坡，马场滩上，红湾内外，西路军将士几番征战，几多白骨。当年轮转过了五十个春秋的今天，英烈们鲜血浇灌的肃南草原，到处开遍了文明富裕的幸福之花。

（推出县委常委扩大会议等景）

党的十一届三中全会，犹如春风化雨，吹绿了肃南草原，把自治县的各族干部群众推进了改革开放的大潮。县委、县政府认真研究和贯彻中央的一系列方针政策，实现了工作重点的转移，并紧密结合实际，制定了"坚持以牧为主，发挥畜矿优势，实行开放开发，振兴肃南经济"的经济发展指导思想和行之有效的改革措施。特别是1982年实行草畜双承包责任制后，极大地调动了牧民的生产积极性，曾经愁容满面的牧民兄弟笑了。这笑声化成了治穷致富的呐喊，化成了向商品经济进军的号角……

今天，广大牧民才清醒地认识到，改革并不仅仅意味着脱贫致富，解决温饱，并不仅仅意味着烤箱、彩电、摩托车、风力发电机进门和增加收入，

作者（前排右二）在肃南县第九次党代会上

似乎也不仅仅是一千美元的小康水平。而是自己的思想观念从千年禁锢的那种封闭、保守、僵化的状态中摆脱了出来，冲入了发展社会主义商品经济的时代大潮。

三、畜牧业

（牧场、畜群、牧人、甘肃高山细毛羊特写等）

辽阔无边的肃南草原，是甘肃省主要畜牧业基地之一。畜牧业生产，是自治县各族人民历史上赖以生存发展的主要经济。全县以养羊为主，现有可利用草原面积 21.33 万多亩，绝大部分是高山草场，草甸草场，平原荒漠草场，牧草种类繁多，草质优良。随着牧区经济体制改革的深入发展，牧民群众的经营自主权不断扩大，多年来被禁锢和束缚的积极性、创造性所产生的巨大能量释放了出来，各族牧民极力摆脱"靠天养畜"的局面，走科学养畜，建设养畜的道路，使畜牧业生产条件日趋得到改善，抗灾能力和畜牧业后劲

中共肃南县第九届委员会委员（1990年2月14日，后排左六为作者）

明显增强。自 1983 年以来，全县用于围栏种草的总投资达 695 万元，其中牧民自筹就达 393 万元。共围栏 47 万亩，畜均达到 0.78 亩。（推出围栏、羊舍、扬水站等特写）瞧！这一排排角铁、水泥柱，就像草原上的一个个卫士。这一道道铁丝网，多么像绿色草原上的屏障。这坚固耐用的羊舍、畜棚、配种站，这清澈流淌的机井、水渠、扬水站，都为畜牧业生产创造了坚实的物质基础，有力地促进了畜牧业经济的发展。1988 年，全县各类牲畜达 72 万多头（只），是自治县成立时的 3.8 倍。牲畜出栏率和商品率分别达到 27.3% 和 21.4%。

（兽医工作者深入牧区）

畜牧业生产的持续稳定发展，离不开广大畜牧兽医工作者的艰苦劳动。他们不管春夏秋冬，不畏严寒酷暑，经常奔波在高山牧地，出没于帐篷畜群，驱虫防疫，喷淋药浴，指导牧民科学养畜。在他们辛勤的工作和各族干部群众的共同努力下，自治县的绵羊全部实现了改良化，并培育出了一批又一批体高、肉厚、产毛多的"甘肃高山细羊毛"新品种。

（剪毛，运毛）

牧业生产的收获季节到了。牧民们把产下的羊毛主动交售给国家。一堆堆雪白的羊毛如蓝天上飘动的白云；一辆辆满载羊毛的汽车奔驰在山间公路。自治县年产羊毛 150 多万公斤，目前已成为甘肃主要的产毛基地之一。

四、地方工业，乡镇企业

（洗毛厂，地毯厂，皮毛厂，大岔奶粉厂等）

自治县的地方民族工业和乡镇企业过去几乎是一张白纸。世世代代以养羊为生的牧人，只是把心中的赞歌唱给美丽富饶的牧场和牛羊。而储量丰富的矿藏，则在地下沉沉酣睡，就像祁连山顶晶莹的积雪一样，终年不化，千古粲然。1983 年以前，肃南丰富的矿产资源几乎没有开发，全县仅有几个小煤窑，年工业总产值不到百万元。如今在党的开放搞活、多种经营的富民政策感召下，自治县各级党委、政府和广大干部群众破除"肥水不流外人田"

和"守着宝山过着穷日子"的旧观念，勇敢地叩响了祁连山的大门，变矿产优势为商品经济优势，使地方民族工业和乡镇企业从无到有，发展迅速。（推出矿山、资源，开采，标本等）目前，县境内已开采铜、铁、锰、镍、煤炭、石棉、玉石、大理石等金属，非金属矿点已有22种，分布228处。以皮毛和煤、铜为龙头的系列产品开发加工已初具规模，显示出较高的经济效益。县皮毛厂加工的染色裘和"雪莲牌"羊剪绒民族大衣被国家民委和轻工业部评为优质产品，备受顾客青睐。地毯厂生产的仿古地毯，畅销国内外市场，供不应求。坐落在隆畅河畔的新建洗毛厂、铜选矿厂等，投产以来，经济效益显著，产值不断增加，已成为自治县的骨干企业。

畜矿资源的开发加工，给自治县民族经济的发展注入了新的生机和活力。1988年全县工业总产值达到1300多万元，是1978年的3倍。乡镇企业已达170多个，从业人员2700多人，总产值首次突破了1000万元大关，是1978年的12倍。

喜看今日肃南，勤劳聪慧的各族牧民们叩响的不只是祁连山这座"万宝山"的大门，这些在自给自足的游牧经济中生活了一辈子的牧民们，同时也在越来越有力地叩击着"商品经济"这座更为宏伟的大门。

五、文教卫生

（牧民用摩托送子女上学。幼儿园、小学、民中、一中等）

自治县的文化、教育、卫生事业，解放前几乎是空白。解放后，特别是党的十一届三中全会以来，各级党委、政府在发展经济建设的同时，大力发展文教卫生事业，使牧区社会主义精神文明和物质文明建设水平不断提高。

自治县成立时的1954年，全县仅有9所小学，346名学生。而且常常也是"春满堂，夏一半，秋凋零，冬不见"。而在35年后的今天，已有各类学校71所，在校学生6800多名，是自治县成立初期的20多倍。1988年全县适龄儿童入学率为95%，巩固率为98%，毕业率为97%，普及率为84%。

就像祁连山的雪水滋润了肃南大地的万千生机一样，当对教育的崇尚，

肃南马蹄寺（1992年8月，作者与母亲及家人）

电视通到牧民家（1988年8月，左一为作者）

成为一个民族集体意识和人们的普遍行为时，它所带来的正是这个民族追求文明，走向进步的盎然生机。世世代代日出而牧、日落而息的牧人，他们的脚下依然是祖先扎下帐篷的大地，然而启人心智的教育，已在他们面前拓出了广阔草原。他们终于认识到塑造牧区的下一代，要比塑造自己的新砖瓦房、热炕热灶重要得多。

35个春夏，35个秋冬，在广大教职员工的辛勤培养教育下，自治县已向国家输送各类人才近千名，为肃南牧区各项建设事业培养出了数以千计的高、初中毕业生。仅改革招生制度的10年中，全县就有575名各民族学生考入省内外大中专院校。县皮毛厂裕固族工人安邦国两年送出4名大学生，已被传为佳话。祖祖辈辈过着"点豆计数，结绳记事"愚昧生活的裕固族，如今在高等学府的讲台上，有了自己的讲师。然而，曾为他们的成长呕心沥血，费尽心血的一大批汉族教师，老的一代已经相继隐退，新的一代正继往开来再创辉煌。代代园丁的功劳，自治县各族人民是永远也不会忘记的。

（文工队演出。大篷车。文体活动等）

为活跃牧区文化生活，自治县1974年创建了"乌兰牧骑"式的文艺工作队，经常深入草原帐篷为牧民创作、演出思想内容健康、富有民族特色和时代精神的节目。被牧民群众誉为"给草原带来欢乐的人们"。县文化馆的"大篷车"，带着录像、图书、影展，翻山越岭，走村串户，把精神文明的种子撒遍在无垠草原。区、乡村文化站（室）已成了青年牧民最爱去的地方，那儿的图书室、体育室、演出队、摄影、文学创作组是他们探索世界、丰富心灵的向往之地。在这里，你既能听到粗犷、悠久的古老民歌，欣赏各民族传统的文体活动，又可以看到青年人学习文化、跳迪斯科舞蹈的倩影。

（电视塔，差转台，看电视等）

广播、电影、电视事业的发展，极大地丰富了牧区人民的精神文化生活。近年来，全县建成地面卫星接收站4座，差转台10座，电视覆盖率达到了60%以上。每当夜幕降临，劳累了一天的牧人，围坐在电视机前，从小小荧光屏上观看天涯新闻，了解国内外大事，消除放牧的疲惫。

（卫生院医生为病人看病。防疫站、妇幼站为儿童体检，藏医为牧民看病）

肃南牧区的卫生事业从无到有，从小到大，发展非常迅速。现在全县已基本形成了县、区、乡、村四级医疗卫生网。广大医务工作者定期定点深入帐篷为牧民医病送药，给儿童体检防疫，民间藏医也主动上门服务，有效地控制了地方病的危害，提高了各族人民的健康水平。

六、物产丰富（祁连山·林海·灌木·山花）

人们赞美祁连山是座"绿色水库"。是啊！那葱葱郁郁、起起伏伏的森林，犹如一块块绿色的磁石镶嵌在山坡上，把足下的土地牢牢地吸引在自己的周围。那刚劲挺拔的松柏，婀娜多姿的山杨，繁茂稠密的灌木，防风固沙的红柳，名目繁多的草药，富有诗意的山花，把祁连山打扮得分外妖娆，连空气、阳光都成了绿色。据《河西志》记载："祁连山山高气寒，纵山深谷，有广大的天然林和草原，终年积雪，成为冰川。"

每到夏季，雪峰融解，万壑争流，汹涌的山水出山峡之后，分渠导引，以资灌溉，有"日光代雨"之称。

金秋时节，千里祁连层林尽染，辽阔草原五彩缤纷，令人神往，陶人心醉。

怀抱在祁连山中的肃南裕固族自治县境内原始森林分布广，面积大。全县共有森林面积 476 万多亩，覆盖率为 13%，主木积蓄量达 858 万多立方米。为了使这座"绿色水库"发挥更大的效益，40 年来，自治县各族人民把爱护祁连山水源涵养林作为造福人类的千秋大业，分别制定了护林防火、制止乱砍滥伐、保护野生动物等多种规章制度，并且在实践中总结出了一整套行之有效的护林防火措施，实现了 40 年无森林火灾，曾多次受到国务院、林业部和甘肃省人民政府的嘉奖。

（鹿场。各种野生动物标本）

被列入国家级自然保护区的祁连山中，有不少珍禽异兽出没于崇山峻岭

作者（右一）策马牧区，深入调研

之间。自治县境内主要有栖居岩洞、昼伏夜行的雪豹；成群结队、奔驰原野的野马；稀有珍贵的獐子、狐狸、马熊、蓝马鸡、雪鸡；体大耐寒、善于奔跑的野牛、盘羊。特别是属于国家一级保护野生动物的白唇鹿，作为自治县的友好使者已东渡日本安家落户。这些野生动物为市场提供了大量的鹿茸、麝香、熊胆等珍贵药材和皮张，满足着国内外消费者的需要。

（河流、溪水）

祁连山又素有"固体水库"之称，4000米以上的高山终年积雪，放眼望去，千峰万岭，堆玉砌冰，银光闪闪，连绵千里。正是有了祁连山的雪水，才有了茂密的森林，才给万物带来了生机。由于祁连山水源涵养林得到了保护，自治县境内964条冰川如银色的巨龙在山谷中蜿蜒而下，43条河流奔腾不息，流域面积约2万多平方公里，年总径流量43亿多立方米。特别是石羊河、黑河、疏勒河三大水系均发源于祁连山，滋润着河西走廊的一千多万亩肥沃良田。我国最大的镍都金川和甘肃省最大的钢铁基地酒泉钢铁公司的工业用水，全部发源于自治县境内的祁连山中。所谓"甘州不干水浇田，凉州不凉米粮川"的佳话，就是祁连山大量雪水养育的结果。于是有了"金张掖""银武威"的美名,有了"若非祁连山上雪,错把河西认江南"的佳句,有了河西人民赖以生存的命脉。正如裕固人民在民歌中唱到的:

> 没有高耸入云的祁连山,
> 就没有雪水灌溉的良田;
> 没有汹涌澎湃的雪泉水,
> 就没有翡翠铺成的草原……

七、名胜古迹

(推出主要名胜古迹)

经过了多少次风风雨雨的洗礼,多少次大自然的变迁,祁连山就像一位饱经沧桑的老人。山间谷地,戈壁荒漠形成了风采各异、旖旎多姿的山石风光,有的好似西方的古城堡,有的像东方的宫殿,有的好似猿猴攀援,有的如玉障屏风。这优美的风光,自然会吸引大量游客观赏游览。然而,自治县

作者(中)与民族宗教人士在一起

境内大量的名胜古迹宛如颗颗宝石镶在祁连山中，曾使多少游客心旷神怡，流连忘返。

被誉为"丝绸明珠"的马蹄寺石窟群，位于自治县首府红湾寺城东200华里的临松山下，开凿于魏晋时期。传说天马下凡在一石窟内踏一蹄印而得名。石窟有南寺、北寺、金塔寺，由上中下三个观音洞和千佛洞组成。它与敦煌艺术宝库莫高窟同是丝绸之路的重要名胜古迹，既与敦煌艺术有相同之处，又有自己的特点，特别是金塔寺内的高肉雕飞天呼之欲起，栩栩如生，立体感强烈，而且，早于敦煌壁画飞天100多年，是全国罕见的文物。

号称"小西天"的文殊寺别具一格，情趣盎然。传说文殊菩萨在这里显圣而得名。柏子楼、鲁班楼、青衣寺等建在山中，用回鹘文、汉文记载重修文殊寺的元太子碑就保存在这里。

近年来重新修建的沙沟寺、富华楼等也招迎了不少游客纷至沓来。

自治县境内还有不少古城遗址和汉墓群的残垣断壁至今尚在。县文化馆内还征集、收藏了大量文物。这些名胜古迹和文物，对于研究裕固族历史、丝绸之路风土人情、历史变迁都具有重要的价值。

八、民族风情

（剪马鬃。织褐子。挤奶。打酥油。剪头。吸鼻烟。绣花。结婚等场景）

自治县是一个以裕固族为主体的多民族县份，在长期的生产和生活中，各民族平等相处，团结互助，共同进步，同时又形成了各自独特的生活习俗。

裕固族自称"尧乎儿"渊源于我国古代北方民族回纥人（后称回鹘），有一千多年的历史。回纥民族最早游牧在现今蒙古人民共和国境内的仙娥河和湿昆河流域。9世纪中，因受大雪、天灾和统治阶级内部的争执，外受黠戛斯的袭击，不得不分途西迁。其中一支迁徙河西走廊，因而史称"甘州回鹘"。1953年，经本民族协商，取与"尧乎儿"相近的音"裕固"，兼取汉语富裕巩固之意，作为自己民族的名称。目前，自治县有裕固族8500多人，占全县总人口的24.8%。

裕固族有语言没有文字，信仰喇嘛教。由于历史原因，使用两种语言，居住在自治县西部的使用阿尔泰语系突厥语族的裕固语，住在东部的使用阿尔泰语系蒙古语族的裕固语。裕固族的口头文学十分丰富，不仅有歌谣、故事，而且有谚语和历史传说。民歌曲调朴素优美，内容十分生动。

裕固族的服饰也是别树一帜的。男女均穿高领左大襟长袍，束红蓝色腰带，着高统靴。妇女在长袍上加坎肩，长袍的长领、衣袖都镶有刺绣花边。已婚妇女要戴头面。头面分三条，二条垂前胸，一条系后背，上面用珠子、玛瑙、银、铜牌镶做成图案。每副头面六七斤重。头上戴喇叭形毡帽，顶缀红线穗子。

隆重而风趣的裕固族婚礼，自始至终充满着浓郁的民族特色。从新娘戴头面到送亲、打尖、迎亲、交人、对歌等形式，一直按照严格的程序进行。

绣荷包、织褐子是裕固族妇女的拿手好戏。瞧！她们用灵巧的双手绣织飞禽走兽、花草图案，用来装饰服饰用具，美化自己的生活。

在裕固族的生产和生活当中，还有不少的喜庆之事呢！小孩长到3岁，要举行隆重的剃头仪式。马驹到了1周岁，也要举行剪鬃仪式，以寄托牧民对发展畜牧业生产、改善生活的美好期望。

自治县境内的8000多名藏族同胞，大部分源于"吐蕃"。他们有自己的语言文字，信仰喇嘛教。

藏族的风俗习惯是和生产生活紧密联系的。织褡裢、搓缰绳、挤牛奶、打酥油、吃糌粑是他们的嗜好。特别是节日的酥油花，做工精细，形象逼真，情趣盎然。

由内蒙古塔尔克迁入自治县的200多名蒙古族，定居在康乐区东、西牛毛山上，从事畜牧业生产。根据《民族区域自治法》的有关条文，自治县于1986年成立了白银蒙古族乡。

散居在肃南草原上的回、汉、土等民族，他们同其他民族一样，为自治县两个文明建设的发展作出了积极的贡献。

（推出全县民族团结表彰大会全镜）

加强民族团结，牢固树立"谁也离不开谁"的思想，是自治县党内外各

1988年7月，作者（右一）怀抱4岁的儿子李永海在肃南鹿场草原

族干部群众的共同愿望和要求。长期以来，自治县各级党委、政府把民族团结工作列入重要的议事日程，定期在全县范围内广泛、深入、持久地进行民族团结、民族政策的宣传教育，大力表彰民族团结进步的好人好事，极大地提高了各族干部群众维护民族团结，推动民族进步的责任感和自觉性，从而使全县民族团结状况一天比一天好，经济建设和各项事业的发展一年比一年快。自治县各族人民精心培养的民族团结之花，已结出了累累硕果。今天，全县各族人民正在党的十三大精神指引下，为建设一个更加团结进步、富裕幸福、文明昌盛的新肃南而努力奋斗。

（推出牧民四合院。转场。牧民家庭。牛背商店。篝火晚会。拉骆驼等镜头。主题歌《美丽富饶的肃南草原》贯穿始终）

主题歌：

肃南，肃南，美丽的肃南，
你是我可爱的家乡。

雪山松林溢光流彩，
水草丰盛牛羊肥壮。
草原各族勤劳的牧人，
双手为你穿上新装。
唱吧，唱吧！
美丽富饶的肃南草原。

肃南，肃南，富饶的肃南，
你是我生活的乐园。
酥油奶茶味美飘香，
风力发电带来美妙景象。
丰收的羊毛像白云一样，
世代为你增添荣光。
唱吧，唱吧！
美丽富饶的肃南草原。

肃南，肃南，辽阔的肃南，
你是我爱恋的地方。
肃南的小伙敦厚干练，
肃南的姑娘洒脱漂亮。
各民族兄弟亲如一家，
建设未来道路宽广。
唱吧，唱吧！
美丽富饶的肃南草原。

（影片结尾以马群奔驰草原的场景同主题歌最后一句同时结束）

（原载于兰州电影制片厂 1989 年 3 月出品的
电视专题片《美丽富饶的肃南草原》）

新的起点

报载，省委、省政府 10 月 8 日举行盛会，为在全国公路自行车锦标赛中囊括全部冠军的省自行车队祝捷，并奖励 3.5 万元以示表彰。读罢真令人振奋！

记得在五届全运会时，我省代表队曾失望而归。然而时隔不到半年，省自行车队就取得了如此辉煌的战绩，能不令人兴奋？可以想到，这期间他们要付出多少心血和汗水！省自行车队的健儿们用自己的行动再次证明：失败并不可怕，只要不气馁，有决心，落后是可以变先进的。省委、省政府举行盛会，为健儿们祝捷、颁奖，对体育事业这般重视，能不令人兴奋？可见，一个团队、一个人只要在自己的岗位上做出成绩，必将引起党和人民的重视，并给予应有的荣誉！

但愿自行车健儿们将取得的成绩作为新的起点，但愿全省的体育工作者们向自行车队看齐，勇猛拼搏，为甘肃人民争得更大荣誉！

（原载于《甘肃日报》1984 年 10 月 13 日"纵横谈"）

像煤一样发热无限

煤,其貌不扬,置身在高山厚土之中,承受着无边的黑暗和层层重压,钻头的锋刃,雷管的爆炸,铁锨镐头的刨铲,在它身上留下了道道伤痕。可是,它贡献给人们的仍然是无限的光和热。

煤,在它朴实冷峻的外表下深藏着一颗热烈的心,奉献给人类的很多很多……自己的要求很少很少……

望着乌黑发亮的煤,望着熊熊燃烧的煤,我想起陕北炭窑上烧炭的张思德,想起用小车送煤的赵春娥。他们正像一块块平凡,然而蕴含能量的煤。

我爱煤!我愿做一块煤,和千千万万的有志青年投身到正在燃烧着的"四化"建设的熔炉之中!

(原载《兰州青年报》1983 年 2 月 11 日"青春寄语")

爱国·立志·奋斗

列宁曾经说过："爱国主义就是千百年来巩固起来的对自己祖国的一种最深厚的感情。"

伟大的中华，悠久的历史，勤劳的人民，灿烂的文化。千百年来有多少炎黄的优秀子孙为您的繁荣昌盛献出了自己的一切！

可是，现在有那么一些年轻人，对自己的祖国知之甚少，动辄羡慕"人家外国"，而对国家的前途、人类的命运越来越淡漠。

须知，我们的中华历史上曾是世界仰慕的强国！而强大是无数仁人志士为之奋斗的结果！

热爱我们的祖国吧！一切有志于四化建设的青年。少一些怨气，多一些骨气；少一些消沉，多一些振奋！让我们每个人都把自己的工作岗位当作是报效祖国的阵地，以无限的深情关注祖国母亲，尽最大的才智献给祖国母亲。为中华之崛起，为祖国之腾飞，死而后已。

让我们在21世纪的开端再看伟大的中华吧！那时候，现在的青年已人到中年，扪心自问：我为祖国的富强干了些什么？

（原载于《兰州青年报》1983年12月9日"青春寄语"）

周末的遐想

一场持久战中途需要短暂的休整，大学生也和千百万青年一样，需要休息，安排好周末。

紧张学习，积极锻炼，一日三餐，酣梦睡眠看似单调，却关乎我们生活的主旋律。周末生活的旋律是轻松的、舒缓的，犹如贝多芬的《月光曲》，应当充满诗情画意……

让我们来听歌曲吧！蒋大为的《在那桃花盛开的地方》，把我们带入了另一个美妙的境地——锦绣簇拥着秀丽的村庄，桃树倒映在明净的水面……让我们来跳集体舞吧！那悠扬婉转的舞曲和那婆娑动人的舞姿，使我们暂时忘却了满脑子的概念、定义、单词……

今晚周末电视节目——《霍元甲》最后四集，电教阶梯教室里，跳动着

上百颗年轻而激动的心。"……万里长城永不倒，千里黄河水滔滔……"伴着主题歌激越的音调，屏幕上霍元甲及其弟子负起国家中兴的使命，大败俄国"大力士"……顿时，屏幕前掌声雷动，欢呼声骤起……此时此刻，无论是血气方刚的男同学，还是温文尔雅的女同学，都是一样地激动，一样地自豪，一样地热血沸腾！

真是凑巧，周末正好是我们20岁生日。那么，让我们举杯为这个闪光的年龄干杯！20岁，对一个人来说，意味着成长，意味着独立生活的开端，意味着事业的起步。

周末，五彩斑斓的周末，你给人以欢乐和激情，你使一根根绷紧的琴弦，弹奏出舒缓的抒情曲……大学生的周末，多么美好！

（原载于《兰州青年报》1984年6月15日）

可喜的一步

近来，一些地方在改进机关作风上下了不少功夫。张掖地委提出，"党政机关和领导干部对群众要求解决而又能办到的事，要主动去办，认真去办，热情去办"。

武威市委、市政府决定，在全市党政机关中开展"马上就办"活动。笔者不由为此喝彩。

在某些机关中，扯皮、推诿的现象严重，工作效率相当低下。群众的意见和呼声反映上去，今儿盼，明儿盼，好久得不到回音，有的甚至如同石沉大海。这种现象已经严重地影响了党群、干群关系，达到令人无法容忍的地步。

现在一些党政机关主动提出"马上就办"，这无疑是在克服官僚主义方面迈出了可喜的一步。办事要讲速度，并把群众反映的事情办好，希望将这种好作风坚持下去。

（原载于《甘肃日报》1990年8月18日"纵横谈"）

有感于借名片作宣传

由于工作关系，经常到地县出差，沿途接到一些县委书记和县长的名片。仔细阅读，正面简单地印着单位、姓名、职务等，背面却印了一行行文字。比如："高台县位于河西走廊中部，全县总面积4312平方公里，土沃水足，农副产品丰富，是重要的商品粮基地。境内芒硝、萤石、食盐、钛磁铁、石英砂、花岗石及煤、电资源丰富……"还如："静宁县地处甘肃中部，'312'国道贯通全境，已形成以建材、轻化、橡胶、地毯、粮油、淀粉加工为主的六大工业体系。农林土畜特产、火柴、力车辐条、雷管、黄板纸等产品及烧鸡、锅盔、地方小吃省内外驰名；地毯、玉器、绣品远销美、日、德、加拿大、中国香港等国家和地区。"再如："民乐苹果梨两次获全国第一，年产5万吨，远销港、澳、台；啤酒大麦，质量上乘，年产3万吨；低芥酸精炼油，获省金栗奖，年产8000吨；滨河系列白酒，省优、部优产品，年产2000吨；红矾钠，一级品达国际标准，年产1200吨；水泥，部颁一级标准，年产4万吨。"无疑，这些领导用名片作宣传，很有创意，必有收益。

中国人使用名片由来已久。早在汉代，人们为互通姓名，削木书字，称为谒。到了明清，官场拜谒时，用红纸书衔名，称为名帖。赵翼在《陔馀丛考》30卷中有："《涌幢小品》载张江陵盛时，谄谄之者名帖用织锦，以大红绒为字。"可见当时的名帖，已成了官员显贵相互交往的工具。

曾几何时，名片又盛行于国人之间。起初，新闻界、艺术界的人有名片。时至今日，名片不仅流行于党政机关工作人员，也流行于农民中间。初次见面，互递名片，姓甚名谁，何处供职，从事何业，一目了然，省去许多麻烦。

但也有的名片上一大堆官职头衔，令你看得眼花缭乱。更有甚者用名片招摇撞骗。

　　高台、静宁、民乐等县几位领导借名片向外地人介绍本县的资源优势，名优特产等情况，扩大本县知名度的做法，的确让人感觉一新。用他们自己的话说"对外是宣传，对内是责任"。当然，借名片进行宣传并不是这些县级领导的发明。更司空见惯的经理、厂长的名片上，也都印着本企业的商标、广告、产品说明。然而，这种商家促销手段被用于一级领导的名片上，意义就远大于前者。这些基层领导的一张小小的名片，折射出的是"县官"们振兴当地经济的赤诚之心。

（原载于《甘肃经济日报》1996年3月4日）

闲话"泼凉水"

宋人王安石有这样的诗句:"幸身无事时,种种妄思量,张三裤口窄,李四帽檐长。"现实生活中就有这样一种人,自己不干事,别人干点事却眼红,反生出"种种妄思量"来,成天走东串西,琢磨积极工作的人,专找别人"裤口窄""帽檐长"之类的事儿,小题大做,蜚短流长。其目的就是把那些实干家积极工作的火热之心泼凉。

那么,如何对待现实生活中的"泼凉水"者呢?我认为,首先被泼者的领导要坚持原则,认清是非曲直,能在被泼者的神情沮丧之时,以情暖之,予以鼓励,使其奋进。其次,被泼的人应该像生石灰那样,越泼越奋发,把蕴藏在生命之中的全部热情和力量,用在祖国的建设事业上,为中华腾飞做出贡献。

(原载于《镍都报》1989 年 4 月 24 日总第 173 期)

生　活

　　生活是一片浩瀚的海洋，每个人就像海洋中的一朵浪花，每时每刻都在经受波涛风云的考验。

　　生活是一个无比广大的宇宙，有阳光也有阴暗，有风雨也有雷电。它让勇敢者驾驭自己，怯懦者却又被它吞没。

　　生活是一座五色斑斓的天地，有喧闹也有宁静，有欢乐也有孤独。开拓者在这里奋起，观望者在这里落伍。

（原载于《张掖报》1989 年 6 月 21 日 "甘泉" 文艺副刊）

写作心声

我之所以选择了写作这条路,是命运使然,更是时代的召唤,还是父辈精神的激励。8岁那年,我失去了敬爱的父亲。父亲学识渊博,精通俄、英等多国语言文字,曾给首长和苏联专家任翻译并著书立说。命运把我们孤儿寡母送到乡下务农,住的是破旧的茅草房,口粮时有时无,饥一顿饱一顿。初中毕业我以优异成绩考入高中,可当时生产队的"土皇上"硬说我将来想当

乐在笔耕

父亲那样的臭知识分子靠别人养活。于是，我被"土皇上"剥夺了上高中的权利，他们把年仅 14 岁的我从学校追了回来，在当地的摆浪河水库上被当作壮劳力役使。我强烈的求知欲被压抑，天真纯洁的心被吞噬。"文革"结束后，国家恢复了高考，我才有幸考上了大学，获得了重新学习深造的机会。我幸逢改革开放的伟大时代，幸逢二十世纪八十年代全社会对文学如饥似渴的敬奉，激发起我对文学如开闸泄洪般的渴求。我深深地钟情于文学，正因为如此，我选择了写作这条路，是想用笔告诉人们，在经历了人生的坎坷之后，我要把手中的笔杆子化为苦难生活的动力，用写作来充实自己，用笔记录百姓心声，用笔来抨击时弊，用诗意讴歌美好的生活。

（原载于 1989 年 10 月安徽文艺出版社
300 名作家文学青年的《写作心声》一书）

1994 年 4 月，在北京出席"中国城市诗第三届诗人会议"，作者（右）的作品于此获奖

伟大的起点

——观影片《开天辟地》

70年前,天是黑沉沉的天,地是黑沉沉的地。

70年后,中国屹立于世界民族之林,正信心百倍地前进在社会主义道路上。

70年风云变幻,70年山高路远,70年星转斗移,70年可歌可泣……

这一切如何得来,这一切如何看待,这一切如何承受,这一切如何理解。历史响亮地回答,人民心底里明白:没有共产党就没有新中国,就没有人民的一切!

中国共产党,我们的母亲是在什么样的历史环境中孕育,是在什么样的时代氛围中诞生,经历了哪些血与火的洗礼,受到了哪些艰苦卓绝的考验?马克思主义不可战胜,共产主义为什么是人类历史上最辉煌的理想世界?

抚今思昔,温故知新。历史将告诉我们如何珍惜今天,历史将鼓励我们如何去迎接明天!

这,就是建党70周年的献礼片《开天辟地》要告诉我们的……

> 一声声愤怒的呐喊,
> 一阵阵汹涌的波澜。
> 那是一个伟大的起点,
> 要民主,要科学,
> 燃起了东方古国的烈焰。

莱茵河边的"幽灵",
攻击冬宫的炮舰。
那是一个伟大的起点,
谈主义,指航程,
汇入不朽的《共产党宣言》。

雪原上辗出的车辙,
激昂慷慨的论辩。
那是一个伟大的起点,
南陈北李,相约建党,
照亮往后的无穷海天。
树德里三号的桌椅,
烟雨楼边的游船。
那是一个伟大的起点,
党徽闪闪,赤帜翻飞,
指引祖国昂首向前。
一代先驱的肝胆,
一代伟人的风范,
在那开天辟地的伟业后,
定会有一串惊天动地的新起点!

（原载于《兰州青年报》1991 年 8 月 7 日"新苑"文艺副刊）

真实感人的银幕形象

——《女大学生宿舍》观后

《女大学生宿舍》是我国第一部反映当代大学生思想和生活的影片。影片通过住在同一宿舍里的五个性格各异的一年级大学生的学习和生活片段,反映了80年代大学生的追求和理想,歌颂了他们的崇高感情、美好品德和为振奋中华而发愤学习的精神。

由于导演和演员对当代大学生既明朗昂奋又复杂深沉的精神面貌以及他们的生活了解、体验较深,使影片给人一种朴实自然、真实可信、余味无穷的感觉。

你看,同学们在阶梯教室听课,在图书馆阅读,在运动场锻炼,在大厅里联欢以及女大学生到景色秀丽的林间草滩野餐……这些场景连同那宿舍里的高低床、书架上堆放着的书本杂物、走廊里横七竖八晾着的衣物等等,无不散发出浓郁的校园生活的馨香。影片正是在这样的典型环境里比较成功地塑造了五个女大学生的典型形象。娇生惯养,顽皮而又泼辣的"高干子"——辛甘;心地善良,待人真诚,性格温柔和富于幻想的"眼镜姑娘"——夏雨;遇事冷静,中肯老实,来自农村的"乡丫头"——骆雪梅;活泼开朗,遇事轻率但又善于认错的"舍长"——宋歌;自小失去母爱,一向俭朴,性格倔强,有强烈的事业心,并有一定内涵的"主人公"——匡亚兰。这些银幕上的人物一个个有血有肉,富有光彩。她们有共同的理想和追求,又有各自不同的身世、经历以及由此而铸成的性格和处世方式。她们有同样的欢笑和歌声,又有各自的烦恼和忧愁。特别是辛甘这个在生活中不难找到原型的人物形象,虽着墨不多,却刻画得活脱逼真,生动感人,在银幕上放出了夺目的艺术光彩。

美中不足的是匡亚兰这个主人公形象，尽管编导费了很多笔墨，但比起辛甘来就显得略逊一筹。另外，毕教授讲授《诗经·关雎》和辛甘严声厉色质问校长为什么取消掉匡亚兰助学金的情节都有些过分或失真。

（原载于《兰州报》1984年3月15日"兰苑"文艺副刊）

巧珍值得爱吗？

——电影《人生》专题讨论

爱情，是迷人的，内涵无比丰富的生活现象，甜酸辣苦五味俱全、悲欢离合应有尽有。

巧珍，天真、善良、质朴、勤劳。可谓融中国妇女美德于一身的典型。她以那颗冰清玉洁的心，义无反顾地爱着高加林，为他鼓劲、撑腰，帮他"卖"馍，干家务活。即使高加林抛弃了她，她仍帮高家挑水，直至昏晕倒地、病卧床榻。这与那些"事不成，结为仇"的所谓恋人相比，巧珍如是大量，后者何等渺小。仅从这一点，我认为巧珍不仅值得爱，而且很值得爱。

可是，天真而又简单，善良近乎痴迷的她，只知道爱和被爱，只知道"加林哥，你就和我一个好"，却不知在明丽的社会背景下，蕴藏着的复杂的社会内容……这正是爱情的感伤之处。

（原载于《兰州青年报》1984年10月26日）

裕固新歌

在河西走廊中部，祁连山的北麓镶嵌着一串璀璨的明珠——肃南。这里是甘肃省特有的少数民族——裕固族的故乡。

沐浴着和煦的春风，我回到曾经工作、生活了十多年的肃南，聆听着一首首草原新歌，眼观一个个动人的生活场景，深切感受到了这传唱千年的民歌焕发出的勃勃生机及牧民们幸福美好的新生活。

"我的家在很高、很高的地方，马背上的人们能触摸到月亮；我的家在很远、很远的地方，温暖的帐篷里儿女在成长；啊！裕固人的家园，是人间天堂……"一首真情民歌，唱出了草原儿女的心声，也激起了我对草原的深切依恋。

这次，我们驱车走过肃南全境，从最东边的毗邻天祝藏族自治县的皇城镇起程，到县境最西边，与肃北接壤的祁丰乡驻足。遥遥千里行程，熟悉的山山水水，陌生的条条油路。对我们这些"老肃南"来说，最突出的感受是，翻越大坂，辗转深峡，穿越戈壁，不再有畏途。行进在平整流畅的等级公路上，回想起当年在马背上连天累月的颠簸，不由得感慨万千！

一路风尘仆仆，美景尽收眼底。与十五年前那次肃南之行相比，变化之大，令我心潮涌动。放眼看去，雪山闪银光，林海苍茫、草原花盛草旺，山溪跌宕多姿，好一幅美不胜收的生态画卷。

肃南裕固族自治县近些年先后荣获"中国生态旅游大县""中国绿色名县"殊荣。肃南各族人民的实践，生动诠释着"绿水青山就是金山银山"的理念。各族人民为构建西北生态屏障做出的努力，必然造福千秋，荣光史册。

在隆畅河畔、在海子湖边、在马蹄莽原丛岭、在夏日塔拉草原……我们回访了高山牧场和裕固族牧民的游牧帐篷。重逢久别挚友，畅饮又浓又酽的酥油奶茶、饱餐了大块大块的手抓肉，重温敬酒歌："姑娘们手捧洁白的哈达，小伙子端上热腾腾的酥油茶。朋友啊，朋友啊，请您把我们的心意收下。"

"美丽的风光遍野的牛羊，雪山脚下千里迷人的画廊，幸福的岁月飘散着酒香，裕固人的家乡是人间的天堂。"

大美裕固空中草原

"雄鹰飞舞在高高的雪山，歌声传遍了千里草原，我们生活在祖国的乐园，裕固人迎来了新时代美好的春天。"

裕固族没有文字，歌声就成了传承历史文化、歌颂美好生活的主要形式，他们从出生到老一直沉浸在歌的海洋里。我们聆听着这一曲曲动人心魄的歌声，是一种多年在外回家游子的亲切感！一种既遥远又亲近的幸福感！

我们依依不舍离开时，耳边又传来草原儿女为我们送行的歌："哈达托起金杯，斟满草原的情，真心地把你留，心头千言万语，不论你去何方，一路如意一路平安，朋友你带上长长的哈达，朋友你带上长长的祝福，朋友请你喝一杯上马酒，吉祥永久永久……"

（原载于《甘肃日报》2024年3月13日）

裕固草原的记忆

——献给肃南裕固族自治县成立四十五周年

也许是在裕固草原上工作了十多年的缘故,美丽富饶的肃南草原,给我留下了永远难忘的记忆。

如今,虽已阔别裕固草原3600个日日夜夜,但那晶莹的雪峰,茂盛的松林,广袤的草原,富饶的牧场,洁白的羊群,火红的马群,还有那勤劳勇敢的裕固牧人,就像万花筒一样在我眼前变幻着。每当我拿起笨拙的笔开始写作,就会牵动起我对裕固草原无穷奇妙的回忆,总感到有着写不完的草原故事。

听草原牧歌,是生活在草原上的人最常见的情景。当然,如能进入无人无我聆听状态,那时就会体验到歌芽在心田生发拔节的感觉。

裕固草原上的牧歌,拥有极为丰富的品种和内容。冰封大地、林海雪原的日子,牧民们赶着畜群由夏季牧场转向冬季牧场。走在积雪的山路上,一首首低沉而浑厚的牧歌便从牧人的心底流淌出来。顿时,人人心中流淌过温热的溪流,预示着春天不再遥远。

冰雪消融的时候,牧民们又赶起畜群流动到夏季牧场。火红的艳阳,清亮的蓝天,洁白的流云,小路两旁到处都是新鲜的牧草和在风中含笑点头的朵朵山花。于是,《裕固族姑娘就是我》《燕子飞得高又高》《奶羔歌》等明快而奔放的牧歌,又从撒欢的牧群前后飞扬起来。歌声,向春夏的草原倾诉着深沉的爱情。歌声中,牧草更青,天空更蓝,山花更鲜,畜群更加肥壮。

在裕固草原的日子,我爱在骑马下乡的山路上,听远方隐约传来的牧歌;更爱在黄昏傍晚,与牧民们围坐在帐篷中、草地上,一边数着点燃的篝火,

作者和妻女出席县庆活动

一边痛饮滚烫的奶茶，一边听着男女老少一个接一个唱起的牧歌。那优美动人的歌声，像一条条悠悠向远的小溪。歌声里，有对生活的挚爱，有对草原的眷恋，有对爱情的赞美，有对未来的憧憬。晚霞，在歌声里更加火红；月亮，在歌声中更加皎洁；而我，不知有多少次在这歌声中陶醉，情不自禁地跟牧民们一起引吭高歌。

从前，牧民们唱着悲苦的歌；解放后，尤其是改革开放以来，他们唱起了欢欣的歌。歌声像无形的热线把肃南牧区和祖国的心脏连在了一起。牧民们歌唱伟大的祖国，歌唱伟大的中国共产党，歌唱党的改革开放的富民政策给草原带来的新气象。他们用欢歌酿造着沁心的美酒，又用美酒谱写着新的草原牧歌。

日月如梭，光阴似箭。屈指一算，我依依不舍地离开裕固草原已有 10 年了。然而，脑海中，记忆之波永远掀动着浪涛：无论是在黑河岸畔的张掖，还是在黄河之滨的兰州，我的心经常被草原的思念牵动着、牵动着……任凭岁月的流失，环境的改变，永远也不会把草原的歌声带走。我坚信，还会有许多回到裕固草原的机会，让我再去寻找纯洁的白云，寻找湛蓝的天空，寻找晶莹的雪山，寻找悠扬飞旋的牧歌，还有那些纯朴的牧人……

（原载于《甘肃日报》1999 年 8 月 15 日"百花"文艺副刊）

初心慧灯相辉映

铁马劲风千秋史，中西交往万里风！敦者，大也；煌者，盛也。自张骞凿空西域，汉武帝"列四郡、据两关"始，敦煌这个镶嵌在大漠里的明珠就注定成为不朽的传奇。长天浩瀚、大河奔涌，征马的蹄声一次次踏响古道，掠起大漠烟尘。平沙万里，自此向西，步履匆匆的使者伴随着沙漠驼铃，孤独、勇敢、执着、一往无前……已成为敦煌的历史高光，赋予了敦煌独具魅力、神秘色彩。元明多边患，清到民国，国家更是积贫积弱，让敦煌明珠隐身尘埃。直到20世纪40年代，特别是解放以后，敦煌莫高窟的命运才迎来历史性的转折。

新中国成立之初，党和国家高度重视莫高窟保护，成立敦煌研究所开始保护、研究莫高窟，传承弘扬敦煌文化。73年来，以常书鸿、段文杰、樊锦诗等为代表的几代莫高窟守护人抱沙卧、饮冰行，扎根大漠、无私奉献，精心保护和修复敦煌石窟珍贵文物，潜心研究和弘扬敦煌文化艺术，给这座文化宝库注入了新的生命力。

时代呼唤伟大精神，崇高的事业需要榜样引领。七十八载砥砺前行，几代莫高人汇聚敦煌、开创基业，终身奋斗、薪火相传，用青春与热血铸就"坚守大漠、甘于奉献、勇于担当、开拓进取"的"莫高精神"。他们以坚忍和执着，尽心竭力地守护莫高窟、研究敦煌学，彻底扭转了"敦煌在中国、敦煌学在国外"的局面，在人类文化遗产的研究和弘扬中取得了令世人瞩目的巨大成就。"莫高精神"与敦煌石窟艺术文化精髓一起，融入了当代中国文化，绽放出灿烂绚丽的时代光彩。

1994年8月14日，作者在莫高窟出席"敦煌石窟文物保护研究陈列中心竣工仪式"

驻足莫高窟下

文化自信是一个国家、一个民族发展中最基本、最深沉、最持久的力量。历久弥新的"莫高精神"蕴含着丰厚的能量和养分，是坚守文化情怀、坚定文化自信的精神宝库，是弘扬社会主义文化新辉煌的宝贵资源。"悟道方能笃行"。莫高人饮冰嚼沙、吞风冒雪、坚毅豁达、端正高洁的思想境界，不断升华着他们的学术人生。无论是谁，想要在事业上做出一点成绩，就必须有一颗勇毅笃行甘于寂寞的心，不断加强和修炼个人品行修养，以高尚的人格和浩然正气为内在之本，以身作则，靠的就是这样一代代不计名利、不论得失，不得不与亲人长期分离的一群"打不走的人"。"文革"中，段文杰、史苇湘、贺世哲、孙儒僩、李其琼等老先生都曾经被迫告别心爱的敦煌事业。"文革"后，他们没有要求离开敦煌，一一回到了莫高窟。莫高窟像一块"磁铁"，吸引着他们，在斯地坚持毕生追求的理想信念。一代代"莫高人"不计得失，无怨无悔，在茫茫大漠中，如千年胡杨婆娑于沙海。

择一事、终一生。这不是一时冲动或无奈选择，而是因为他们坚守文化阵地不离弃、坚定理想信念不动摇。莫高窟条件艰苦、工作辛苦、生活单调，但却集聚了一批批想干事、能干事、干成事的优秀人才，他们深耕于此，用青春汗水谱写"莫高传奇"。

一代代莫高人在平凡人生中彰显出的博大胸怀和人文情怀，传承莫高精神，开拓进取、勇于创新。敦煌研究院名誉院长樊锦诗坚持退休不褪色，不断探索创新，开创性提出"数字敦煌"，积极推动保护研究工作的国际交流，让敦煌石窟迈上科学保护新台阶。

"莫高精神"是莫高窟守护者的精神丰碑，是一代代石窟守护者用理想、信念、青春和汗水浇灌出的精神绿洲。在一代代莫高人身上，彰显了中华民族的志气骨气底气，完美诠释了中国共产党的初心使命。秉持初心使命的人生，必能谱写时代的华章。一代代莫高窟守护者守初心、担使命的崇高精神，始终照耀激励我们前行，使我们更加坚定了再出发的决心和信心。

（原载于《兰州日报》2023年7月23日"兰山"副刊美文）

中秋情思

记得小时候,每到中秋,母亲都要为我们烙一种小饼子,饼内包着一点红糖、沙枣面、香豆叶等,外压月亮、兔子、桂树等图案。圆饼烙熟先祭月,之后母亲将圆饼按人数分切成块,我们姊妹三人和爸爸、妈妈每人一块,还要给远在外地的大姐留下一份。

供月、拜月、祭月程序进行完后,一家人都围坐在一起,一边品尝母亲烙的圆饼里那"小饼如嚼月,中有酥与饴"的滋味,一边听父亲给我们讲关于月的神话传说。父亲说,天上的圆月,地上的月饼,人间的团圆,这三个圆构成了天、地、人的连环关系,其中月亮是中心环节。在人类的初期,由于科学尚不发达,因而想象月亮上有山有水、有树木、有动物、有宫殿。李白《古朗月行》诗中说的"小时不识月,呼作白玉盘。又疑瑶台镜,飞在青云端。仙人垂两足,桂树何团团。白兔捣药成,问言与谁餐?蟾蜍蚀圆影,大明夜已残……"就是一例。传说中,月亮上有白兔在捣药,月中有蟾蜍,月食就是蟾蜍食月所造成的;此外,月亮上还有仙人吴刚和嫦娥。吴刚因为有过而被谪令斫月中的桂树,但桂树高五百丈,树随创随合老是斫不下,故有"吴刚伐桂"的故事。嫦娥是神话中后羿的妻子,后羿在西王母那里取得长生不老药,嫦娥偷吃后奔月,故民间有"嫦娥奔月"的传说。这些美丽的神话传说,后来成为许多动人诗篇的题材。如李白《把酒问月》中"白兔捣药秋复春,嫦娥孤栖与谁邻";杜甫《一百五日夜对月》里"斫却月中桂,清光应更多";袁郊《月》中"嫦娥窃药出人间,藏在蟾宫不放还";罗隐《咏月》"嫦娥老大应惆怅,倚泣苍苍桂一轮";李商隐《嫦娥》"嫦娥应悔偷灵药，碧海青天夜夜心"；等等。

  现在，人类已登上月球，撩开了月亮的轻纱，知道月球上没有仙人和桂树，没有蟾蜍和白兔，也不见吴刚和嫦娥。父亲不仅给我们讲一个又一个美丽神话，而且不断地启发我们学习古诗中写月亮的诗句。"海上生明月，天涯共此时""举头望明月，低头思故乡""明月几时有，把酒问青天"，你一句、我一句、他一句，争相回答。窗外月光皎洁明亮，屋内温馨而浪漫，满屋子的笑语，满屋子的亲情，满屋子的幸福……

（原载于《甘肃日报》2022年9月6日"百花"文艺副刊）

《人文甘肃》耕耘记

奉公职场，能耕耘在文史园林，是幸事。

在省政协工作，我有幸参与了"人文甘肃"系列丛书的编辑工作，在这片园林深耕细作，见证了它萌发生成、展枝散叶的全过程；我还要看到它长存于文化高地，以文留史，彰显前贤，福荫来者。

2018年6月，甘肃省政协党组会决定编纂出版一套反映甘肃人文精神的系列丛书——"人文甘肃"。

省政协主要领导明确提出：丛书要展现甘肃源远流长、博大精深的历史文化，反映甘肃人民顽强拼搏、迎难而上的坚定意志，勤劳淳朴、艰苦奋斗的精神品格，包容创新、兼容并蓄的博大胸怀，友善待人、和谐共处的群体性格。丛书要"讲好甘肃故事，传播好甘肃声音，树立好甘肃形象"，传播正能量，努力"提振甘肃人文化自信"。

"人文甘肃"系列丛书的面世，得益于有关领导的精心策划和有力推动。出版发行过程中，得到了全国政协几位领导的首肯，得到了中国文联、中国作家协会领导的力挺；得到了省委、省政协主要领导的指导，得到了省内外作者的倾心支持，得到了广大读者朋友的热忱关心。

我们在耕耘"人文甘肃"的过程中，有汗水，有付出，有感动，有收获。经我们手编辑的一本本精美的书，已走向万千读者，留下的，是隽永的感念……

编辑工作，共性要求自在不言，个性表现亦不可或缺。为了坚持办刊宗旨，体现指导思想，保证编辑质量，我们的编辑工作的出发点和归宿，有几点很值得回顾：

2021年6月24日，作者参加甘肃省政协推进"书香政协"建设荐书读书活动

　　传承甘肃历史文化。甘肃作为华夏文明的重要发祥地，历史悠久，文化厚重；境内文化资源分布广泛、种类繁多、内容丰富、特色鲜明，历史文化积淀深厚、民族民俗文化特色鲜明、革命文化遗存丰富、现代文化具有厚积薄发的优势。可以肯定，立足"人文甘肃"，有丰富的文章可做，有生动的故事可讲。因此，我们在"人文甘肃"稿件的筛选、审改、把关等重要环节，始终突出了必需的地域特色与文化积淀，突出甘肃大地上孕育的，具有历史穿透力的人文精神。我们注重以具体人物及他们亲身经历的故事，多侧面、多角度地反映这种历史形成的，可持续发展的人文资源。

　　发挥政协凝聚共识的职能作用。省政协决定编纂"人文甘肃"系列丛书，为的是借这个园地来生动地展示人民群众创造的辉煌灿烂的甘肃文化，弘扬

2020年12月10日，作者在母校西北师范大学调研

甘肃人民勤劳淳朴、艰苦奋斗的精神品格；为的是凝聚共识，增强甘肃人的文化自觉，提振甘肃人的文化自信。毫无疑问，这正是我们办刊的努力方向。

"人一之，我十之，人十之，我百之"为核心的甘肃精神，是全省人民最宝贵的无形财富。相继产生于陇原大地的长征精神、南梁精神、铁人精神、"三苦"精神、航天精神、莫高精神、"八步沙"精神……是建设幸福美好新甘肃的新实践、新篇章、新境界，更是甘肃新发展的强劲动力。从这个意义上讲，"人文甘肃"系列丛书，展现了省政协存史育人，以文化人，用文化的力量凝聚共识的责任担当，营造了良好的政治协商人文基础与文化氛围。

珍重作者的创造。已经出版的11辑"人文甘肃"，作者群名家、大家云集。从作者阵容看，为本书撰稿的有当代文化名人王蒙、铁凝、冯骥才、蒋子龙、李存葆、贾平凹、余秋雨等；有相关领域的专家学者樊锦诗、秦大河、常沙娜、蒙曼等。从作品内容讲，有写人的，有叙事的；作品大都紧扣甘肃悠久历史，植根于甘肃丰厚的文化土壤，彰显着甘肃人精彩的精神世界。这些佳作，是现实的丰收，必将经得起历史的考验。

从文体形式看，有《人类敦煌》《沙原隐泉》《平凉二题》《戈壁晨阳》《黄河黄，黄河蓝》《凉州的光响》等情感真挚、文字优美的散文精品；有《文化自信和历史经验与责任》《南梁精神的创新品质》《中华文明的源头在甘肃》《甘肃早期文化同华夏文明的关系》《悬泉汉简——让历史告诉未来》《文溯阁"四库全书"迁徙兰州记》等逻辑严密、深入浅出的史志文论；有《在西和寻找织女的故乡》《大地湾考古改写中国史前文明的年代》《让西部成为中国人的精神家园》《新中国发展历程中的甘肃贡献》等情感充沛、入情入理、开智明理的演讲实录；有《河西走廊古意》《柴湾颂》《石油河我们的油矿》《甘肃歌吟》《甘肃，真正的千面女郎》等抒怀咏吟、激情奔放的诗歌。

尊重读者的选择。读者群里，有我们赠阅的全国政协、中央有关部委、各兄弟省份政协同仁，有省内各市州和有关厅局的干部群众，有更多人是通

| 2019年8月，作者带队在河北省、天津市等地开展"实施创新驱动战略、发挥科技引领作用"课题调研（图为在天津中国航空规划设计研究总院）

过新华书店、农家书屋渠道得知本书的。

"丛书"刊发的250多篇诗文，使广大读者从人文历史、民俗地理、世象风情等众多方面，更好地了解到甘肃文化的缤纷多姿无穷魅力。

有许多省外读者来信来电，说到共同的体会：读了"人文甘肃"系列丛书，开始对甘肃有了一个客观全面的了解。改变了过去对甘肃的陈旧看法，甚至偏见，从而对甘肃产生并保持由衷的热爱。北京的一位读者写道："由于甘肃经济社会发展相对滞后，先前给我留下的印象是，一说到甘肃就想到沙漠戈壁的冷寂苍凉、陇原山地的风霜雨雪，好像除省会、除敦煌之外，就是贫穷、落后、保守、狭隘等等，一句话，多是负面形象。连续阅读'人文甘肃'，面对如此丰富多彩的自然风貌，人文环境，我感动振奋之余，彻底改变了过去的片面印象，从今往后，我只会更加关心甘肃发展，尊重甘肃文化。"

可以说，"人文甘肃"的大部分作品有深刻的精神内涵，有丰厚的文化底蕴，有生动的表现形式。丛书的版面设计也很好地反映了新时代审美特征，整体上图文并茂，精彩纷呈。

"人文甘肃"系列丛书的出版发行，受到了广大读者的由衷喜爱，在社会各界引起热烈反响，对传承和弘扬甘肃优秀文化，提振甘肃人的精气神，起到了不可低估的推动作用。

把作者的白纸黑字，变成走进千家万户的精美图书；把自己微薄的力量和智慧，奉献给"人文甘肃"的耕耘，我幸运，我充实。

（原载《民主协商报》2023年6月11日副刊）

搏　击

他站在波浪滔滔的大河堤岸。

前面是巍峨的群山、翠绿的松林、无垠的草原、肥壮的牛羊，背后依次排列着区直机关的粮站、医院、学校，还有他领导下的拥有44名职工，33万元固定资产，63万元自有流动资金的区供销社。街道上过路汽车、手扶拖拉机的轰鸣和小商小贩的叫卖声掺和在一起，使这个本来人烟稀少的集镇变得喧嚣、热闹……

然而，此时的杨生斌却显得很平静。他这个人，辛苦了大半辈子，还是那老脾气。用一句时髦的话说，属于"倔强进取型"。尽管他不愿抛头露面，可开拓的失败与成功却使他成为全县供销系统的风云人物。他刚刚抱回"甘肃省百户最佳企业"奖状，现在又往深思考了。

明智的人在荣誉面前不张扬，杨生斌默默地望着眼前翻滚的河水，感到中国的改革就是一条汹涌澎湃的大河，为有志的弄潮儿提供了遨游的天地，他想的是机遇，是责任。

杨生斌在改革的实践中不断探索，在市场经济大河中拼搏了4年。4年，肃南裕固族自治县大河区供销社为国家上交利税129.8万元，占全区税收总额的59.7%，国内纯收购由1984年的66.9万元增加到1988年的220万元，商品销售总额由123.3万元增加到442.1万元，实现利润由5.4万元增加到16.7万元。这些很不起眼的数字，对文学家来说是最枯燥的，可在企业家的眼里却是一首真正的诗。

杨生斌无论从形象、气质，还是从性格来看，都是一个典型的牧羊人式的风范：身材魁伟，衣着朴实，生就一张红里透紫的黝黑的脸庞，一双深邃而灼灼闪光的眸子，显得睿智、浑厚、深沉、干练。他没有多少现代企业家的时尚，硬是凭着牧羊人大山一样的诚挚，凭着一股玩儿命实干的精神和开拓进取的勇气，使大河供销社获得了"全省百户最佳企业单位"的荣誉称号。大河草原上的各族牧民称供销社是"牧民之家"，冠以杨生斌"贴心货郎"的称呼。

从"小班弟"到区供销主任

46年前的大河草原，贫瘠枯荒，容貌是那样憔悴而苍老。黄土堆起的山岭，干旱赭黄，牧草稀衰，犹如羸弱偎立的黄牛群，给人们心头平添了苍凉的愁绪。就在这黄土坡上，一顶用12根木杆撑起的帐篷内，一个裕固族的孩子呱呱坠地了。他，就是杨生斌。

由于生活的贫苦，5岁开始，他就跟着阿爸、阿妈放牧了，做一些辅助性劳动。10岁那年，父母亲送他进了当地寺院——长沟寺，当了"小班弟"。从此他在寺主严格的教规训练下，既学经又学文，直到"大跃进"的风暴弥漫草原，反封建斗争风起云涌时，他才脱去袈裟，先后在金泉区（今大河区）、县公安局、县政府当通信员，1963年，组织上调他到马蹄区供销社当营业员，从此开始了他的经商生涯⋯⋯

贫困的出身，艰辛的岁月，生活的重负，一次又一次考验了他，铸造了他倔强、坚毅的性格，他倍加珍惜这来之不易的工作，无论干营业员、保管员，还是当采购员、物价员，他干一行爱一行，以出色的成绩赢得人们的信赖。1982年，组织上调任他为大河区商店副主任。1985年国有分设时，他被选为大河区供销社主任。这个马背上长大的"莫拉"（裕固语："娃子"）在他返回故乡后，脚下依然是父辈们扎下帐篷的土坡，然而改革的意识已在他面前扬出了广阔的草原⋯⋯

踏出一条供销体制改革之路

　　1985年阳春三月，大河供销社被中国大地上掀起的改革浪潮冲击着。县内外企业改革所形成的强大冲击波，涌进了这个刚走马上任的主任心底。他坐在宁静的办公桌前思索着。"大锅饭"虽然养命，却只能靠清汤寡水吊命。可改革是什么，几年前我杨生斌连这个词儿都没听过，别说干啦。然而，既然受命于改革之际，我能辜负众望吗！一不做，二不休，改革不可逆转。如果不打破供销社分配制度上的"均贫富"，就铲除不了懒惰、平庸、无所作为的温床，就破不了吃"大锅饭"、喝"大锅汤"的习俗。在杨生斌的主导下，大河区供销社的改革终于拉开了序幕……

　　首先，以内部招标、个人承包、集体经营的方式确立了以主任为中心的决策系统，扩大了企业的自主权。

　　其次，对区社下属的7户门店进行了二级承包，实行"六定一包"（定人员，定销售，定资金，定毛利，定费用，定经营品种，包利润）。对门市部和柜组实行了简易结算，并签订经济指标合同书；对食堂、旅社、理发店和其他服务行业全部实行租赁经营；对8个"双代"店实行资金定额管理，联销计酬并按零星收购总额，适当付给收购手续费。同时，制定了相应的考核奖惩办法。

　　第三，实行工资浮动，百分计奖，超利润部分税后分成，初步在职工中拉开了收入差距，向"干好干坏，干多干少一个样"的分配制度开了一刀。

　　第四，制定企业管理制度。区社的各项改革措施出台之后，杨生斌和他的助手清醒地感到，改革的新措施往往不难提出，难就难在如何将它们纳入制度化的轨道健康运行，真正成为一种相对稳定而且有效的机制。

　　于是，除了各类人员的《岗位责任制》外，10个方面58条的《大河区供销社企业管理制度》诞生了，从主任职工职责、劳动、服务、柜台、财经纪律，到业务进货、物价、安全管理和奖励与处分等等，门类齐全，细密周到。这是改革的"生命线"，立社的"基本建设"啊！用杨生斌自己的话说，"抓不住改革中的各种制度，再好的改革措施也会'流产'"。

大河供销社从观念、体制、经营、管理等方面，全方位展开的改革，夯实了本社的经济实力和基础。目前已拥有固定资产 33 万元，自有流动资金 63.8 万元。他们的这些内部改革措施虽然还不能说很全面，很完善，但都或多或少发挥出积极作用。尤其是端走了"大锅饭"，把竞争机制引入门店柜（组）以后，极大地调动了全社职工的工作积极性，出现了"九牛爬坡，个个出力"的局面，使企业的经济效益一年比一年好，对国家的贡献也越来越大。1985 年至 1988 年仅为国家上缴利税一项，总额分别为 21.4 万元，23.8 万元，35.2 万元，49.4 万元。同时为省内毛纺和地方洗毛工业提供了大量原材料。

为人民服务是我们的根本宗旨

作为一个供销企业的领导者，杨生斌深深懂得经济效益对企业的重要性，但他更清楚，如果一味地追求赚钱，甚至昧着良心做买卖，企业就会失去生命力。特别是作为一个基层供销社，更应把立足点放在为人民服务上，只有取信于民，才能提高供销社的威信和效益。

位于祁连山北麓的大河区，是肃南裕固族自治县的一个以畜牧业为主、兼营农业的区。全区共有 4 个乡，16 个行政村，在近 450 万亩的高山牧地上，散居着 4500 多各族牧民，其中以裕固族为主的少数民族约占 75%。由于地域辽阔，山大沟深，交通不便，信息不灵等客观条件的限制，给牧民群众的生产生活带来了很多不便和困难。

为了使供销行业更好地服务于牧区的四化建设，杨生斌和他的职工们在提供服务上也进行了一系列改革。

1986 年冬春季节，大河草原出现了长年不遇的干旱，牲畜严重缺草、缺料、缺水，乏弱畜日趋增多，成畜死亡有增无减。在这十万火急的时刻，杨生斌组织全社职工积极投入到抗灾保畜之中，他先后派人从 200 里之外的地方购进青干草 10 万斤，从民乐县购进豌豆 1 万多斤，保本供应给各畜群。之后，又派出本社的汽车、拖拉机，把 30 车冰和水送到了畜群帐篷，缓解了畜牧业生产的燃眉之急。

牧区的生产特点是"畜群逐水草而牧，牧民随畜群流动"，这就给牧民们转场搬迁增加了沉重的负担。一些有壮劳力的家庭，肩扛牛驮，还过得去，可少数牧户，拖儿带女，拉拉杂杂，实为困难。"羊倌"出身的杨生斌见此不由一阵心酸。他又一次派出本社的机动车辆，为困难户义务搬迁转场。近年来他们共为90多户牧民转场搬迁100多次。牧民们激动地说："过去的商店是身当售货员，只顾搞买卖；如今的供销社办的千家事，暖的众人心哪！"

大凡到过草原的人都知道，居住分散是牧区的特点之一，有些偏僻边远的牧业点，牧户与牧户的帐篷相隔近则几里、几十里，远则上百里。有的牧民骑马到区乡供销社购买东西，往返就得整整一天时间，乃至更长。为解决这些地区的"买难卖难"问题，在杨生斌的倡导下，大河供销社组建了一个流动代销店，不分春夏秋冬，不顾严寒酷暑，一年四季随畜群流动，售货、跟踪服务，把牧民日常必需的茶叶、烟、酒、奶粉、白糖、电筒（池）、雨衣（鞋）、煤油、胶鞋等物品及时送到牧民手中。他们还在牧区增设了6个"双代"店，1个废旧畜产品收购站。不仅大大方便了牧民，而且提高了经济效益。1988年，仅流动代销店就达4万多元的购销额，为全区100%的牧业人口和95%以上的地域供应商品，满足了牧民生产和生活的需要。

每逢剪毛时节，是供销人员最繁忙的时候。特别是近几年来，流通领域日趋活跃，一些小商到牧区高价收购羊毛、皮张、肉食，致使一些牧民完不成派购任务。面对此状，杨生斌和他工作上的两个"贤内助"采取了两条措施。一是为牧民提供优质服务。1987年他们自筹资金3万元，在区供销社所在地修建羊圈3个、剪毛棚4间，购置剪毛机4台，培训了5名剪毛能手，建成了自治县第一处机械剪毛点。祖祖辈辈用手工剪惯了毛的老牧民，眼睁睁地看着机械剪毛速度快、效率高、毛茬低、收入多，无不从内心发出感激之情。二是改革经营方式，变过去的派购为合同定购，改坐店收购为上门收购。1988年，社里先后抽调职工35名，深入各区各乡村牧户，跋山涉水，走畜群，串帐篷，逐户签订羊毛收购合同，并发放预购定金2.8万多元。收购旺季，全社职工除门市部营业员外，其余同车辆全部出动，分赴各个牧业点收购羊毛。

1986年盛夏的一天，大河草原晴空万里，烈日炎炎。杨生斌与本社司机安自荣到韭菜沟乡光华村大河峡牧业点收购羊毛。当汽车快到牧业点时，由于坡陡路崎，牧道不通，老牛一样的4吨"解放"再也轰隆不动了。他二话没说，叫上放牧员和司机，硬是把4000多公斤羊毛从800米远的陡山上背到了车里。

为防止羊毛掺杂使假，他每到一处，都耐心细致地向牧民宣传党和政府的收购政策，引导牧民算国家的投入与个人的贡献账，并用白糖里面掺上沙子不能食用的例子来教育牧民，坚决不能把石头、土粒、粪便、油水掺进羊毛。去年7月，他到红湾村长沟牧业点收毛，发现一户牧民准备交售的毛中掺杂使假严重。他就用手抖杂物，结果遭到主人的破口大骂，他被拒之门外五六个小时，滴水未进。

有人说他，都四十六七岁了，大小还是个主任，成天到晚在牧户门前抖毛，弄得浑身上下油土吧唧的，还不好向人家要口水喝，要碗饭吃，不知图的个啥？是啊，他图的个啥？

当我们的采访在忙碌中即将结束的时候，又传来令人振奋的消息，大河区供销社正在向省一级企业的目标奋斗。对此，杨生斌并不满足，他把眼光放得更远……

杨生斌又站到了大河堤岸，眼前依然是波浪滔滔，心中依然是滔滔波浪。他想到了又一次航行、又一次搏击……

（原载于新华出版社报告文学集《陇原新骑》，1990年1月出版发行）

从甘肃二十年的改革开放看解放思想的先导作用

今年是我国改革开放二十周年。二十年前，我国发生了两件大事，一是真理标准问题大讨论，一是党的十一届三中全会。这两件大事，前者是后者的思想准备，后者是前者的必然结果。对当代中国的发展产生了极大的影响，使中国实现了工作重点的历史性转移，走上了改革开放之路。真理标准讨论是在特定的历史条件下开展的。这场讨论尽管是由哲学问题引发的，但所解决的却不是一般的理论是非问题，而是关系我们党和国家前途命运的重大政治问题。这场关于实践是检验真理唯一标准问题的大讨论，在邓小平等老一辈无产阶级革命家的领导和支持下，以巨浪滚滚、排山倒海之势，冲破了个人崇拜和"两个凡是"的严重束缚，掀起了全国性的马克思主义思想解放运动，开了思想解放之先河，为具有划时代意义的党的十一届三中全会的召开做了重要的思想准备，为实现马克思主义与中国实际相结合的第二次历史性飞跃提供了前提。党的十一届三中全会的胜利召开，开辟了中国历史的新纪元，开创了改革开放和集中力量进行社会主义现代化建设的历史新时期。这是结束以"阶级斗争为纲"，把全党工作重点转移到现代化建设上来的新时期。十一届三中全会，重新确立了解放思想、实事求是的思想路线，把解放思想提到了一个新的高度。自此之后，重新回到解放思想、实事求是思想路线的中国共产党，带领人民开启了改革开放和现代化建设的大门。二十年来，我国改革开放和现代化建设取得了举世瞩目的伟大成就。尤为重要的是，我们党在把马克思主义与中国实际和时代特征相结合的进程中实现了第二次历史性飞跃，创造了当代中国的马克思主义——邓小平理论。所有这一切，都发端于、得益于真理标准讨论和党的十一届三中全会。今天，我们站在世纪之交的历史高度，重新审视这两件大事，更加深刻地认识到，真理标准讨论和十一届三中全会对于确立马克思主义思想路线，推动我国改革开放和社会主义现代化建设事业具有不可估量的重大而深远的影响。在全党全国人民高举邓小平理论伟大旗帜，全面贯彻落实十五大精神，积极推进建设有中国特色社会主义事业迈向新世纪的重要时刻，我们隆重纪念真理标准问题讨论和十一届三中全会召开二十周年，对于推动新的思想解放和经济发展，具有重大意义。

二十年来，甘肃同全国一样，循着解放思想，拨乱反正，全面改革，实行从以阶级斗争为纲到以经济建设为中心，从封闭半封闭到改革开放，从计划经济到社会主义市场经济的历史性转变的轨迹发展，并取得了令人瞩目的巨大成就。

一、甘肃二十年改革开放的进程是
不断坚持解放思想、实事求是的历程

思想的解放是经济社会发展的先导。人们不能忘记，二十年前的中国刚刚结束十年浩劫，伤痕累累，百废待兴。国民经济濒临崩溃，社会发展停滞不前，一些人的思想观念还在"极左"思想的桎梏之中，十字路口，何去何从，人民在思考，共和国在徘徊，世界在观望。在这重大历史转折关头，邓小平同志领导和支持了"实践是检验真理的唯一标准"的大讨论。一个洪亮的声音也在中国大地上久久回响："一个党，一个国家，一个民族，如果一切从本本出发，思想僵化，迷信盛行，那它就不能前进，它的生机就停止了，就要亡党亡国。"这个声音，以其千钧之力，打开了新时期思想解放运动的闸门。1978年，邓小平同志在《解放思想，实事求是，团结一致向前看》的著名讲话中指出："只有思想解放了，我们才能正确地以马列主义、毛泽东思想为指导，解决过去遗留的问题，解决新出现的一系列问题，正确地改革同生产力迅速发展不相适应的生产关系和上层建筑，根据我国的实际情况，确定

1998年12月，作者在北京出席全国"纪念党的十一届三中全会二十周年理论研讨会"

实现四个现代化的具体道路、方针、方法和措施。"① 邓小平同志如此鲜明地强调"解放思想"问题，把解放思想和实事求是联系在一起，作为党的思想路线的主要内容和简明概括，是因为解放思想在人的认识运动过程中具有特别重要的作用。人的认识只有在主观不断符合客观、认识不断适应实践的过程中，才能逐步深化，不断地向前发展。二十年来，我们党在邓小平"首先是解放思想"的著名论断指导下，废除人民公社制度，敞开对外开放大门，形成公有制为主体，多种所有制经济共同发展的新格局，提出我国正处于并将长期处于社会主义初级阶段的科学论断，确立"一个中心，两个基本点"的基本路线，明确社会主义市场经济体制的改革目标，形成建设有中国特色社会主义理论等等。二十年的实践，充分证明邓小平这一论断的无比正确。如果我们不首先解放思想，就不可能成功地"结束过去，开辟未来"，也不可能有效地推进改革开放。事实表明，思想解放的程度，决定着改革开放的

---

① 《邓小平文选》第 2 卷 第 141 页。

力度和社会发展的速度。思想早解放，早发展，大解放，大发展。党的十一届三中全会恢复了解放思想、实事求是这条我们党最根本的思想路线，并从这个高度总结建国以来的经验教训，指导各个领域、各条战线的拨乱反正和思想解放运动，这对甘肃具有特殊针对性和重要意义。甘肃是一个内陆省份，长期处于封闭状态，传统习惯根深蒂固，自然经济、半自然经济根基较深，计划经济的传统观念和因循守旧、无所作为等思想影响也比较深。反映在人们的思想观念上，有不少妨碍生产力发展的陈旧观念。党的十一届三中全会以来，省委和各级党组织把解放思想贯穿于改革开放和现代化建设全过程，在不同的发展阶段上，根据改革和发展的新形势、新任务，组织各级干部和广大党员、群众学习邓小平理论，有针对性地解决思想观念、发展思路、工作部署方面的重大问题。每一次邓小平理论大学习、思想观念大转变，都带来改革和建设的大踏步前进。

从真理标准讨论和十一届三中全会以来，我省先后开展过几次思想解放的大学习、大讨论。

第一是实践是检验真理的唯一标准的大讨论。这次讨论，冲破了"左"的思想牢笼，拨乱反正，正本清源，使实事求是、一切从实际出发的马克思主义思想路线不断深入人心，为改革开放奠定了思想基础。从而，使广大党员和干部群众敢于恢复党的实事求是、一切从实际出发的思想路线，纠正"文化大革命"的历史性错误，平反冤假错案，落实党的干部政策。从习惯于阶级斗争转移到脚踏实地、一心一意搞经济建设上来。确立了包产到户姓"社"而不是姓"资"，企业是独立的商品生产者而不是政府及其主管部门的附属物，贫穷不是社会主义，改变甘肃落后面貌必须结合自己的实际，寻找发展生产力的最好生产组合方式和分配办法等新观念，在全国较早地推行了家庭联产承包责任制。伴随着这次大学习、大讨论，出现了思想路线、政治路线、组织路线的拨乱反正和全党工作重心转向经济建设的历史性转变，有力地推动了农村第一步改革和城市企业的扩权工作，促进了全省经济建设的恢复和初步发展。

第二是坚持"一个中心、两个基本点"的学习讨论。这次讨论，使人们对四项基本原则和改革开放的总方针，有了更加准确、全面的理解。深深感到，我国正处于逐步摆脱贫困、摆脱落后的社会主义初级阶段，甘肃的生产力水平和生产条件同全国的差异性很大，初级阶段的特征尤为明显，我们必须对社会主义建设的长期性、紧迫性、复杂性、艰巨性有更加清醒的思想准备。特别是明确了改革开放的阻力主要来自"左"的积习，要把克服思想僵化作为今后相当长时期的主要任务，有效地排除"左"和右两种错误倾向的干扰。从而为实现全党工作重点的转移提供了正确的思想保证，制定并实行了"以经济工作为中心，中心城市为依托，以大办乡镇企业和城镇集体经济，发挥资源优势为突破口，'敞开大门，开发致富'，发挥优势，重点突破，推动全面，搞活经济"的七条基本思路。

第三是通过生产力标准问题的讨论，使广大干部和群众逐步用社会主义初级阶段的理论武装起来，进一步加深了对国情、省情的认识。特别是确立了坚持用生产力标准判断事物、判断是非的标准，解除了多年存留的思想疑虑，制定和实行了"放开胆量搞改革，抓住优势快发展"的振兴甘肃经济的八条思路和对策。确立了以黄河沿岸为依托，重点发展兰州、白银、临夏等地市州，加快西城铅锌基地和金川镍基地建设的"一岸两翼"战略。为统一思想，明确目标，鼓舞全省人民坚定不移地把全面改革不断推向前进，提供了思想动力。

第四是集中学习贯彻邓小平同志南方谈话和党的十四大精神，学习广东、深圳、上海等地面向大市场，以大开放促进大开发、大发展的经验，突出解决了姓"资"、姓"社"的思想认识问题，使邓小平同志关于"计划经济不等于社会主义，资本主义也有计划；市场经济不等于资本主义，社会主义也有市场"[①]和计划经济和市场经济结合起来就能解放生产力，加速经济发展的观点和论断不断深入人心，从而改变高度集中的计划经济的旧观念，树立发展社会主义市场经济的新观念，动员全省上下深化改革、扩大开放，敢闯、敢干，大胆试验，在发展社会主义市场经济、扩大对外开放等重大问题的认识和实践上有了新的突破，提出了进一步解放思想、加快改革步伐的十条意见。

---

① 《邓小平文选》第3卷 第373页。

在实施过程中，根据发展变化的省情，又相继提出了以搞好国有大中型企业和发挥中心城市优势为主要内容的"以大带小、以城带乡，整体推动甘肃经济发展"的"双带整推"发展战略；全省农村经济以实现扶贫攻坚和率先奔小康为主要目标的"三大块"发展战略。有力地推动了全省的改革和发展。

第五是紧密联系甘肃改革和建设实际，深入学习江泽民同志在中央党校省部级干部学习班上的重要讲话和党的十五大精神，在对社会主义初级阶段的基本路线、基本纲领、基本经济制度和公有制经济的多种实现形式等重大问题上，进一步解放思想，集中解决了姓"公"、姓"私"的思想认识问题，使认识有了新飞跃，并按照全省实现经济社会跨世纪发展的新目标，提出了在公有制实现形式上的六个新突破，形成了促进全省改革与建设突破性发展的新思路。

第六是今年兴起的学习邓小平理论新高潮。围绕党的十五大"高举邓小平理论伟大旗帜，把建设有中国特色社会主义的伟大事业全面推向二十一世纪"的主题，各级领导带头动员全省上下深入学习邓小平理论和十五大文件，重新审视新形势下的省情、地情、县情，对我省跨世纪改革和发展的重大战略问题广泛开展讨论，形成共识，形成合力。努力在经济体制改革，尤其是国有企业改革方面有新的突破，打好攻坚战。在区域经济发展方面，实施点线结合的协调发展、重点突破战略。在调整经济结构、传统产业改造、支柱产业和新兴产业发展，实施科教兴省战略，提高对外开放水平，推动党的建设、依法治省、精神文明建设等方面，都有大举措，大发展，为开好甘肃省第九次党代会做好思想准备，为实现甘肃跨世纪发展目标迈出坚实步伐。

从真理标准讨论和党的十一届三中全会以来这二十年，在历史长河中只是短暂的一瞬，但是，对我们党和国家的改革和建设事业的发展确实具有划时代的意义。邓小平同志领导和支持的"实践是检验真理的唯一标准"这场大讨论，带来了全国思想的大解放，党的理论的新飞跃，经济的大发展，城乡面貌的大变化，人民群众物质文化生活水平的大提高。二十年间，甘肃同全国一样，进入了改革开放和社会主义现代化建设的新时期，甘肃人民在邓小平理论和党的十一届三中全会精神指引下，在实现全省工作重点转移的伟大转折中进行了不断进步的伟大实践,展现出了一幅波澜壮阔的图景。省委、省政府始终坚持以经济建设为中心,解放思想,实事求是,开拓进取,走出了一条振兴甘肃经济之路。特别是通过全省范围内先后几次解放思想的大学习、大讨论,破除了一些禁锢人们头脑的旧思想、旧观念,破除了许多束缚人们手脚的条条框框,全省广大干部群众的思想观念有了很大转变。最明显的变化,是对什么是社会主义、怎样建设社会主义这个根本问题,有了愈益深刻的认识,形成了上上下下齐心协力搞建设,方方面面同心同德求发展的思想氛围,从而有力地促进了生产力发展。1978 年,我省国民生产总值只有 64.73 亿元,财政收入只有 20.53 亿元。农业和农村经济基本处于停顿状态,农业总产值只有 22.45 亿元,粮食产量只有 49 亿公斤。工业经济效益每况愈下,工业总产值只有 81.13 亿元,许多企业连年亏损,靠国家拨款过日子。人民生活全面处于贫困状态。农村人均粮食占有量只有 200 来公斤,人均收入不足百元,吃粮靠回销,花钱靠救济是甘肃农村贫困的具体写照。而到了 80 年代,我省提前两年实现了国民生产总值翻一番的第一步战略目标;90 年代提前实现了国民生产总值翻两番的第二步战略目标。1997 年,全省国内生产总值达到 781.34 亿元,按可比价格计算,比 1978 年增长 3.49 倍,年均增长 8.77%;粮食总产在 1978 年 49 亿公斤的基础上,连续登上 60 亿、70 亿、80 亿公斤三个台阶,最高达到 82 亿公斤,比 1978 年增长 67.4%;农业总产值达到 325 亿元,按可比价格计算,比 1978 年增长 1.86 倍,年均增长 5.7%;财政收入达到 95.12 亿元,按可比价格计算,比 1978 年增长 3.64 倍,年均增长 8.4%;乡镇企业总产值达到 813 亿元,按可比价格计算,比 1978 年增长 161 倍,年均增长 30.7%;农民人均纯收入达到 1210 元,比 1978 年增长 11 倍;城镇居民人均可支配收入达到 3592 元,比 1978 年增长 9 倍;全省农村贫困面由 1978 年的 75% 下降到 1997 年的 14.9%,河西、沿黄灌区和城市郊区的 22 个县(市、区)已经率先实现小康,"苦瘠甲于天下"的定西等中部地区和陇东少数地方,在解决温饱的基础上开始向小康迈进。

特别值得一提的是,1992 年邓小平南方谈话和党的十四大确定了以建立社会主义市场经济体制为取向的改革目标,在这之后的 5 年中,甘肃各级领导和广大群众进一步解放思想，以"人一之我十之，人十之我百之"的精神，"看准了的，就大胆地试，大胆地闯"，①奋力拼搏，开拓进取，加快改革发展步伐，牢牢把握"抓住机遇、深化改革、扩大开放、促进发展、保持稳定"的基本方针，正确处理好改革、发展、稳定的关系，取得了更加令人瞩目的成就，综合经济实力大大增强。这是甘肃改革开放进展最好，国民经济发展速度最快，社会事业进步最大，也是人民得到实惠最多的时期。5年国内生产总值增长63.3%，年均增长10.3%；财政收入5年增长126.4%，年均增长17.76%；乡镇企业5年平均增长48%；城镇居民人均生活费收入和农民人均纯收入5年分别增加1681元和697元。这些成就，是在党的基本理论、基本路线的指引下取得的，是甘肃省委、省政府坚持解放思想、实事求是，把邓小平理论、中央精神和甘肃实际紧密结合的成果，是甘肃2500万人民智慧和汗水的结晶。

历经二十年的解放思想、改革开放，甘肃经济由自然、半自然经济和封闭、半封闭的经济逐步转向市场经济和开放型经济，由贫困落后和全面短缺的经济转向基本解决温饱和向小康水平迈进的经济。由于对传统计划经济体制的一系列重大改革，为建立新型的社会主义市场经济体制和运行机制迈出了坚定的步伐，市场经济的框架正在形成；由于坚持科技是第一生产力的指导思想，大力推行科教兴省战略，使经济效益逐步提高；由于积极调整和优化经济结构，使产业结构有所改善，传统产业开始得到改造，新兴产业开始发展；由于努力增加投资规模，调整投资结构，集中力量加强基础设施建设，使国民经济发展的瓶颈制约明显得到缓解；由于坚持经济与社会相互协调发展，进一步深化科技、教育、文化等社会事业管理体制改革，从而有力推动了社会的全面进步；由于始终坚持两手抓，两手都要硬的方针，在物质文明水平不断提高的同时，社会主义精神文明建设和民主法制建设迈出了新的步伐，取得了长足进步。

二十年来，甘肃之所以经济和社会事业持续、快速、健康发展，至关重要的是坚持了解放思想、实事求是的思想路线。没有思想的不断解放，观念

---

① 《邓小平文选》第3卷 第372页。

的不断更新，就不可能有工作上的新突破和事业上的新发展。二十年来，甘肃改革开放和现代化建设所取得的辉煌成就，党的十一届三中全会前后甘肃面貌的巨大变化雄辩地证明：解放思想、实事求是是推动经济、社会发展的强大武器，是使我们事业永葆生机和活力的法宝；党的十一届三中全会开辟的建设有中国特色社会主义道路，是甘肃摆脱贫困走向富裕的康庄大道，是甘肃各项事业兴旺发达的必由之路。

二、坚持解放思想、实事求是的深刻启迪

历史的进步，往往以思想解放和观念更新为先导；历史的脚步，又是如此迅疾而神速。从真理标准问题和十一届三中全会开始的当代中国伟大思想解放进程已持续二十年了。二十年过去，弹指一挥间，但中国大地从城市到农村已展开了一幅波澜壮阔的历史巨变画卷。站在历史性成就的基础上深入思考，我们会更加深刻地认识到二十年前真理标准讨论和十一届三中全会作为一场伟大解放思想运动起点的意义，会更加深刻地认识到已过去的二十年的思想解放的意义。这些伟大的时日离我们越久远，它们的重大意义也就越清晰、越深刻。二十年来，坚持解放思想、实事求是，为我们提供了丰富的实践，给我们带来了巨大的成就，而且给予我们许多可贵的思想启迪。

坚持解放思想、实事求是的关键在于各级领导干部。一个省，一个地区，一个部门，思想能否解放，解放的成效如何，在很大程度上取决于领导者有没有敢不敢实事求是，能不能转变观念。只有各级领导干部率先解放思想，才能引导和推动广大群众解放思想。同时，思想是否解放，不单纯是工作方法问题，而是政治上是否成熟、理论上是否坚定、领导水平高不高、工作能力强不强的问题。领导干部应始终坚持以实践而不是以任何其他东西作为坚持真理的唯一标准。只要符合"三个有利于"的标准，就要带头闯，带头干，敢于担风险，敢于在探索中前进。比如，80年代初期，甘肃农村曾出现农民集资联营企业的新生事物。这种远比乡村集体所有制企业更富经营活力的新型企业一经出现，立即引起人们的关注和争论。它究竟姓"社"还是姓

作者（第三排左三）参加省委办公厅文艺晚会演出

"资"，利多还是弊多，依什么标准来判断？省委、省政府领导经过调查，发现这类企业对投资者按股分红利，对职工按劳发工资，对乡村集体一般都上交一定积累，保持了投资入股者的资产个人所有权，有利于调动投资者、经营者、生产者的积极性，因而比乡村集体所有制企业更富经营活力，比农民个体家庭企业更具发展实力，在个别乡村发展十分迅速，成为当地经济发展的支柱力量。于是，及时给予总结，推广了这方面的经验。正是在此基础上，省委、省政府于1985年提出了大力发展乡镇企业的正确方针。

坚持解放思想、实事求是必须善于从实际出发，走具有甘肃特色的发展路子。坚持解放思想与实事求是的辩证统一。无论在思想认识上，还是工作指导上，既要看到我们同发达省份在思想解放程度上的差距，又要看到甘肃经济文化落后、自然环境严酷等客观条件的制约；既要有加快发展的紧迫感，力求发展得更快更好一些，又要从自己的实际出发，不盲目攀比，急于求成，超越现实；既要敢想敢干，大胆探索，不因困难而丧失信心，不因落后而消极悲观，又要有科学的态度，遵循客观规律，脚踏实地，稳步前进；既要打破封闭守旧观念，虚心学习外地经验，又不能照抄照搬，简单模仿。只有这样，才能避免片面性和盲目性，把中央精神和甘肃实际紧密结合起来，创造性地开展工作。比如，在农村经济工作的指导上，80年代省委、省政府针对甘肃地域跨度大，各地条件差异性大，农村经济发展不平衡的重要特征，按照自然区划将全省划分为河西、中部、陇东、陇南和甘南五大类型区。实行区域性的分类指导，有计划地实施连片扶贫开发，坚持"有水走水路，无水走旱路，水旱路不通另找出路"的方针，促进了农村经济全面发展和农民收入的增加。1993年以来，在进一步分析研究省情的基础上，根据不同地区生产力水平存在明显差距的客观情况，确立了对全省实行"三大块"分类指导、分步脱贫的工作思路和方法，把全省农村按发展层次分为"三大块"。在条件较好、发展较快的河西、沿黄灌区和城市郊区，实施小康工程建设；在基本解决温饱的中部、陇东地区，巩固脱贫成果，稳定解决温饱，分期分批实现小康；在自然条件严酷的南部高寒阴湿地区和少数民族地区，实施"四七"扶贫攻坚计划，到本世纪末基本解决温饱。这个指导方针和工作思路确定后，省委、省政府又不失时机地作出了"抓好两头，促进全省"的工作部署，从而有力地促进了全省农村脱贫致富奔小康。一切从实际出发的根本目的，就是要创造性地开展工作，不因循守旧，不安于现状，不断研究新情况，解决新问题。而这一切又都是为了广大人民群众的利益。解放思想、实事求是的思想路线恰恰体现了科学真理观和价值观的统一。实践使我们深深体会到，坚持解放思想、实事求是，推进经济建设，只有善于从实际出发，从省情出发，才能制定出科学的发展战略。发展战略科学了，才能保证经济建设迈上持续快速健康发展的轨道。现在的甘肃同全国一样，改革已进入攻坚阶段，许多深层次问题有待我们去解决。这就要求我们更要一切从实际出发，坚定不移地按照"三个有利于"标准，以科学的态度继续实践和开拓，推进甘肃的经济和各项事业更快、更好的发展。

坚持解放思想、实事求是必须体现在抓住机遇，深化改革，加快发展上，才能不断开创改革和发展的新局面。我们党的历史表明，善不善于捕捉和运筹机遇，关系到革命和建设的兴衰成败；我们党的历史还表明，要善于捕捉和运筹机遇，必须有一条正确的思想路线。十一届三中全会以来，甘肃作为一个长期处于封闭状态，传统观念影响比较深的省份，十分重视以思想观念的转变，推动改革的深入和发展。如果说二十年来甘肃经济发展取得了巨大成就的话，那么，就在于省委、省政府从甘肃实际出发，比较好地抓住了一次次的发展机遇。这方面，全省上下的体会是很深的。早在改革开放之初，甘肃抓住全党、全国思想大解放的机遇，在全国范围内较早地实行了农村家庭联产承包责任制，为甘肃农业持续稳定发展创造了良好的政策环境和体制条件。80年代，由省委、省政府领导带队，先后两次分别到四川、湖北、广东、浙江、江苏等省市考察学习，借鉴外地经验，抓住发展乡镇企业的机遇，使经济总量上了一个台阶。邓小平同志南方谈话后，省委、省政府敏锐地意识到，形势逼人，时不我待，必须抓住扩大开放，加快发展的机遇，从而使经济社会发展和人民生活水平又上了一个台阶，为新一轮创业打下了坚实的基础。江泽民同志"5·29"讲话和党的十五大召开，使改革、发展的大好机遇再临甘肃。面对新的发展形势，省委、省政府提出在全省范围内再来一次思想大解放、观念大转变，为跨世纪的发展做好思想准备。通过进一步解放思想，更紧密地联系甘肃实际，不断调整改革和发展思路，以新的观念、新的姿态，更敏锐地发现机遇，更大胆地抢抓机遇，更好地集中力量用好机遇，进一步加快甘肃改革开放和现代化建设的步伐。

　　解放思想是我国新时期发生历史性变革的先导。回首二十年，甘肃改革开放和现代化建设所取得的每一进展、每一成就，都是坚持实践标准，不断解放思想、实事求是的结果。思想的解放，推动改革的深化，促进生产力的进步和经济的发展，这已成为我们最深刻的感受和最为宝贵的历史经验。二十年来，我们经历过坎坷，也收获过喜悦。多少高楼崛起，多少公路通天，多少梦想成真，多少奇葩怒放，这举世瞩目的伟大成就，都源于观念的更新和思想与灵魂的解放。二十年的改革是波澜壮阔的，二十年的实践是生动多彩的。二十年的伟大实践充分证明，没有真理标准讨论和十一届三中全会所引发的思想解放运动，便不可能有经济的繁荣和社会的发展。二十年的实践归结为一点，就是只有坚持解放思想、实事求是的思想路线，才能把甘肃的各项事业不断推向前进。

三、世纪之交的思想解放

解放思想是一个无止境的过程。二十年来,面对实践发展所提出的一个又一个重大历史课题,我们在思想观念上实现了一个又一个的根本性转变,从而极大地推动了历史发展的进程。历史事实使我们更加清醒地认识到,解放思想、实事求是的思想路线,确实是邓小平理论的精髓所在,是使我们党焕发蓬勃生机与活力的法宝,是推进建设有中国特色社会主义事业须臾不可离开的锐利武器。

跨世纪伟业未有穷期,改革开放方兴未艾。物质生产永无完结,思想解放永无止境。思想解放,不是一劳永逸的"过关考试",它必须也必然伴随着社会主义现代化建设的全过程。实践证明,我国二十年改革开放的进程,就是不断坚持解放思想、实事求是的进程。从实现全党工作重点的转移,到推动从农村到城市的全面改革;从创办经济特区,到全面对外开放;从实行公有制为主体、多种所有制经济共同发展,到深化国企改革、探索公有制的多种实现形式等等,都经历了这样一个过程。随着认识的一步步深化,思想上的禁区被一个个打破,汹涌前行的实践开阔了我们的视野,前所未有的思想大解放又推动着我们的实践,使我们在短短二十年里取得了举世公认的辉煌成就,更重要的是找到了一条建设有中国特色社会主义的正确道路。然而,这仅仅是"开篇破题",今后的道路更长,任务更艰巨。现在,我们正处于世纪之交的重要历史时期,也是改革的攻坚阶段和发展的关键时期。党的十五大开始了新的思想解放,提出了跨世纪的任务,我们正在和将要做的事,许多没有现成的书本答案,没有前人成功的经验,必须靠我们在自己的实践中一以贯之地坚持解放思想、实事求是的思想路线。我们要着眼于研究新情况、新问题,解决新矛盾。我们纪念十一届三中全会二十周年,目的在于不仅要回顾、反思和透视二十年来的历程,认真总结历史经验和成绩,更重要的是在于警示、启迪和指导今后工作,使我们能够善于把握时代特征,以我们改革和现代化建设的实际,以我们正在做的事情为中心,着眼于马克思主义理论的运用,着眼于对实际问题的理论思考,着眼于新的实践和新的发展,研究和促进新一轮的思想大解放，更高地举起邓小平理论伟大旗帜，紧密团结在以江泽民同志为核心的党中央周围，以崭新的思想、崭新的精神风貌，抓住机遇而不可丧失机遇，开拓进取而不可因循守旧，面对现实，知难而进，全力以赴，打好改革攻坚战，放开手脚抓发展，全力加快我省改革开放和现代化建设的步伐。

从甘肃实际出发，世纪之交的思想解放应该在总结二十年来成功经验、坚持行之有效的方法和措施的基础上，主要着眼于以下几点。

第一，解放思想要围绕主题，以邓小平理论为指导，全面正确地领会贯彻党的十五大精神。深入学习邓小平理论和十五大精神，是解放思想的根本前提。党的十五大作出把邓小平理论作为我们党的指导思想的决策具有重大的历史意义和现实意义。江泽民同志在党的十五大上的报告，可以说是又一次思想解放的宣言书，标志着解放思想被推进到一个新的层次和新的境界。这次进行的解放思想，既是改革开放二十年来思想大解放的延续和深化，又是世纪之交改革开放和社会主义现代化建设进入一个新阶段而提出的新呼唤。这是新的实践的需要，改革深化的需要，加快发展的需要。我们要按照十五大的部署和中央关于在全党进一步兴起学习邓小平理论新高潮的《通知》要求，在全省范围内深入学习邓小平理论，坚定不移地用邓小平理论武装全党、教育干部和群众，提高解放思想、实事求是的自觉性，掌握解放思想的方向盘。人们的思想观念和思维方式应当随着实践的发展而发展。否则就很容易犯经验主义、教条主义等错误，很容易形成新的思想僵化。特别是随着改革的深化和开放的扩大，大量的新情况新问题层出不穷，只有适应新形势的需要，努力学好邓小平理论，学好十五大精神，进一步解放思想，提高思想水平和认识水平，增强分析问题、解决问题的能力，才能驾驭越来越复杂的改革大局。在世纪之交的重要历史时期，党的十五大为我们描绘了跨世纪发展的宏伟蓝图，指明了跨世纪发展的光辉前景，制定了实现跨世纪战略目标的具体步骤和方法，提出了一系列切实可行的方针和政策。全面贯彻落实党的十五大精神，关键要把全党的思想和行动统一到党的十五大精神上来，把全体人民的智慧和力量凝聚到实现党的十五大确定的任务上来。十五大的主题是高举邓小平理论伟大旗帜,把我国社会主义现代化建设全面推向21世纪。这个主题是全党工作的主题,也是解放思想的主题。为进一步把党的十五大精神落到实处,甘肃省委、省政府按照十五大的要求,从甘肃在全国经济格局中的地位和作用出发,从全省广大干部群众迫切要求加快发展的强烈愿望出发,根据我省现状和发展趋势,结合"九五"计划和2010年远景目标纲要的实施,提出了我省新一轮创业的指导思想和跨世纪的目标任务。根据十五大精神和甘肃实际,我省提出的跨世纪发展的战略目标是:到本世纪末,人均国民生产总值比1980年翻两番,全省解决温饱,摆脱贫困,实现小康;到2010年,全省国民生产总值在2000年基础上再翻一番,形成比较完善的社会主义市场经济体制,人民的小康生活更加宽裕。到建党一百周年时,甘肃经济建设、精神文明、人民生活和综合省力再上一个大台阶,各项制度更加完善。到建国一百周年时,人民生活水平达到当时中等发达国家和地区的水平,全省基本实现现代化。为了实现这个目标,首要的问题,仍然是进一步提高解放思想、实事求是的坚定性和自觉性,振奋精神,大胆开拓,努力解决好事关全局的重大问题。当前的思想解放,就是要进一步动员和组织全省广大干部群众,全面学习和领会十五大报告的基本内容和基本精神,系统地深入地准确地理解和掌握十五大报告提出的一系列新思想、新观点、新概括、新突破、新发展,把人们的思想认识和精神状态提高到十五大所要求的水平和境界。这也是世纪之交我们推进思想解放所要达到的目标和要求。因此,我们要大力发扬真理标准讨论二十年来始终坚持解放思想的传统和精神,认真总结改革开放以来我省几次思想大解放的经验,寻找发展中的差距,不断增强解放思想的使命感、危机感、紧迫感,从而不断获取思想理论新成果,不断推动甘肃改革开放和现代化建设伟大实践的新发展,使世纪之交的新一轮思想解放更加成熟,更加科学,更加符合甘肃实际,更加有力地促进经济社会的健康发展。

第二,解放思想要重新审视变化了的省情,厘清跨世纪发展的战略思路。邓小平同志在谈到解放思想、实事求是时把一切从实际出发,主观符合客观作为坚持解放思想、实事求是的一个基本要求。一切从实际出发,就一个省来讲，就是要从省情出发，把邓小平理论、中央精神和本省实际有机结合起来，这样才能制定出科学的经济发展战略，进而推动经济的发展。当前，改革开放的新实践，跨世纪发展的新形势、新任务，迫切需要我们以邓小平理论和十五大精神为指导，面向未来，对发展变化的省情再认识、再探索，从而进一步解放思想，拓宽思路。由于种种原因，与发达地区相比，我省各方面条件较差，做工作相对困难多，这是客观事实，我们应该尊重这个事实。比如，由于甘肃自然条件严酷，经济基础薄弱，对市场经济的适应能力相对较弱，使得甘肃在迈向社会主义市场经济方面遇到比别的省份更多的困难，在实现对外开放方面也更加不易。在这样的条件下要发展自己，赶超先进，就必须发扬艰苦奋斗的精神，发扬领导苦抓、部门苦帮、群众苦干的"三苦"精神。我们决不能唯条件论。决不能在工作中遇到一些困难，就消极悲观。如果我们善于开动脑筋，群策群力，注重发挥人的主观能动性和创造性，善于在复杂的情况下创造性工作，敢于在困难中打开工作新局面，我们就能在困难和矛盾中找到出路，求得发展。在重新审视省情、地情、县情的基础上，对今后改革和发展中的一些重大问题，应当深入研究，开阔思路，形成共同的认识和重大决策。比如在公有制实现形式的多样化上取得重大突破；深化改革，特别是打好国企改革攻坚战；调整经济结构，使多种所有制经济共同发展，产业结构更趋合理，产品结构适应市场；区域经济合理布局，协调发展，突出重点，带动全局；改造传统产业，创建新兴产业，培植新的经济增长点；实施科教兴省战略，在普及适用技术的同时，攻克高新技术制高点；加强基础设施和生态建设，促进可持续发展；加强党的建设、民主法制建设和精神文明建设，保证跨世纪目标顺利实现，等等。对这些重大问题，以江泽民同志为核心的党中央都提出了重要的思路和办法。我们在思考上行动上必须紧紧跟上，深刻理解，准确把握。只要我们在学习理论、解放思想的过程中进一步认清、吃透，并在实践中继续进行探索，在指导思想和实际工作中加以坚持，我们就能在科学理论的指导下，大胆实践，大胆探索，以解放思想、实事求是的精神，解决新时期、新实践出现的新问题、新矛盾，以推动十五大提出的各项任务的落实。

第三，解放思想要运用理论武器，破除陈旧落后观念，增强改革开放意识。改革开放近二十年来，我省对解放思想一直是抓得很紧的，也取得了明显成效。但与先进省市相比，我们在解放思想的深度和广度方面，在实际效果方面，抓的力度不够，行动有些迟缓，往往"慢半拍"，结果差距在不知不觉中拉大了。近些年来，我们在一些事情上，见识并不迟，政策措施也好，但往往坚持不够。比如发展非公有制经济、实行股份合作制、国企改革、"抓大放小"等等，我省动得比较早，但是在全面贯彻过程中，遇到一些具体困难，听到一些闲言碎语，就有些犹豫，畏葸不前了。有些事情群众已经干起来了，并且已经被实践证明是正确的和有前途的，但由于得不到及时的引导和足够的支持，最终没有迅速推广开来；还有的在具体工作中出现了这样那样的问题，就对改革的方向产生疑虑，行动起来瞻前顾后。之所以出现这种情形，说到底，就是思想还不够解放，胆子还不够大，怕担风险，缺乏创新意识。所以，我们要结合纪念党的十一届三中全会召开二十周年开展的系列活动，以邓小平理论和十五大精神为指导，在全省范围内开展新一轮的思想解放的大学习、大讨论，进一步用邓小平理论武装头脑，推动全省思想解放的深入发展，让广大干部群众真正明白一个道理：解放思想，黄金万两；观念更新，万两黄金。

第四，解放思想要坚持改造客观世界和主观世界相结合，要落实在以正确的思想指导当前和今后工作上。解放思想、实事求是是党的思想路线，要贯穿于改革开放和现代化建设的全过程。世纪之交的思想解放，要切忌空泛地谈，笼统地讲，而是要分层次地针对不同问题来解决，把解放思想实实在在体现在工作上。这些年，我们在实际工作中，往往有这样的情形：一些很好的政策、措施，在具体贯彻中却"你通他不通"，推诿扯皮，难以落到实处。有的同志讲解放思想、深化改革，娓娓动听，头头是道，但实行起来就打了折扣。特别是改革一旦触及局部利益、部门利益、甚至一些干部的个人利益时，就觉得改革不那么可爱了，于是思想上想不通，行动上有抵触。这种以个人、部门、局部利益为准来对待改革的态度，无疑是思想解放的一大障碍，是解放思想落不到实处的症结所在。因此，解放思想必须抛弃狭隘的本位主义和个人私心杂念，树立谋求全局利益和根本利益的思想，把精力用在研究问题、解决问题上，实打实地解放思想，硬碰硬地解决问题，不能空对空，概念来概念去，只停留在口头上和字面上。同时，要把解放思想同改造主观世界结合起来，以邓小平理论为指导，树立正确的人生观、世界观、价值观。学会运用正确的立场、观点和思想方法，思考、分析和研究问题。坚持讲学习，讲政治，讲正气，要敢于对历史、对人民负责，敢于担风险，善于因时因地因事制宜，有一种勇于发展事业的昂扬向上的精神状态。对改革和发展中出现的问题，要以积极的态度及时总结经验教训，错了的就纠正，不能只是消极地接受教训，更不能走回头路。只有这样，才能真正使解放思想成为克服困难，推动工作的强大动力。

迈向新世纪的伟大实践和艰巨任务，赋予了我们新的重大历史责任。党的十五大向全党发出了高举邓小平理论伟大旗帜，把建设有中国特色社会主义事业全面推向 21 世纪的新号召，开始了新的思想解放的历史进程。在新的形势面前，我们必须进一步打破传统观念和主观偏见的束缚，努力实现思想观念的更新、思维方式的变革，以思想观念的大转变，促进改革开放和经济社会的大发展。

（本文入选全国"纪念党的十一届三中全会二十周年理论研讨会"，
原载于中央宣传部等七部委 1998 年 12 月出版的研讨会文集，
荣获甘肃省第七次社会科学优秀成果奖）

诗歌辑

尘陌缱绻

咏　祁连

像金字塔一样耸立云端，
像巨龙纵卧在西北荒原。
哦，起伏的八百里祁连，
首尾连起了西北东南！

她光彩熠熠，银甲片片，
孕育着江河无尽的波澜。
她绿装婆娑，郁郁苍苍，
农田牧场是缀锦的春衫。

| 把欢歌笑语留在祁连

哦,祁连的群峰迭起,
有着坚实的体魄、腰杆,
有着美好的容颜、信念,
也有高原人一样的肝胆!

作为一个祁连的儿子,
我喜爱这座圣洁的大山。
我深知对她的爱不是索取,
而是无私的给予和贡献!

(原载于《兰州晚报》1986年6月3日"兰苑"文艺副刊,选载于当代诗人作家丛书编辑部出版的《一九九三年当代诗人诗历》一书)

高原油菜花

灿灿的油菜花无边无际
从大地一下子铺展到遥远的边际
蜜一样的歌从金黄金黄中飘出
犹如晨雾淡淡地飘逸
在高原人耳畔的青翠边
在兴奋的乌鞘岭的鲜嫩里

一朵油菜花扬起一颗坚实的信仰
一群油菜花露着一群吉祥的笑意

| 徜徉油菜花海（中间为作者）

从抽叶到开花
从开花到结实
油菜花始终充满自信和朝气
就像不畏酷暑的牧人一样坚毅

金黄映衬着白云蓝天
金黄荡漾在河面流溪
路林摇着歌的金黄
渠网漾着歌的金黄
我属于祁连山下长大的孩子
俯身在一片金黄的歌声里
是我生活中莫大的荣光

（原载于《甘肃日报》2001年5月23日"百花"文艺副刊）

内蒙行（组诗三首）

哈达酒

尽管彼此素不相识
不同的民族有不同的习俗
但那手腕上飘浮的白云
白云上荡漾着的美酒
都把我们的心灵沟通

一条哈达就是一颗洁白的心
一碗酒就是一片赤诚的情
一支歌就是一个甜蜜的梦
于是
哈达、歌声、美酒都化作吉祥的云

走进内蒙古腹地，在哈素海上（后排左二为作者）

哈素海

大青山
赤裸着黝黑的臂膀
你向我
裸露着宽阔的胸膛
悠悠荡漾的万顷碧波
蓝天下裸露着大海的力量
此刻
我跳进大海洗去往日的遮掩和怯懦
于是
赤裸变成了我追求的坦荡和坚强

1988 年 9 月，作者在内蒙古呼伦贝尔盟陈巴尔虎旗牧业点

蒙古包

像一只白色的帆船
漂流在绿色的草原
似一朵洁白的雪莲
开放在无垠的天地之间

你是一个纯洁的世界
包蕴着草原的宽厚与慈善
包蕴着日月的光辉和夜空的璀璨
包蕴着香甜的风声和雨点
包蕴着蒙乡人的富裕和辛酸

（原载于《呼和浩特晚报》1988 年 9 月 12 日文艺副刊）

伊敏河（外二首）

你曾哭泣过
因为流淌的是呼盟人民贫瘠的血
你曾浑浊过
因为搅拌的是北国边疆弯曲的岁月
哦，昨天的淤水
已向呼伦贝尔告别

勒勒车古老悠长的吱吱声
随小四轮的轰鸣淹没
马背上长大的民族
如今把浊水净化成了清波
哦，今天搞试验区建设
明天定会迎来更加美好的生活

贴心货郎

——给赶马车的鄂温克老汉

车轮碾平坎坷碾出新辙
响鞭甩去贫困甩掉了苦难的岁月
坐在车辕不分昼夜
老汉心里却充满了富裕的欢乐

青春伴着车辙消失
烈日把额头的皱纹雕刻
车儿载满八方时兴的货物
流通市场老汉是那样地快活

1988 年 9 月 6 日深夜,作者在呼和浩特——呼伦贝尔的列车上激情创作《伊敏河》

三碗奶酒

慈祥的额莫格

向我捧起第一碗酒

头在摇摆身子在晃动

我心头一热

一口气鞠躬喝下了这碗酒

哦，它不是酒

分明是额莫格一颗滚烫的心

厚善的老额吉

为我端来第二碗酒

她把身子躬成九十度

我本来不会喝酒

可今天却被这真诚感动

十六七岁的其其格

给我又捧来第三碗酒

银碗和双手高高举过头

她那恳求的眼神

好像把我的心视透

于是我，又喝下了这碗圣洁的酒

（原载于《呼伦贝尔报》1988 年 9 月 18 日文艺副刊）

呼市印象（二首）

民族商场

五光十色货琳琅，
顾客盈门摩肩掌，
改革开放流通旺，
八方商品汇蒙乡。

1988年8月，作者（左一）来到呼和浩特市奶制品厂参观考察

街头散步

饭后暮临漫街行,
瓜果飘香灯火明,
店主商贩雅兴浓,
夜市叫卖道欢迎。

(原载于《呼和浩特晚报》1988 年 9 月 20 日文艺副刊)

黄石抒怀（外一首）

江南新市四十载，
苦水流尽春水来。
高楼林立街宽敞，
"长江明珠"展风采。

1990年6月，作者（前排左二）参加张掖地区考察团，来到湖北黄石市

作者（左一）与黄石市有关领导交流

登月亮山

雄塔高耸接青天，
天涯鲜闻微波传。
昔日嫦娥幽寂寞，
今朝欢声震宇寰。

俯瞰铜乡景观奇，
湖光山色尽眼底。
遥瞩大冶炉塔密，
钢城处处今胜昔。

（原载于湖北《黄石日报》1990年11月20日文艺副刊）

秋思（二首）

初　秋

初秋的风

很大很硬

时而在草浪上呼啸

时而在平地上旋转

吹走夏日的炎热

送来金黄的信号

初秋的云

很白很亮

与蓝天融为一体

天地显得空旷辽远

云儿被阳光镶上金边

牛羊在白云下悠悠荡荡

中　秋

中秋的荷叶

簇拥而错落

顶在刚直韧劲的秆儿上

散发着叶脉溢出的香浪

花瓣已随季节凋零而去

花心却蓄积着另一轮怒放

中秋的原野

凝结成金色的海

挥镰的老农

收割沉甸甸的喜悦

勤劳的壮汉

双手捧来丰盈的季节

（原载于《甘肃日报》1996年10月27日"百花"文艺副刊）

大西北，丰腴的土地

大西北——
丰腴的土地
神秘、壮阔、深厚、内秀
这是中华民族的发祥地
"天下雄关""莫高石窟"
撑起了民族文化的脊梁
这里，有张骞出使西域的
脚印，有霍去病征战沙场的
金戈血迹
中国锦帛　西方文化
正是从这里交流于波斯湾
西北人——
执着、坚韧、淳厚、勤劳
他们在冰山雪城中跋涉
在大漠旷野上生存
在潮海风沙中拼搏
演出了一场场威武雄壮的话剧
结束了"西出阳关无故人"的历史
哦，大西北
丰腴的土地

（原载于当代诗人作家丛书编辑部出版的
《一九九三年当代诗人诗历》一书）

黄河波涛

我生在黄河边,
我长在黄河岸,
黄河之水天上来,
流过我的家门前。
聆听着黄河的涛声,
浑身是龙的热血源泉。
这波涛千年万年,
越过了千山万山,
诉说过中华民族的苦难,
咆哮过自强独立的呐喊,
百折不回九曲十八弯,
流出新生的人民共和国动地惊天。

我有着黄河的魂胆,
我长着黄河的容颜,
黄河如丝天际来,
流过我的家门前。
吟诵着黄河的涛声,
龙的传人感慨万千。
这波涛千里万里,
跨过了千川万川,

喧响着炎黄子孙铿锵的誓言，
高吭着华夏儿女不变的信念，
万浪奔涌力量空前，
流出新时代中国梦的壮美画卷。

啊，黄河啊黄河！
我的热血，
你的波涛，
齐唱一曲中华民族伟大复兴的灿烂明天！

（原载于《兰州日报》2020年11月10日"兰山"文艺副刊）

2004年7月2日，作者在黄河壶口瀑布

草原情韵（组诗）
——贺肃南县四十五华诞

皇城滩早晨

皇城滩的早晨
草原是片绿叶
被太阳的金矢选择
于是牧人的心和皮肤
都如同火在燃烧着
冲出一夜的迷惘
踏落报晓的露珠
挤奶、喂羔、劈柴、出牧
忙碌的身影发表自己一天的故事
紧迫的情节预示着丰收的日子

白色黑色的帐篷浪漫成船只
在晨阳绿海中展开舒畅的线条
这般独好的晨景
不是牧人最后的归宿
而是一种充满阳刚生命的开始

尘陌缱绻——诗歌辑 | 257

皇城草原永远的念想

红石窝牧归

托着遥遥欲坠的夕阳
踩着彩色拥挤的薄雾
伴着肥肥实实的黄昏
牵回吵吵嚷嚷的羊肠小道

歌声响在石窝山谷
像割不断的回音壁悠悠环绕
鞭花写在草叶上
似一片片雪花

被遗弃的夕阳再度又红
变成了晶莹的星星
不停地追踪着那片云
牧鞭掉在地上
溅起一个个圆形的小康梦

草原情缘代代相传,小骑手是作者的孙子李昊泽

韭菜沟黄昏

西斜的太阳
映照出斑斓夺目的黄昏
牧归的人儿
酿造出美酒似的生活
骑在高头大马上的牧人
无论矫健剽悍
还是俊美婷匀
都是一律的豪犷而英武

一匹匹走马
一辆辆摩队
载着风尘披着夕辉晚照
从草原深处向大河两岸走来
在区公署门前水泥铺筑的街道上
敲溅起铿铿锵锵轰轰鸣鸣的声响
演奏出鲜丽多姿热烈亢奋的黄昏

| 作者和哥哥姐姐在肃南韭菜沟草原

当电吉他乐曲声张开了翅膀
当录音机的旋律倾泻荡漾
炊烟袅袅的居室帐篷中
就飘溢出手扒肉的浓烈鲜美
飘溢出"神鹿春"火辣辣的醇味酒香
飘溢出朗朗的笑声和叫嚷
于是
氆氇长袍的摆动
卷檐毡帽的摇晃
五彩花裙的旋飞
长辫子的抽甩
把韭莱沟的黄昏
旋转成孔雀开屏一样

马蹄兰花坪歌声

一种民族有一种不同的帐篷
一种帐篷里飘飞出不同民族的歌声
扑面而来的是一种原始而清新的气息
浸入心田的是一股律动而蕴荡的流泉
歌声从历史和生活的泉眼里喷吐不断
歌声从禁锢和觉醒的意识中奔涌长流

一种节奏就会有一种不同的感受
一种音韵就会有一种不同的美
听了多少遍还是这样亲切
唱了好几代依然如此甘甜
歌声纯净得像冬日草地上的雪被
给你发出温暖春天的讯号
歌声清澈得像森林间蜿蜒流下的山溪
将你融汇于奔腾不息的江河
歌声豪爽得像峡谷里回旋的山风
沐浴你驰骋于广阔无垠的草原
哦
歌声是裕固人生命枝头长青的绿叶
歌声里永远飘扬着一个马背民族之魂

（原载于《甘泉》文学杂志1999年第3-4期合刊）

煤矿欢歌

在开掘太阳的地方
我执着地恋爱八百米深处的井矿
顶板——天空
地板——大地
这里虽然少了一颗太阳
可矿灯像群星一样争相发光
此时此刻
我无论如何忘不了
矿山这一幕幕感人的情景——

当晨曦的阳光投向莽莽苍苍的群峰
青山不语
自有矿工的执着和顽强
深入大山
深入岩石
在地层深处
挥动铁臂
敲邦问顶
凿出一条条纵横交错的道巷
沿着矿脉明明暗暗的走向
一步步催生出黑黄金的希望

1976年，作者在肃南县国营灰大坂煤矿工作留影

当夜幕的华灯闪烁在灯红酒绿的歌舞酒场

流水无言

自有粗手粗脚的矿工兄弟

升井下井

炸药雷管

满腔情思浓缩于一个个炮眼

在秒针的催促下

整个掌子面在一种热盼中静场

一阵阵激情的春雷

轰隆隆轰隆隆

进出矿山的胸腔

煤瀑迸溅似流水在铁槽溜子哗哗作响
这里虽然看不到明媚的春光
可是却能欣赏矿工
心中喷射的
一束束光亮

有多少记忆已经淡忘
有多少往事已经云散
然而曾在煤矿的记忆
仍时时在我的心里回响
那深深的井巷
那送风机的轰鸣
那宽敞的选煤厂
那运煤车的南来北往
还有那井下休息五分钟的空当
就能站着睡觉的矿工
心中追逐着多出煤出好煤的梦想
他们虽然是黑眼圈
但没有浮躁
洗去铅华
所有封闭的心灵
都迎着世界灿烂开放

（原载于《民主协商报》2020年10月28日"文苑"文艺副刊）

秋　菊

你生在极其平凡的土地
从不抱怨寂寞中缺肥少雨
无论在乡村还是城市
悄悄地献出你的美丽

秋风飒飒
你不为这凄凉的呼唤所悲泣
秋阳灿灿
你不为这乍暖还寒的气候而
叹息
秋雨绵绵
你却被淋得格外洒脱艳丽

你长在悬崖峭壁
从不抱怨没有温室养育
为使山川焕发生机
你把生命凝成永久的笑意

牡丹富贵

只是在春日昙花一现

玫瑰壮观

却在夏日的暑热中稍纵即逝

而你

馈赠给人们的是永恒的记忆

（原载于《时代风采》杂志 1995 年第 6 期）

在那雪夜里

在那个茫茫雪夜里

我寻找一颗星

在那要被雪覆盖的山路上

我遇见一个戴卷檐毡帽的牧人

我知道雪夜里没有星星

可牧人告诉我

要坚信生活的天空

会泛出星星的光明

于是我对着牧人沉思

渴望眼前出现泛着光明的星星

在我心灵的轨道上运行

但牧人却伸出粗壮有力的手

默默拉着我始终向前走

我终于明白

人生不能只幻想光明

还应经历雪夜和泥泞

(原载于《文学台历》1999 年 7 月 17 日)

美丽的临夏

千年者沧桑临夏美
黄河水长太子山高

带露的花儿萦绕在莲花山头
黄河三峡挥洒成九曲上游
彩陶之乡描绘出文化的丰厚
生物化石牵动着世界眼球
炳灵石窟奇
高峡平湖秀

1995年春，作者和儿女在"高原明珠"刘家峡

诱人的民族风情馥郁芳香

如梦如幻的山水伴我击水中流

啊，临夏，临夏，美丽的河州

明媚的阳光洒满了田野高楼

幸福的日子流淌在我们心头

各族人民团结众志成城

富裕路上我们阔步昂首

唐蕃古道上

西部旱码头

河湟雄镇捧出遍地锦绣

如诗如画的传奇抖擞高原春秋

啊，临夏，临夏，富饶的河州

（原载《民族日报》2006年6月9日文艺副刊）

2007年9月26日，作者（前面居中）在州直大型歌咏比赛会上

皇城水库感怀

近看如明月，
远望似流云。
芳草环库岸，
道路洒碧荫。
水天成一色，
鲤鱼戏水中。
堤坝凌绝顶，
开闸瀑布涌。

（原载于《张掖报》1989 年 10 月 25 日）

路

路
应该自己走，
哪怕饱尝人生五味，
阅尽世态众相，
也要不为逆境而自卑，
不因曲折而叹息，
朝着认定的"路标"
不停地冲刺，
这样才能"苏世独立，横而不流兮"。

（原载于亚洲出版社 1992 年编辑出版的格言妙语集锦之一《情的风景》一书）

阿妈最亲

——天祝草原放歌

我问百灵鸟谁最亲，
鸟儿回答森林最亲。
呀啦嗦
森林是它栖息的家，
飞翔的翅膀在那里练硬。

我问马儿谁最亲，
马儿回答草原最亲。

草原上的小卓玛——作者女儿李海萍（2001年8月19日在天祝草原载歌载舞）

呀啦嗦
草原是它温暖的家，
驰骋千里的壮志在那里诞生。

你若问我谁最亲，
我告诉你阿妈最亲。
呀啦嗦
阿妈的怀抱是我生命的襁褓，
阿妈的乳汁铸成我信念的坚定。

我问蜂儿谁最亲，
蜂儿回答花丛最亲。
呀啦嗦
花丛是它授粉的家，
辛勤酿蜜甘如馨。

我问鱼儿谁最亲，
鱼儿回答神湖的水最亲。
呀啦嗦
湖水是它自由自在的家，
上浮下沉的本领在那里练成。

你若问我谁最亲，
我告诉你阿妈最亲。
呀啦嗦
阿妈的心里全装着我的世界，
阿妈的白发是对我永久的牵萦。

（原载于《民主协商报》2022年7月13日文苑副刊）

祁连山瀑布

如汛期的河流挂于山崖,
显示着野性的恢宏。
似洁白的哈达飘在山间,
展现出牧人的豪放。
撞破巨峰之壁,
荡开曲折迂回,
不顾跌落时失重的痛苦,
不畏流入干涸中无声的死亡,
呼啸着从山巅飞流直下,
只是不愿做贪生怕死的懒闲之梦。

碰撞、拥挤、呐喊,
告别昔日的悠闲寂寞。
骚动、振奋、激昂,
浮起明天的希冀和追求。
哦,祁连山的瀑布,
你是勇者的身影,
你是韧性的灵魂,
你是开拓者的先锋。

(原载于《文学台历》1999 年 8 月 30 日)

水无常势有大美——近观祁连瀑布（1992年7月）

阳关之歌

昔日的阳关，
戈壁荒滩一片。
飞沙走石人烟罕见，
好一派悲凉凄惨。
天上鸟不飞，
地上草不长，
西出阳关无故人，
望穿双眼泪不干。

今日的阳关，
到处生机一片。
戈壁荒野披绿纱，
麦浪滚滚笑开颜。
楼房拔地起，
油路通中间。
党的政策暖人心，
春风已度玉门关。

（原载于江西《心声词报》1983 年 12 期）

老师的……眼睛

星星般地明亮,
闪烁着智慧的光;
月牙般地皎洁,
照亮求知者心房。

1982年六一儿童节,作者和学生们在一起(时任肃南县红湾小学老师、五一班班主任)

老师的……心

像雪花，素雅、纯洁

似水银，晶莹、透明

是春阳，温暖宜人

为明天，奉献出一切的一切……

（原载于《西北师院》校报 1985 年 2 月 1 日文艺副刊）

作者和五一班毕业生在本班教室门前留念

牧羊女

马背上长大的牧羊女
风雨铸就了执着的脾气
喝着母牛的乳汁
穿着牛毛织成的褐子
嗷咪嗷咪声声吆喝
露出山一样粗犷的豪气
悠悠飘起的牧歌是送给
过路小伙的一段秘密
手中的牧羊鞭
甩掉无数呆板的日子
腰间的花背包
盛满无垠草原的情谊

(原载于《西苑文艺报》1989年4月第3期)

致戈壁（三首）

红　柳

有着松树一样刚强的性格
置身于荒无人烟的戈壁沙漠
编织戈壁春的风韵
带给荒原夏的绿色
播种沙漠金秋的硕果
经受冬雪覆盖的沉默
哦，红柳——
植物王国里的强者

梭　梭

你用硬铮铮的躯干枝柯
截断流动的沙漠
风沙，向你退却
绿色，为你装点美好山河
哦，梭梭——
沙漠的卫士
扎根在干旱少雨的戈壁荒漠
开出莲花般洁白的花朵

白　刺

无论沙漠戈壁

还是田埂山地

生得簇簇团团

保护大地植被

绿油油的枝条叶子

引得羊儿骆驼馋涎欲滴

刺刺丫丫的躯体

是围护园林树木的优质刺丝

哦，白刺——

驻守戈壁从不抱怨命运的坎坷

坚守职责给荒漠带来新的希冀

（原载于《嘉峪关报》1988 年 5 月 6 日 "花海" 文艺副刊）

人生的价值

——致公安干警

追着罪犯潜逃的轨迹
寻觅路人提供的线索
你顽强地追捕着
凶手、流氓、盗窃犯
追过城镇山道
追过乡村小河
追遍大半个中国
用铮铮锃亮的镣铐
把罪犯缉拿归案
为和罪犯抢夺时间
你披星戴月,不分白昼
在你的生活里
没有迪斯科狂热的节奏
没有流行曲嘶哑的歌喉
没有灯红酒绿的场面
没有纸醉金迷的幻梦
你爱着九百六十万平方公里
你爱着勤劳崛起的十亿人民
你坦荡无私的奉献呵
捍卫了共和国的威严

(原载于《西苑文艺报》1988年6月第1期)

河州放歌

这里是彩陶的故乡
这里是花儿的源头
黄河之水天上来
流过我的家门口

当年的丝路花雨
如今已遍野锦绣
唐蕃古道通长安
路过我的家门口

作者与家人驻足临夏州永靖县炳灵寺石窟姊妹峰下

彩陶上闪耀先祖的智慧

商旅南来北往云集旱码头

高峡里荡舟

一曲花儿漫出口

赞美你

那古老的雄浑

年轻的灵秀

一代代儿女大写着风流

家住九曲上游咱就争上游

太子山眺望

一曲花儿漫出口

祝福你

我神奇的河州

（原载《兰州日报》2023年4月30日"兰山"文艺副刊）

被誉为天然"氧舱"的临夏州莲花山

哦，祁连雪

祁连山中长大的我
自小就喜爱祁连雪
玲珑娇美，洁白晶莹
装点着八百里祁连无瑕的景色

雄峙参天的雪峰
曾赋予我素雅纯洁的品德
汩汩流淌的雪泉
曾多少次涤净我心灵的污浊

如今我虽然长大了
但仍有着雪的选择
我愿置身于祁连雪原
为家乡建设干一番纯洁的事业

（原载于《兰州青年》1988年1月22日"新苑"文艺副刊）

皑皑雪峰前

幸福裕固人

巴尔斯雪山闪银光
隆畅河水碧波荡漾
珍珠般的牛羊铺满山岗
冰峰脚下是我美丽的牧场
啊，美丽的草原
是我可爱的家乡

金露梅阳光下绽放
骏马飞驰歌声嘹亮
裕固人的生活洒满金光
共同走在幸福的康庄路上
啊，美好的生活
让我怎能不歌唱
啊，美丽的草原
是我可爱的家乡
可爱的家乡

（原载《兰州日报》2023年1月15日"兰山"文艺副刊）

人间天堂——裕固人的家园

金 秋

秋是五彩的
红叶红得透明
油菜花黄得浓艳
辣椒浓艳得诱人
野菊花姹紫缤纷

秋是充实的
小麦鼓得饱满
玉米粒珠珠圆润
棉花白得纯净
高粱熟得深沉

秋是温柔的
天空蓝得深邃
河水绿得滴翠
中秋月亮得宁静
庄稼汉笑得开心

秋是无情的
秋阳乍暖还寒
秋风专扫落叶
懒惰者希望破灭

（原载于《甘肃科技报》1996年9月20日文艺副刊）

草原，美丽的地方

草原，草原，美丽的草原，
你是我向往的地方。
雪山松林溢光流彩，
水草丰盛牛羊肥壮。
草原各族勤劳的牧人，
双手为你穿上新装。
唱吧，唱吧！
美丽的草原，好地方。

作者和孙子李明泽在大草原

草原，草原，美丽的草原，
你是我生活的地方。
酥油奶茶味美飘香，
风力发电带来美妙景象。
丰收的羊毛像白云一样，
世代为你增添荣光。
唱吧，唱吧！
美丽的草原，好地方。

草原，草原，美丽的草原，
你是我爱恋的地方。
草原小伙敦厚干练，
草原姑娘洒脱漂亮。
各民族兄弟亲如一家，
建设未来道路宽广。
唱吧，唱吧！
美丽的草原，好地方。

（原载于《词作家》编辑部主编的1988年全国"中兴杯"歌词大奖赛获奖作品集）

除夕爆竹

晚霞送走最后一个黄昏
三百六十五个日子迎来一年交合的除夕
夜空缀满了闪烁的霓虹灯
节日的味道弥满城市和乡村

爆竹从门户飞出
爆竹在庭院打滚
"全家乐"滋出灿烂的光柱
"穿天猴"发出尖锐的哨音
"小鞭炮"跳起丰收的舞蹈

老人在爆竹声中举杯
亲人在爆竹声中团聚
小孩在爆竹声中庆祝自己又长了一岁
姑娘小伙在爆竹声中培育爱情

哦,除夕的爆竹
迎来吉祥的象征

(原载于《甘泉》文学杂志 1989 年 2 月 8 日第 26 期)

飞驰的骏马

精明憨厚的骑手

音符一样跳荡在马背

离弦之箭的赛马

四蹄腾起飞扬的祥云

哦,跳荡的不是音符也不是马背

腾起的不是尘土也不是祥云

是什么

是我们民族不屈的脊梁

是我们共和国不朽的精神

赛道似一条历史的长河

有清波有污浊也有曲折

骑手和赛马是长河中的跋涉者

有甘甜有孤独也有苦涩

马匹与马匹相争

骑手与骑手拼搏

为了提前一秒到达终点

谁也不再告弱

哦,今天的跋涉与拼搏

迎来的是明天冠军收获的季节

(原载于《甘肃体育报》1989年4月26日文艺副刊)

绿色的草原我可爱的家乡

高山牧场春雨洒喽,绿色草原我的家乡。
遥望天边的青草地,雪白的牛羊肥又壮。
水草丰美清泉流淌,银色帐篷奶茶飘香。
啊啦喽,啊啦喽,银色帐篷奶茶飘香。

雪峰林海美如画喽,溢光流彩放光华。
雪白的羊毛堆成山,沉睡的矿藏已开发。
各民族兄弟亲如一家,团结进步奔向"四化"。
啊啦喽,啊啦喽,团结进步奔向"四化"。

作者的儿子李永海 1990 年于肃南大河草原

如意甘肃我的家

交响丝路如意甘肃,
这里是我的家乡。
这里有万里长城回首天下雄关,
这里有千年莫高成就人类敦煌。
铜奔马携带环游全球的祥云,
彩陶王浮现了历史的辉煌。
看那缤纷的花朵怒放在陇原山川,

作者(右二)踱步万里长城终点天下第一雄关——嘉峪关城楼

出席全国第十五届深圳文博会

甘肃名胜兴隆山

看那明媚的阳光播撒在河西走廊。
我在家乡的怀抱里茁壮成长，
我爱我美丽的家乡。

交响丝路如意甘肃，
这里是我的家乡。
这里有流入长江的欢乐水光，
这里有奔腾黄河的激情波浪。
七彩丹霞折射出天地异晖，
辽阔草原回响着深情歌唱。
看那钢城生辉镍都腾飞，
看那乡村新景焕发容光。
我在家乡的怀抱里幸福成长，
我爱我美丽的家乡。

（原载《兰州日报》2023年2月28日
"兰山"文艺副刊）

甘肃七彩丹霞

牧羊姑娘

嗷来来，嗷来来，
牧羊姑娘上山岗，
一声声的那个叫喊哟，
一阵阵儿的鞭响，
让曲曲心声漫过山坡，
让悠悠的情歌传向远方。

嗷来来，嗷来来，
牧羊姑娘上山岗，
一片片的那个草地哟，
一束束的花香，
翻山越岭去寻觅哟，
去寻觅我心中的太阳。

（原载于《西部词家》1989（夏季）版）

隆畅河放歌

祁连山显露出青春的笑脸

隆畅河扬起欢乐的波浪

二万三千多平方公里草原

三万四千多各族人民

汇聚成一句共同语言

庆祝自治县成立三十五周年

隆畅河初秋

广阔无垠的草原

忠厚善良的牧人

丰腴肥壮的牛羊

悠扬动听的牧歌

给予我多少诗的灵感

我要写羊倌的后代

如今站在了大学讲台

我要写帐篷里的电视机

把天下鲜闻缩进小小荧屏

我要写改革开放十年

城乡神话般的巨变

我要写三十五年多建树

民族团结迈新步

各民族兄弟亲如一家

齐心协力奔四化

三十五年啊已成为历史篇章

在这欢庆节日的时刻

肃南三万多真正的诗人

为实现改革致富的宏伟目标

还在不停地奋战

（原载于《张掖报》1989年8月2日"甘泉"文艺副刊）

1987年7月,于嘉峪关市中心(前排右一为作者)

在这块神奇的土地上
——嘉峪关抒情

在这块神奇的土地上,有多少诉不尽说不完的衷肠。
在古长城的颓垣断壁上,雕刻着大西北无尽的忧伤;
讨赖河的浑波浊浪,
一波一浪都有拉骆驼者的血泪流淌。
忘不了呵,
关城脚下仅有的那几间摇摇欲坠的小土房;
忘不了呵,
土房中那数十户贫民穿着的破烂衣裳。
我们这块神奇的土地啊,
有多少美好的理想曾被满目荒凉埋没?
有多少西行者在无边的瀚海戈壁迷途夭亡!

雄关父老
世世代代与"地上不长草"的大漠拼搏；
嘉峪儿女
日日夜夜不再把"两眼泪不干"的苦歌传唱。
在这块神奇的土地上，
辉煌的历史源远流长。
这里有张骞出使西域的足迹，
这里有霍去病征战沙场腾起的热浪，
这里有古代劳动人民血汗凝固的"长城主宰"，
这里有中国丝绸运往波斯湾的驼铃回响。
千军万马，千砖万石，
在祖国悠久历史上无不闪闪发光。
我们这块神奇的土地啊，
有朱老总、邓主席深深的脚印，
酒钢工人心坎里铭刻着国家领导人的期望；
新的曙光，
在荒凉的戈壁滩上投下金色的光环；
锦锈前程，
在十万双雄关人的瞳孔中闪亮！
千里戈壁新添了美妙的音响，
钢铁、电力、化工、旅游……
谱写出振兴嘉峪关的乐章；
万里长城的起点——嘉峪关，
如今重新展现出美好的容颜；
昔日"西出阳关无故人"的荒滩，
今天变成了物宝天华的新兴工业城市。
哦，我们这块神奇的土地，
已是绿衣婆娑，满地春光！

（原载于《嘉峪关报》1988年9月23日"花海"文艺副刊）

裕固草原抒怀（二首）

牧人新居

昔日住帐篷，
今朝居瓦房。
同是祖先地，
情景迥两样。
沙发和软床，
彩电置中央。
摆脱贫穷境，
致富奔小康。

新骑归牧

祖辈策骐骥,
今世驱嘉陵。
一样草原路,
面貌两相异。
新骑归牧去,
马达奏新曲。
穿梭绿海洋,
欢歌庆盛世。

(原载于《西风》文学杂志1990年第2期总第4期)

小溪流淌着春的草原（散文诗）

诗人说：小溪是永生的灵魂，闪光的生命。

——不为一脉细流而自卑，不为曲折坎坷而叹息。

小溪朝着自己认定的目标，执着尽情地奔驰，流淌……

也许是我自小生长在溪流涓涓的草原的缘故吧，每当我看见这晶莹清亮的小溪，就有一种说不出的依恋；每当我听见这叮咚悦耳的声音，心里就泛起一股草原人特有的自豪和骄傲。

3月，春意冲破残冬的最后封锁，春风便在草原上荡起，小溪以她来自大地母亲怀抱的特有温情，扬起洁白雾纱，和春意春风一起携手在草原上唱起迷人的牧歌。

——这是给勤劳的裕固人以春的讯号。

——这是给丰沃辽阔的草原青春的献礼。

草原，在牧人的心中，是生命的温床，是牛羊的丰腴；而小溪则是草原兴盛繁茂的源泉……

小溪啊，是你滋润了大山，滋生了绿的生命，诞生了一个民族。

——大山因你而苍翠；

——草原因你而丰美；

——裕固的汉子因你而粗犷慷慨；

——裕固的少女因你而洒脱娇媚；

——裕固人的歌声因你而悠扬深远。

小溪，日夜不停，四季奔流，粼粼微波是你留给草原的印记。浅唱轻吟是你留给草原的思绪。无名的野花因你而得名，戏水的鸟雀、洗澡的青蛙因你而变得灵性。我的童年也因你而认识了草原，认识了这迷人的家乡，并将我理想的船儿扬帆……

小溪给了我生命的启迪。

草原给了我生活的壮美。

我的人生因小溪、草原、家乡而变得无比充实，无比坚定。

（原载于《张掖报》1990年6月6日"甘泉"文艺副刊）

兰州，不夜的城

夜幕降临的时候，
我站在兰山顶上俯瞰，
从黄河怀抱中站起来的兰州，
是那样地灯火璀璨。
亿万点繁星在水，
万亿点灯火在天，
繁星与灯火交融，
黄河水与天边相连。

光影灿烂不夜天

黄河岸畔夜色璀璨

啊！兰州，兰州，
好个不夜的兰州。

华灯初亮的时候，
我漫步在游客如云的黄河岸头，
星星在这里聚会，
华灯在这里汇合。
白塔乱标耸入天，
铁桥飞虹如长龙，
山光水色连一线，
天上人间海市蜃楼。
啊！兰州，兰州，
好个不夜的城。

（原载于《兰州日报》2022年9月6日"兰山"文艺副刊）

采蘑少女

雨后的草原牧场

跳出一道道彩虹的斑斓

洁白的流云下

飘着采蘑少女的发辫

收获的喜悦

山脚坡梁

蘑丁像繁星点点

蒿草丛中

生出一顶顶黑白分明的小伞

当少女拥进这蘑菇的世界

从那鼓满的提兜里

从那流溢的背筐中

从那黑里透红的脸庞上

从那银铃般的笑声里

还有那钟情小伙的牧歌中

采出一个新生活的香甜

（原载于《文学台历》1999年12月15日）

黑帐篷

似一头黑色牦牛
俯卧草原
将所有的黑光线
收束成团
密匝匝的小毛孔
挡住风风雨雨
弓身伏首毛发垂地
尖角冲天

作者（前排左二）走近牧民的黑帐篷

这里只有忠厚

听不到虚伪的语言

这里热情十足

窥不见狰狞凶险

这里有大山的真诚

找不到欺诈哄骗

这里有勤劳艰辛

却没有奢侈偷懒

拴系的山群草甸

是它驯化的牧羊犬

有水有草的地方

就是它流动的定居点

数不清的毛绒

编织者今天和昨天

旗幡般飘起的白云

是牧羊人纯洁的信念

（原载于《兰州青年报》1992年4月15日"新苑"文艺副刊）

春的温馨

一

冬天走了
越走越远
我重新拿起被炉火
烘烤了一个季节的笔管
坐在桌前
再一次寻找遗落的冬天
设计春的构思时
心中却荡漾起一片
早来的甘甜
春的阳光中
该宣泄的已和祁连雪一样
飘散在辽阔的草原
心不再是秋季流浪的叶片

二

春的温馨

已渗进小雨透明的发梢

哦，春和冬的界线在哪里

只是我留下的诗稿

一个勤劳的民族

鲜活地笑醒遍地青草

（原载于《兰州晚报》1992年4月1日"兰苑"文艺副刊）

大佛寺前留个影

金张掖风景线（组诗）

大佛寺卧佛

什么事也不做
什么话也不说
两眼若寐欲醒
对游客始终
保持沉默

人们之所以虔诚地
迷信着你
因为你热爱人间的友善
憎恨世上的邪恶

2017年10月12日，作者在"甘肃省社会主义核心价值观十大创建行动（张掖）现场推进会"的现场（木塔寺）

万寿寺木塔

木柱木窗木绣帘，
木楼巧酬盛世缘。
飞檐铜铃迎风舞，
顶耸云端映甘泉。
参天豪气忆当年，
留得风华亦堪怜。
塔边甘州沐春风，
丝路仙客尽开颜。

马蹄寺

驱车直上祁连山，
马蹄腾迹神如仙。
三十三天悬壁崖，
不见栈道却通天。

临松瀑布飞白练，
九天风云七彩环。
飞流直下撼世界，
润成红叶遍山川。

金塔佛殿藏"飞天"，
天池浴罢舞姿翩。
肉雕彩塑独风韵，
呼之欲起游人赞。

| 1994年8月6日，作者和妻子妥淑霞（裕固族）在张掖马蹄寺

焉支山

你是大西北最美的姑娘，
生长在丹凤朝阳的地方。
妩媚秀丽的宜人景色，
胜过黄山上的金发女郎。
正因为你如此强烈地吸引着太阳，
朝霞才给你做了衣裳。

（原载于《甘泉》文学杂志 1993 年第 1 期，
1994 年初，在中国城市诗歌大赛中荣获一等奖）

山丹军马场焉支山

春到草原（散文诗二章）

一

春风和煦，乍暖还寒。风从蓝天来，风从草原起。一夜吹开牧羊人坦诚粗犷的心扉，一夜吹绿高山、河滩、峡谷、草原……她给昏昏欲睡者发出讯号，她给装点春色者敬献百花，她给高原人带来生活的希冀。难怪古人"不知细叶谁裁出，二月春风似剪刀"的诗句流芳千古。

草原美在我们心里

二

春草为神,草青春来。在牧人的心中,草是生命的源泉,草是牛羊的丰腴。一株小草在大草原上是微不足道的,但她那种顶破大地发出嫩芽的力量,那种野火烧不尽的生命,却赋予牧羊人长年累月傲霜斗雪跋涉放牧的精神。

(原载于《张掖报》1992年2月22日"甘泉"文艺副刊)

丝路红霞

——贺《张掖报》创刊十周年

十度春秋，十度冬夏，
像金张掖的红墙碧瓦，
像裕固族人捧出的哈达，
你用张张版面，颗颗文字，
扬起丝路上耀眼的红霞。

三千六百个风雨晨昏，
像祁连山的清流哗哗，
像黑河两岸的遍地矿砂，
你用篇篇珠玑，帧帧摄影，
为大地缀满丰收的金果红花。

昨天，木塔把四海宾朋迎迓，
今宵，乐坏了送子壮行的妈妈；
灯下，门楣挂起流金的奖牌，
风中，褒奖了大有作为的专家……
消息、专访、通讯，
把春风送到机关农户和大漠沟洼；
巡礼、特写和记者来信……
构架起百万读者又一个"家"。

《张掖报》在发展壮大，
世纪之交将是崛起在报界的灿烂星霞，
牵系着我们火红的事业，
飞入寻寻常常百姓家；
《张掖报》是一抹红霞，
映红改革开放中的千军万马，
和丝绸路上千万年的梦幻，
祁连雪山下经久不息的飞花。

（原载于《〈张掖报〉创刊十周年纪念册》1997年9月1日）

1991年春，作者（前排左四）与地委宣传部和张掖报社的同事摄于地委大院

草原之恋

我生在辽阔的草原,
童心就像淙淙流淌的山泉。
奶茶和手扒肉把我养育,
帐篷和牛粪火给我无限温暖。
草原啊草原,
你是养育我的摇篮。
我成长在美丽的草原,
心底就像大山一样善良。

笑语,回荡在花的草原

牦牛和羊群伴我长大,
骏马驮着我走遍高山大川。

草原啊草原,
你是我快乐的家园。
我生活在粗犷的草原,
意志就像松柏坚强刚健。
雪山冰川洗涤我的心灵,
牧草山花给我爱情的甘甜。
草原啊草原,
你是我思念的港湾。

（原载于《兰州晚报》1998年2月12日"兰苑"文艺副刊）

晨 读

摇落满天闪烁的星斗，
踏落遍地晶莹的露珠。
清风吹开求知的心扉，
伴随我在黄河畔晨读。

杨柳伸出柔软的纤手，
太阳投来金黄的光矢。
琅琅书声像百鸟欢唱，
张张笑脸迎来知识欣慕。

（原载于《民主协商报》2022年5月18日"文苑"副刊）

草原情思(组诗)

牧　场

牧场是一块五彩缤纷的地毯
牧场是一片碧波浩瀚的汪洋
牧场是一段绿绒织就的锦帛
雪山把牧场牵向遥远
松林和野花把牧场装点
绵羊和牦牛跳动的蹄脚
踩出了牧场丰收的秋天

牧场岔道口不安分的思索
沿猎狗的狂吠声找到了人烟
去认识十二根木杆撑起的日子
还有蓝天下三扇桨叶
旋转的梦幻
此时，我不再是牧场上
迷茫孤单的流浪汉

牧　人

圆筒毡帽刺破眨眼的星星
高领长袍撩起五色的霞云
长统马靴踩落遍地露珠
马背上跳荡着爱的音符
为了羊群收获丰腴
为了牛群充满乳汁
脚下仍是祖先生息过的土地
眼前却撒满了新鲜的碧绿
酥油茶散发着牧人的温情
牛粪火燃烧着牧人的心窝
三尺牧羊鞭不知甩掉了多少
呆板岁月
无情的大自然雕刻了他
黝黑透红的肤色

牧 歌

多情和温柔

谱出悠扬的爱的节奏

婉转和豪放

溪水般九曲回肠

一支歌就是一杯青稞酒

远方的客人请喝一杯

咀嚼牧场的嫩绿

咀嚼牧人的富裕

品尝一下草原的甘甜和苦涩

于是,歌声也有了醉人的度数

青稞酒又添了生活的浓色

(原载于《西苑文艺报》1988 年 7 月第 2 期)

牧歌荡漾的地方

草原欢歌

雪山皑皑闪烁银光，
大河在碧野潺潺流淌。
满山遍野撒满珍珠般的牛羊，
冰峰脚下是天使般美丽的草原，
美丽的草原，
是我可爱的家乡。

骏马飞驰在广阔的草原上，
百灵鸟在森林里婉转歌唱。
高原人美好愿望随欢歌展翅飞翔，
冰峰脚下是天使般美丽的草原，
美丽的草原，
是我可爱的家乡，可爱的家乡！

（原载于《民主协商报》2023年1月4日"文苑"副刊）

家乡的小河

我的家乡有一条小河
小河从草原流过
哗哗的河水唱着欢乐的歌
放牧的小伙我爱上了这条河
小河哟小河
小河　小河
清澈的河水涤净我心灵的污浊
奔腾的波浪激起我心中的漩涡
姑娘哟姑娘
倘若我是小河
不知你爱不爱我
我的家乡有一条小河
小河从帐房前流过
潺潺的流水奏着爱情的歌
挤奶的姑娘也爱上了这条河
小河呀小河
小河呀小河
甜甜的河水流进了我心窝
粼粼的碧波溢出了河
小伙啊小伙
你如果愿做一条小河
我永远也不愿离开这条河

（原载《张掖报》1993年1月27日"甘泉"文艺副刊）

站在毛主席纪念堂前

站在毛主席纪念堂前,
我心中浮起历史的云烟。
透过主席安详的容颜,
我仿佛看到
井冈山的燎原星火,
长征路上的雨雪风霜,
八角楼上不灭的灯光,
陕甘宁边区飞转的纺车。
难忘啊,
遵义城头拨正航向的英明卓绝,
延安窑洞洞察全局的雄才大略。难忘啊,
西柏坡小屋决胜千里的远筹之策,
天安门城楼震惊世界的开国宣言……

呵,
从一个平凡生命在韶山诞生,
到辉煌巨星在神州殒落;
从橘子洲头问谁主沉浮的云水襟怀,
到波澜壮阔的社会主义革命和建设;
平凡而又极其伟大的一生,
高奏出江河行地日月经天的历史凯歌。

1994年春,作者陪同母亲瞻仰毛主席纪念堂

站在毛主席纪念堂前，
我的灵魂一次次受到熏陶涤荡。
敬爱的毛主席，
您以无与伦比的胸怀和气魄，
掀起了革命的滔天巨浪。
您铸起了炎黄子孙坚挺的脊梁，
匆匆地离开了华夏儿女。
而今，
阳光里流泻着您灿灿的光泽，
月光中弥漫着您慈爱的温馨，
累累果实中蕴含着您的心血，
社会主义的伟大中延续着您的智慧。
当我们跋涉在现代化建设的征程上，
主席呀，
您是我们取之不竭用之不尽的精神源泉。

（原载《张掖报》1993 年 11 月 3 日"甘泉"文艺副刊）

陇原的春天

渴望你——
陇原的春天。
因为你诱人的魅力,
驱走了北方的严寒;
你死而复生的精神,
唤起陇原儿女振奋;
你艳丽的春花,
激发了诗人兴叹,
引起了歌者的灵感。
黄河年轻,
是你青春的生命在闪烁着光焰;
冰雪融化,
是你怀抱的孕育和温暖;
陇原英才辈出,
是你供给了优质的原料和慈祥的笑脸。

热爱你——
陇原的春天。
你动人的色彩不须多,
可和煦的春风已吹进人们的心窝。
景美——"千里莺啼绿映红"

风美——"吹面不寒杨柳风"

水美——"春来江水绿如蓝"

人美——"浓绿万枝红一点"

赞美你——

陇原的春天。

潇潇春雨如碎银般闪亮，如珍珠般宝贵，

| 2007年4月，作者出席中国共产党甘肃省第十一次代表大会

轻盈欢快地扑进大地母亲温暖的怀抱,
在陇人心头欣喜地飘洒。
正是它如母亲的乳汁哺育了肥沃的土壤,
勤劳朴实的陇原人,
才抓一把金灿灿的种子,
扬一扬勤快的手臂,
那绿色的生命便降落于肥沃、褐色的大地,
那金色的希望便升腾于善良、宽舒的心底,
两千多万人的心声和干劲,
已鸣奏出一首铿锵的乐曲:
奋进新征程,建设新甘肃。

眷恋你——
陇原的春天。
顽强生命力的春芽,
催绽了多少蓓蕾、奇葩,
使小草萌动出玉色的胚芽,
使杨柳透露出鹅黄色的笑意,
使燕雀鸽子充满了春天的欢喜。
它像碧绿的翡翠,
给辽阔的陇原大地披上了碧波万顷的绿纱,
在塞北的荒漠戈壁上筑起绿色的千里堤坝。

歌唱你——
陇原的春天。

你像刚落地的娃娃从头到脚崭新；
你像陇上的小伙儿，
有铁一般的胳膊和腰脚；
你像大西北的小姑娘，
花枝招展，笑着，跳着，
给人们留下永久的思念……

（原载于《兰州日报》2022年3月29日"兰山"文艺副刊）

忆母辑

春晖永铭

题 记

  我的母亲很平凡。她和所有普普通通的母亲一样平凡。但她在我的心目中却是极不平凡的。

  这里我用文字和史料简要记载的母亲的人生经历，只是想以真挚的赤子之情弥合她那曾经破碎的心。

  我母亲婚后的前二十年里，由于我父亲的相伴，生活基本上是平静的。她还曾经跟随自己做翻译官的丈夫在首都北京度过了七年的辉煌人生，在一些重大的社交、社会活动中不止一次地见到过伟大领袖毛主席等老一辈革命家。而在丈夫因病先她而去之后的漫长岁月里，她却吃尽了人世间苦头，在一个封闭落后、偏远贫穷的小山村，含辛茹苦，任劳任怨，尝尽了人间辛酸，承受了各种生活现实的挑战和磨砺，以令人难以想象的毅力和源泉般的爱心，终于把四个不谙人世的孩子拉扯成人，并培养出了两个大学生……在这个平凡而又坎坷的亲情故事里，除了被她那平凡而又伟大的母爱深深感动之外，还能说什么呢？

我的母亲姓孙，名淑德，1926年农历六月十九日出生于甘肃高台的一个小村镇。后来"高台"这一地名，因中国工农红军西路军第五军军长董振堂及其三千余名将士在衣单腹空的情况下，金戈寒光，与数倍于我的国民党马步芳军队最后血战而名垂青史。由此它在中国革命史上留下了光辉灿烂的一页。

我不止一次地想，母亲的一生，就像一条鱼。

有时她被生活的浪花挟入碧波粼粼的大海，欢快地游荡；有时又被命运的风暴抛上沙滩，无力地呼救，徒劳地挣扎，即使她在干涸无助的绝境中也从不绝望。忽然，连天的潮水涌过来，浪花翻腾着，又把她卷进深深的生活的大海……

母亲与我父亲结为秦晋之好，虽然是包办婚姻，但他们却相互信任，彼此忠诚，夫妻恩爱，伉俪情深。所以，母亲婚后的前二十年，由于丈夫的相伴，生活基本上是在顺境中度过的。特别是50年代跟随自己当翻译官的丈夫在首都北京度过了七年的辉煌人生。住的是高楼，坐的是小轿车，留披肩发，穿流行装，还陪同苏联专家和夫人在"五一""十一"等重大节日活动中，不止一次地见到过毛泽东主席等老一辈革命家，每次都令她热泪盈眶，激动不已，母亲以此引为一生中最大的幸福和荣耀。可是，在丈夫英年病逝后的三十年坎坷岁月中，她却吃尽了人世间的苦头。肩负着重负的母亲，用柔弱的双肩，挑着一个沉重的家庭负担，在一个封闭落后、偏远贫穷的小山村里，承受了失去丈夫和儿子的万般悲痛，承受住各种艰难困苦的现实生活的挑战，以令人难以想象的毅力和爱心，终于含辛茹苦，把四个不谙人世的孩子拉扯成人，并培养出了两个大学生。这，就是母亲饱蘸血乳写成的人生壮歌。

在如此巨大的人生沉浮和生活落差中，磨砺出母亲独特的性格和爱心，或者说是母亲这独有的个性和爱心经历了命运的磨砺，却又处处闪烁着中国妇女所最可宝贵的精神品格和风范。

媒妁之言的婚姻

妈妈的童年、少年时代一帆风顺／母亲七八岁时上了私塾／妈妈考取了酒泉河西中学却未能上成／19岁时经父母之命媒妁之言嫁给了我爸爸／婚礼定在高台城南后街举行／送亲路上我爸爸骑着一匹枣红马／在喧嚣的街市中人们争着一睹新人风采……

应该说，我妈妈的童年、少年时代还是在一帆风顺、衣食无忧的环境中度过的。其最大的荣幸莫过于家庭和睦。父严但不古板，母慈又不溺爱，给了她良好的家庭教育。我外祖父和外祖母生有二女一男。我母亲排行老大，其弟老二、妹妹排位老三。据说，外祖父给我妈妈取名"淑德"，是希望他的爱女既有"淑女"的温和善良、美丽端庄，又有良好的品行和道德。这一名字包含有当时时代对女性要求的最高标准，在后来一系列峰回路转的社会变更中，也发展为更具时代特征的美德和文化人格要求。

1944年，父亲在酒泉国立河西中学初中部毕业时的留影

外祖父念过私塾，可以说粗通文墨，加之他在县里供职，见多识广，思想开通，偏不信"女子无才便是德"的一套胡话，极看重孩子的教育。在我妈妈七八岁的时候，当地还没有女塾，外祖父就趁回家之时给她当"先生"，教她读书识字。孩提时我听

外祖母讲过：母亲在外祖父的辅导下，很小的时候就背会了《百家姓》《三字经》。稍大一些的时候则读《孟子》《论语》等，求学求知成了她最上心的乐事。十一岁时，外祖父又把她送到离家几百里远的酒泉文庙街女子小学，老师根据我妈妈的学习基础，把她直接插入了三年级。

小学六年级毕业后，母亲考取了酒泉国立河西中学初中部。但因我母亲当时已许配给我父亲，由于封建思想和封建家族的势力影响，我爷爷、奶奶嫌男女学生混在一起上课是"男女授受不亲"的，说啥也不同意，致使母亲的初中未能上成，只好回高台家中帮我外祖父、外祖母干家务。这一沉重的事实，劫夺了母亲继续深造的权利。但它更成为母亲对当时腐败社会现实和陈旧习惯势力挑战和批判的动力。我母亲以自己的心智与实践，学习不辍，在她生活的那一地区引起了小小的震撼。尽管这样，我外祖父仍念念不忘，尽自己的一切力量，让女儿受到应有的教育，这在旧社会、在当时的乡下农村是一件很不容易的事情。

20年代中期，我爷爷有一位非常要好又年龄相仿的同乡同事，他就是我妈妈的父亲，后来成为我的外爷。他俩还是在同事的时候、还都没有孩子的时候，就曾经相互发誓，倘若以后两家人果有一儿一女的话，就一定成为儿女亲家。也许是上苍有意安排，或是为当年两个年轻人的真挚情怀所感动吧，不久以后，两家人果然生出了一儿一女，这便是我的爸爸和妈妈。

在妈妈八九岁的时候，我爷爷在兰州城里当着教育督导，奶奶为此也随着爷爷到了兰州。有一次回家时，爷爷按照高台新坝老家的风俗习惯找到妈妈的父亲，提起了当年指腹为婚的事情。两家大人在一番交谈之后，用一根红绸带扎起了两瓶白酒，共同绾起了以后一对夫妻的终身大事。但我爸爸和妈妈则是很久以后才从长辈们的口里知道这一切的，可他们的故事一直延续至今，却已有了一个花甲。

妈妈告诉我说，在她十五岁时，我的爷爷按着当地风俗是应该带着女婿来给女方送定亲彩礼的。我外奶家有人给妈妈出主意，让她藏在里间小屋偷着看看未来的夫君，可当时的礼仪陈规对女子是有着苛刻规定的，加之我妈妈家虽不是钟鸣鼎食，但从小对妈妈也有着十分严格的家教家训。因此，她那天根本不敢躲在小房子里偷窥未婚的丈夫,而只是在她的婶婶房里,任凭老天爷对自己的安排了。富有喜剧性情节的是,我父亲那时正在兰州读书,没有办法前来我妈妈家里,无奈,爷爷只好叫了他的一个外甥前来顶替。那位冒名顶替的亲戚娃娃当年才只有十五岁,小个儿,又穿着不合身的长袍子,哪架得住妈妈家里许多人的打量和盘问。看完人后,我妈妈的四爷爷直摇着头说:"我们这么好的个姑娘咋找了这么小的个女婿?"在家人的一片议论声中,外祖父责怪起外祖母了,可妈妈还是一声不吭,她是一个非常听父母亲话的娃娃,她相信父亲给她说的话不会错:"学生好着呢,学习好,家庭也好着呢!"

爸爸家是一个大家子,一个老太爷生了六个儿子。我的爸爸又是六爷的儿子。所以我妈妈没过门就听说有六个当家的婆婆。她后来只记得有一次四婆婆到我外祖母家里,接受了她的跪拜后,送给了她一截料子和一只银戒指,然后用手摸了摸她的耳朵说好让她过门后听话,又摸了摸她的手说好让她双手变巧,在过了许多年月后,我的妈妈仍然能够清晰地回忆起当年的那一幕来,不知道是什么在冥冥之中让当年的四婆婆一语言中,妈妈就是凭着听话和手巧演好了大家庭好媳妇的角色,也是用了她那双灵巧的手,在漫漫坎坷的道路上和悠悠岁月里,养育并将我们抚养成才。

婆家给我妈妈家"下过礼"以后,同时也下了一道命令,从那次之后再也不允许妈妈——这个还未过门的李家人再出门见人了。妈妈娘家本来就有着严格的家规,再凭着两家人的良好情分,她的爷爷、奶奶和爸爸、妈妈都是异口同声,众口一词:"按李家的家规办。"从那时起,妈妈跟着外祖母一直长住在离高台县城十多里的正远乡下家里,静静地等待着命运的又一次安排。

我爸爸比我妈妈大一岁。我爷爷和我奶奶生有三个儿子。我父亲李毓英,其弟李毓忠、李毓孝,都是知识分子出身。奶奶说过,我父亲小时候就像姑娘一样,非常斯文,一点儿也不调皮和淘气,兄弟三人中数他最老实。但是,他天资颖慧,悟性过人,记性好,反应快,思维敏捷,又有刻苦精神,经常点着煤油灯通宵达旦地学习。从上小学起,在班上的成绩一直名列前茅,小

1941年，父亲（左一）在酒泉国立河西中学初中部时留影

小年纪就博得老师的喜爱和人们的夸奖，从来没有因为成绩考得不好而被爷爷"打板子"。高小毕业后，因乡镇和县上都没有中学，他十四岁就离开父母和家庭，到四百多里外的"酒泉国立河西中学"初中部上学。之后又到距家千里之遥的"兰州西北中学"高中部攻读。与我妈妈结婚时，他正是高中一年级学生。

妈妈说，在旧社会青年男女的婚姻不能自主，都是由双方父母包办的。所以，在结婚之前，她与我爸爸连一次面也没见过。只是对未来的丈夫和爱情具有很大向往的母亲，在谙熟的山光水色中，投入一股清纯的想象和对未知的朦胧憧憬。

她只听外祖父经常提及我父亲，说他是本县新坝乡新生村李祝三先生的长门长子，高高的个儿，圆圆的脸盘，长得挺帅气，尤其酷爱读书学习，将来准定是个有出息的"后生"。我母亲听了，每次都是含羞地一笑。可我父亲究竟是怎样的一个人，直到结婚那天她的心里也还没个底。

1945年，母亲已经十九岁了。秋凉之后渐渐转冷，好不容易才挨到了离春节不远的时日。一天，她隐约地听见别人对她讲，两家的大人们为了他与她的婚事又商量过了，婚期就定在了腊月的十九日。

对一个待在家中的大姑娘来说，时间说不上是快还是慢，命运说不来是好还是坏，升腾和坠落仿佛都结缘于那位从未谋面的郎君身上。自己只是大漠戈壁中芨芨草上的一茎无根无力的飞絮。记得是那年的腊月十二三日，李家来到母亲娘家下红事喜帖子。妈妈的婶子赶来对她讲："你今天看看你的女婿去，这是婚前最后一次机会了。"妈妈平静地颔首谢过婶婶，她平静得不能再平静地闭上了双眼，坐在那里一动不动。

婚后妈妈才知道，爸爸是趁放寒假的机会回家成婚的。他直到腊月十四才赶到高台县。所以，他俩婚前终究谁也没有见过谁。

听妈妈讲，那时，我爸爸的家住在距高台县城百里之外的新坝乡，人们习惯地称"山里"。而我妈妈的家离城只有十里，为方便起见，我爷爷把长子的婚礼定在高台县城南后街我爸爸的四伯父家举行。结婚那天是农历腊月十九日，虽说是严冬，但天空碧蓝似洗，白云洁白如雪，令人心旷神怡，太阳在蓝天白云的映衬下，照得大地一片明亮，人们并不感到有多少寒意。妈妈说，这天一大早，长长的娶亲队伍从高台城里来到了正远乡。那是妈妈和外祖母一直居住和躲避世俗红尘的地方。我爷爷家的人把九辆接亲的马拉轿车子，驶到了我外祖父家的大门口，每匹马的头上都系一朵小红花，脖子上系着铜铃铛，鞍钗和马缰上系着红绿相间的绸带子，每辆轿车子顶上也系着一朵大红花，不论列队行走还是停放，都映衬出婚礼特有的那种喜庆气氛。尤其接新娘子的那匹马和轿车子，装扮得格外排场华丽。听说新郎官和娶亲的轿车子已来到家门口，直到这时候我妈妈才一下子紧张起来，不知是欣喜、惊恐，还是羞涩，心里"咚咚咚"跳个不停，就像吊桶打水七上八下，那种久积心头的千头万绪，蓦地置于咫尺之时的茫然无措，连自己也说不清楚。平时渴望见我爸爸一面却见不着，现在人来了却又羞又怕不敢见。她怎么也想不通，父母辛辛苦苦养育了十九年，今天却被一个从未见过面的男子把自己娶走，而且要在一起生活一辈子，这简直是不可思议的事情。一向"白云依静渚，芳草闭闲门"的妈妈，在非强迫不能开头的沉默中，祈祷着上苍的恩赐和对未知一切的祝愿，她手心的汗水也流淌着爱和对爱的等待。

出嫁姑娘起程的时辰快到了，前来娶亲的一对男女陪着新郎来到新娘梳妆打扮的房间，请她上轿。当锣鼓和唢呐声划破这个偏僻的山村时，外祖母

1947年，父亲在兰州西北中学高中部毕业时的留影

一边给即将上轿的女儿整理嫁衣，一边嘱咐着："今天你出去就是李家的人了，李家说啥就是啥。娃娃，要懂事啊，女人到外面不能大声笑，笑时不能露牙齿，不能出声音。到外面女人不能左顾右盼，更不能同男人们讲话……"妈妈在从未有过的慌乱心绪中不记得是怎样踏上了娶亲的花轿，迈出了她人生漫长旅程中的那关键一步。当时提倡着半新半旧的文明结婚，妈妈以头上戴大红绣球代替了用红绸子蒙住脸的旧风俗。于是，还没有拜天地，就有了她与我爸爸的第一次见面，也就有了她对爸爸的第一印象：细高细高的个子，笔直笔直的身材，白嫩红润的面庞，高挺的鼻梁，浓眉大眼，相貌很英俊和善，看上去真像一个稚气未脱的书生。俩人见面后，互相投以陌生的打量，平时不善多言的爸爸，不时送上一两句问候，妈妈却既不敢直视，又羞于启齿，始终不言。他们彼此知道，在往后的无尽岁月中，他俩将牵手远行。但年轻的父母纵有万千设想，万千誓言，也难以抵御命运之神的抛掷摔打。

　　送亲路上，爸爸骑着一匹枣红马，胸前佩戴着红、绿绸缎做成的大绣球，走在妈妈乘坐的轿车子前面。妈妈从轿车子前沿的垂帘缝隙中，一直看着爸爸骑在马上摇晃的背影，脑际中反复闪现着刚才第一次见面的情景，心里却产生了一串串疑窦：郎君的相貌虽然不错，可不知是否有才？倘若有才心地善良不善良？品行究竟怎么样？如果对我不好岂不终生悔恨？越想疑问越多，越想思绪越乱。忽然，她又想起出嫁前几天外祖母再三的叮嘱："娃娃，男大当婚，女大当嫁。过门后，不论丈夫对你怎样，都不能有半点二心。"是啊，不仅妈妈这样说，《诗经》上也说，"士之耽兮，犹可说也；女之耽兮，不可说也"。既然父母已把自己许配给人家，不论公婆对我好歹，丈夫是否有才有德，反正我这辈子"生是李家的人，死是李家的鬼"了。真没想到，我母亲在颠簸的轿车子里确立的这种充满封建礼教的婚姻观，后来却支配了她的一生。这一路的仆仆风尘，恰恰成为她日后坎坷蹉跎的象征。

中午时分，娶亲的轿车子在送亲队伍的陪送下，开进了高台县城南后街。街道两旁早已挤满了看热闹的人们。他们有的踮起脚，有的翘着首，有的拥前跑后，争着一睹新娘、新郎的风采。在喧嚣的鞭炮声、唢呐声、喝彩声中，妈妈由左右两位伴娘扶持走下轿车子，羞得脸通红，头也不敢抬。从轿车子到新房门口，用红布铺成了一条专供新郎、新娘入洞房的路。她走在那条喜庆的路上觉得是那样漫长。拜过天地、拜过高堂、夫妻对拜后，新郎牵引着红绣球的一头走在前面，新娘拽着另一头跟在后边，缓缓步入了洞房。

婚后七年的长久等待

妈妈从城里迁至新坝"山里"/在爸爸离家赴上海求学的那天晚上/夫妻间临别的话越说越多/妈妈考入酒泉国立肃州师范学校/爸爸从大学生中获准参军/爸爸整整七年没回过一次家……

婚后不久,爸爸到兰州继续上学去了。妈妈被从城里迁至我爷爷、奶奶定居的新坝"山里"。每逢寒暑假期,爸爸都要回家看望我爷爷、奶奶和我妈妈。

牢牢记着妇规家训的妈妈在李家一转眼就两年了。因丈夫一直在遥远的兰州城里读高中,她只是跟本家大嫂、二嫂和一个弟媳妇四人被关在最后面的一个小院里,轮流做着每月一换的推磨、做饭等活计,终日恪守着"东门不进,西门不出,笑不露齿"的家规,当送水的挑夫要往厨房里送水时,须把她们先集中起来在一僻背处躲避。在这人多口杂的大家族里,不仅做饭众口难调,而且很是劳累,就是每天早上四五点起床推磨、磨上四斗麦子(160斤左右),一天下来也够熬人的了。这四个本家媳妇都不习惯,她们有时一起躲在二嫂子的屋子里抱头痛哭一阵子。

爸爸后来得知了这事儿,悄悄安慰母亲说:"淑德,让你受苦了,等我从学校毕业有了工作,我就把你接出去。"妈妈抱怨着爸爸,说:"哪能呢?现在连个大门都不让出去,我还能等上那一天吗?"她这样说着,但心里总是还有了那么一点点安慰。她是理解丈夫的,丈夫倘有那么大的能耐自己怎么能不高兴呢？尽管她过门以来，丈夫一直远在外地读书，但她觉得读书上学总是好事，能有一个知书达理的丈夫，自己再苦再累也算不了什么。于是她总要让他高高兴兴。

李家在当地是一个大家庭。祖父是这个大家庭日常事务的掌管者，是掌柜的。祖母自然就成了"掌柜家"，为了使全家老小和上上下下几十口人都服从她的调遣，所以就必须从管我母亲开始。她管我妈妈特别严厉又非常唠叨，时常在有人的时候对妈妈发一阵子威风，或打或骂，一天半晌不停。她这样做是为了打媳妇以警示别人，可作为她媳妇的妈妈则大受其苦，有时挨了婆婆的打，也从不告诉我外祖父和外祖母。

妈妈在怀上第一个娃娃的那一年，即1947年，我的爸爸从高中毕业后又一举考上了上海复旦大学。妈妈几年的等待又一次落了空，她再能说什么呢？给她留出的路只有继续的期盼和长长的等待了。即使如此，她内心也有说不出的高兴。因为她没想到我外祖父预言的"酷爱读书学习，准定是个有出息的'后生'"，会这么快地变为现实。

在爸爸离家赴上海求学的那天晚上，妈妈把结婚时的金戒指给了爸爸，让他卖了用于学习和生活费，并叮嘱："上海离家很远，进入大学的门要安心学习，不要过多考虑你父母以及我和孩子的事，常来信就行了。"

"唉，我们这个家族公婆多，兄弟多，妯娌多，我担心走了以后爹妈和他们对你不好，怎么办？"

"你放心走吧，我一定会孝敬公婆，带好孩子的。"

"嗯，有你这话我就放心了。等我大学毕业以后有了工作，不论在什么地方，我都会来接你和孩子的……"

夜，已经很深了。月光轻轻巧巧地洒在星星点点的村落上，朦朦胧胧的，像一层奇妙的薄雾从房顶、树梢间升起。风儿吹过杨树的梢头，发出簌簌的响声，密密的枝干，细细的绿叶，借着月光和微风，竟也树影婆婆，窃窃私语。

爸爸和妈妈房间里那盏青铜灯座的玻璃罩煤油灯依然亮着，灯花越燃烧越大。夫妻间临别的话语越说越多，就像潮水一样割不断，拦不住。这一夜，彼此互诉衷肠，似乎比结为夫妻两年来累计说的话还多；这一夜，仿佛彻底消除了"父母之命""媒妁之言"这一包办婚姻以来的所有疑窦；也正是这一夜，夫妻之间在更深层次上有了真正的了解和信任。那是一种默契的相约，是一种相隔万里如同鬓边厮守的真情深爱。

第二天一大早，爸爸辞别双亲和妻子，带着我妈妈为他准备好的行装，迎着初升的太阳上路了。临走时，妈妈望着丈夫，只有泪水，没有言语。这"此时无声胜有声"里包蕴着一个女性多大的耐力和韧性！在人多口杂的封建气息十分浓重的大家庭里，有人已经传播着风言，一个大学生不应再要这农村女人做妻室了；有人已经鼓动着有出息的儿子在外面应该另结连理了。耳闻目睹因她而起的种种生活涟漪，她怎么能无动于衷呢？为了他俩还未出生的孩子，她不愿再给远行的丈夫增添一点点思想上的压力和负担了，作为妻子，她心甘情愿把痛苦留给自己，把温暖和深情给予自己的爱人。爸爸凝视着妻子说："要是生下个丫头，叫啥就叫啥去！"

当年的9月份，备受艰辛的妈妈生下了第一个娃娃，即我的大姐。因为是个女孩，妈妈在那个男尊女卑的大家庭里备受冷落和歧视。坐月子的妈妈不但没有像生儿子的那些媳妇的荣耀和厚遇，而且不时还传来不少的冷言冷语，甚至连我姐姐也像不该来到这个世界似的。眼看着一个月就快过去，娃娃也就要满月了，可家里的长辈们谁也不提给娃娃起名字的事情。妈妈想起自己在李家的种种境遇，想起别人的娃娃还没有出生，可名字早就起好的热火情景，她只好把眼泪往肚子里咽。情急之下她去央求这个央求那个，可谁都是哼哼哈哈的总像没有这回事似的。无奈妈妈又去找二婆婆，她说："女娃子嘛，要啥名字呢？要不，你起一个就是了。"得到她的首肯，妈妈说："那我就给娃娃叫个'菊菊'吧，因为娃娃是九月里生的嘛！""行哩！"二婆婆一语定了乾坤。直到

童年的大姐李琳

解放后，我大姐快上学时才有了属于自己的大名——李琳。

1949年，高台解放时，有十几个解放军官兵住到了我们家里，我妈妈这五个从来不敢面对男人、与男人说话的妯娌们，挤着住在一间房子里躲了起来。几天过去了，解放军战士们惊奇地问："这家怎么都是几个老太太和儿孙们，媳妇怎么一直没有在呢？"后来，她们才慢慢敢于走出来了，就在那些日子里，母亲听见了一首歌："旧社会是那黑咕隆咚的枯井万丈深，井底下压着咱们受苦人，妇女在最底层，多少年，多少代，盼着那个铁树上把花开，从前的妇女关进阎王殿，今天打断了铁锁链，妇女都成了自由的人，国家的大事咱也能干，毛主席、共产党，领导咱们全中国妇女把身翻……"说来奇怪，就是在那些天里，这首歌就像一阵春天的风，一下子吹到了妈妈的心里，之后的多少年来她一直说，就是共产党、毛主席救了普天下的受苦人，救了我们这些大门不让出，二门不叫迈的女人家呀！

刚解放的时候，一个封建大家子很快就要土崩瓦解了。家里有的人总嫌妈妈领着小孩子没有劳动力。所以，他们说："如今都解放了，谁也管不了谁

▎1947年8月，父亲（左）就读于复旦大学

▎1948年6月，在上海市黄浦江公园（前排左一为父亲）

父亲（后排左）和同窗好友摄于复旦大学　　父亲（左一）在上海复旦大学与同学留影

啦。你的男人常年不在家，你得另外想想办法！"说实在的，自从妈妈结婚之后，真难为了她呀，一个人苦苦守候着，日子的确也真是难熬难挨啊。再加上一时之间大家子里没粮吃了，妈妈妯娌几个就分别去给别人家薅草，妈妈和四妈两个人给附近一家姓杨的人家去薅草。一个多月时间，每天她俩天不亮就下地里去，从早到晚只能为自己挣够三顿饱饭和娃娃的一个馍馍。

解放之后百废待兴，各行各业都很缺乏人才。正当妈妈日复一日，年复一年地苦苦等待丈夫学业成功、早日归来的时候，幸遇高台县第五区人民政府为当地学校培养教师的机遇。当时，上面的丁县长和张区长对我妈妈说："你上过学，有文化，我们想推荐你去考酒泉国立肃州师范，把你培养成人民教师。"我爷爷听到这个消息后，气得直摇头，坚决不同意，说："让媳妇到那些男女混杂的地方，说什么也不行！"后来，县长和区长亲自来到我们家里，严厉地批评了爷爷一顿，他才再没能阻挡妈妈去酒泉师范学习的事情。妈妈1950年2月入酒泉师范攻读，1952年7月毕业后被酒泉教育局分配到金塔县任教。妈妈十分珍惜和热爱这来之不易的教学工作，对所教的乡下孩子

┃1949年,父亲(左一)就读哈尔滨外国语学院时,在松花江游泳

┃1949年,父亲从军后在北京留念

┃1951年3月,父亲(左一)与战友在一起

非常热爱。

"男儿当自强"。爸爸进入复旦大学后,起初只是一门心思地追求学问,后来在一些进步青年的影响和带动下,接受了许多马列主义的教育,接受了

1953年4月3日，母亲（左）离乡赴北京时，在高台县南华汽车站留念

1951年，父亲在部队的留影

1952年4月，父亲（第三排左五）出席解放军摩托装甲兵直属队"三反"展览会

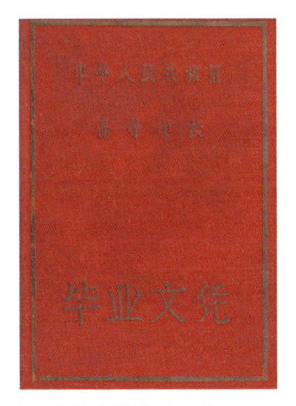

春晖永铭——忆母辑 | 355

父亲的大学毕业证书

父亲的大学毕业证书

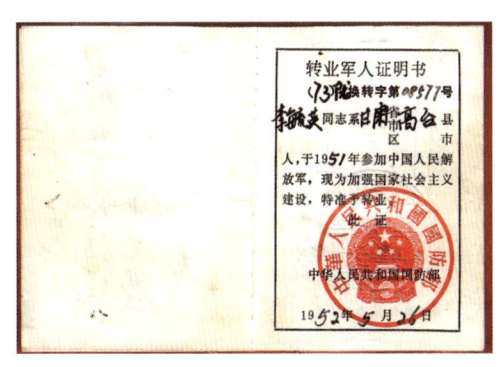

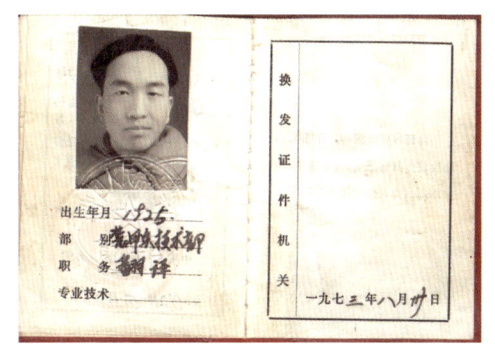

父亲的转业军人证明书（1952年5月26日国防部长彭德怀签发的原件被1973年8月30日收回换发成此件）

父亲在部队时的工作证件

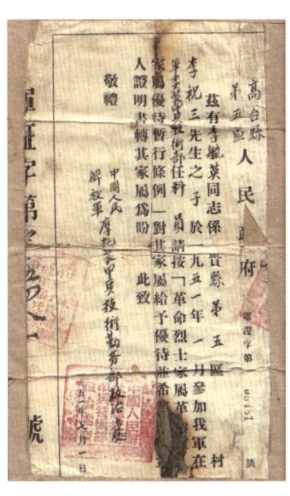

中国人民解放军摩托装甲兵技术勤务部政治处颁给父亲的革命军人优待证书

中国人民解放军摩托装甲兵司令员许光达、政治委员向仲华颁发给父亲的革命军人证明书

许许多多的先进思想，懂得了不少革命道理。特别是他亲眼看到曾被日本帝国主义践踏蹂躏过的大上海，此刻又笼罩着国民党反动派的白色恐怖，亲眼看到许多革命者和爱国仁人志士被国民党无辜杀害的情景时，忧国忧民之情油然而生。于是，他主动同进步青年一道，寻求救国真理，积极参与许多革命活动。

1949年初，组织上从大学生中选拔优秀青年应征入伍，爸爸从复旦大学获准参军。同年4月，又经部队直接推荐考入哈尔滨外国语学院俄罗斯语言专业本科，专攻外语。1951年1月毕业后，分配到中国人民解放军摩托装甲兵技术部任翻译。装甲兵司令员许光达，政治委员向仲华为我爸爸签署颁发了"革命军人证明书"和"革命军人优待证书"。爸爸十多年寒窗之苦获得的渊博学问，开始在社会主义建设中得以发挥。1952年5月，因工作需要，爸爸由部队转业到北京中央人民政府第二机械工业部（现核工业部）第六局专家办公室继任翻译，从而有了稳定的工作和岗位。于是，在1953年3月，他把参加工作两年多来积蓄的180元钱，邮寄给我母亲，让她从酒泉直接到北京来。受党和人民培养，走上三尺讲台的妈妈，在那崭新的天地里怎能舍弃朝夕相处的老师和学生，怎能舍弃这难得的工作机会呢？可是，为了夫妻团圆，她毅然选择进京。

为了学业成功，为了事业有成，爸爸整整七年没有回过一次家。这两千五百多个充满无尽思念的日日夜夜，在时间的长河里也许是短暂的一瞬，但对一个新婚不久的妻子来说，却是长久长久的等待。

长期遵守着家规妇道的妈妈，尽管对旧的封建家庭有着万千怨怅，但她却一直认为，公公婆婆虽然对她很严厉，待她不太公平，可二位长者的心还是好的，尤其在这过门后第一次出远门的时候，她想到的依然是那挣不脱又离不了的家。那时，她像一只刚刚放开禁锢的信鸽，带着春天的喜悦和信息，却还在厮守多年的地方久久徘徊。她从酒泉没有直接去北京，而是又绕道去了高台新坝老家一趟，把去北京的事情告诉给公婆和家里的人，又相约了要去武汉的三婆婆的四儿子李毓杰同行，才匆匆赶路。

妈妈出发后，爷爷曾经在家里跳起来大骂了一场。起因是他听李毓杰说"三哥（即我的爸爸）早就把路费寄到了酒泉（我妈妈那里）"。他气极了，道："你看，你看，媳妇比父母都重要！这成什么体统？"可不吗？像妈妈这样的女性，在过去连里院的院门也不许走出的，哪里能想象她这次一下就要从西北去到北京，一去几千里，还是与自己的小叔子同行呀！

　　妈妈与我的四叔李毓杰整整坐了三天的汽车才到达了兰州。从来没有出过远门的妈妈，手里一直拿着那个"革命军人优待证书"。妈妈根本没有想到，她的这一举动在那欢庆解放、崇尚军人的年代得来了意想不到的效果，一路上有陌生人为她拿行李；有人为她主动指路引路。小叔子在郑州和她分手后，她买车票、进站就凭着那个"优待证"，再也没有让她排队和作难。

首都北京的闪亮人生

妈妈由兰州乘火车到北京 / 妈妈坐在接她的老式伏尔加小轿车里 / "外面的世界真大" / 在北京组织上安排妈妈在专家办公室搞收发工作 / 人们说："西北大嫂忠厚老实" / 第一次见到毛主席 / 四十年后她给毛主席磕了三个头……

1953年4月7日上午，北京天朗气清。妈妈由兰州乘坐的火车，经过两天一夜的"哐当，哐当"，缓缓驶进了北京站，跟随着长长的人流，排队走出站去。啊，怎么有那么多的汽车，那么多的人哟！妈妈即刻觉出了城里与乡下不同。拥挤、嘈杂的人群和声音带来不少烦躁；高大、密集的房屋从四面八方挤来，使人感到喘不过气来；车水马龙的喧嚣，夹着混浊的空气……闷热得很，仿佛已进入了初夏。而现在是春天呀，春的气息哪儿去了呢？人流渐渐走散了，她心里不禁着急了起来，心想，要是他不来接我的话，我可怎么一个人去找他啊？妈妈正在站台外打转转时，在车站候车室里拿着照片等候了两天的丈夫终于在人海里认出了自己的妻子。他急匆匆地跑过来，又惊又喜，抱怨着七年来昼思夜想的妻子："你怎么不到那头来看看呢？差点儿错过。""我哪里见过这么多人呢？你说说，我敢看么？"说着笑着，两人就汇进了那大都市的喧嚣与嘈杂之中，那是一方令他们难以忘怀的自由自在的时空。妈妈坐在专家办公室专门派给我爸爸来接她的老式"伏尔加"小轿车里，望着抛在车后的一幢幢高楼和路旁川流不息的人们，心里在想，城里的春天

春晖永铭——忆母辑

左上：在北京中央人民政府第二机械工业部第六局专家办公室任翻译时的父亲

右一：1953年，父亲和母亲在北京北海公园留影

右二：父亲（左一）与苏联专家在二机部第六局专家办公楼前留影

父母亲和哥哥在北京天安门留影

父亲（右一）与苏联专家留影

与乡下的春天就是不同。乡下的春像生了根发了芽开了花，又像随风播撒了无数洋溢着无限生机的种子，走到哪儿都呼吸到春的新鲜空气，走到哪儿都看得见春的羞赧的笑颜，走到哪儿都听得见春的动情的轻歌，走到哪儿都闻得见春的诱人的芳香，田野、小路、溪流、院落、新炕……到处都跳动着春的脉搏。城里的春呢，像腿长了翅膀，会走、会跑、会飞、会捉迷藏，忽隐忽现的，若即若离的，让人捉不透，摸不定，感觉不到。妈妈似乎有点失望。但都市宽阔平坦的道路，各式各样的车辆，鳞次栉比的楼房，还有城里人的穿着打扮，又让她感到格外新鲜："外面的世界真大。"

不知不觉小轿车来到了北京市东城区安定门外西河沿的一栋楼下。二机部第六局分给我父亲的一套两居室住房就在这第十栋楼的四单元十四号。妈妈走下车，这才仔细端详，怎么这辆小轿车的形状和农田里跑的"虱爬牛"一模一样。这是她第一次亲眼看到和乘坐这么高级的小轿车。

初到北京，组织上安排妈妈在专家办公室搞收发工作。这虽然没有了教书时与乡下孩子在一起的那种特有的欢乐和童趣，但妈妈依然是干一行，爱一行。后来，由于陆续生下了我的哥哥李坦、小姐李环和我，同时，还要照顾我大姐的学习，我妈妈的家务负担和带孩子的任务日趋繁重，不过爸爸的工资比较高，完全可以养活全家，这让妈妈有了些许的安慰。所以，妈妈在我爸爸的劝说下，很不情愿地辞去了原来的工作，虽不甘心却又安安心心待在家中，一边照看我们姊弟四个，一边伺候爸爸，让他全身心地投入工作。二十五年后爸爸的一位同事对我讲，爸爸以俄语为主，精通好几个国家的语言和文字，业务过硬，作风严谨，当时很受领导和苏联专家及同行的敬重。他经常是夜以继日，不知疲倦地工作。白天，同苏联专家一道搞科研，绘图纸；晚上，既要撰写文稿，又要翻译大量外文资料。除此之外，还要经常跟随专家到上海、包头、大连、哈尔滨、呼和浩特等地考察论证、设计施工。他的工作之所以很出色，可以说，在很大程度上是因为有妈妈这样一个吃苦能干的"贤内助"在鼎力支持。

从大漠孤烟的西北边陲来到祖国的心脏首都北京，这对生长在小山村的妈妈来说，是做梦也没有想过的事情。能跟随自己的翻译官丈夫定居北京，

1956年，父亲和苏联专家德斯连柯  | 1955年，父亲在自己的办公室里  | 图为父亲母亲1953年12月26日在北京市东四区参加选举时的"选民证"

1957年10月25日，《包头日报》刊登的父亲（上图右一，下图二）与苏联专家搞科研的照片  | 父亲和哥哥在北京市东城区安定门外西河沿十号楼四单元十四号自己家中留念  | 在北京永红照相馆留影

1955年，父母亲与同事在北京万寿山  | 1957年11月，父母亲和苏联专家及其夫人在北京欢度"十月社会主义革命"四十周年时的留影

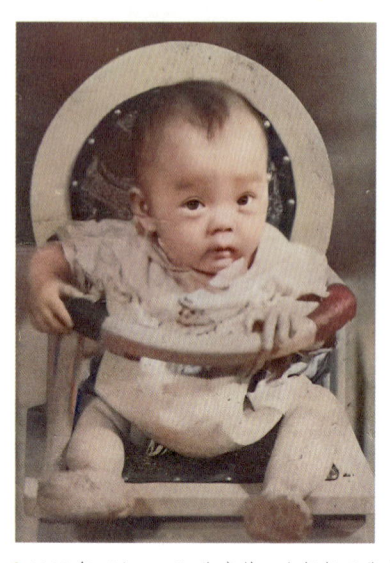

1955年"六·一"儿童节，小姐姐于北京北海公园留影

姊妹三人在北京天安门留影

1994年，母亲来到阔别三十五年的北京，这是登上天安门城楼发给的证书

父亲在中央人民政府第二机械工业部的通行证

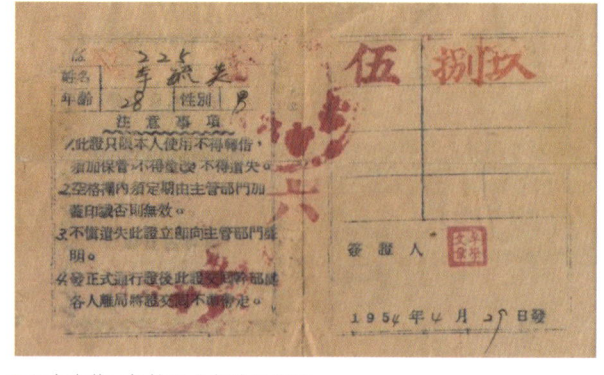

父亲在第二机械工业部的通行证

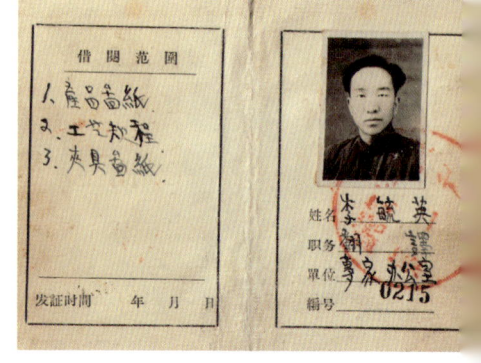

父亲在专家办公室的通行证

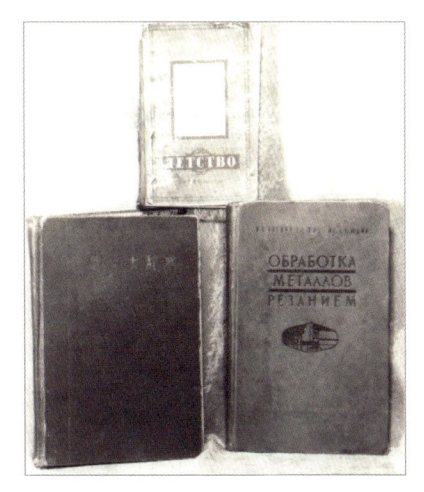

左上：父亲曾经使用过的外文工具书

右一：我们家在北京时的住房使用证

右二：1958年，父母亲与苏联专家在一起

1958年12月在北京天安门的全家福（父亲怀抱的是次女李环，母亲怀抱的是次子作者，右前是长子李坦，右后是长女李琳）

1959年3月，父亲在北京天安门

她感到十分的自豪，因为这是亿万人民为之羡慕、为之向往的地方。

在北京居住的七年，是妈妈一生中最辉煌的一段。正如我爷爷1957年到北京时声称："孙淑德享的是天堂里的福。"由于爸爸是苏联专家的翻译，按照礼节，在一些公务活动和社交场所必须携夫人同行，以示对专家及其夫人们的尊重。这样一来，接受过严格的封建家教的妈妈，也只好硬着头皮穿流行时装，留披肩发，学吃西餐，坐小轿车……起初，妈妈很不习惯，后来在丈夫的劝说和引导下，才逐步适应了。专家和夫人们看我妈妈那样腼腆、憨厚，交口称道"西北大嫂忠厚老实"。我妈妈从不进舞场，但喜欢看京戏和秦腔。尤其一旦有马连良、梅兰芳等名角主演的戏，我爸爸总要抽空带她去"北京戏院"观看，名家名人字正腔圆的精彩演唱，令妈妈大开眼界，百看不厌。那时，北京的天安门、故宫、长安街、王府井、颐和园、天坛、动物园、居庸关、八达岭等名胜和公园中，留下了爸爸、妈妈带着我们一起游乐的身影和重重脚印。特别是每逢"五一""十一"等重大节日，中央有关部门都要邀请帮助我国搞建设的苏联专家们和翻译到天安门广场、劳动人民文化宫、景山公园、北海公园、人民大会堂等地游园联欢，观看庆祝游行和文艺表演，共度佳节。也正是在这样的机遇和场合下，妈妈不止一次地见到过中国人民的伟大领袖毛泽东主席以及周恩来、刘少奇、朱德等党和国家领导人，这情景曾使妈妈好多次热血沸腾，热泪盈眶，激动不已，并以此引为一生中最大的荣幸和自豪。

妈妈永远也忘不了1953年"五一"国际劳动节，她第一次见到毛主席的情景。妈妈说，"五一"当天早晨，爸爸拿着提前一个月就发给他的庆祝"五一"游行游园活动票券，带着她与苏联专家及其夫人来到天安门广场观礼庆祝游行。只见天安门广场披上了节日的盛装，庄严雄伟而美丽。参加庆祝游行的群众冒着细雨，穿着鲜艳的新装，举着红旗和标语牌，拿着各色花朵、彩旗、各种模型和图表，汇集在天安门广场。上午十时，毛主席和周恩来、刘少奇、朱德等登临天安门城楼的主席台。顿时，天安门广场上沸腾起来了。人们热烈地欢呼、鼓掌，向毛主席致敬。"毛主席万岁"的欢呼声响彻全场。妈妈站在天安门正对面、离城楼主席台最近的位置，当她看到毛主席走到天安门城楼前沿,神采奕奕,满面笑容地向各方面观礼代表及五十万庆祝游行的群众队伍招手致意时,激动得泪水在眼眶里直打转。她问丈夫:"我这是在做梦吧!""不是,咱们真的见到了毛主席。"她听后欣喜若狂,拼命地向毛主席鼓掌,连连高呼"毛主席万岁!""毛主席万万岁!"。

　　四十一年后的1994年的春天,妈妈在儿孙的陪同下,又来到了阔别三十五年的天安门城楼和广场,来到了景山公园、北海公园、劳动人民文化宫、人民大会堂……她虽然没有像当年那样亲眼看见毛主席挥手的高大身影,亲耳聆听毛主席铿锵有力的讲话,但却迈着蹒跚的步履,亲自瞻仰了毛主席的遗容,亲手买了一大把鲜花敬献在毛主席纪念堂的坐像前,还双膝跪地,给毛主席磕了三个头,以此来表达对老人家的深切缅怀。

命运之神的逆转

苏联"老大哥"突然卡起中国人民的脖子来/爸爸的工作陷入了困境/爸爸站在专家办公楼前徘徊/中国的知识分子就是这样/命运是无法预示和无法把握的……

1960年夏,父亲(后排右二)与高台一中同事留影

有一次，爸爸随苏联专家来到包头市国营617厂搞一项大型的科研项目。1957年10月25日的《包头日报》以《苏联专家在包头》为通栏标题，对此作了专题报道，并配发了两张爸爸与苏联专家一起研究图纸的新闻照片。从图片上看得出来，爸爸对工作是那样地聚精会神，一丝不苟，对他自己所从事的专业和岗位是那样地挚爱。可是，每个人的命运都是和祖国的命运息息相关的。到了1958年底，国内外风云乍变，在帝国主义国家的一派反华雀噪中，赫鲁晓夫突然背叛斯大林的遗愿，撕毁了同中国签订的所有合同，撤走建国初期斯大林派来帮助中国医治战争创伤，恢复和发展经济的一大批苏联专家，中苏关系急剧恶化。于是，与中国人民长期友好相处、患难与共、称兄道弟的"苏联老大哥"，突然卡起中国人民的脖子来。加之当时国内湖南、湖北等不少省份遭受严重的自然灾害，祖国一时困难重重。爸爸也因此陷入了困境，同他共事多年的瓦西列夫、德斯连柯等一批苏联专家，全部携夫人、

| 1962年冬，父亲（后排右三）和高台一中同事留影

子女迅速回国；二机部第六局专家办公室随之撤销；与爸爸一道工作的几位翻译，有的回了原籍，有的下放到农场当了菜农；有的自谋职业去了。

潇潇细雨，下了整整一天。当天空在浓密的雨云中出现蓝色时，一条彩虹搭到了专家办公楼顶与城市一片楼群的上头。赤橙黄绿青蓝紫，一层层重叠着，相映生辉，就像一座彩桥横卧头顶，气势十分雄伟。但过了一会儿又渐渐地消失了。

爸爸独自一人在专家办公楼前凝望、徘徊，许久许久还不忍离去。是啊，大气候和小环境的剧变，使父亲一时迷茫，不知所措，是留在北京还是顺应当时的形势，积极响应党的号召，回家乡参加社会主义建设呢？他的内心充满了道不出、说不清的矛盾和忧虑。倘若留在北京，万一被下放到农场里劳动怎么办？自己身为大学生、翻译官，能适应整天去干挖地种菜的活吗？对国家的贡献值究竟有多大？他的心头一怵，再也不敢让这种想象向下延伸出去了……如果留在北京原单位，苏联专家都撤走了，专家办公室也撤销了，即使给自己分配一份工作，说不定还会受中苏关系恶化的影响，碰在反右斗争的浪尖上挨批受整，给自己清清白白的历史涂上一个黑点……这时，爸爸想起了两年前爷爷来北京时，家乡父母官（当时的高台县委领导）给他捎来的信："大西北的人才要为大西北的建设服务，特别是家乡的建设太缺人才。全高台县没一个懂外语的，我们恳请你能回家乡工作……"信中的这些劝语，在当时并没产生多大效应，但此刻却打动了爸爸的心。

1962年在高台县城东关21号居住时母亲（后排左）与邻居的留影（前排左为次子作者，这是60年代母亲唯一的照片）

中国的知识分子就是这样，在顺境中好似表现得十分刚强自如，而一旦遇到矛盾或转入逆境，他就变得动摇不定，软弱怕整，甚至爱面子，图虚荣起来。在爸爸看来，如果留在北京待不长，与其在都市里铤而走险，不如回老家兴许还会大有作为。其实，那种恋乡情结和大丈夫不能治国平天下，就归隐山林的文人传统，此刻又很自然地泛上心头。这样，既可为家乡建设贡献力量，又圆了父母亲经常唤儿回家去孝敬他们的梦。于是，他主动向组织递交了积极"响应党的号召，到生产劳动中去，为加速社会主义建设的光荣任务而奋斗"的申请书。爸爸单位的主要领导闻讯后，赶忙前来劝他："苏联专家走了，专家办公室虽然撤了，但二机部第六局还有需要你的地方，我们更希望你千万不要回去，现在农村都是锁子看门，男女上地，饥饿

父亲刚到高台一中任教时的留影

在高台县城关镇居住时邻家小朋友留影（前排右一哥哥李坦，右二是二姐李环，右三为作者）

▌父亲在高台一中任教时的《工作证》

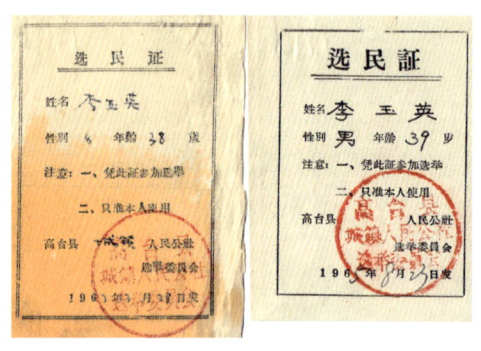

▌父亲在高台一中工作期间，高台县城关镇人民公社发给的《选民证》

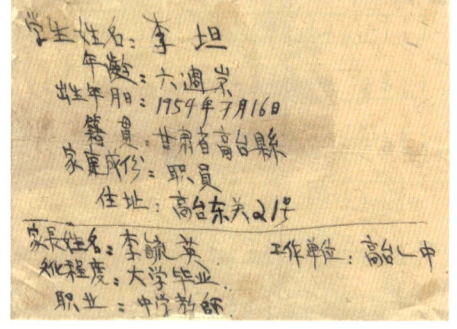

▌这是1960年，哥哥在高台县解放街小学报名时，父亲手书的字条

▌母亲在高台县新坝人民公社新生大队第七生产队务农时的《选民证》(1963年3月)

难忍。你不为自己着想也得为老婆娃娃考虑，回到高台老家生活上万一出了问题怎么办？""我已经考虑很久了，还是回老家为好。"爸爸肯定地作了回答。最后，组织上考虑认为，像爸爸这样的高级知识分子，能带头"走与工农相结合的道路"，矢志献身家乡社会主义建设事业，不仅要积极支持，而且要广泛宣传和表扬，以此影响和带动更多的知识分子到农村这一广阔天地去。于是，父亲的申请很快得到了组织的批准。他终于放弃了优越舒适的都市生活，于1959年底，携带妻子和儿女，乘上向西

疾驶的列车，回到了生他、养他的故地甘肃高台县。

回家乡后，父亲受到了高台县委、县政府主要领导和县委组织部、县文教局等单位负责同志的热情欢迎，并很快安排他到高台县第一中学任俄语教师。他是当时高台唯一的外语教员。妈妈和哥哥、小姐姐、我被安排在高台县城关镇落了户，居住在东关21号。

我大姐从北京回甘肃时，被我姨姨带到了乌鲁木齐市，后经介绍，在乌市一家国营橡胶厂参加了工作。1962年，爸爸和妈妈又生下一男孩，起名叫李城，在姊妹五个中自然是排行最小的一个。

1961年初，因国家连续遭受三年自然灾害，城市居民的口粮供应也遇到了一些困难，组织上大力动员干部的家属和子女到农村去，以缓解城市人口供粮不足的压力。经过组织的反复动员，妈妈虽顾虑重重，但还是听从了丈夫的劝说和组织的安排，拖儿带女地来到新坝公社新生大队第七生产队安家落了户。

北京遥远了。高台县城也渐渐远了。一个极度艰难贫困的岁月却悄悄地临近。

命运是无法预示和无法把握的。即使命运已来临到人们的眼前，都不一定能理解，命运之神给予家庭的灾难，冥冥之中谁也无法预料，特别是妈妈怎么也不会想到，从此之后，厄运会一个接一个地降临到她的头上。

儿子被淹死的打击

> 乡下生活是艰苦的 / 蹲下洗手的弟弟竟掉进了深水沟 / 父母亲遭受了一次失子打击 / 为了丈夫为了孩子母亲强咽着悲痛 / 她相信上苍不会夺去丈夫的生命……

回到新坝后,哥哥在高台二中(九年一贯制学校)上小学。我成天在家照看还不到两岁的弟弟。妈妈和年仅八岁的小姐姐在队上拼命地劳动挣工分,期盼着每年秋天能分到母子五人养家糊口的吃粮。乡下生活是艰苦的,物质条件要比北京和高台县城差多了,但我们在精神上、心理上是可以承受的,日子过得倒也还平静。然而,天有不测风云,人有旦夕祸福,造化弄人,实在不可预料。1966年初夏,妈妈带着我和弟弟到城里服侍身患重病的爸爸。我常常看到,妈妈成天整夜守护在爸爸床前,一刻也不离开,每当爸爸睡着时,她总是低声哭个不停,而待爸爸醒来时,她却咽泪装欢,一滴眼泪也不让流出来。为了让爸爸安静地休息,每天吃过早饭,我就领着弟弟去高台一中的校园里玩耍。因妈妈说过:"街上车多人多,小孩子没大人带,会出危险。"所以,我们很少到街上去玩。

记得一天清晨,阳光明媚,碧空如洗。妈妈让我们到自由市场给爸爸买点红薯、洋芋。回来后爸爸正在熟睡,我就带着弟弟到常去打饭的师生灶房玩。从教师住地到灶房有一条宽六米、深三米的水沟,一般水深都在两米以上。这条东西走向、横穿校园的水沟上面,有一座两边没有栏杆的独木软桥,是师生们提水打饭的必经之地。当我和弟弟到灶房吃过好心的桑师傅给的油炸洋芋片，已经走过软桥回家时，我忽然想起吃洋芋片时的油手没有洗，倘若把衣服弄脏，回去非挨妈妈的打不可。于是，我和弟弟又回头走到软桥上，蹲下去洗各自的手。谁知"扑通"一声，弟弟竟掉进了深水沟。几秒钟后他的身躯又浮上了水面，我急忙去抓弟弟的背带裤，可顷刻间又沉了下去，只好跑到水沟右侧，双手捏住岸上的草木下水打捞。当水位淹没我的脖子时，我本能地吓得哭喊了起来。桑师傅冲出灶房一看，飞也似的跑过来先把我拉出水沟，然后大声呼救。不到几分钟，正在上课的老师学生，匆匆赶路的行人，都不约而同地迅速赶来了，校园里喊声、叫声、跑步声顿时响成一片。人群中大凡会水的都"扑通、扑通"跳进了水沟。我亲眼看到许多叔叔连衣服都没来得及脱；有的手表没有取；还有的连眼镜都没有摘，他们为了打捞一个落水的四岁儿童而奋不顾身的英勇之举，深深震撼了我幼小的心灵。跳进水沟打捞弟弟的大部分是学校老师和爸爸的学生，足足有四五十个人在水中拉成了长长的战线，找了三个多小时，终因水位过深，泥沙浑浊没有找到。直到第七天爸爸教过的学生才从城外十多里远的朱家渡槽闸门口找来了弟弟的尸体。此时，可怜的弟弟已被泥沙洪水浸泡得肿胀起来了。

　　我和弟弟在一起的那些日月里，他那顽皮、聪明、可爱的模样至今让我难以忘却。这件事过去三十多年了，至今不能忘却弟弟那被厄运淹没的身体，它像一柄匕首，插在我心中的记忆里。在夜深人静时，假设许多许多的现实，弟弟如果在世，他现在也该是一位有作为于社会的人了，现在也该有了自己美满幸福的家，妈妈也就多了一个幸福晚年的驿站；如果他还活着，兴许妈妈就不会因失子之痛而过早地衰老和憔悴，爸爸也许因子女的健全会战胜病魔……而那时我还不懂得人生的道路上有这样多的不幸和悲哀。眼看着妈妈一次次悲伤地哭泣，眼看着妈妈用悲愤的咒语责骂上苍的无情，命运的不公平，我却一点儿办法也没有，任凭她高举着无力的手拍打我，倾听她撕心裂肺的哭诉："你为什么不把弟弟看护好，你为什么不把他拽住……"我跪在妈妈眼前任她打任她骂，满心的委屈及对弟弟的负疚感和妈妈的泪水一起流淌……

弟弟溺水的意外，使病中的爸爸脸上陡添了许多憔悴和愁容，对妈妈的打击更是雪上加霜。她整天到晚苦思冥想、祈祷期盼的是丈夫的不治之症哪一天才能有个好转？万一不行怎么办？从来没有想过自己的孩子会夭折，这一突如其来的灾祸，使妈妈精神上、心理上都根本无法承受，无论白天还是黑夜，她总是哭声不断，饮食不思，痛不欲生。周围的婶子、大娘劝她："李嫂，别哭了，娃娃是替他爸爸去了，李老师的病一定很快会好的。"重病中的爸爸也安慰妈妈说："淑德，你要坚强些，孩子都这么小，如果哭坏了身体又怎么带大他们呢？"妈妈哭得像泪人儿似的，她不住地点着头，可是她根据自己坎坎坷坷的经历，就认定那么一条：命，不是注定的，一切都可以改变！为了丈夫，为了孩子，妈妈又强咽着悲痛不哭了。她把所有的希望都寄托在神化了的"娃娃是替他爸爸去了，李老师的病一定很快会好的"这句话上，并且时时处处、日日夜夜都在念叨，她相信上苍不会再夺去丈夫的生命。

丈夫早逝的悲苦

由部队首长和苏联专家的翻译到一名中学教员／爸爸与世长辞时距弟弟溺水身亡仅隔九十九天／深深感动的人们组成长长的送殡队伍／生活上的清贫换来精神上的慰藉／妈妈没钱也没机会再去医治她自己的病……

从首都北京到西北荒原，由部队首长和苏联专家的翻译到中学教员，对一个高级知识分子来讲，真是九十度的大转折。在高台一中任教初期，爸爸辛勤地耕耘在三尺讲台上，把知识的种子播撒到每个学生的心田，他体会着与人为师的快慰和自豪。可是，随着时间的推移，爸爸渐渐醒悟起来，眼前的县级中学与北京工作时的条件和环境相比，如果仅仅是失去了优越舒适的生活条件，他毫不惋惜，而现在却失去了自己所挚爱的科研事业，荒废了所学的专业技术，抛弃了潜心研究的科研项目……这是多么痛心！多么后悔！而且家乡的教

1971年，母亲与长女李琳一家在乌鲁木齐留影（这是70年代母亲唯一的照片）

学工作又同自己的计划，在许多方面和具体实践上很不合拍。尽管这样，爸爸认为，人在中年正是为祖国奉献的大好时光，尤其是当教师，做"先生"，必须要有蜡烛和春蚕一样的献身精神，绝不能误人子弟。于是，他一边兢兢业业、勤于教学，力争把自己所学的外语知识能传授给故乡的新一代；一边开始向中央人民政府有关部门投寄书信，要求调整自己的工作，到专业对口的科研单位，便于更好地发挥自己的专业特长。可是，爸爸万万没有想到，正当他竭尽全力为祖国、为人民想多做贡献的时候，无情的癌症已悄悄在他腹中萌发、扩散了。尽管爸爸知道自己患了不治之症，但他要求调整到学用一致的岗位上工作的愿望，丝毫没有动摇。然而，无情的病魔和当时的客观条件，终于未能使他如愿以偿。

命运并没有像人们想象的那样出现奇迹，灾祸并没有像好心人相劝的那样远离善良，爸爸所患的胃癌，因发现时已到晚期，腹内肿瘤已长到碗口一样大，经高台、兰州乃至北京协和医院等地多方医治，终归无效，于1966年10月20日0点10分在他的出生地——高台新坝与世长辞，终年只有四十一岁。

1965年秋，父亲（后排左二）与同事在高台一中校园内

爸爸病逝之时，距弟弟溺水身亡仅隔九十九天。

那天深夜，我和哥哥、小姐姐正在甜蜜的睡梦中，忽听爷爷气喘吁吁地跑来把我们一一喊醒，然后牵着手领我们到爸爸养病的炕头前，让我们依次跪下。我使劲睁大惺忪的眼睛，看到爸爸那张极为消瘦、颧骨高高隆起的蜡黄蜡黄的脸，脖子伸得老长老长，艰难地喘着粗气，眼睛欲睁欲闭，由妈妈扶着脊背仰坐起来，爸爸看我们都来了，就一一叫着我们三个的乳名，然后断断续续地说："孩子，爸爸不行了，你们一定要听妈妈的话，勤奋学习和劳动，做个对社会有用的人……"然后又拉着妈妈的手说："别哭了，别哭了，哭坏了身体和眼睛，以后怎么拉孩子呢！"刹那间，他又用力捏一捏母亲的手，有气无力地说："我对不起你，孩子还小，我知道你以后的难辛，你一定要坚强些，帮我把孩子拉大就是对我好……"此时妈妈浸在泪水里，只是颔首点头，一句话也说不出来。忽然，爸爸的头向右一倒，双眼一闭，不再说话了。只见爷爷奶奶痛苦地极力呼唤爸爸的名字，妈妈抱住爸爸撕心裂肺地痛哭，哥哥和小姐姐也抽搐了几下，放声痛哭起来。我的神经也突然从麻木中苏醒，泪水和哭声同时喷涌而出。这沙哑、苍凉、令人心碎的哭声和喊声，惊醒了院内的伯叔哥嫂和村庄周围的邻居。他们中间的几个年长者赶快为我爸爸理发、洗脸，并且从头到脚，从内衣到外套都换上了新的。而后入殓到早已准备好的棺材内，脸上苫着丝绵，僵直地置放在屋中央。按当地习俗，死者的孝子贤孙必须跪在棺材两旁守灵三天三夜。妈妈带着我与哥哥、小姐姐，不论白天还是晚上，只要来了吊唁的人，我们都要磕头和哭丧，以示接哀。三天三夜的"跪灵"，妈妈哭得死去活来，嘶哑的嗓子已很难说出话来。哥哥和小姐姐哭肿哭红了眼圈，懵懂中，我在恸哭中则侧耳细听，希望能像往常一样，听到爸爸轻轻唤儿的声音；我在恸哭中，还幻想过爸爸听到哭声以后，会从棺材中缓缓坐起，带着我们再到北京的名

| 身患重病前的父亲

胜古迹游玩，再去高台一中的校园里打篮球、看节目，再到新坝老家大门口的魁星楼前散步；也幻想他回到养病时睡过的热炕头上，服妈妈为他煎好的中药，高高兴兴地给我们讲述保尔·柯察金的故事，教我们学唱俄语歌曲《卡卡铃》《喀秋莎》……然而，我眼泪已经哭干，声音早已哭哑，爸爸依然静静地躺在棺材里。去而复返的奇迹，终未出现，而且永远也不会出现了。

跪在爸爸的灵柩前，望着爸爸僵直的遗体，我不止一次地问："爸爸，你怎么这么快就走了呢？你在北京时不是说要在家中教给我们俄语、英语，希望我和哥哥出国留学，让小姐姐长大当女翻译官吗？后来你不是说等病养好了要带我们全家重返北京定居吗？！"爸爸始终无言。

国家科委给父亲的复函

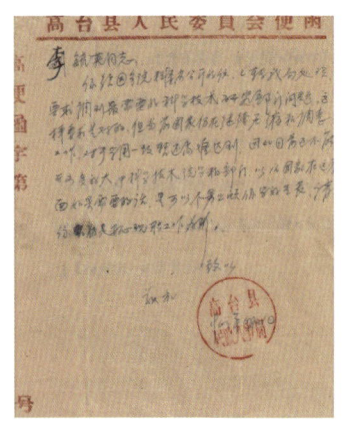

高台县人委给父亲的复函

在当家户族和生产队一些好心人的帮助以及高台一中领导的关心支持下，我们强忍悲痛，掩埋了爸爸的尸体。记得出殡之前，我年仅十二岁的哥哥，身披一件红棉袄，头上戴着白布长孝，直落到后脚跟上，右手提着一支用白杨树枝干做成的"丧棒"，下半截用剪成齿牙的白纸条缠糊着；左手端着盛满吊唁祭奠时烧下灰烬的"倒头盆盆"，低着头弯着腰，在一位长者的搀扶下哭叫着到大门外的马路上把盆盆打碎。然后，他作为长子又回过头去抬父亲的棺材头，由于年小无力，当帮灵的大人们把灵柩后面和两侧抬起时，哥哥不但抬不起棺材的头，反倒被压着跪下了。这揪心撕肺的悲痛场面，深深感动了前来悼念的乡亲和围拢在院门口、路两旁观看出殡情景的人们。他们中间无论男的，还是女的；无论鬓发苍苍的老人，还是刚背上书包的学童；无论是同队的熟悉面孔，还是邻村的陌生人，无不悲痛和怜悯起来。他们有的失声痛哭，有的哽咽抽搐，有的暗暗流泪，还有的干脆走进长长的送葬队伍，扶着妈妈和我们陪哭……

爸爸走了，给他的同事、亲友、学生留下了无尽的思念。他在妻子儿女们的心中留下了一座不朽的丰碑。

爸爸的一生是平凡的，但平凡中蕴含着许多精辟的人生哲理。他甘愿把自己的一切献给祖国和人民的事业，组织上有什么号召，他就积极带头响应；组织指向哪里，他就奔向哪里；组织上安排他去做什么，他就去做什么。无论从部队到地方，从首都到高台，还是由翻译到教师，都不计较任何得失，不提任何要求。他待事业重如山，有强烈的使命感、责任感，始终坚持工作第一。他在高台一中教过的许多学生告诉我："你爸爸俄语水平确实高，会话能力和文字能力都很强，讲课深入浅出，通俗易懂。"还有的说："你爸爸外语教得特别好，每堂课都是循循善诱，一丝不苟。即使在患病期间，他经常用讲桌边沿挤压着腹部坚持上课，额头不停地渗出豆大的汗珠，我们看着心里实在难过。"他爱父母、爱妻子、爱子女，但是一旦党和人民的事业需要，他可以毫不犹豫地以小家服从大家。妈妈和我们从首都北京回到甘肃高台，又从高台县城迁址新坝农村，几十年颠沛流离的生活，不正是父亲舍弃"小家"、顾全"大家"的真实写照吗？

爸爸一生在物质生活上是清贫的，但在精神生活上是富有的。当我们料理完父亲的后事，看到几件令人心碎的遗物：除了一块英纳格手表、一套洗

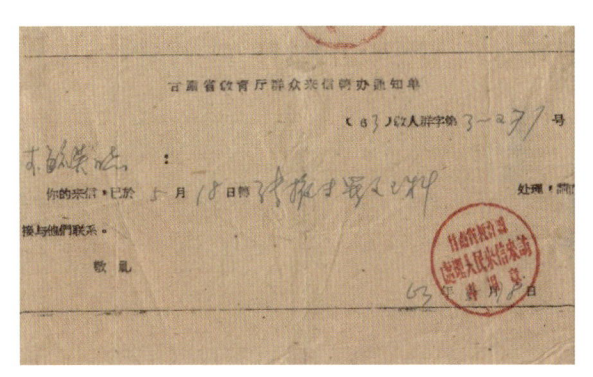

甘肃省教育厅给父亲的复函

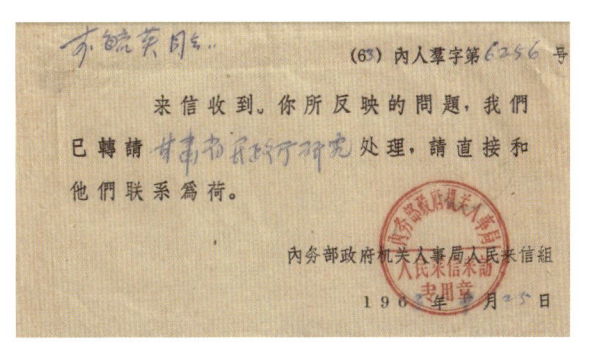

国家内务部政府机关人事局给父亲的复函

得快要发白的深蓝色英国进口毛哔叽中山装、一双黑色牛皮棉鞋、一支钢笔外，其余全是外文书籍和没有翻译完的手稿，没有写完的教案。这就是爸爸留给妻子和四个儿女的遗产，这就是一位高级知识分子的情怀和他教给我们的最后一课吧！爸爸博学精读、持之以恒的求知精神；诚实为本、与人为善的做人品德；兢兢业业、乐于奉献的工作态度；疼爱子女、严格要求的教育方法；"贫贱不移、富贵不淫"的忠贞爱情；等等，这些宝贵精神财富，为儿女们熔铸了一面晶莹、闪亮的人生之镜。净化着我们的心灵，激励着我们在后来的工作和生活道路上不停地拼搏、不停地奋斗。爸爸的一生，东西南北，长城内外。南到昆明，北至哈尔滨，东去广州，西至阳关，都留下他无限喜悦抑或极度忧虑的足迹。他的一生，顺应历史潮流，怀着赤胆忠心，为党和人民的事业，勤勤恳恳，老老实实，都留下了他那殚精竭虑的忙碌身影。他在临终前，吐露了深藏心里的许多遗憾，有对父母不能常伺奉膝前的眷念和歉疚；有对妻子异地相思、独撑家庭、艰苦备尝的愧悔和抱歉；有对子女徒拥慈心却无暇给予更多关怀的无奈和遗憾。所有这些，都袒露了他内心世界的极度矛盾和情感波澜。

办完爸爸的丧事，妈妈叫我们每天三顿饭继续给爸爸冥祭。

有一天吃午饭时，看妈妈神情沮丧，欲哭又止，就把第一碗饭跪奠于爸爸遗像之前，把第二碗端给母亲。她说："你们快吃吧，只要你们吃饱，快快长大，妈也就饱了……"说罢，她把门一掩出去了。大约一小时后，房东白家大妈到家中告诉我们："你妈在你爸的坟上跪哭，我怎么也拉不起来。"话音未落，我们兄妹三个发疯似的跑到爸爸坟前，只见妈妈双膝跪地，满身是土，眼睛和脸都哭肿了。我忍不住一头栽进妈妈的怀中失声痛哭。过了很大一会儿，哥哥和小姐姐连哭带劝，妈妈这才起身回到了家中。后来，我们又多次发现妈妈孤身一人在爸爸的坟上痛哭或静坐。每当看到这种情景，我幼小的心灵就像刀刺一样疼痛，悲伤的眼泪一股一股禁不住流淌面颊，一股一股涌动心底……

作为一名中年女子，在不足百天的时间里，先后失去了儿子和丈夫两位亲人，天塌地陷也不过如此，打击和伤痛本来就难以承受，再加上白天累死累活地劳动，晚上整夜整夜地哭泣，过分的劳累和悲伤，使她精神上受到极大刺激，终于引起了精神上的疾病——神经分裂症。

远在乌鲁木齐的姨姨（妈妈的亲妹妹）和我大姐闻讯后，立即让妈妈到乌市进行治疗。然而高台与乌市相隔两三千里之遥的路程，又是如此难治的病，队长只批给了半月假，妈妈只好匆匆忙忙治疗了几天就又赶回来了。在往后的十多年中，因家境贫寒，生活越来越困难，妈妈没有钱也没有机会再去医治她的病，致使留下了神经分裂症的后遗症。后来儿女长大，有能力、有条件为她治病时，医生的回答却是："犯病时没有一次性治好，间隔时间太长，无论怎么治疗，也不会见明显的效果和痊愈了。"直到今天，我们已经长大的儿女怎么也难以想通，命运之神为何把最为残酷的生活悲剧，都演出在了我们面前；把最难忍难耐的结果，都硬砸给了我们。后来，妈妈一遇不快就性情暴躁，大发脾气，或独自生闷气。每逢有心事就食不甘味，寝不安席，彻夜不眠，这让我们子女肝肠欲断，又无可奈何！

动乱年代的阵痛

  比这更不幸更残酷的事还是接踵而来／动乱年代整个社会都在痛苦地痉挛／军人和干部家庭不会有谁能来承认／十几个膀大腰圆的人冲了进来／我的妈妈也被批斗／妈妈遭队干部殴打的那天下午／把儿女拉扯大才对得起死去的丈夫／我永远也忘不了这些善良的农民……

  在我想来，爸爸的早逝、弟弟的夭折，就是妈妈一生中最大的不幸。对于当时还不谙世事的我们姊妹几个来说，悲剧确实来得太早了，小小的年纪就失去爸爸，使我们失去了往日的父爱，失去了家庭的主心骨。然而，谁能料到，比这更不幸更残酷的事还是接踵而来。

  就在爸爸去世后不久，动乱年代的风波也扩散到新坝公社这个边远偏僻的小山村。我们这个往常很平静的小集镇气氛突然变得恐怖肃杀，弄得人们不知所措，个个畏惧。

  起初，我们的祖父、祖母和家族中的伯父、伯母以及其他一些人，都因出身在地主家庭而经常被批斗。每当看到这些情景，我就产生一种无形的恐惧。但值得庆幸的是，妈妈虽然也是地主家里的媳妇，但因我们已故的爸爸从小就脱离家庭，又曾是革命军人和干部，所以妈妈才幸免被批斗。可是，在那个动乱的年代，整个社会都在痛苦地痉挛，人们陷入了盲从的狂热与难以控制的疯狂之中。随着运动的惯性跌跌撞撞，赫赫有名的共和国大将许光达曾亲自签名颁发给我爸爸的"革命军人证明书"和"革命军人优待证书"竟也成了废纸。我们革命军人的后代,干部家庭,也不会有谁能承认了。

1967年正月初一这天,正是冬寒时节。凛冽的西北风迎面扑来,再加上米粒似的雪花,好像无数针尖刺在脸上,一会儿,脸有些麻木了,手也有些麻木了。我妈妈不停地伸手搓着脸,硬是坚持着把院子又扫了一遍才回到屋内。她觉得,此刻的政治气候也和大自然的温度有点相似有点无端地奇怪。中午,我们全家正在欢欢喜喜吃年饭,"咚咚咚"一阵急促的砸门声令人惊恐,我们还没弄清是怎么回事,门已被推开,只见十几个膀大腰圆的小伙子冲了进来,他们围着妈妈大喊乱叫:"有人反映你偷偷在糊高骡子大马等纸活,要在你老头子的坟上烧,搞牛鬼蛇神,快把纸活交出来!"

"有人汇报你老头子给苏联专家当翻译时里通外国,赶快把他与赫鲁晓夫的合影照片也交出来。否则,我们就要采取革命行动……"

妈妈气得脸色苍白,她的心都在颤抖。她大声质问他们:"是谁见我用纸糊高骡子大马?我老头子人都死了还里通什么外国?他什么时候与赫鲁晓夫照过相?你们要说清楚!"

"搜!"只听领头的人一声令下,来人一拥而上,不多时低矮的两间土屋子已被翻得乱七八糟。旧衣服和鞋袜扔了一地,我爸爸遗留下的外文书刊资料被抛得东一本,西一摞,许多被撕破。他们终于从方桌下面搜出了一些折叠好的白纸,还有一条用蓝纸糊成的裤子。紧接着又打开了我们家唯一上了锁的一只小木制箱子,抄出了我爸爸珍藏多年的一本灰褐色高级影集。里面镶嵌的照片严严实实,有我爸爸在黄浦江畔、松花江岸西装革履的身影。有身着军装,与装甲兵司令部首长和战友当兵习武的合影。绝大部分则是同德斯连柯、瓦西列夫等苏联专家在不同场合的工作照,也有一些是专家及其夫人们与我爸爸、妈妈以及我们姊妹几个在一起唱歌、游玩的留念。领头的人一页一页地翻检着,仔仔细细看完影集,欣喜若狂,如获至宝。他指着妈妈的鼻子反问:

"你老头子与这么多高鼻梁、深眼窝、卷毛子(卷发头)的'苏修'照过相,不知把我们国家的多少机密给泄露了,还算不上里通外国吗?照片上的这个人（指德斯连柯）明明是赫鲁晓夫，你还想狡辩抵赖？！"

"果真要是赫鲁晓夫，那你们就到北京我老头子工作过的单位去问吧！"妈妈哽咽一句。

这些人把整个屋子的旮旯犄角都搜遍了，但始终没有搜出什么纸糊的高骡子大马来，就当着我们的面焚烧了那条蓝纸糊成的裤子和折叠好准备给我爸爸上坟的白纸。望着熊熊燃起的火焰，我忽然想起，这条裤子确确实实是妈妈亲手做的。那天晚上，她在灯下先用蓝墨水把白纸染过，然后一边剪一边糊，对我们说："我清清楚楚地梦见你爸爸穿着一条从来没有穿过的破裤子，连个衬裤都没有，让给他烧上件新的。"于是，我们就陪着妈妈剪纸、裱糊。可奇怪的是，一条用纸做的裤子，还没有烧到爸爸的坟上，为什么就被人告发了，而且还诬告糊的是高骡子大马呢？难道那天晚上有人在窗前窃听或者窥视？难道是我们当家户族中有人在利用宗族矛盾，公报私仇，玩什么心计，诬陷告密吗？

焚烧完纸活，他们勒令妈妈到大队去交代问题，还说这本影集是我爸爸"里通外国"的罪证，要没收上交，并把摆在桌子上祭奠我爸爸的几个苹果、饼干和一盒香烟都收走了。过了几天，他们在大队召开了批斗大会，台上站了长长的一大排批斗对象，绝大部分是新面孔，其中就有我的妈妈。会议开始后，审讯者先念了一段各自的"罪状"。他们喝令妈妈交代爸爸所谓"里通外国"的问题。我站在会场最后面，清清楚楚听到妈妈义正词严："我认为我的丈夫对党是忠诚的，他当苏联专家的翻译是党和组织的安排，不是个人行为，而且他夜以继日地搞科研、开发项目，为祖国建设贡献了毕生精力，怎么能是'里通外国'呢！"妈妈据理力争，审讯者无言以对。我当时为妈妈的一身正气而动容。这就是我的妈妈！铁骨铮铮，坚持真理的妈妈！这时，突然有几个人跑上去，用事先准备好的红、蓝墨水和毛笔，给妈妈和每个被斗对象都打上了花脸，戴上了白纸做成的高帽子，在每个人脖子上又挂上了用纸箱板子制作的四方牌子。我的头脑像被什么东西重重地击打了似的，台上讲的什么，那么多人胸前挂的牌子上写的是什么，我都不想听也不想看，只是两眼直直地盯着妈妈一个人。当我踮起脚尖看清楚妈妈的花脸和牌子、高帽子时，我的头"轰"的一下子大了好多。我不仅感到妈妈的人格尊严受到了极大的侮辱，而且觉得就连我这个毛孩子的强烈自尊心也受到了极大的打击。顿时感到满脸羞辱，再无脸见人。

大会是怎样结束的，我不清楚，只隐隐约约听到有人恶狠狠地喊我的名字，要我和妈妈划清界限。直到我木呆呆地回到家中，看见刚才站在台上连一滴泪也没有掉的妈妈，这时却哭得成了个泪人。我的眼泪也如泉水一般涌了出来，失声痛哭着，好像要把积郁在心里的多少委屈、冤枉和着泪水倾诉出来。哥哥和小姐姐也禁不住又一次心酸落泪。这天晚上，我们全家谁也吃不下晚饭。这天夜里，妈妈哭一气，喊一气，几乎哭了一夜，我们陪着妈妈整整坐了一夜。

这是一个刻骨铭心的漫漫黑夜。伤感、慌恐、压抑、忧虑，笼罩在全家心头。这一夜，我有不少疑窦想问妈妈，为什么爸爸与苏联专家一道为祖国社会主义建设事业设计出了那么多高楼大厦，研制出了那么多的机器，可他们却说是"里通外国"？我怎么也想不清这到底是怎么回事。在当时，不要说我这样一个初涉世事的孩子想不清楚，就连有着文化知识和一定社会阅历的妈妈也搞不清楚。但有一点我是坚信不疑的，那就是妈妈总是说："不要紧的，你们的爸爸是好人，为党和人民工作了几十年，兢兢业业，正大光明，根本没有'里通外国'的事。有些人诬告我们，嘲讽我们，歧视我们，巴不得我们自己垮下去，要我们死？可我们却偏要抬着头活着！好好活给他们看！"

过了一段时间，妈妈到大队里要回了爸爸的影集。打开一看，父母亲和苏联专家及其夫人们在一起的大部分照片已经没有了。后来我们才知道，有的被没收影集的人烧毁了，有的被撕成了碎片，仅存下来的这些多亏县里派驻大队工作组的马同志进行阻拦，才没有被烧光。

冷酷的现实，逼迫着我这个刚满9岁的孩子也不得不去思索纷至沓来的形形色色、光怪陆离的社会问题，各种疑惑和不解，纠结着我——一个小小少年抑郁心头的阵痛，并且让当时还不谙世事的我在这种内心的阵痛中过早地萌生出对公道的渴望。

那个时候，妈妈有时真的很无奈，在精神上备受折磨和打击的日子里，更有使一个独身女人难堪的事。生产队里有一个队干部被社员称为土皇上，他唯吾独尊、飞扬跋扈、横行队里。他好多次无赖地想打我妈妈的主意，并许愿只要跟他好，满足他的要求，不仅可以每天干轻活，而且保证妈妈今后不再受批挨斗。妈妈宁死不干！土皇上恼羞成怒，开始对妈妈疯狂报复了……

每天派工时，土皇上让妈妈像男人一样挖沟、平地、放水、驾牛盘田，可晚上记工分时，却比干清闲活的一些女人还少一半。一次，分给妈妈和小姐姐一片麦地去薅草，草本来已薅得干干净净，可那个土皇上到地里故意找茬，硬说草没有薅净。妈妈据理抗争，非要让他当众找出没有薅净的草来。这个土皇上不仅没有找出草来，反而用手中事先准备好的柳条朝妈妈身上不停地狠狠地抽去。在现场薅草的好多妇女实在看不下去了，纷纷围起来谴责这个土皇上，有的还伴着妈妈痛哭，哭我苦命的妈妈，哭我坚强的妈妈。

妈妈惨遭土皇上毒打的这天下午，她声称头疼得厉害，独自一人待在家中。快接近黄昏时，我和哥哥放学回家，正巧把薅草收工的小姐姐碰在门口，我们想妈妈肯定把饭早做好了，可上前一推门，门却被那根桃木杠子顶得紧紧的，我们急忙呼唤妈妈开门，好久却没一点动静，就赶忙把手指头伸进门缝将杠子慢慢取掉，三个人同时冲进门去。我们只见妈妈睡在炕上，头上蒙着被子，眼圈哭得红红的，眼泪把一个被角都渗透了，左手捏着一大把西药片。这时，我们才如梦初醒，扑上去大哭起来："妈，你不能死！你死了谁来管我们，你不是让我们偏要抬着头活着吗？可你为什么偏要去死呢？"妈妈在我们可怜悲惨的哭声中坐了起来，她没说一句话，只是搂着我们死去活来地痛哭了一场。我们明白这哭声，是生与死的抗争，是血与泪的控拆，是妈妈对死去的丈夫的呼唤。

对，要活下去，要坚强地活下去！把儿女拉扯大，才对得起死去的丈夫！既不去当冤屈鬼，还要清清白白做人。一定要活出个人样子让他们看！她相信党，相信未来，死，对于不怕死的人来说是一个并不难达到的归宿。但拒绝死，却要付出更大的觉悟和努力。

妈妈强忍着忧伤和痛苦，她是那种绝对不能叫别人觉得自己可怜的人。那个土皇上在妈妈身上始终没有占上便宜，就把她从大田又调到肉食站喂猪，妈妈每天拉着大汽油桶做成的水车，从大涝池来回要拉十几次水。夏天溅一身泥水，冬天衣服上结着冰，坡陡路滑，有时拉车不小心，连车带人都会翻倒过去。几十斤重的猪食桶，她要一桶桶地提上倒进一个个猪槽中，猪食房里烧着大炭炉，不管春夏秋冬，室温都在四十摄氏度上下，妈妈一遍遍用小铁锹翻弄着巨大锅里的猪食，汗珠吧嗒吧嗒顺着脸颊往下流……

有一次，妈妈带着14岁的哥哥同大伙一道在沙庄子耕种队上的地。干活期间，队干部的"公主"仗着父亲的权势，故意挑逗着辱骂哥哥，而且声音越来越大，语言越来越不堪入耳。有的人站在一旁既小看哥哥不像男子汉，又讥笑妈妈无能。哥哥气愤极了，抡起手中打土块的榔头，想上前狠狠揍一顿这个比自己还小一岁的女孩，他的脚还没有迈出一步，就被妈妈赶忙上前拦住，夺下了他高高举着的榔头。这时，妈妈的眼里充满了泪，心里却充满了血。"孩子何罪！孩子何罪！为什么也遭人欺凌？为什么让一个小小的女娃娃无故辱骂……"

就在个别队干部时时处处刁难、迫害我们母子的岁月里，不知是形势所迫，还是要逼着我们孤儿寡母走出李氏家族的缘故，在李家大院的当家户族中，有一些被我称之为"长辈"的人，仗着家中人口多，有男人，有壮劳力的气势，也同样向我们投来歧视的目光。他们不仅时时小看我们孤儿寡母，而且在别人欺负我们时，常待在一旁看笑话。而我们生来就是一身硬气的妈妈，队干部和贫下中农的气怎么都可以受，但绝不容忍家族中的任何人欺负她和她的没有爸爸的孩子。记得爸爸刚去世时，妈妈和我们兄弟姊妹还沉浸在丧夫失父的巨大悲痛中，家族中有些人的风言风语就传来了："男人都死了，还不赶快嫁人。""我们倒要看一看她有多大的本事，能把几个娃娃都带大！"个别比妈妈小一辈的侄儿、侄媳，有时也蛮横无理地举起石块、棍棒来恐吓我们。妈妈横眉冷对，不怒自威，使他们不敢下手。那年头，我们当家户族的大人之间，矛盾错综复杂，人人自危，貌合神离。在度过那个极其荒唐的岁月后，渐渐懂事的我们才知道，我们家族的个别人，出于阴暗心理，在妈妈的当面占不了上风，就在暗地里有意给妈妈找茬子，尤其在队干部面前悄悄地"奏本"，甚至玩弄心计，诬陷诽谤，力图寻找妈妈的"政治错误"，以显示他们自己的政治正确。

队干部的偏狭和来自当家户族的刁难、欺侮，迫使知书达理的妈妈不止一次地左手拉着我，右手牵着小姐姐，后衣襟上坠着哥哥，到公社去上访、讲理，去讨个公道。然而，在那个动乱年代里，谁又敢来保护我们孤儿寡母呢？何处能讨到公理？

人活着，总得有条路走啊！被逼到无路可走的时候，会把遍地荆棘也当成路，沼泽也当成路，悬崖也当成路……从那以后，妈妈更是坚定了生活的信念，不论队干部还是当家户族中的恶人，她谁都不怕，谁要是无故欺负刁难我们，妈妈一方面找地方上诉讲理，一方面会豁出去拼命，致使一些人再也不敢轻而易举地欺负我们母子了。

俗话说，天无绝人之路，世上总是好人多。

就在我们母子深受迫害和凌辱的那段岁月里，大队和生产队里以及在我们周围，也有许多普普通通的好心人，他们虽然没有什么文化素养，却有着善良的心。他们给过妈妈生存下来的力量和勇气，给过我们不少的温暖和帮助。我从他们身上感受到同情和公理。他们真正是"衣食父母，万不能忘"。这不仅是妈妈教我的，不仅是从书上看来的，还是我从自己极其有限的人生经历中感受到的。我永远也忘不了这些善良的人们。不管新坝多么贫穷、多么边陋，毕竟是我学习、生活，流过汗水的地方，是我们祖先生息的家园。

我在这儿年龄虽小，但一点一点地认识了人生的艰辛，妈妈和我们不屈不挠地用自己的双手创造了生活的价值。在新坝街头，涝池沿边、二中校园、杨树林中、沙枣树下、野马坪上、农田麦场和摆浪河水库，我徘徊驻足，生发着美好希望。在这儿，我带着苦涩和辛酸，但依然憧憬着未来，我学会了如何识别真、善、美，假、恶、丑，我对新坝的一山一水、一草一木都有着深厚的感情，我热爱这块土地，深深地热爱生活在这儿的勤劳勇敢的人们。

尽管在那动乱年代里，妈妈和我们受了不少冤屈和欺辱，当时很难想通，但到动乱岁月结束后冷静思考，这一切便是可以理解的。所以，对在动乱年代曾对我们有任何过激行为的一些人和事，我们都完全给予了容纳和谅解。在我们离开故乡之后的这二十多年里，只要我们回新坝老家，我总是陪着妈妈去拜望左邻右舍和队上的一些老干部，还抽空到远近农户家中走一走，看一看。与他们叙谈，我深有体会，这些勤劳、善良、正直、坚韧的农人中间，有读不完的人生哲学，学不完的人生真谛。他们那憨厚朴实的形象深深地铭刻在我的心中，任凭岁月的流失，环境的改变，永远也不会把它带走。

苦难生活的磨砺

> 生活向我们家提出了一个接一个的挑战 / 为了养家糊口妈妈不得不四处出走 / 我望着一天天消瘦的妈妈心里难受极了 / 只有学习好了才有出息 / 风雨中的三间破土房 / 一些好心人看到我们的贫困家境 / 我们在逆境中成长……

爸爸英年早逝，留给妈妈的不仅仅是生活上的打击，心灵上的折磨，同时更是留给她一副太沉太沉的担子：三间破土房有两间是过去大家族时用过的伙房，因年久失修，墙歪檩条斜，屋外下大雨，房内下小雨，家中既无积蓄又无存粮；四个儿女除长女稍大一些外，其他三个都是不懂世事的孩子，丈夫撒手人寰时分别只有12岁、11岁和8岁。要实现丈夫的遗愿，把孩子拉扯长大，培养成人，往后的日子可怎么过呀？

新坝公社地处祁连山麓，海拔高，气候寒，自然条件相当严酷，加之那时没有水库，农业完全是靠天吃饭，农民长期不得温饱。这里既是高台县的边远山区，又是全县有名的贫困地区。在新坝的十多年岁月，生活向我们家提出了一个接一个的更严酷的挑战，使妈妈和我们真正饱尝了人生的酸甜苦辣。

首先是饥饿。难以想象的饥饿，像是无法摆脱的魔鬼，残忍地折磨着我们母子。我们家一年的粮食总量比北京比高台县城时的定量少了一半，而且几乎没有油，没有肉，没有其他副食，蔬菜也很少吃，使人经常感到饥肠辘辘，见到什么都想吃。正如那时当地民谣中所唱的"一天吃的四两粮，拄着拐棍扶的墙"。我们所在的新生七队，粮食产量在全大队称得上是高产，平均亩产三百多斤。尽管如此，连续十多年每个工日只能分得一角多钱。每年秋天粮食打下来，除留够来年的籽种外，剩余的一些都是按劳动力分配到户。像我们这样劳动力少且又没有壮劳力的家庭，只能分到全家一年所需口粮的三分之一。因此，如何解决缺粮问题，让三个孩子有饭吃，就成了困扰妈妈生活和劳动的最大难题。

在那饥饿主宰一切的年月里，为了养家糊口，妈妈不得不四处出走，隔三间五到亲友和熟人那里找借粮食。这家借来几升青稞，那家赊上几斤小米，千方百计让我们吃饱一点，吃好一点。特别是每逢中华民族的传统节日，吃粮再紧缺，妈妈也要提前准备，为我们做上一顿欢度节日的风俗饭。比如大年三十的长面，正月初一的饺子，十五的元宵，端阳节的米糕，腊八节的豆豆小饭等，都曾使我们大饱口福，足可解馋。但是性情倔强的妈妈，从来不向欺负和小看我们的那些人张口借粮，即使有一些好心人主动借给、送给我们一点，哪怕是一碗炒面，半碗小米，妈妈都教育我们牢记不忘，并用我大姐定期从乌鲁木齐寄来的一点工资款予以顶替偿还。她经常告诫我们："好借好还，再借不难。"从来不占别人一分一厘、一斤一两的便宜。

有一次，妈妈劳动收工后，到距家四五里远的古城子去借粮，回来时已是夜幕降临，隆冬刺骨的寒风让人感到钻心的难受，可途中不幸又被路旁乱跑着的三条大狗扑来狂咬一阵，身上穿的棉袄、棉裤被撕咬得絮絮片片，面部和手上被咬得鲜血直流……

▎1966年，大姐李琳18岁，在乌鲁木齐市第一橡胶厂工作

从此以后，我和哥哥、小姐姐也替妈妈承担一些找粮的活计。本队借得多了，我们就到别的队里去借；乡村农户借不出来，就到高台城里找亲戚和爸爸的同事，每月少则一次，多则去几次，每次不是提半袋米面，就是背几个馍馍来。那时新坝到高台的交通车是一辆敞篷"嘎斯"，我们没有钱买车票，就搭乘便车、军车、拖拉机，个别时候还坐马车。有时在新坝街等上半天都不见一辆车，就步行30里，到甘新公路312国道元山子路段去搭车。由于我们频繁地轮换着到高台城里去找粮借钱，队上的人管哥哥叫"提款委员"，称我是"运输小队长"。

为了让我们吃饱，妈妈有时只吃个半饱、饿着肚子就去劳动。记得有一次，实在没有粮做饭了，妈妈就用磨面时剩下的麸子给我们烧汤，又拿着仅有的二角五分钱去房东白家大佬买来了一个大饼子，给我和哥哥、姐姐各掰一大块，她自己留下一小块。我们三个急切地扑上，不几下我第一个先吃完了，妈妈又把她的那一小块给了我，我刚啃了一嘴，哥哥却对我说："你怎么一点不懂事？妈一天了没吃东西，就这一小块馍馍还让你又吃了。"我望着一天天消瘦体弱的妈妈，心里难受极了，眼泪扑簌簌地顺着脸颊流到那块没有啃完的馍馍上，心中默默地想："妈妈，我长大了一定好好种田、挣钱，让你不再愁吃愁穿，天天都有饼子吃。"

那时，每天都是一场生存与死亡的残酷搏斗，每天都有善良与邪恶的较量。妈妈天天望着嗷嗷待哺的子女们，想着丈夫临终托付的话语，怎能不让她心焦如焚呢？一家大小四张嘴呀，这么沉重的负担，都压在一个备受磨难的女性身上，她怎么能不苦呢？

有一年，大姐从新疆寄给家里十个花布书包，想让弟妹们上学使用。可妈妈眼望着清光光的开水锅里啥也没有，就将八个书包一个个地换成了邻居家的青稞面，一个书包吃一顿，只解了几顿急。另两个书包，也抵了几日前的欠债。

到我家实在揭不开锅的时候，妈妈又跟邻居借上一点麦麸子（小麦磨取面粉后筛下的麦皮），回来与野菜和起来做成馓饭，几个孩子即使面对着这样的饭，谁也不愿先吃或者多吃一口。妈妈把饭推给这个，又推给那个，大家谁都没吃，却抱头痛哭了一场。

在这最为困难的时候，还是党和政府对我们一家给予了强有力的关怀。爸爸去世后，县民政人事局给一个娃娃每月补助18元钱，还有，在种田时补助一些钱或者是在快到冬天时拉来一车煤。就是这些，妈妈一再对我们儿女们说，娃娃，我们一定要记住党的恩情。没有党对我们的救命之恩，我们哪一个也活不到今天！我们难以忘记，在那最困难的年月里，在那一切失去平衡的年代，我家的一个"长辈"向上面反映，说是我们家钱很多，每月有一百多元的补饷，是根本用不着补助的。为此，民政人事局等有关单位给我们的补助刚发了三年就终止了。这使我们家的生活更加困难了。

记得当时连买点灯的火（煤）油都十分困难。一次，妈妈用10元钱才买来两斤半火油，但那次买油却往返步行了60里路，用去一天的时间，并付出了沉痛的代价。上午，妈妈临出门时，从家里所剩无几的米缸里盛了两碗米给了家里的长者，请她在中午的时候给孩子做点米饭吃。可到了晚上，妈妈回到家里时，我小姐姐直喊叫着肚子痛，不大工夫，她的肚子鼓起来了。大哥赶紧叫来大夫，又忙又乱了好一阵子。大夫见她转危为安后才说："这是吃得有问题了，若不是抢救得及时，恐怕就要出事情了。"事后，小姐姐才对妈妈说，那天中午，大人们给吃的是小米糠拌的苦苦菜团子。我们弟兄们都很怨恨那个偷换了原料的长者，但妈妈却对我们说："不能怨他们，现在大家的日子过得都很苦。"我们都很听妈妈的话，她这样一说，我们大家就都不说什么了。

俗话说："半桩子，饭仓子。"随着我和哥哥、小姐姐年龄的不断增长，家中的日子也就越来越难了。长身体的年龄不管吃好吃歹，也要吃饱，可粮食和经济来源在哪里？队上有男劳动力的家庭，他们在粮食不够吃时，可以到祁连山里挖中药材、砍柳柴来变钱、买粮，也可以到几十里上百里外的沙丘、荒漠打来野生植物沙米，然后磨成面充饥，而我们进山嫌小，打沙米气力又不足，只有向别人借。但是，借一次、二次、三次可以，如果月月借、年年借总归不是办法。为了生存，为了保住儿女的生命，妈妈只好忍痛割爱地将爸爸曾经用过的"英雄"钢笔、青铜灯座、牛皮棉鞋和床罩、缎被面子乃至妈妈出嫁时的一条围巾等一切能变钱买粮的物品都拿出去兑换成价值相差几倍的面粉、榛子、小米，换成一丁点食品吃掉，使我们勉强糊口，既没有饿坏，更没有饿死。家里实在没有烧饭的煤和柴时，妈妈忍痛将自己娘家陪嫁的一口木箱子劈成柴烧了。妈妈和我们一想起那个时期，现在也会掉泪。但在当时，我们始终不解，妈妈为什么总是流着泪，总是像泡在眼泪里一样。

妈妈不仅千方百计让我们吃饱，还想尽一切办法让我们穿暖、穿整齐、穿干净，让世人看了感觉不到我们是失去爸爸的孩子。那种来自于自尊自爱、自信的人格力量，不知让妈妈付出了多少常人难以想象的艰辛。她一人也默默地承担着家庭重负，为永诀的丈夫给儿女一份至亲至爱的护佑。

那时，妈妈白天拼命劳作，尽量多挣点工分，能够多分到一点粮食。晚上常常整夜整夜地给我们缝补衣服、纳鞋底做鞋。一件衣服，穿了补，补了拆，拆了缝，在妈妈的手中要过好多遍，不论是补丁摞补丁的外套，还是用羊毛做里子的棉裤，都做得软绵绵、平展展的。村上的大人、孩子都夸我们穿着既整齐又"洋"气。妈妈给我们做的冬衣夏装，单鞋棉鞋，从样式到尺寸，都是凭着她自己的感觉进行裁剪和缝制，从不量尺寸和仿照模具，每件我们穿戴起来都合体舒适。我们穿上衣服鞋袜了，煤油灯芯的余烬知道这千针万线里缝进了妈妈对儿女的多少情和爱。

记得我上初中那年，天冷了棉衣还没着落，妈妈立即将她穿过的一件大襟棉衣稍加改装后给了我。我穿上到学校，总觉得别别扭扭，同学们一下课就叫我"老婆子"，回到家里，忍不住将这情况告诉了妈妈。妈妈明知我再也不是三岁小孩了，穿着大襟棉衣不合适，可又有什么办法呢？妈妈凄苦地一笑，轻声细语地对我说道："孩子呀，人比人，活不成。我们千万不能和别人比吃比穿。吃饭穿衣是可以改变的；要和别人比学习，只有学习好了，才有出息，这是最最要紧的啊！"我听后脸红到了脖根，之后一头扎入学习之中，不再管同学们叫我什么了。

妈妈一心让我们穿暖，自己却节衣缩食，以饥饿冻馁为代价，争得儿女的温饱和全家人的做人尊严。爸爸去世的前10年中，妈妈没有给自己买过一件衣服和鞋子，我们姊妹三个除大姐有时寄来件工作服和棉胶鞋轮换着穿一下外，其余全是妈妈亲手为我们缝制的。记得有好多次，我半夜从睡梦中醒来，总是看见妈妈在昏暗的煤油灯下不停地做针线活，她手中那根磨得又明又亮的针，一会儿在缝衣，一会儿在拨灯芯，一会儿又去理理头发。有时我们睡不着了，就让妈妈一边干针线活，一边给我们讲故事。

妈妈最爱给我们讲勇敢孩子克服困难的故事，还有祥林嫂和阿毛的故事、焦裕禄的故事、雷锋的故事等等，并对我们说："妈妈的生活遭遇就像祥林嫂，既失去了儿子（三子），又失去丈夫。你爸爸又与焦裕禄叔叔同病。雷锋从小没有了父母，是苦难中长大的好孩子，是全国人民学习的榜样，你们一定要好好向雷锋学习，像他那样做人。"当妈妈看了焦裕禄的女儿焦守凤写的《忆我的爸爸焦裕禄》一书后，她让我和哥哥也写一写自己的爸爸，可二三年级的娃娃，哪有能力来写呢？不知怎的，这些故事妈妈讲多少遍，每次我都觉得有新的趣味，新的启迪，一点也不感到烦。每当讲到一些非常痛苦、悲惨、曲折的情节时，妈妈的眼泪就扑簌簌地往下流，仿佛故事中受苦受难的人就是她自己。有时一个故事讲完，鸡也叫了，天也明了，手中的针线活也做完了，正巧到了早晨上工的时辰。妈妈只好又带上工具，下地劳动了。就这样，妈妈肩负着一个母亲的重任，不分白天黑夜地为我们儿女们操劳。结果落下了30年后她双腿罗圈，行走艰难，双眼疼痛，视线模糊的难治之病。

如此艰难的生活本来够人熬了，可三间破土房塌陷渗漏的难题又向妈妈袭来。我们家从北京迁回老家时，爷爷分给不足十平方米的一间住房。我们一家就挤在这间平房里，房顶和炕周围的墙壁全用报纸裱糊。还有两间是过去大家族时用过的伙房，只能做饭和放东西。这三间破土房，由于年久失修，时常发生陷塌和渗漏现象。有一次，伙房的一道横梁从中间折断，要不是哥哥和我迅速拿木柱撑上，整个房屋塌下来就会要了我们的命。最苦的是遇着连阴雨，屋里屋外全是雨，棚顶和四壁漏得一片又一片，晚上睡觉在炕上要挪动好几次。每到下雨，妈妈就翻出家里的破坛破罐接漏。一个坛子里的水满了，她又跑到后边换上一个空坛子接，前边一个雨漏接住了，她又跑到后面接。她东换西挪，整夜整夜难以合上眼。听着满屋叮咚作响，妈妈只是一直不停地换着坛子。夜晚不得休息，白天还要干活，队上的活，家里、外头的事，妈妈受的累，吃的苦，只有我们儿女知道。

60年代末期，生产队的粮食产量本身靠天吃饭就很低，但今年要求"跨黄河"，明年又喊着"过长江"。水源不足只好增加肥料，队上要求每年冬季人均给公家交积肥粪150斤，我们四口人要交600斤。有劳力、有架子车、有毛驴骡子的人家，都到一排松、大口子、水关河等大山里面的牧场拉来一二架子车就交够了，而我们家全凭孤儿寡母背着、提着粪筐去拾、去捡。妈妈从早到晚无论走到哪里，粪筐不离身，只要在马路小道、农田场院看见一点粪便，都要捡上。我和哥哥每天凌晨五点就被妈妈叫醒，一人背一个粪筐，借着月光和晨曦分别到四五里远的西庄子、古城子等地拾粪，待天亮后立即赶回家，放下粪筐又跑步去学校。吃过晚饭后，我们经常提着粪筐守在饮大牲口的西涝池沿上，两眼盯着那一头牛或驴一翘尾巴，就赶忙上前抢着捡粪。每逢星期天，我和妈妈借用人家的车子和毛驴或牛，披星戴月，翻山越岭，到几十里外的野马坪、杨家庄去拾粪，一路上狂跑乱叫的野狗猛兽，吓得我们母子浑身哆嗦。就这样，我们每年一斤都不少地完成或超额完成队上的积肥任务，目的是到秋天不要让扣去应得的口粮。

有一年仲夏，生产队分给我家一头半岁了仍不长个子的小毛驴，我们省吃俭用，精心饲养，让它快点长大帮我们驾车打碾。为了给小毛驴修一间畜圈，妈妈和我们姊妹三个用石头土坯砌墙，当第三堵墙快砌到两米高时，因墙根砌歪，整个墙忽然倒塌，把我们全压在墙下，险些丧了命。待邻里把我们救出来时，妈妈三处受伤，我和哥、小姐姐都成了土泥娃娃，面部和身上青一块，紫一块。妈妈说我们没有被倒塌的墙压死，是我爸爸在保佑。

| 1968年的二姐李环

六七十年代，新坝农村无一台电动磨，小麦、玉米、青稞都是用石磨磨成粉，谷子用石碾脱去壳。我们家因贫穷没有石磨、石碾，又没有畜力拉磨，经常借用白家大佬、贺家大妈、陈家婶婶等善良人家的磨和碾子，而且是妈妈用人力推磨碾米。家中一旦有点粮食，妈妈就抱起满是裂纹的磨杠，围着磨盘转。磨眼咽下用水淘干的粮食，两片厚重的磨扇周而复始地挤出片片麸皮，一直挤到箩不出面粉为止。有时汗水和着眼泪，似浑浊的溪流在妈妈脸上淌。那曲曲窄窄的磨道，恰似妈妈充满艰辛和痛苦的人生之路。我们稍大些的时候，就套着绳子在前面拉，妈妈在后面推。一斗粮食最少也得磨六七个小时才能磨尽，每次都累得妈妈直不起腰。

我还是在很小的时候，就开始参加生产队劳动了。记得，那时我常常驾着毛驴车从新坝到160多里以外的肃南灰大坂煤矿或者是120多里地的本县四满口煤矿去拉煤。其间都是荒丘野洼、碱滩戈壁、大山峡谷，十分荒凉，一般都是夜里出发，第三天返回。妈妈害怕我年龄小一路上不安全，就买点烟酒送给人家，央求有的大人带着我一块出发。可有的人要了这要了那，却又嫌带着小孩一路累赘便悄悄地出发了。

多少次在月亮升起来的深夜里，妈妈送我上路时走走停停的情景和那临别时一次次泪光闪闪的嘱咐，以及盼儿归来的牵挂，我至今仍记忆犹新。在那拉煤的路上，我曾被猎狗追咬着撕破了棉裤裤腿；曾经因为驴没劲，而耽误过行期。我少年时期多少辛酸的记忆都铺洒在那条沟沟洼洼的拉煤路上。

"老婆子，你的这个娃娃以后有本事哩！"每当我驾着小毛驴车，一身疲劳地走回村时，队里有的人经常在驴车的铁铃声中这样说着。妈妈听到总是会流出眼泪。这时她会像在祈祷什么似的说，娃娃念的书太少了，吃的苦太多太多了。也许是丈夫的耳濡目染、心灵感应，妈妈，这个平凡的女性，对儿女们的文化学习有着强烈的渴望。这也许是在又几十年后，她对自己的小女儿没有学得小学文化而深深忏悔的原因吧！

一些好心人看到我们极为贫困的家境，出于为妈妈着想，劝她改嫁。今天给介绍一个公社书记，明天又领来一个机关干部，后天又是一个贫下中农出身的大队干部，并对妈妈说："要嫁给公社书记或机关干部，你的三个娃娃都可以转为城市户口。"有的人出于好心劝说妈妈："你才四十出头,再找一个人总能为你分担一些,再说改嫁也不是什么丑事,像你这种困难情况,不会有人说三道四的。"

妈妈并非恪守封建妇德。她对于家庭、未来和自己的婚烟问题自有更深层次的理解,因此无论做媒的人说得多么诚恳,无论介绍的对方官位多高,权力多大,出身多好,妈妈都是一口回绝:"不行,我不改嫁。改嫁了,对不起我丈夫的在天之灵。再说别人对我的孩子要是不好,我后悔也来不及!"

就连去新疆时,姨姨同样的奉劝也被妈妈拒绝了。若遇个别被回绝后还三番五次来软缠硬磨者,妈妈不是气哭,就是耍脾气,使对方下不了台。从此以后,周围的人再也不好意思为妈妈提媒了。正是妈妈用坚强的毅力顶住了中年丧偶后的艰难,也正是妈妈以对丈夫百倍的虔诚,对儿女成长高度负责的精神,才拿定了誓不改嫁的主意,使我们在逆境中得以健康成长,并磨炼出了坚强的生活意志。如果不是妈妈的坚强和果断,牺牲和付出,也许我们姊妹几个要吃更大的苦,遭更多的罪。

后来,我在搜集整理父母亲照片的过程中,竟发现在新坝的十多年里,妈妈及我们姊妹们几乎连一张相片都没有照过。妈妈是懂事明理的人,她总在谆谆告诫儿女们,好人好心总有好报,要想让别人对自己好,自己首先要对别人好。每当我们回忆起这段艰难困苦的岁月时,妈妈总是说,人生在世上,总要经历各种磨难和坎坷,过后回头去想,最值得留恋和回味的,恰恰是这些充满艰辛的往事。

妈妈虽不会说"投之以桃李,报之以琼瑶"这样的文人气十足的话,但她从小就让我们一定要记住在我们最为困难的岁月里,人们给予我们的每一点关心和支持。譬如,大佬、大妈送给我们的毛线袜子,远方亲戚朋友寄来的数额不大的每一笔汇款,每一件实物,乃至人们给我们的善意和同情的眼神……妈妈这些最朴素、最耿直的人与人交往的准则,一直影响着我们一家人。

极端的物质的匮乏,凝聚了我们一家人的团结,锤炼了家庭每个成员的意志和情操。它在往后的岁月里,成了我们每个人一笔丰厚的精神财富,这正是我们需要好好感念那段苦日子的缘由。

供儿上学的艰辛

　　希望自己的儿女成才／万万不可因为没有学费让孩子们辍学／我考进大学后的第一篇日记／妈妈的严厉批评和责打让我们心服口服／这是一笔可贵的精神财富／哥哥考取了北京广播学院……

　　古往今来，大凡做母亲的都希望自己的儿女能够成才，并为之做出最大的努力。我的妈妈在教育子女上所倾注的心血是无法估量的。她始终以"孟母三迁"和"岳母刺字"为镜子，鼓励和鞭策自己克服困难，供子上学。记得那时妈妈经常对我们说："孟子的母亲非常注意孩子的学习和教育问题，曾经为了选择居住环境，连续搬家三次。岳飞的母亲教育儿子熟读《左氏春秋》，深研《孙子兵法》，还在儿子身上刺了'精忠报国'，致使岳飞成了民族英雄、杰出将领。"妈妈以这些母亲为榜样，再穷再难，再苦再累，也要供我们上学。她认定，只有供孩子们念书，才是治穷治愚，摆脱贫困的唯一出路。基于这样的认识和信念，妈妈在含辛茹苦的日子里，不管生活多么困难，不论队干部（人们称"土皇上"）怎样百般阻挠、刁难，她的这种念头从未动摇过。

　　哥哥李坦小学四年级结束，手捧优异的学业成绩单，满怀希望地准备报名上五年级时，生产队的那个"土皇上"突然在全队的社员会上宣布，勒令哥哥退学，立即回生产队劳动。妈妈一听这话，犹如晴天霹雳，她立刻用柔弱而坚忍的语气央求对方，说："千万别让我的大儿子辍学，我娃娃还有一个学年就小学毕业了，让他上完再去劳动吧！""哼，不行！听你们当家户族的

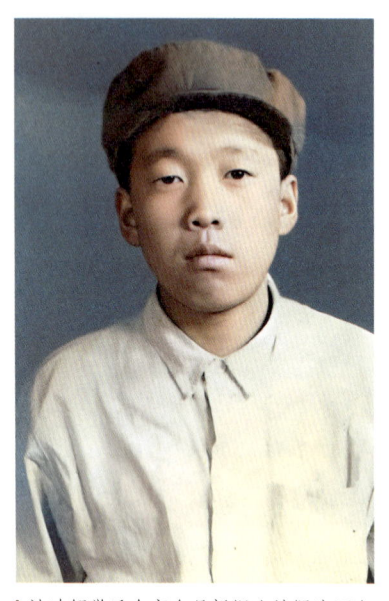

被迫辍学后在高台县新坝公社摆浪河水库当民工时期的作者（时年14岁）

人说，你的老汉死的时候让你把儿子的学要供出来。你是不是还要把儿子供成个大学生呢？这明明是让你儿子像他老子一样把学上出来当资产阶级的老爷，当'美帝苏修'的翻译官，再去'里通外国'，我们贫下中农坚决不答应！"

妈妈微微闭起眼睛，从容地摇了摇头说："我不知道这事。我家里现在连吃的饭都没有，我还能顾上那些事吗？"对方狡黠地一笑，道："那好那好，那就叫你的李坦明天就赶着队里的那群黄牛去放，再不要上学了！""那队上的牛我去放，让我的娃娃把小学读完吧！"妈妈再三哀求。会场里一些好心肠的贫下中农非常同情我们孤儿寡母，有的说："让娃子把小学上出来再劳动。"还有的说："四年级的娃子能劳动个啥，先让上学去吧！"

"坚决不行！我们贫下中农的娃子没上学的也还有哩！""土皇上"一声恐吓，再没人敢吭气。当夜，妈妈果断作出决定，让我中断升二年级的机会，休学替哥哥去放黄牛。第二天，当我赶着黄牛放牧时，那个"土皇上"看在眼里，气在心上。队上的人们却交口称赞妈妈："这女人的确有办法！"我替哥哥放牛了，而哥哥为此也赢得了宝贵的一个学年的学习时间。现在已经在我们家乡所在的地区从事有线电视台副台长工作的哥哥回忆起那段经历，总还会激动地说，妈妈当时所表现出来的大智大勇，值得我们做儿女的学习一辈子。

一年后，年龄仅仅13岁的哥哥虽然拿到了一份完整的"小学毕业证书"，但还是失去了上学的机会。他在生产队里过早地从事了农业生产劳作。没几年，他又只身去了新疆，担起了生活给予他的重担，而我尽管又走进了小学的课堂，但我每每坐在课桌后面时，就会想起我们为了这样的机会而付出怎样的沉重代价。

当我初中毕业，在只招三分之一高中生的限额中被高台二中录取到高一·一班时,"土皇上"又召集社员大会,硬卡住不让我上高中,并逼我到摆浪河去修水库。他无理地质问妈妈:"我的丫头和你的娃子在一个班上,为什么你的考上高中了,我们贫下中农的却考不上?"在无可奈何的情况下,妈妈又去找学校的领导和老师,请求他们从学校的角度给"土皇上"说说,让我把高中读完。但是,无论来自哪个方面的引导和相劝,对"土皇上"来说都无济于事。最终我被"土皇上"剥夺了上高中的权利。学校只好用我的名额录取了另一个女同学。我看从此自己与学校再不会有缘了,就打起行包,扛上铁锹、镐头,冒着凛冽的寒风,在妈妈千叮咛、万嘱咐的含泪护送下,来到了距家20多里远的摆浪河水库的工地现场,干起同大小伙子一样开山劈路、推土翻沙、挖沟筑坝、在悬崖峭壁上打眼放炮的重体力农活,决心当一个普普通通的滚泥巴的人。用我的劳动不仅养活我自己,而且能养活我的全家,我觉得这要比那些整天在学校只捣乱,不学习的"土皇上"的子女有价值。从水库上每次回家,妈妈都给我找来一些高中各科的旧课本和有关书籍,让我带到水库上在劳动之余坚持自学。我按照妈妈的叮嘱,在没有围墙、没有老师、没有教室的摆浪河水库的山梁上、沟壑中基本学完了高中课程。真没想到动乱年代结束,国家恢复了高考制度,妈妈让我自学的知识真的派上了用场。

为供养孩子上学,妈妈含辛茹苦,任劳任怨,以坚强的毅力支撑着儿女

| 作者在高台二中初中毕业证书

| 作者的高中录取通知书(1974年2月18日)

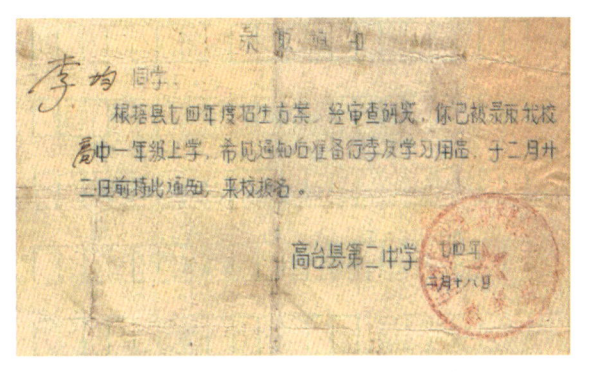

读书，用超出一般母亲的爱心哺育着孩子学习。在农村，当时又逢极其困难的年代，不要说供两个孩子读书，就是供一个娃娃读书也别提有多难了。没人劳动挣工分事小，苦一点，累一点都能受得了，可供孩子们上学的钱从哪里来？我和哥哥在新坝农村上学时，每个学期一开学，妈妈的心里就格外紧张，她担心凑不够学费钱孩子们无法上学。于是，平日里能攒一分就攒一分，能省一角就省下一角，哪怕一年到头不吃鸡蛋，不吃肉，不用油炒菜都完全可以，但孩子们的学习万万不可因为没有学费而半途废弃。

记得那时候，我们的学费、作业本费几乎靠妈妈养鸡下蛋来积攒。一个鸡蛋只卖五分钱，妈妈自己连一个都舍不得吃。在她看来，省下一个鸡蛋就等于给孩子买来了一个作业本。后来，为支持和鼓励我报考并攻读完中专和大学，妈妈既操劳家务，又帮别人看管小孩子，每月挣来的几个钱都供我上学了。家庭的不幸和少年的艰辛像一块砥砺刀锋的磨刀石，使我们姊妹几个过早地懂事了。我们不但在学习上加倍努力，刻苦钻研，而且能够为妈妈分忧解难，做力所能及的事。我们从来不挑食，看到同学们穿好衣服、吃好吃的、花零花钱，自己从不攀比，而是牢记妈妈的话，把羡慕化作动力，用在孜孜不倦的进取和学习上。在我们空空如洗的房间里，几乎贴满了得来的"三好学生"奖状。因为我们都知道苦难的妈妈穿得吃得还不如儿女，都明白妈妈为什么如此操劳。后来我考上大学，在踏进大学校门的第一篇日记中写道：

> 世界上无私而伟大的爱莫过于母爱。我的妈妈在这个星球上虽然仅是一位平凡的女性，可她在我心中的位置却是最伟大最崇高。在我看来，她是人世间最好的妈妈。没有妈妈，就没有我们儿女的今天，我也根本不会有读大学的成功和决心。所以，我一定要像"羔羊跪乳""乌鸦反哺"那样，加倍地孝敬妈妈，用我炽热真挚的赤子之心，照亮她那千疮百孔的破碎之心，回报她用血泪养育我们的恩情……

妈妈在学习上对儿女的要求向来极为严格，我们姊妹中不论谁，凡在上学初期，她都尽量抽空辅导，耐心地讲，还手把手地教，试卷和作业本上出现一些错误还能原谅，一旦到了二年级以上，她对我们的"砝码"就加重了，要求平时成绩和考试成绩都要力争优秀，不允许各科作业本上出现错题和错字、别字。有时如果考试成绩低或作业中出现明显错误，就会受到妈妈严厉的批评甚至责打，一点儿也不亚于过去私塾里的先生对学生"打板子"。哥哥刚上二年级，妈妈就让他锻炼着给远在新疆的姨姨、姐姐和亲友们写信。有时一封信因语句不通或出现错字、别字，要挨妈妈的好几次打，被妈妈撕掉好几次，再命令重写，直到没有明显错误才肯放过。

记得我上小学三年级时，有一次妈妈在油灯下看我写的作文草稿，发现我把一个常用字写错了。我当着妈妈的面改一两遍仍没改对，她一气之下夺过我写字的铅笔，顺势就戳到我的脸蛋上，笔头的铅芯即刻在我面部扎出了血，也仿佛深深扎进了我的心里。妈妈见此也深感内疚，又抚摸我的头以示安慰，从此以后，我比以前更加用功，再不敢马虎了。仅这样恨铁不成钢的逸事在我们弟兄姊妹心中都有许多。这是一笔可贵的精神财富，激励我不断往前，使我深深懂得了如果自己不学习、不劳动、不努力，倚仗父母的权势地位，依靠丰厚优越的家庭条件，企冀在父辈们栽植的大树下乘凉歇息，只能是一个碌碌无为、虚度年华的懦夫。只有自强自立，自食其力，发愤图强，才能

哥哥李坦被迫辍学务农后，1972年修筑战备公路时的留影

"苏世独立，横而不流兮"。

妈妈不仅在学习上对我们要求极为严格，在教育我们怎样做人上更是倾注了全部心血。她牢记"养不教，父之过"的古训，在教育我们方面，咬着牙关，一直担当着慈母和严父两种角色，从小就培养我们养成扬善除恶、助人为乐的品德，教育我们堂堂正正地做人。她信奉"棍棒之下出孝子"，不仅爱自己的子女胜过一般的母亲，而且因过失和错误严厉惩罚孩子也胜过一般的母亲，对孩子从不溺爱。

在我们的儿童、少年时代，不论在学校里还是在社会上，一旦做了错事"闯了祸"，或者说了谎话，妈妈非要你承认错误并做保证不可，否则决不饶恕。特别是她那天赋的"火炮子"犟脾气上来，不管是棍棒、杠子、铁锨，还是勺子、擀杖、笤帚，只要是顺手的东西，捞起来就打。有时打得你身上青一块，紫一块；有时疼得让人满地爬滚，接连告饶。有的时候她一边打，一边又跟着你哭。可刚打完一会儿，她又亲昵地拉着你去洗脸、吃饭，并语重心长地给你讲许多做人的道理，让人感到虽然挨了打却心服口服。那时也有人教唆我们或以顶撞，或以出逃不回家的方式来对抗妈妈的打骂，可俗话说"子不嫌母丑，狗不嫌家贫"，妈妈在这样的逆境中养育我们已经够苦够累了，我们谁也没有这样去做。因为我们深深懂得，妈妈之所以坚强地活着，之所以没有改嫁，之所以既当母亲又做父亲，不是为自己，而是为儿女，是我们拖累了妈妈呀！正如妈妈时常说的那样，她是"里当婆姨外当汉"。所以，我们一直把妈妈的打和骂视为一种真挚的母爱，并尽量让妈妈少生一些气和少打骂我们，让她多一份欢乐和愉快。

"宝剑锋从磨砺出，梅花香自苦寒来"。恢复高考制度的第一年，我考取了张掖师范文史专业，之后又考入西北师范大学，读完了大专和本科，终于拿到了一份合格的大学毕业证书。哥哥也通过自学和工作实践，考取了北京广播学院无线电工程管理系，取得了大专学历。妈妈的心血终于没有白流，她的教诲和打骂我们终身无怨无悔。我们知道，这也是妈妈告慰丈夫英灵，实现她多年来自强不息的夙愿的最好报偿。

今日的幸福生活

妈妈又流泪了 / 这位未老先衰的"农家妇女"如是说 / 一缕清香寄托思念 / 周围的人说:"李奶奶是勤俭持家的模范"/ 又是一个春暖花开的季节重游北京,也去了上海、苏州、南京、杭州 / 妈妈——我们亲爱的母亲……

80年代初的母亲

1978年12月,中国共产党召开了具有伟大历史意义的十一届三中全会,彻底否定了"文化大革命",把党和国家的重点转移到经济建设上,并在各个领域进行了拨乱反正。在党和政府的关怀下,组织上不仅为我妈妈恢复了原来的城镇户口,而且还专门发了文件,作出了决定,并按政策规定,每月发给她一定数额的遗属生活补助费,一直养老送终。逢年过节,有关部门和领导还亲自前来慰问或捎来慰问信、慰问品。面对这一切,妈妈又流泪了,但这不是悲伤的泪、痛苦的泪、绝望的泪，而是感激的泪、喜悦的泪、幸福的泪。

唯有饱经忧患、历尽沧桑的人才真正懂得欢乐；唯有熬过寒夜、备受磨难的人才最知道太阳的温暖。党的英明政策，组织上的亲切关怀，使我妈妈内心感激不尽。她从农村返回城市，多么渴望有再度教书、再度工作的机会，好让自己为党为社会多出一份力，多尽一份责，多做一点贡献。但是，年已50多岁的妈妈，由于失子亡夫的长期悲痛和十多年繁重的体力劳动，贫困艰苦的生活，思想上精神上受到的打击和折磨，使她未老先衰，外貌完全变成了一个地地道道的"农家老太"。周围的人要不是亲眼看到妈妈经常读书看报、写信、作文，谁也不会相信她是有文化、有知识，曾经还有过工作的人。尽管妈妈没有机会在一线岗位上去工作，去奉献了，但她竭尽全力带好孙子，做好家务，支持儿女们在各自的本职岗位上，为祖国"四化"建设努力工作，多做贡献，以此来报答党和组织的关怀。

1981年春，母亲与儿女及外孙在肃南县红湾小学家属院自家门前留影

我妈妈虽然是一位极其普通的妇女，但她却有着博大的胸怀和高尚的情操。她并没有因为过去遭受了那么多的欺辱、冤屈和迫害，而对那些曾经骂过她、打过她、整过她的队干部及李家户族的个别人产生仇视和怨恨。这对走过漫漫苦难长路和备受歧视欺凌的妈妈来说，需要何等地大度！相反，当有的亲戚朋友提起过去一些对我们不合公理的事情，对这些人产生谴责和愤慨之情时，妈妈总是说："在那些动乱的年代，受不公正对待的人不少，相比之下，我受的害、吃的苦算不了什么！因此，不能全怪罪整过我们的一些人，因为他们在当时既是整人害人者，同时也是受害者。"她还教育我们："李家

户族中曾欺负和小看过我们的人，不论长辈还是平辈，毕竟是同宗同族，对他们一定要有礼有节，万万不可记仇，我们不说，让他们去想吧。"妈妈"容天下难容之事"的大度胸怀和极富哲理的话语，使我深受感染，不仅渐渐抹去了童心深处留下的创伤，也使我领悟出了一些做人的道理。后来，我参加了工作，无论在极其普通的岗位上，还是担任领导工作，我都学着妈妈"退后一步天地宽"的大度胸怀和高尚人格去做人做事。

我妈妈一生对丈夫的爱至诚至深，超过了一般妻子对丈夫的挚爱。她和我爸爸虽然是长辈给包办的婚姻，既没有花前月下的海誓山盟，也没有诗情画意般的恋爱经历，但婚后却相亲相爱，伉俪情深。我爸爸在世时，妈妈是那样尊重、体贴、爱护、关心着丈夫，而在丈夫离开人世的30多年里，她还是那样挚爱着他。在妈妈的心目中，只要是丈夫说过的话，就要像"圣旨"一样对待，绝不能违背。除了自己的丈夫，再没有任何人能做她的主。妈妈把爸爸的每件遗物，哪怕是一本书、一张写过字的纸、一个用过的小盆，都视为最珍贵的物品，教育我们像珍贵文物一样保护和爱惜，一些遗物至今仍

▍母亲在肃南家中（80年代）

1986年，母亲在肃南县委平房家属院家中与儿孙留影

奶奶与孙子外孙（肃南家中）

完整无缺地保存着。从我爸爸逝世那年起，每逢清明和农历七月十五，无论在哪里居住，她都要亲自到丈夫的坟上跪拜烧纸、悼念祭奠，30多年从未间断过。记得我爸爸刚去世那几年，有人问我们："你爸死时戴手表和眼镜了没有？"我们说"不知道"。妈妈得知后，即刻联想到当地曾发生过的盗墓现象。于是，她让我和哥哥每天下午一放学就背着筐筐到爸爸墓地周围，一边拾柴捡粪，一边侦察爸爸的坟上有无狐狼打洞、"坏人"掘墓。后来我们家迁出了新坝，原生产队的一个干部乘翻地的机会，有意用推土机把我爸爸的坟墓进行深翻，将殉葬眼镜拿走了。妈妈知道此事后，拿着钱专程到这个队干部家不惜重金赎回这副眼镜，结果两个镜片早已被卖给了别人。妈妈拿回来的只是破碎的镜框。后来每逢大小节日，妈妈都要在爸爸的遗像前放一双竹筷，敬献上一杯糖茶，一瓶佳酿，一盘菜肴，点一支香烟，燃一缕清香，以此来寄托对丈夫的深切思念。

妈妈一生勤劳简朴，忠厚善良。随着儿女们一个个走上工作岗位，妈妈的生活和居住条件比过去有了很大改善，可她始终保持着艰苦朴素、勤俭节

▎天伦之乐——奶奶孙子共度欢乐时光（1992年于张掖地委家属院7号楼）

约的优良传统。她不仅自己穿着朴素，还教育孙子穿上带补丁的裤子上学，由此受到老师的表扬。妈妈非常珍惜粮食，对"谁知盘中餐，粒粒皆辛苦"的诗句有着特殊的感情。她不允许子女和儿媳在打粮做饭时抛米撒面。有时吃剩的饭，家中其他人都说倒掉，她却一声不吭地吃完。有时在吃饭桌上看见孙子们不慎抛撒下米粒、馍馍渣儿，干净的则吃掉，弄脏的就攒起来送给喂鸡养猪的邻里，周围的人十分感动，都称"李奶奶是勤俭持家的模范"。妈妈的性情虽然急躁，心地却诚实善良，为人耿直，待人和蔼可亲，十分热情。家中但凡来了客人，不管是亲戚还是儿女们的同事，无论是城市的还是乡下的，不论是领导还是百姓，她都一样地热情，一样地对待。哪怕是一块糖、一杯水、一支烟、一个水果、一碗饭，她非让客人享用上不可。有时宁肯自己不吃不喝，也要把来客招待好，即使在过去艰难贫困的岁月中，也是如此。平常出门步行上街或乘车，只要遇见熟悉人，都要主动热情地打招呼。天长日久，熟悉和了解妈妈的人都对她非常尊敬，非常热情。特别是在肃南裕固族自治县首府红湾寺镇居住的近20年间，妈妈的忠厚善良和热情好客，博得了裕固、藏、回、蒙古、汉等各民族干部群众的厚爱。从县上领导到普通牧民，从满头白发的阿甲（裕固语爷爷）、阿奶到妇幼孩童，只要熟悉她、见过她、听说过她的人，都亲切地尊称她为"李奶奶"。有的经常邀请她到家中做客，有的为她送来酸奶、酥油、曲拉等牧区特有的食用品，还有的为她缝制大襟衣服和布鞋。对于大家的一份份爱心，妈妈总要通过不同的方式进行回报，越是这样，人们对她越加尊重。

妈妈从身居大都市的翻译官"太太"，变为被人欺辱的乡下刚烈女子，又由一个刚烈女子变成今天受人们十分尊敬的李奶奶，这中间的差异之大，岁月之坎坷，路途之漫长，是一般人所难以想象的。正因为如此，作为人，妈妈不能也无须掩饰平凡；正因为如此，作为女性，她尽管不愿却极自然地充分展现出她的情操和品质。

1994年春暖花开的季节，妈妈有幸来到了阔别35年的首都北京。一到北京，她老人家精神抖擞，心情格外舒畅。35年了，天安门、中南海、人民英雄纪念碑、人民大会堂，依然是那样地庄严肃穆；故宫、景山、天坛、北海、

春晖永铭——忆母辑 | 411

阔别三十五年后,母亲又来到了天安门前(1994年4月)

1996年夏,母亲与儿孙在甘肃省委大院办公楼前留影

1994年4月,母亲与孙子李永海健步行走在天安门广场上

八达岭长城

兰州白塔山

1987年大年初一，母亲与孙子留念

颐和园、八达岭，依然是那么熟悉；长安街、王府井、安定门、东单、西单，听起来是那样地亲切，可眼前的变化又是那样陌生。在天安门前，妈妈踩着脚下的方砖，扶着金水桥的栏杆，一遍又一遍抚摸着耸立桥前的汉白玉雕华表，不由心潮起伏，思绪万千……这是她曾经见到过毛主席及党和国家领导人的地方，这是她和爸爸曾带着我们姊妹几个来过许多次的地方，爸爸离开北京时的最后一张照片，正是在这根汉白玉雕华表前拍摄的呀。在安定门外西河沿（今地兴居家属区）我们家的故居，妈妈十分荣幸地见到了李方印等几位35年前的邻居,并受到他们热情的欢迎和招待。据介绍,50年代与我们家一起居住过的街坊邻居,大部分已搬走,个别年岁大的已下世,包括和妈妈最要好的邻居高月珍阿姨。她虽然小妈妈几岁,但病魔在10年前就夺去了她的生命。现在见到的这几位老伯伯、老太太,年龄跟妈妈相当,相貌却比妈妈年轻,他们和妈妈一见如故,激动得泪水流个不停,并滔滔不绝地叙说着过去的往事,互诉着35年的别情。妈妈68岁时的北京之行,了却了她后半生一直想要到首都北京走一走、看一看的心愿,真是"慨然回首35年,故地重游浮想联翩"。

1997年5月,年过七旬的老母亲,在儿孙的动员和陪伴下,来到中国最大的都市上海,一边医治腿病和眼睛,一边寻觅着爸爸当年的足迹,在复旦大学、黄浦公园、外滩、城隍庙等地观光游览;还到南京中山陵瞻仰了

| 上海人民广场

孙中山先生陵墓;在苏州领略了独秀一枝的园林风光,聆听"夜半钟声到客船"的寒山钟声;并荡舟杭州西湖,饱览人杰地灵的江南秀色。

如今,妈妈的四个儿女不仅都相继成家立业,而且在工作、生活、学习和事业上都或多或少有些建树。他们既是妈妈可靠的精神支柱,又是妈妈晚年生活的动力。

我的大姐李琳已五十出头,在乌鲁木齐市第一橡胶厂工作已30多年,现为高级技工。她从小远离父母,自理能力强,既心灵手巧又特别能吃苦,虽然是高小毕业,但勤学苦钻,实际文化程度相当于高中。她有一个非常憨厚能干的丈夫,是同厂的高级技工侯俊民。三个子女两个已参加工作,一个军

1991年，母亲与两个儿媳在肃南鹿场

1995年，母亲与孙女李海萍在省委大教梁家属院四号楼家中

春晖永铭——忆母辑 | 415

1995年春节，母亲在张掖地委家属院自己家中与儿孙们欢度新年

1996年夏，母亲在乌鲁木齐与大女儿和外孙女家中留念

苏州拙政园（1997年）

百花丛中母女笑

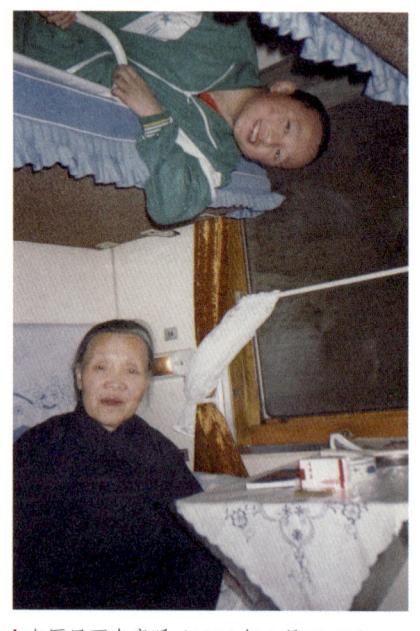

车厢里面春意暖（1994年4月18日）

春晖永铭——忆母辑 | 417

1991年初夏，母亲在张掖地委家属院留影

电话通五洲（母亲首次使用"大哥大"与千里之遥的孙子通话，1997年5月在上海豫园）

母亲在曾经常来不厌的前门（正阳门）留影

校毕业正在当兵，女儿已结婚并有了小孩，如今她也成了外婆。

我哥哥李坦，14岁被迫辍学回乡劳动，种过田，犁过地，挖过煤，修筑过战备公路和水库。后来干上了电影放映员的工作。在工作中边学习，边实践，边钻研，业务上已成为无线电工程师，政治上由共青团员成长为共产党员，现为地区广播电视战线专业技术干部。妻子杨新莉在新华书店工作。

我小姐姐李环因在新坝农村时，受家中缺少劳动力的影响，8岁开始伴妈妈劳动，样样农活都干过，称得上是庄稼地里的行家里手。20岁那年，经人介绍许配给肃南裕固族自治县喇嘛湾乡的农村青年赵坤邦。如今已是42岁的中年妇女了。她虽然一直在农村下苦力，但三个孩子都先后考上了中专，其中两个已毕业分配在石油、公安行业工作，使她感到莫大地快慰。同时，在党的富民政策的感召下，通过勤劳致富，日子过得蛮好。

在妈妈的教诲下，我无论逆境还是顺境，对知识的执着追求始终没有放松，终于从一个放牛娃成长为大学生。少年时代当过农民，做过矿工；青年时期当过教师和县文教局干部。在党和组织的培养下，逐步走上领导岗位，现在省委机关供职。爱人妥淑霞，一直从事幼教工作。

妈妈的五个家孙子和六个外孙子，已有五个走上工作岗位，有从事医疗工作的，有企业干部，有人民警察，有印刷工人，还有解放军战士……

如今，勤奋了一生的妈妈，经常对孙子孙女们说，"孩子们，你们遇上了好时代，这一定要感谢共产党和毛泽东爷爷、邓小平爷爷，要感谢党的改革开放好政策"。几十年来，妈妈无论居住在哪里，都要在房子里的正墙上悬挂毛主席像。敬爱的邓小平同志逝世后，妈妈连续几天反复观看大型文献纪录片——《邓小平》。之后，她又让儿孙买来好几张"邓爷爷"的挂像，贴在家中的客厅、卧室和子女们的家里，让儿孙们留作纪念。我们知道，老人家从自己平平常常而又大悲大喜大起大落的人生经历中体验到幸福生活的源头，感谢着近些年来党中央坚持十一届三中全会以来富民强国的好政策。

今天，妈妈已是儿孙满堂。她那满头的银丝白发，每一根都记录着养育儿孙的沧桑；那行走十分艰难的双腿，陪伴每一个儿女、孙子，从蹒跚学步到走向人生之路的艰辛历程；那视线模糊的双眼，积蓄了儿孙成长的辛酸泪

欢度除夕之夜（1996年在兰州大教梁省委家属院自己家中）

水；额头那每一条深深的皱纹，都记录着妈妈一生所走过的艰难坎坷的路。现在妈妈完全可以自豪地告慰我爸爸的英灵了，不仅为他把儿女养大成人，而且还拉扯大了孙辈们。也完全可以不需自己劳作，让一个个儿孙孝敬伺候，安安闲闲享清福，快快乐乐度过幸福的晚年了。年迈的妈妈，没有因为在苦难中把儿女拉扯长大、抚养成人而摆功自居，而依然是那样地勤劳，依然是那样地质朴。她虽然老了，"而视茫茫，而发苍苍，而齿牙动摇"，手脚也不灵便，神情也显得呆板了，可她每天都是早早起来，总要东摸摸，西摸摸尽量干点事情，力所能及地操持孙子孙女的学习，照料着他们的生活。还经常唠唠叨叨，以她一生走过的路和积累的经验，给儿孙们讲如何勤俭持家，怎么把日子过好。并且时常念叨："你爸爸要是活到今天，看到你们都长这么大，各自都有了家庭和孩子，该有多高兴啊。他就是瘫痪在床上，也是我们这一大家人的幸福！"

是啊，爸爸离开我们已30多年了。30多年的岁月流水般悠悠而去，历历在目的是爸爸墓上那些黄了绿、绿了黄的花草，铭刻在心里的是我30年的成长，每一步都伴随着爸爸那悟透人生的嘱咐。爸爸虽然没有活到今天，但他在世的时候曾对妻子儿女说过："人活着总要讲点什么，要活得有价值、有志气，要讲奉献，哪怕寿命很短，只要奉献了就是幸福无愧的人生，没有奉献即使活千百岁也无意义。"过去妈妈用这话嘱咐我们时，因为我还小不懂事，并没有完全听懂这句话的内涵。后来懂事了，我才真正明白了它的含义。于是，这句话便成了我时时刻刻揣在心底的无价之宝，且常常以实际行动来实践它。如今，爸爸和妈妈的嘱咐仍然像故乡新坝老家堂屋檐下的风铃，记忆之风一吹，便叮叮咚咚一路响来。这嘱咐，伴我长大成人；这嘱咐，催我自省，激我奋进；这嘱咐，使我刻骨铭心。病魔无情，过早地夺去了爸爸的生命。日月无情，让妈妈日渐苍老。但是作为儿女，我们还要走很长很长的路，这嘱咐还要导引我们、陪伴我们一直去赶路啊！

妈妈一生勤俭朴素，吃苦耐劳，忍辱负重，洁身自好。在她身上充分体现了中华民族所有母亲的那些传统美德。她是中国妇女的一个缩影。正是中华民族妇女的这些传统美德一代一代地相传，才熏陶塑造了我们和许多熟知她的人所崇敬的母亲，使她在挫折中坚定了生活的信念，含辛茹苦地养大了我们。

儿女们在妈妈身上得到了最大的恩惠，妈妈却从不在儿女身上索取。这就是中华民族的所有母亲，这就是我的母亲。

妈妈，我们亲爱的母亲。我们兄弟姐妹绝不会忘记您的恩情，您的教诲，就让我把这些拙文集为一束鲜花敬献给您——亲爱的妈妈！也算捧献给您老人家七十大寿的一份贺礼吧！

（本文节选自 1998 年 6 月出版的《母亲·坎坷之路》）

观看升旗仪式（1998年元旦·兰州东方红广场）　　　　　　　　　　　　杭州西湖三潭印月

母亲参观元宵灯展

母亲和四个子女合影（1988年肃南）

兰州中山桥留影（1995年）

母子苏州行

母亲第一次坐地铁（1994年4月20日于北京天安

母亲啊，母亲

请到草原来，草原请你来

母亲给书迷签名

兰州东方红广场（1996年6月1日）

三代人在天安门广场（1994年4月23日）

阅读报刊是母亲的日常习惯

母亲与儿孙在南京中山陵留影（1997年）

母亲与其弟弟、妹妹合影（1984年于肃南）

母亲与国际友人在一起

邻里畅谈

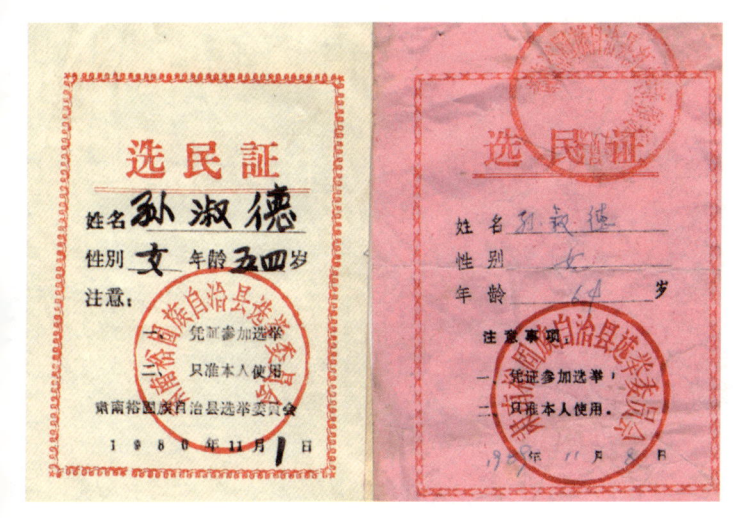

母亲在肃南县城居住时的《选民证》

▎陪同古稀之年的母亲远游

▎全家福（1988年春节·肃南）

亲情祝寿

桃花会上（1996年春·兰州仁寿山）

在苏州

做客天祝藏家

伺弄家中花草是母亲的最爱（2002年冬）

温馨（1996年秋）

兰州雁滩公园

新春乐

坐着三轮游览北京长安街

四代同乐（2004年10月2日）

祖孙乐（省委大教梁家属院高层甲号楼家中）

千里亲情一线牵（1995年6月兰州）

母亲的微笑

母亲在张掖长子李坦（右二，右一为大儿媳杨新莉）家中

全家福（1998年6月，兰州）

1996年，母亲在乌鲁木齐长女李琳（后排左一，左五为大女婿侯俊民）家中

作者和母亲及家人走进天祝

母亲在肃南县城次女李环（左三，左二为二女婿赵坤邦）家中

▌裕固族姑娘用歌声、哈达、美酒为母亲祝福

▌献上鲜花般的祝愿

1998年6月7日，母亲在兰州出席《母亲·坎坷之路》一书首发式

祝福的哈达

开心

往事萦怀

这么多年了，我深深铭记着母亲的言传身教，从幼小走向中年，从稚嫩走向成熟。而当我一次次发现母亲身上那些闪烁着亮光的优秀品质和可贵精神时，我就会像天文学家在浩茫无垠的天体中发现新的星星一样，振奋无比。但我每每凝望着我熟悉得不能再熟悉的母亲时，我的心情又会由振奋进而对她老人家陌生和茫然起来。因为我觉得我的母亲尽管很平凡，但她又平凡得那么伟大，那么崇高，那么坚强，足足值得我和弟兄姊妹及晚辈们认真效仿学习一生。在我直面母亲的时候，仿佛就在面对着一个浩瀚无比的星空，一个浩渺无边的宇宙，那可能是我一生一世也未能认识和读懂，未能望其项背的。正由于这样，我也说不清从什么时候起便在心里萌生了要为母亲写篇文章的念头。但在漫长曲折和一切都失去平衡的年代里，是没有那份可能的。后来我有了一些写作的基础，也有了写作的条件和可

母亲生于1926年6月19日，于2007年12月29日逝世，享年82岁。母亲永远活在我们心中！

能，而我又一直显得那么地忙忙碌碌，乃至这篇深藏于心头的文章一直拖延了那么多的时日。

母亲是我在所有的家人中最为熟悉和最尊敬的人，是我们全家人生活中的一座大山，一条大河。有她老人家的日子，我们才会感到欢乐和有力。正是由于这样，我才觉得，我用文字来叙述她、抒写她是十分困难的。这正像一位技艺高超的画家，要想画出一座大山或者是一条大河的全貌是何其困难一样！何况，我所驾驭文字的能力，远远不能与我母亲人生旅程中度过那么多坎坷的能力与极其丰富的风雨阴晦、云遮雾罩、断崖险滩相比。所以，我的文字只是作为儿女敬献给母亲的一簇花朵，陪伴着母亲，在她迟到的人生的春天里，得到一些慰藉和些许的心灵回报，在一份好心情中颐养天年，长寿安康。

"好人好心总有好报。"这是自我们很小的时候起，母亲经常对我们说的一句话。这句话想不到在我写作这篇文章时得到了生动而真切的验证。在这里，除了我对社会上众多支持者的感谢外，当然更要感谢我的母亲，因为是她精心珍藏的我父亲遗留下来的一些图片和函件，使我找回了儿时的父爱，使我对已故父亲的一生有了更深的了解和更清晰的认识；是她一次次接受了我的请求，为我讲述了她所经历的社会时代和她背负了半个多世纪的埋藏在心底的喜怒哀乐……为我提供了书中这许多鲜活的内容。为了这本书的真实性，她老人家认认真真地帮我校对和审定书稿和清样。更为可贵的是我的一些朋友们，知道了我为母亲出书的消息后，主动来为我帮忙。我认为，像母亲这样一个普普通通、平平常常的妇女，能在古稀之年影响这么多的社会力量，牵系起这么广泛的社会面来，本身就是对我母亲"好人好心总有好报"这一朴素做人哲学的一种特殊的评价和肯定，也是对她最好的精神回报。

在我成书的过程中，曾与我父亲母亲一起学习和工作过的同事友人，不仅为我提供了我父母亲在遥远年代中弥足珍贵的工作生活情况和资料图片，而且写来了热情洋溢的回忆性文章。同母亲及我们在北京和高台、肃南、张掖、兰州一道生活工作过的有关领导和同事、挚友，也写来了书信和文字。当这本书稿成书与大家见面时，我知道它凝聚着许多人士关心我们，支持我们，帮助过我们的情谊。

为了增加文章的真实性和史料价值，在书中又刊载了部分历史图片和配文资料照片。因为我以为，这篇以母亲经历为线索，多侧面记叙我们一家人生活的文字，同时又是我写给那一时代的。有了这些图片和资料为佐证，会更加增强它的可读性和真实性。

小小说

附录一

王老师入党

物理老师王新，今年五十八岁，在县中学呕心沥血，兢兢业业地执教已整整三十五个春秋。六十年代中期被树立为全省优秀教师，组织上多次动员他入党，可事不凑巧，正要填写"入党志愿书"那阵子，"文化大革命"掀起。他不仅没有入党，反倒被打成"黑帮""现行反革命"关进"牛棚"。

三回九转，春华秋实。当时间推移到八十年代第一个年头，王新的冤案得到了昭雪平反。他毅然拿起三尺教鞭，重操旧业，走上讲台，成了学校的"台柱子"。现在，鬓发苍白，快到退休的年龄了，王老师忽然想到自己还是个党外人士。他知道，党的现行政策非常重视在知识分子中发展党员，自己虽到暮年，但一定要争取入党。

星期天，王老师在家中思谋着写了一份感情真挚的入党申请书，让在县开发公司任会计的大儿子工工整整抄一遍。没想到，儿子却世故地说："爸爸，都快六十的人了，入了党能捞到什么好处？何必去凑这个热闹。"

王新被儿子抢白一顿，气得满脸的胡须倒立了起来。过了一阵，王新忽然眉头一皱，计上心来，想到去年从他班里考入西北大学的张磊的爸爸，他既是学生家长，又是县文化局局长、文教支部书记，不如直接找他，毕竟同辈人容易沟通的。

果然，张磊的爸爸明白王老师的来意后，满面春风地说："难得，真难得！精神可嘉呵！下次支委会我一定提出解决你的入党问题，再说二十年前你就是考验合格的嘛！"

一晃快二年了，一点儿消息也听不到。为此王老师又多了一桩心事。

一天晚上，王老师突然患心肌梗塞住进医院，不省人事。张书记闻讯后于第二天早上主持召开了讨论王新入党问题的支委会。他摸了摸油光发亮的分头，用肯定的口气说："我看先让王新填份志愿书放下，接受他为预备党员。"其他支委虽感到突如其来，但只好都同意书记的意见了。

然而，当张书记散会后把空白志愿书送到医院时，王老师已告别人世了……

（原载于四川雪莲文学会1988年10月出版发行的《首届雪莲杯小小说大奖赛获奖作品集》）

台上与台下

某系针对有些学生不珍惜农民血汗,随地乱扔馒头,乱倒饭菜的现象,举办了"谁知盘中餐,粒粒皆辛苦"的演讲比赛。

此时站在演讲台上的是该系甲班的高公舍同学。大礼堂四角的音箱同时传出他慷慨激昂的演讲声:

……我的童年时代是吃榛子饭、红薯干、洋芋疙瘩、麸子饼饼、沙米面刀把子度过的,那时,我们村连遭旱灾,好多人被迫外出逃荒,有的竟饿死在半路上,像我这样幸存下来的,都算有福气……

……馒头,乃农民之血汗,它来到世上可真不容易。农民经过选种、播种、施肥、浇水、收割、打碾脱粒,又把最饱满的颗粒交给国家;再经过人工筛选、烘干、磨粉,送到学校食堂。炊事员经过艰苦劳动,把它做成馒头。可我们有的同学一拿到它,总是左捏捏,右掐掐,不是剥皮,就是吃一半扔一半,更有甚者,把它扔在马路上,狠狠一脚,踢得老远老远……试问,这种思想行为配当一名大学生吗?……

"啪啪啪……"

会场上响起了经久不息的掌声。台上,系主任点头称赞;台下,赞扬声更是滔滔不绝。高公舍满面春风地走下演讲台。他充满激情、富有哲理性的演讲，使几百名听众受到强烈感染。评分表一合计，他总分最高，名列第一。

　　晚餐时，他打了两个馒头，一份小菜。看看餐厅的地板上，明净光亮，馒头、米饭、剩菜明显少多了。他心里乐滋滋地走出餐厅。忽然，他发现手里捏的一个馒头上有几滴蒸馏水的痕迹，看了心里发呕。于是，他左右瞅瞅，前后看看，乘没人之机，将一个馒头扔进路旁的树林里，然后转身又向餐厅走去……

（原载于《西北师院》校报 1984 年 6 月 1 日文艺副刊）

一号枪手

好几年没跟拉布嘉大叔上山打猎了。今儿一大早刚喝过早茶,就听见大叔在帐篷外吆喝:

"公社娃,四年大学脑瓜子都快动干了吧,走,今天咱俩上山去,老天爷怪好的。"

我急忙走出帐篷,只见大叔"全副武装",那支陪伴他大半辈子的双叉猎枪像鹿角一样竖立在背上。再看看天气,果真不错。湛蓝湛蓝的天空飘着羊毛团似的白云,夏日的阳光犹如牛粪火一样焦灼炙人。远处的雪山银光四射,从天涝池顶上飞流直下的雪水,宛若一条洁白的哈达,襟飘带舞,迎接游人的到来。

"大叔,'九个青羊'到了。"

"再使劲往前走,到青山口去。"

"怎么走那么老远?"我心里嘀咕着。

九个青羊是咱裕固草原有名的野鹿、獐子、青羊出没之地,这里林海莽莽,灌木丛生,野生动物常常在此栖息。拉布嘉大叔十岁开始就扛起"土炮",跟着他阿爸在这一带打猎,四十年来,被他杀生的动物简直不计其数。1960年挨饿的那阵子,村上大部分人全靠他打来的"野味"糊了口。由于他枪打得准,人们

1980年6月,作者在祁连山上

冠以他"一号枪手"的头衔。

今年五十二岁的拉布嘉,夏秋穿氆氇长袍,冬春穿一件老羊皮袄,始终敞着怀,系一条大红绸子腰带,身子结实得像铁板似的。

正午,艳阳高照。道道光芒像激光一样直射树木的间隙,山林一片宁静。我和大叔翻山扒崖,在青山口搜寻了大半天,几次把獐子、青羊碰在枪眼下,可他就是不扣扳机。我急得头上直冒汗,如今一两麝香就是上千元,打十只公獐一个万元户就来了,这比放羊挣钱要合算得多。而拉布嘉大叔却把送上门来的不掏钱买卖顶走了,也许是人老三分糊涂。

正值我心灰意冷时,忽然发现大叔屏住了呼吸,眼珠子滴溜溜鼓得又大又圆,黑痣上的那撮毛仿佛倒立了起来,一根比一根清楚。

"怎么啦,大叔?"

"别吱声。"

我还没明白过来,就听"嘣"的一声枪响,对面山坡上一个东西随着尘灰滚了下来。我喜出望外,心想倒下的不是獐子,准是青羊。但走近一看,却是一只大灰狼。这时,我才真正明白了大叔为什么放走獐子和青羊……

(原载于《生活环境报》1991年5月29日"环境"文艺副刊)

写作角度

去年，公司的工作总结是原任办公室主任、新近提拔的公司副经理老王起草的。有一段话写得非常结实有力：

"……今年以来公司成员带头深入基层，转变机关作风，变上面指挥为下面服务，尤其在'平文山、填会海'方面做出了极大努力，取得显著成绩：与上年相比，会议减少20%，文件减少24.6%……"

今年的总结由办公室原任秘书、现任主任的小华承担，他仔细算了一笔账，发现今年与去年相比，不论召开的会议，还是印发的文件都有所增加，"文山会海"并未推倒填平，他感到很为难，只好去请教老王。

王副经理看过材料沉思片刻："小华呀，机关文件虽不同于小说创作，可也有个写作角度的问题。这份材料，换个角度不就成了……"

听着老王的话，小华的心里豁然开朗，对"写作角度"这四个字有了新的理解。提起老王四十有余，肩宽体大，浓眉大眼，"飞机式"的大背头油亮油亮，别看他右额角上长着一个乒乓球似的黑痣，有点扎眼，可他满脑子"才气"一肚子"墨水"，连孩子们，都没大没小地喊他"王秀才"。

老王是60年代初期的老牌大学毕业生。参加工作二十多年，从起初的局宣传干事、革委会办公室秘书，到后来的公司办公室副主任、主任，而升为现在的副经理，平步青云，稳稳当当。用他自己的话说："在机关工作，笔杆子一定要过硬！"

要说老王的笔杆子，的确是硬铮铮的。从他踏进局宣传部的门到现在，仅党委书记、局长，就陪换了五茬。开始他的材料写得并不怎样，往往把握不住写作角度，A 书记曰："成绩没有总结出来。"B 局长说："问题找得太酸辣刻薄。"

随着时间的推移，老王很能理解领导的意图，凡领导吩咐的，说一不二。在他笔下可以从不同角度去写。无论哪个领导上来，都能适合各自的"口味"，老王也因此深受领导的青睐。

小华回到办公室，按照王副经理讲的角度，总结很快写成，有关章节是这样的：

"……今年公司党政一班人在领导职数未增加的情况下，大家分工不分家，发扬埋头苦干，任劳任怨的精神，完成工作量反而比去年有所增多，其中：组织会议数比去年增加 10%，办理文件比去年增加 21%……"

（原载于《兰棉报》1988 年 8 月 1 日文艺副刊）

思　情

　　皎洁的月光照着初春的草原，毛茸茸的衰草还一簇一丛地散布在大地上，远处的祁连雪峰在月夜里闪耀着晶莹的光彩。为了早点儿赶到草原"富翁"——索旦的帐房去看电影，我顾不得浏览美好的夜色，只是一个劲地在枣红马屁股上加鞭……

　　看完电影，索旦大叔叫儿子雪峰拾掇好自家的放映器械。他硬拉着大家坐下，端来了热腾腾的奶茶、手抓羊肉，还有曲拉、炒面、烧饼、奶皮和裕固人招待贵宾的青稞酒。

　　"小伙子们，喝，喝吧！"索旦大叔斟满酒，举起杯子，眼泪却扑簌簌地滚落了下来。他用袖头擦去两腮的泪水，说："这些天来，我看着家里吃的、穿的、用的，就想起了几十年前的事儿，想起那些先烈们。"

　　村里的人都知道索旦大叔要讲的故事。今晚，我们又让他趁着酒兴讲了起来。

　　四十七年前，草原上来了红军。大伙儿都盼着毛主席的队伍把害人的土匪、牧主斩尽

红西路军肃南康乐马场滩战斗遗址

杀绝。可不几天，传来红军被马匪包围，在几个硬仗中失利的消息，人们的心头就像压了老重老重的铅块。

一天，我在山坳里发现了一个双腿受伤、满头血污的人，当我看见他八角帽上的五星帽徽时，吃惊得几乎叫了出来。我急忙赶上前去，脱下身上的羊皮裖子让他穿上。那年月，可怎么搭救他呀？回帐房吧，马匪天天搜查；留在草原吧，危险更大。于是，我俩一直等到天麻麻擦黑时，我把他背进祁连山中一个山洞里藏了起来。白天，我假装拾粪，送饭送水；夜晚，我点起羊油灯，伴他度寒，又让家里大人们找来冰草根、麝香给他医伤。几个月过去了，这个战士的伤渐渐好了。他急着要到延安，去找毛主席和红军。

"这么远的路，你腿上又带着伤，再……"我心里像压了一块石头，不放心地阻拦着。

"大哥，放心吧！不出几个月就能走到。让乡亲们放心，我们总有一天会回来的！"

乡亲们左思右想咋也放不下心来。最后，大家托我把这个红军战士送到延安去。

我们走啊、走啊，终于到了延安。听那里的人们说，我救下的是一个"官"。一听这话，那心里甭提有多高兴呀！

"那后来呢？"我问索旦大叔。

老人家叼起黑油油的"鹰膀子"吧嗒吧嗒地咂了几口，又讲开了："后来，我入了党，又进讲习班学了些文化，还在那里听了一次毛主席作的报告。那次，我望着毛主席身穿的粗布衣裳，望着膝盖上补着的大补丁，心里难受极了。我想，我们解放了全中国，一定要……"

索旦大叔充满感情的话，在帐房里激起了感情的波澜。是的，索旦大叔当年在延水边、宝塔下的理想，都在我们的草原上、生活中实现了。当年的红军英烈们和如今还在建设美好生活的老同志，他们为今天的一切付出了多少宝贵的血汗啊！

夜深了，帐房里仍然暖意融融。那思念的清泉，亮晶晶、光闪闪，流过草地；带着草原牧民深情的思念，流向遥远的地方……

（原载于《兰州报》1984年4月4日"兰苑"文艺副刊）

歌 曲

附 录 二

河州放歌

（原载《兰州日报》2023年4月30日"兰山"文艺副刊）

黄河涛声

献给伟大的祖国

李 均 词
赵小钧 曲

独唱

1=C 4/4　♩=65　深情豪迈地

我生在黄河边，我长在黄河岸。
我有着黄河的魂胆，我长着黄河的容颜。
黄河之水天上天上来，流过我的家门前。
黄河如丝天际天际来，流过我的家门前。
聆听黄河的涛声，浑身是龙的热血。
吟诵黄河的涛声，龙的传人感慨万千。
这波涛千年千年万年，越过了千山万山。
这波涛千里千里万里，跨过了千川万川。
诉说过中华民族的苦难民族的苦难，咆哮过自强独立的呐喊。
唱响着炎黄子孙的誓言子孙的誓言，高吭着华夏儿女不变的信念。
百折不回九曲十八弯，流出新生的人民共和国
万浪奔涌力量空前，流出新时代中国梦的
动地惊天。
壮美画卷。
啊！黄河，我的热血，
你的波涛齐唱一曲中华民族伟大复兴的灿烂。
伟大复兴的灿烂明天。

（原载于《兰州日报》2020年11月10日"兰山"文艺副刊）

如意甘肃

（原载于《兰州日报》2023年2月28日"兰山"文艺副刊）

草原之恋

1=♭E 4/4
中速 抒情地

李 均 词
赛 音 曲

我生在辽阔的草原　童心就像淙淙流淌的山泉
我长在美丽的草原　心底就像大山一样善良
我生在粗犷的草原　意志就像松柏坚强刚健

奶茶和手扒肉把我养育　帐篷和牛粪火给我无限温暖
牦牛和羊群伴我长大　骏马驮着我走遍高山大川
雪山和冰川洗涤心灵　牧草和山花给我爱情的甘甜

啊　草原草原　你是养育我的摇篮
啊　草原草原　带给我快乐的家园
啊　草原草原　你是我思念的港湾

啊　草原草原　你是养育我的摇篮
啊　草原草原　带给我快乐的家园
啊　草原草原　你是我思念的

港湾　你是我思念的港湾

（原载于《兰州晚报》1998年2月12日"兰苑"文艺副刊）

美丽的临夏

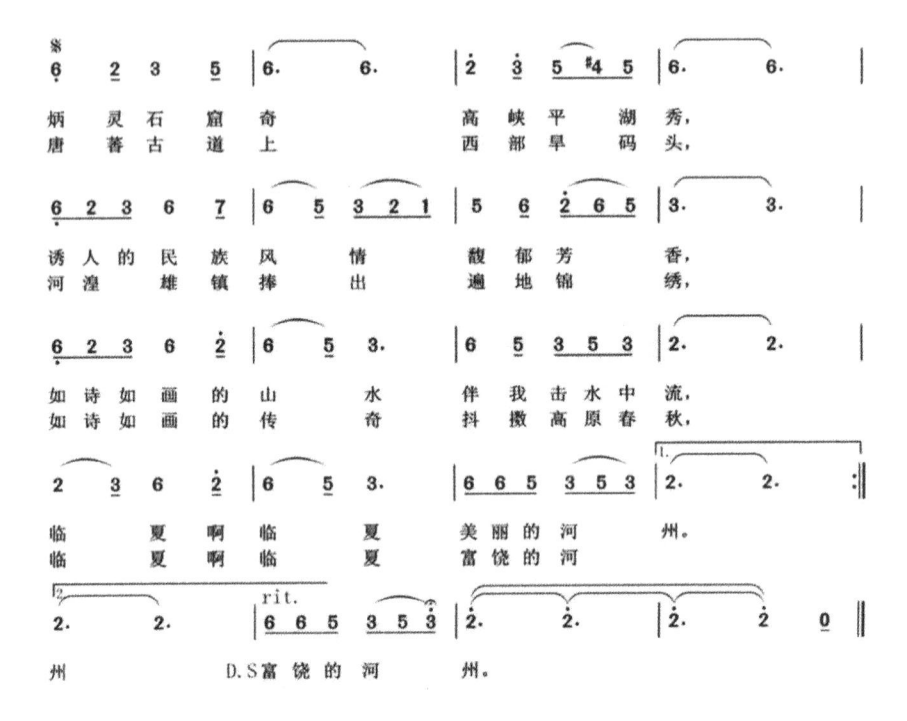

（原载《中国乐坛》杂志2017年第9期，2022年7月5日被中国城市歌曲MV主创机构万娱传媒评选为"大美城歌"）

兰州，不夜的城

李　均　词
冯若涵　曲

1=G 4/4
深情地

‖:(2 3 2 3 5 - | 6 5 2 5 3 - | 6̣ 5̣ 6̣ 1 2 3 6 5 | 2 - - |

3 2 2 1 6̣ - | 3 2 2 1 5̣ - | 6̣ 5̣ 6̣ 3 2 5 6̣ | 1 - - -)|

3 2 5 3 2 2. 3 | 1 - 0 5̣ 6̣ 5̣ | 2 3 6 1 5̣. 3 | 2 - - 0 1 |
夜幕　降临的　　时　候　　　我 站在　兰山顶上俯　　瞰　　　　从
夜幕　降临的　　时　候　　　我 站在　兰山顶上俯　　瞰　　　　从

2 1 2 3 5 - | 6 5 3 2 3 3 1 | 2 1 2 5 3 1 | 2 - - - |
黄河　怀抱　中　　站起来的兰州是　那样　地 星光 璀 璨
黄河　怀抱　中　　站起来的兰州是　那样　地 星光 璀 璨

3 2 5 3 2 2. 3 | 1 - 0 5̣ 6̣ 5̣ | 2 3 2 1 5̣. 3 | 2 - - 0 1 |
华灯　初亮的　　时　候　　　漫步在　黄河岸头思　　量　　　　在
华灯　初亮的　　时　候　　　漫步在　黄河岸头思　　量　　　　在

2 1 2 3 5 - | 6 5 3 2 3 3 1 | 2 1 2 6 5 3 | 5 - - - |
万家　灯火　中　　亮起来的兰州是　这样　地 灯火 辉 煌
万家　灯火　中　　亮起来的兰州是　这样　地 灯火 辉 煌

3 2 1 3 5 6 | ³5 - - - | 6 5 3 2 1 2 | 3 - - - |
亿万　点繁星在　　水　　　　　万亿　点灯火在　　天
3 2 2 1 | | 6 5 5 3 |
白塔　乱标耸　入　天　　　　　铁桥飞虹如　　长　龙

3 5 6 5 6. 1 | 6 - - - | 5 6 3 2 2 3 6 | 5 - - - |
繁星　灯火相　交　融　　　　　黄河　水与天边相　连
水光　山色连　一　线　　　　　天上　人间海市蜃　楼

（原载《兰州日报》2022年9月6日"兰山"文艺副刊）

草原，美丽的地方

1=F 6/8
动感、激情地

李 均 词
冯若涵 曲

草原 草原 美丽的草原 你是我向往的地方
草原 草原 美丽的草原 你是我生活的地方
草原 草原 美丽的草原 你是我爱恋的地方

雪山 松林 溢彩流光 水草丰盛 牛羊肥壮
酥油 奶茶 味美飘香 风力发电 美妙景象
草原 小伙 敦厚干练 草原姑娘 洒脱漂亮

草原 草原 美丽的草原 你是我向往的地方
草原 草原 美丽的草原 你是我生活的地方
草原 草原 美丽的草原 你是我爱恋的地方

雪山 松林 溢彩流光 水草丰盛 牛羊肥
酥油 奶茶 味美飘香 风力发电 美妙景
草原 小伙 敦厚干练 草原姑娘 洒脱漂

壮 象 亮
草原各族 勤劳的牧人
丰收的羊毛 像白云一样
各族兄弟 亲如一家

双　手　为　你　穿上新装　唱　吧　跳　吧　美丽的草　原
世　代　为　你　增添荣光　唱　吧　跳　吧　美丽的草　原
建　设　未　来　道路宽广　唱　吧　跳　吧　美丽的草　原

唱吧跳吧 美丽的草　原　　　美丽的草　原
唱吧跳吧
唱吧跳吧

美丽的草　原　　　美　丽的草　　原

（原载于《词作家》1988年全国"中兴杯"歌词大赛获奖作品集）

阳关之歌

1=G 4/4
中速 深情地

李 均 词
冯若涵 曲

昔日的阳关 戈壁荒滩一片 飞沙走石人烟罕见
今日的阳关 到处生机一片 戈壁荒野披绿纱

好一派 悲凉凄惨 好一派悲凉凄惨
麦浪滚滚笑开颜 麦浪滚滚笑开颜

天上鸟不飞 地上草不长 西出阳关无 故 人
楼房拔地起 油路通中间 党的政策暖 人 心

望穿双眼泪不干 望穿双眼泪不干
春风已度玉门关 春风已度玉门

关 楼房拔地起 油路通中间 党的政策

暖 人 心 春风已度玉门关

春风已度玉门关

（原载于江西《心声词报》1983年12期）

幸福裕固人

(原载于《兰州日报》2023年1月15日"兰山"文艺副刊)

阿妈最亲

（原载于《民主协商报》2022年7月15日文苑副刊）

访谈录

附录三

党管武装不能只喊在嘴上[①]

——甘肃天祝县委书记、县人武部党委第一书记李均关心武装工作纪事

甘肃省天祝藏族自治县是一块美丽富饶的土地。近年来,该县的武装工作和全县其他工作一样并驾齐驱,年年大发展,年年有进步。人武部先后被国家民委、总政治部评为"民族团结进步先进单位",

| 2002年"八一",时任天祝县人民武装部党委第一书记的作者(前排左二)慰问当地驻军

被武威军分区评为全面建设达标先进单位。所有这些成绩都与县委书记、县人武部党委第一书记李均多年来关心支持武装工作是分不开的。武装工作战线上的同志说:李书记关心武装工作不只喊在嘴上,而主要是落实在行动上。

2001年李书记上任后,针对一些制约武装工作发展的问题,深入人武部和基层武装部了解情况,多次召集县委、县政府领导和武委会、国动委成员及单位领导转变观念,统一思想,他说:"国防后备力量建设是国之大事,是关系国计民生的大问题,武装工作如果搞不上去,我们在座的各位领导工作就不合格。"民兵训练费统筹制度改革之前,由于县上经济落后和人们思想观

[①] 这是记者刘玉河、张召卷、蒲忠、刘永峰在《西北民兵》杂志2003年第7期上发表的通讯。

念滞后等诸多因素，筹措民兵训练费一直是制约民兵工作发展的老大难问题，县上虽每年开会议定，但会后总是得不到落实。李书记了解到这一情况后，郑重声明对当年完不成任务的乡镇主要领导进行免职，实行"一票否决"。在他的重视和过问下，当年的民兵训练统筹费第一次得到了圆满落实。2001年6月，为落实甘肃省军区"平凉会议"精神，针对乡镇财力匮乏的实际，他果断指示从县财政拿出一定比例的资金，为各乡镇武装部制作了民兵工作的各种职责、制度牌、图板、沙盘，购买了办公设施，完善了硬件设施，使基层武装部当年达标率上升到90%。

县人武部现使用的办公营院是1988年修建的，设施落后，布局不规范，加上县城整体规划造成通往营区的道路不畅。2002年初，上级军事部门要求县人武部整体搬迁。在搬迁协调会上，李书记当即表态，财政全力支持，部门密切配合，征最好的地，建最漂亮的楼，把人武部新营院建成天祝县的亮点工程，力争两年内使县人武部基础设施建设跨入全省少数民族县人武部的前列，并进入全省人武部的前20名。面对县域经济不景气，建设资金缺口大，征地矛盾突出的实际，他多次主持召开常委会统一大家的思想，硬是挤出近260万元资金，落实了建设用地，确保了建设工程按时开工。2003年5月，通过召开县委议军会议，研究解决了城市民兵训练、军事活动、民兵训练基地维修、人武部新营院配套设施等六项经费和人防编制、民兵应急分队组建两个问题，落实经费40余万元。

中办发［1999］24号文件下发后，李书记要求县委组织部、县人武部、县人事局三家共同研究制定了《天祝县基层武装部机构设置和人员编配方案》《天祝县基层武装部和专武干部管理使用暂行规定》，并以县委、县政府、县人武部的名义下发执行，相继在21个乡镇重新调整设立了武装部，配齐了所有专武干部，所有乡镇武装部部长全部进入同级党委班子。根据甘肃省委、省政府、省军区的3个配套文件精神，又将长期工作在武装战线上的4名以工代干人员上报批准过渡为国家公务员。在县、乡两级机构改革中，他明确指示乡镇武装部机构单设，编制专列，人员不减，保证了党的武装工作在基层中正常运转。

李书记心里想武装，嘴上讲武装，工作上抓武装。上任3年来，他坚持定期到人武部现场办公，听取人武部领导的意见和建议，帮助解决实际问题。2002年在人武部提出整体搬迁的建议后，他在一个月之内，连续4次到人武部现场办公，和人武部领导共同研究搬迁规划。在工程施工准备过程中，他要求城建、土地、电力等部门对人武部工程特事特办，一切手续、费用该减的减，该免的免，确保了工程按时顺利开工。工程开工后，他每月都要到工地上去看一看，询问工程进度，时刻关注工程质量。

　　李书记不但身体力行抓武装工作，而且要求其他领导和县直各部门关心支持武装工作。几年来，全县各乡镇党委认真落实党管武装述职制度，坚持把武装工作纳入党委的重要议事日程，纳入乡镇经济社会发展总体规划，纳入领导任期目标责任制，在基层武装部建设、民兵训练、参建、征兵等工作上提供强有力的保障，有效地保障了民兵工作的正常开展，促进了民兵建设的发展，95%的基层武装部跨入了军分区的达标行列，先后有20多名专武干部和20多个基层武装部受到武威市委、市政府、武威军分区的通报表彰。

　　"管武装更要用武装。"李书记如是说。2002年6月7日，天祝县遭遇了历史上罕见的特大洪涝灾害，12个乡镇相继告急，境内的金强河、庄浪河、石门河水位猛涨。李书记虽在兰州开会，却密切关注着汛情的变化，心中装着全县百姓的安危。当他得知洪水危及到县城大桥安全时，果断命令县人武部组织民兵抢险。"养兵千日，用兵一时"，在这关键时刻，人武部一面请求当地驻军支援，一面快速动员民兵参战，在2个小时内，成建制动员6个民兵连队的600多名民兵投入抢险，保证了县城大桥的安全。灾情稳定后，人武部又发动协调2个驻军、4个乡镇的民兵共1000余人参加了灾后重建工作，为恢复工农业生产创造了条件。近几年来，人武部机关和民兵先后参加了县上组织的雨水集流人饮工程、乡村道路建设工程、退耕还林（草）工程、新国道建设工程、绿色通道工程、扶贫帮困工程等，营造民兵林12个，植树40多万株，修渠250多公里，救助贫困家庭300多户，在经济建设主战场上充分展示了民兵队伍的风采，赢得了社会的普遍赞誉。

以地域特色唱响旅游大戏[①]

——天祝县委书记李均访谈

6月6日上午,天祝县城又是一个晴天丽日。映衬远方祁连山雪峰,拂面而来的清风中飘着淡淡的花香,仿佛身处一个偌大的花园之中。

记者沐浴着雪域高原赤裸的阳光,经过宽阔的街道,走进了天祝县委简朴的办公楼,在那里采访了县委书记李均同志。

在采访中得知,李均同志来天祝工作已两年时间。上任伊始,他经过深入调查研究,提出了加快天祝发展的总体思路:坚持以加快发展为主题,以结构调整为主线,以旅游为龙头,以白牦牛为主的特色畜牧业和特种养殖、特色农业等新兴产业为主导,以科技进步和天祝形象工程为支撑,全方位开放,多渠道引资,超常规发展,构筑具有雪域高原优势和特色的经济社会发展新格局。为了确保这些措施能够得以实施,还提出了全县10项工作重点,即旅游兴县、特色农业、工业富县、壮大非公有制经济、白牦牛品牌、项目立县、生态保护和建设、扶贫开发、天祝对外形象塑造、干部队伍建设。这些发展思路,被群众形象地称为"十大工程"。

2001年7月,李均为了谋求天祝有更大更快的发展,提出了"先干、快干、大干"的口号,并就如何在经济全球化这个大背景下,重新审视县情,加快发展县域经济等问题,在全县开展了一次卓有成效的大讨论,进一步厘清了思路,上下达成了前所未有的共识,为今年天祝经济发展奠定了良好基础。今年省第十次党代会后,天祝县委县政府一班人在李均带领下,认真学习贯彻落实党代会精神,总结过去工作中的经验,从天祝实际出发,更进一

[①] 这是记者周诚、李成侠在《甘肃日报》2002年7月3日上发表的通讯。

步提出了走发展特色经济之路的总体思路。

天祝是1950年5月6日由周恩来总理亲自命名的我国第一个少数民族自治县，也是1999年全省唯一的少数民族地区改革开放实验区，距离兰州只有140公里，发展旅游产业自有得天独厚之处。天祝地处青藏高原、黄土高原和内蒙古高原的交汇地带，是古丝绸之路要冲。这里文化积淀深厚，自然景观亘古原始，藏、土风情，藏传佛教在全省旅游板块中占有重要地位。

李均谈到，早在公元前21世纪，天祝就是古雍州的一部分。在其后4000余年漫长的岁月里，先后有氐、羌、月氏、吐蕃等民族在这里繁衍生息，并逐步形成了一个以藏民族为主的少数民族聚居地，孕育出源远流长的具有吐蕃王朝特点的华锐文化。目前境内居住着汉藏土回等16个民族，总人口25万多人，其中藏族和土族人口占37.13%。天祝群山环抱，林海苍茫，草原广阔无垠，野生动植物资源十分丰富。这里如一颗璀璨的明珠，镶嵌在河西走廊大地上，散发出无穷的魅力，具有唯天祝才有的个性色彩。

为了发挥资源优势，做大做强旅游产业，实现跨越式发展，天祝县站在全省大旅游的高度，将天祝旅游定位在兰州至敦煌这条黄金旅游线的重要位置。李均提出，天祝在"十五"期间，要搞好旅游景区的道路等基础设施建设，经过5年努力，至2005年要把旅游产业打造成县域经济中最具活力的因素，至2010年要建成全省旅游大县，至2015年旅游要成为全县的重要支柱产业，真正实现旅游强县、旅游富县的战略目标。在采访中，李均还不无欣喜地说，按现在旅游发展速度，天祝有望提前3—5年实现这一目标。届时，天祝作为卫星城市，将成为兰州的后花园，是中国西部集旅游、休闲、藏土风情为一体的旅游观光胜地，是各地旅游者亲近大自然、寻求返璞归真、回归田园生活的好去处。

李均说，天祝白牦牛是世界上唯天祝独有的珍稀畜种，是人无我有的具有垄断性的资源。县上以白牦牛资源为主，开发出一系列旅游产品，如铜牦牛、玉牦牛、牛角梳、牛角枕、牛尾拂尘等，有效地扩大了旅游消费市场。天祝辽阔的草原和天然森林里，栖息着鹿、獐、熊、猞猁、金钱豹等20多种野生动物，蕴藏着130多种名贵中药材。县上依托这些丰富的天然资源，开发藏酒、藏医产业，为天祝经济发展提供丰厚的土壤。发展特种养殖业，为县域经济增色，现已养殖藏狗、藏獒、鹿、银狐、七色山鸡、鸵鸟等。从天祝实际出发，通过调整农业结构，大搞油菜杂交制种和脱毒马铃薯育种，改变了过去小麦、青稞经济效益不高的状况，每亩"双过千"。由于天祝特殊的地理位置，这里农作物病虫害较少。县上根据这一特点搞高原无公害蔬菜、中药、食用菌栽培，同样取得了良好的经济效益。

随着2001年第一届天祝三峡风光暨民俗风情旅游节的成功举办，旅游者纷至沓来，这对当地宾馆饭店、餐馆、服务、生态保护、交通道路、通信等提出了新的挑战。为了提高旅游的品位与档次，树立旅游精品意识，李均作为县委书记，意识明确，态度坚定。多方筹集资金，对石门景区、小三峡进行全新包装；引进资金，建成滨河公园、天堂鸟度假村；加大对外宣传力度，继续举办第二届天祝三峡风光暨民俗风情旅游节，消除制约天祝旅游发展的瓶颈，让更多的人知道天祝，走进天祝，在天祝的明山秀水感受这里的自然风光。李均表示，为了实现"先干、快干、大干"构想，加快速度超常规发展旅游，吸引更多资金参与天祝建设，改善通往景区的道路交通条件，除了国家不容许拍卖的资源外，三峡百公里风景长廊、石门、天堂寺等风景区，都可以拿出来进行拍卖，以全方位的开放和高品位的旅游质量打造旅游大县的形象。他强调，对于景区的开发并不意味着要以生态作为代价，而是开发与保护并重，保护第一，开发第二，走可持续发展之路，绝对不能为了近期利益而牺牲生态。

为了实现这一战略目标，李均表现出更大的决心与胆识。他说，天祝县委县政府有信心、有共识、有能力完成所提出的建设任务，并要以超前的眼光与思路搞好规划，以市场化的理念经营管理，以与时俱进的开放意识抓好旅游，在我省旅游市场中占有更大份额，为甘肃旅游增加新的亮点。

采访结束了，记者告别出来，走在天祝县城的大街上，正午的阳光从头顶照射下来，天空依然是一片耀眼的湛蓝。街道两旁整洁的店铺中传出阵阵歌声，那是德乾旺姆演唱的《祈祷》："我站在茫茫的雪原，祈祷生命的轮回；遗留在心中的泪水，但愿是那众神的光芒……"站在夏日的阳光下，遥望远方皑皑雪山，一时竟被这歌声、这景色震慑住了，心中像过电影似的涌过天祝山水的一个个倩影。

打造特色经济快艇[①]

——访市一次党代会代表天祝县委书记李均

在天祝代表团驻地,记者采访了武威市第一次党代会代表、天祝县委书记李均。火样的豪情,实在的话语,表达出这位县委书记对加快天祝发展、实现"十五"奋斗目标的决心和信心:"发展、加快发展,落实、全面落实,已成为这次党代会高扬的主旋律;""市委工作报告始终贯穿了加快发展这个主题,我们县贯彻落实党代会精神最根本、最关键的就是要咬住加快发展不放松,进一步扑下身子抓落实。"

谈到如何加快天祝发展步伐问题,李均更显得成竹在胸:"优势就是特色,特色就是生产力。充分发挥天祝的比较优势,突出发展特色经济,是加快天祝发展的基础、希望和潜力所在。白牦牛是天祝人无我有的独特资源,生态和民族风情旅游是人有我优的资源优势。只有抓主、抓重、抓好特色产业,才能跻身于各县竞相发展的潮流,实现富民强县目标。"李均告诉记者:今年7月,天祝县结合学习、贯彻江总书记"七一"讲话,在重新审视发展变化中的县情的基础上,立足自治县的比较优势,进一步调整、完善了世纪之初加快天祝发展的总体思路,并提出了推动自治县经济、社会发展驶入快车道的旅游兴县、特色农业、工业富县、项目立县等10项重点工作(简称"十大工程")。目前,旅游产业、白牦牛产业、企业改革、移民搬迁、干部队伍建设等已有了实质性进展,但这仅仅是个开头。要想使"十大工程"建设取得突破性成效,就必须以市第一次党代会为新起点,按照新一届市委的部署和要求,采取有力措施,加大落实力度,一步一步向前推,一项一项求成

[①] 这是记者田丽在《武威日报》2001年12月11日上发表的通讯。

2002年8月16日，作者在首届天马国际文化旅游节天堂寺宗喀巴大殿落成庆典上致辞

效，切实加快天祝的发展。比如，天祝生态和民族风情旅游业的发展已初具规模，旅游经济效益凸现。今年全县旅游收入实现2028万元，同比增长36%。今后5年，我们将按照把旅游产业做大、做强、做活的要求，突出抓好旅游兴县工程，争当全市旅游经济的"龙头"，使旅游业成为拉动天祝加快发展的支柱产业，努力实现"旅游强县"目标。同时，还要努力做大、做强白牦牛产业，力争早日创办起白牦牛集团公司，加大科研力度，开发系列产品，切实增强竞争力，争闯国际市场。

"要实现加快天祝发展的目标，就必须加强干部队伍建设，着力培养一支扎根民族地区的永远不走的工作队，切实为加快发展提供可靠的组织保证。"李均说，县上将把培养、培训四种类型的干部作为重点，加强领导班子建设。一是通过下功夫强化学习，培养一批知识型干部；二是通过生存条件非常艰苦的乡、村环境锻炼，培养一批实干型干部；三是通过公开招考等形式，广泛引进和培养一批专业型干部；四是通过广泛的大力度的干部交流，培养一批专业型干部。同时，要加大村干部的培训力度，切实增强他们带领农牧民群众脱贫致富的能力和水平。

县委书记的民情日记[①]

"2001年4月5日，在柏林乡石板沟村走访贫困户时，看到40多岁的孔治生，因妻子常年有病而丧失了脱贫的信心，心中十分难过。通过算账对比，我给他家指出3条脱贫路子，他们家有两个年轻劳力，关键要在苦干上下功夫，一要精耕好8亩土地，二要科学养好和繁育家中的十几只羊，三要在农闲时出外打工，只要自强、自立、自信，再加上县乡干部的帮扶，脱贫的前景是光明的。"翻开天祝县委书记李均厚厚的民情日记，哪个村有几户贫困户、什么原因致贫，哪个村走怎样的发展路子好、群众有什么样的要求与呼声以及相关办理情况等，记录得满满当当。

民情日记连民心，书记群众情谊深。2000年年末，上任伊始的李均将一半时间放在农牧区，他说要离老百姓近些再近些。上雪山、进牧场，天晚了他就住在农牧民家里与他们彻夜长谈，每次下去他总能把听到的、看到的、想到的记上满满一本，对于将要开展的工作，他的心中多了几分把握。2001年，针对全县贫困人口面广量大的现实，李均提出在全县实施"四联五包六到户"活动，全县912名基层干部结对帮扶了1596户特困户和贫困户，一年下来办好事、实事1300多件，并帮助94名失学儿童重返校园。李均自己也拿出工资2000余元、衣物100余件帮扶贫困户。抓喜秀龙乡有位牧民过年时贴了这样一副春联："四联五包六到户，连起党心与民心。"同时，也出现了打柴沟镇贫困户张永召一袋瓜子给县委书记拜年的美谈。他动情地说："李均书记心里惦记着咱，咱也表表心意。"

---

① 这是记者张有宗在《武威日报》2003年2月27日上发表的通讯。

通过民情日记，李均对天祝县情进行了再审视、再认识。同时，还组织县上领导干部开展"千人百题大调研"活动，进一步厘清了发展思路，找准了发展目标，提出了立足本县优势、突出民族特色、拉动经济发展的总体思路，全力构筑具有雪域高原优势和特色的经济社会发展新格局，突出实施特色旅游、特色养殖、非公有制经济、打造白牦牛品牌等富民强县的"十大工程"。短短几年时间，该县追赶型跨越式发展步伐明显加快，仅去年国内生产总值完成 5.77 亿元，比上年增长 13.60%，分别高于全市、全省 3.26 和 4.66 个百分点；全县农牧民人均纯收入达 1300 元，增加 120 元，增长 10.17%，高于全市、全省 9.7 和 13.3 个百分点，使全县实现了整体基本解决温饱的历史性目标。

一本民情日记，浓缩着县委书记浓浓的爱民意；一本民情日记，记载着县委书记恪守为民之责的历程。

2003 年 7 月 22 日，作者（右二）在西藏藏医学院洽谈为天祝县定向培养藏医人才

做好表率，把自治县带入一个生机勃勃 跨越式发展的新局面①

——访中共天祝县委书记李均

党的十六大召开之际，中共天祝藏族自治县也召开了第十三次代表大会，李均同志在这次会议上继续当选为中共天祝县委书记。当记者问到江总书记在十六大报告中指出要全面建设小康社会，面对新形势，您和新当选的常委一班人将如何开展工作时，李均说，十三次党代会上，党员代表和全委会推选我连续任县委书记，我心中很不平静，除了对代表的信任感谢之外，更感到责任重于泰山。我将以更高的热情、更大的决心和更足的干劲带领县委常委一班人在新世纪加快天祝发展中尽职尽责，真正做到不辱使命。

李均说，我们要贯彻十六大精神，今后县委常委一班人怎样带领全县人民努力奋斗呢？党代会确定了今后5年加快发展的三大战略、四大品牌和五大特色产业，要把这个思路和整个措施变为现实，要付出不懈努力。大家关心的新一届常委在自身建设上是否过硬，我代表新当选的县委班子向全县人民表态：在今后的发展中，第一，要在政治坚定、保持一致方面做出表率。政治坚定主要指在政治立场上与党中央保持高度一致，保持一致不是机械的，照抄照搬的保持，而是把中央决定和省、市的决定与天祝的实际结合起来，创造性地开展工作，这才是我们最大的保持政治稳定。第二，在解放思想，开拓创新方面做出表率。解放思想主要是我们对看准的事，就大胆地去做，大胆地去干，不争论，不攀比。咬准了去干，就是说要有创新精神，这是一个领导班子最基本的素质，也是推动工作向前发展的生机和活力。第三，加

---

① 这是记者杨大立、贾雪莲在《天祝报》2002年11月13日上发表的通讯。

强学习，做理论方面带头的表率。干部的功底，决策的水平，学习是非常重要的，特别是进入新世纪、新阶段以后的发展需要我们不断地更新知识。经济社会的发展变化日新月异，如果不紧跟学习的步伐，我们是要落后的，希望我们的常委班子积极带头，不但要学党的方针政策，更要学法律、科学等知识，以深厚的理论功底来提高自己的决策能力与水平，也以理论的清醒保持政治坚定。第四，在真抓实干上做出表率。一门心思干工作，扑下身子抓落实，十三届常委班子在这个基础上要更加务实，特别是务实的作风、务实的效果，要真正体现到实际当中，为群众每年办几件看得见、摸得着的实事。作为我们县委常委和书记班子来说，我们应该不急功近利，也不贪大求全，每年能给天祝办成一至两件关乎发展全局或农牧民脱贫致富奔小康这样的大事，不愧对天祝的老百姓。第五，在勤政廉洁方面做表率。我们衡量一个领导班子是否是一个称职的班子，一个优秀的班子，最首要的标准是看是否是一个廉洁的班子。看一个领导干部是否胜任，主要的是看这个干部是否是廉洁的，因为这个廉洁涉及到他的道德修养和他的政治觉悟，从这方面，我们不仅要把严大的关口，而且要从小事做起，要管住小节，把住大节。我们天祝自然条件严酷，经济还不发达，我们希望在这一片热土上，在这一个小环境中营造一种良好的社会风气，保持勤政廉洁的社会环境。最后，新的世纪，新的阶段，我们要不辜负全县人民的期望，不辜负省委、市委对我们的期望。我们要尽我们的全力，把加快天祝经济发展的事业在快车道上不断推向前进，对此我们常委一班人是充满信心的。这次新一届县委常委补充了许多新同志，这一届县委常委班子的年龄结构从上一届的平均42.9岁下降到41.9岁，相应的知识结构却有了提高。我们相信，在中央和省、市委的领导下，我们常委一班人紧密团结，会把工作干得更好。天祝是以藏族为主的多民族聚居的藏族自治县，团结显得更为重要，全国要全面进入小康社会，我们天祝要一头抓脱贫，一头奔小康，在这个情况下，我们常委班子只要拧成一股绳，心往一处想，就会无往而不胜，把自治县带入一个生机勃勃的跨越式发展的新局面。

书记踏雪访移民[①]

11月29日，冬日的秦王川白雪皑皑，寒风刺骨，居住在永登县上川镇红溪川村的天祝县移民心中洋溢着春意，迎来了为他们带来温暖和关怀的天祝县委书记李均。

李均书记经过200多公里的长途颠簸，来到了红溪川村。一下车，李书记被乡亲们团团围住，李书记微笑着向父老乡亲致意，他一边走一边关切地询问村民们异地移民后的生产生活情况，地翻犁好了没有，有没有劳务输出，并接连问了身边的几个孩子上学了没有，得到肯定的回答后，李书记满意地笑了起来。

红溪川村有89户387口人，他们都是今年在县委书记李均的亲自登门再三动员下，从大红沟乡马路村大石头组和哈溪镇茶岗村脑皮沟组整组迁移过来的移民。在县、乡两级的关心支持下，短短半年时间，家家盖起了宽敞明亮的砖瓦房，群众精神面貌一新。李书记看到这喜人的变化时，显得非常高兴。他对村干部和在场的群众说："父老乡亲们，我代表天祝县四大班子和全县23万各族人民对你们积极响应党和政府的号召，整组移民、自力更生重建新家园的实干精神表示感谢；你们要按照党的十六大提出的全面建设小康社会的奋斗目标，珍惜来之不易的移民机遇，在永登县的领导下，继续发扬邻里相帮、亲友相助的精神，和当地群众和睦相处，打成一片，用勤劳的双手共同创造美好的未来，争取早日实现小康生活。"

随后，李书记又看望走访了赵永有、谢兴财、赵林山等人的家庭，详细

---

① 这是记者乔生钰在《天祝报》2002年12月3日上发表的通讯。

询问了解了生产、生活情况及存在的困难和突出问题，并当即召开现场办公会，责成有关部门负责人对群众提出的困难和问题进行了拍板解决。当全村89户移民从书记手中接过慰问物资时，心中暖流涌动，激动的心情溢于言表。谢兴财欣喜地告诉记者："我们从高山来到平川，海拔降低了，走路平坦了，交通便利了，电也通了，眼界开阔了，生活大有奔头了。整组、整村移民就是好，我们来到这里语言相同，习俗不变，邻里相帮，集体的合力非常强大。总的来说，来到这里一点儿也不后悔……"

扶贫扶志扶精神，党心民心心连心。无微不至的关怀犹如一股暖流在红溪川村涌动。当李均书记离开村庄时，村支书和全村的男女老少眼眶里闪烁着泪花。李书记的车离开村庄已经很远了，乡亲们仍旧目送着他。

春风总管万家事①

——书记信访接待日第一天见闻

3月1日下午,西大滩乡土星村赵生禄等4名村干部风尘仆仆赶到县委办上访,县委书记李均接待了他们。这是县委办下发《中共天祝县委办公室关于建立县委书记信访接待日制度的通知》后第一个信访接待日的第一批上访者,正好排上县委书记李均接待,记者随即进行了采访。

赵生禄等反映:土星村阳排组和土星组108户群众积极响应国家退耕还林还草号召,从2000年10月至2001年5月退耕还林936亩,乡上干部当时承诺到年底兑现60%的粮款,时至今日,政策性粮款补助仍未兑现,致使40多户群众出现断顿。李均听后,当即召集有关部门的负责同志现场研究,提出了三条处理意见:一是乡村干部要积极向群众宣讲有关政策,做好稳定群众情绪的工作;二是乡党委、政府于近日想办法给困难群众预付粮款,解决好断顿户的吃饭问题;三是民政部门于3月2日到土星村对40多户断顿户现场调查,对特别穷困的群众进行适当救助。乡村干部要动员和组织困难群众邻里相帮、亲友相助、自力更生,克服眼前的暂时困难。得到了书记答复的赵生禄等高兴地说,我们对这样的处理很是满意,回去以后,我们要认真做好对群众的工作,组织群众开展好春耕生产。

送走了第一批上访群众,李书记又坐下来认真处理近几天来送到县委的上访信件。当处理到县农技站7名退休职工反映去年站上发了在职职工"菜篮子"补贴而没给退休职工发的上访信时,立即请来农技站负责同志核查了此事。他严肃指出,要认真落实离退休老同志的政治生活待遇,在职的同志

---

① 这是记者杨大立、牛丽华在《天祝报》2002年3月5日上发表的通讯。

作者和宗教界高层人士（天堂寺活佛）在一起

要诚心实意对待老同志的事，要端平一碗水，握好一杆秤，让老同志心情舒畅地为我们的改革和发展做出新贡献。李书记还认真负责地处理了东坪乡群众反映东坪 8000 多亩天然林被肆意砍伐等 7 封属于县委职权范围内的署名和匿名上访信，并要求信访办抓紧督办，在 5 个工作日内给信访人答复。李均还说，各级党政组织要高度重视群众来信来访，及时化解各种矛盾与纠纷，绝不能无原则地将矛盾和问题上交。

以公开选拔为突破口　积极推进干部人事制度改革[1]

——州委常委、组织部长李均访谈

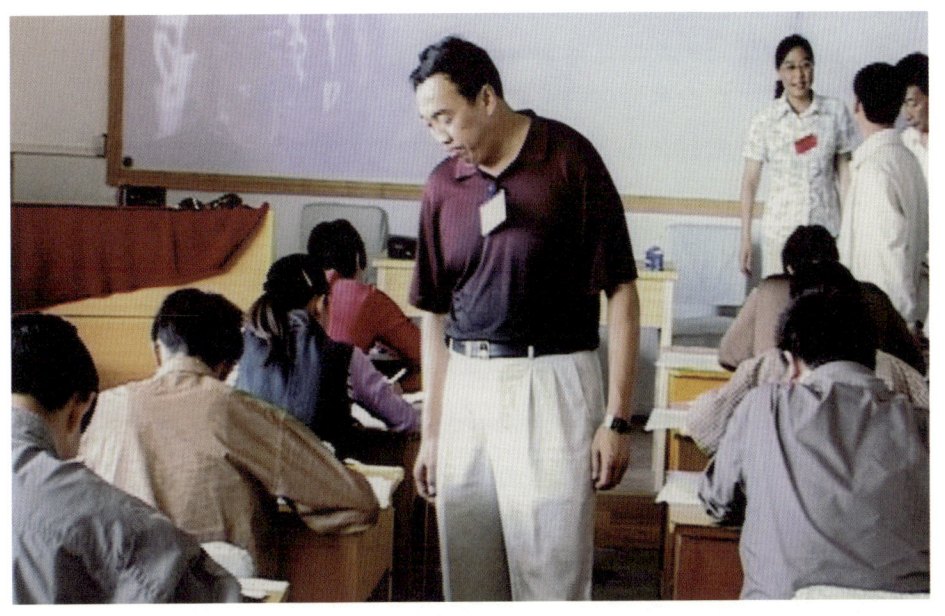

2005 年 6 月，作者在临夏州副县级后备干部公选知识测试考场巡考

我州公开选拔副县级后备干部工作历时四个多月，目前顺利完成了各项既定任务，已有 692 名干部进入了副县级后备干部人才库。近日，州委常委、组织部长李均就全州公开选拔副县级后备干部工作的有关情况接受了记者采访。

记者： 在临夏这个较为落后的少数民族贫困地区，州委决定在全州范围

---

[1]　这是记者马秀梅在《民族日报》2005 年 9 月 22 日上发表的访谈。

公开选拔副县级后备干部，这在全省 14 个市州中还是第一家，这样做的目的是什么？有何意义？

李均：在全州范围内公开选拔副县级后备干部，建立州管后备干部人才库，这是州委贯彻党的十六大和十六届四中全会精神，加强领导班子建设和干部队伍建设的重大举措，是落实中央《公开选拔党政领导干部工作暂行规定》等"5+1"法规性文件精神，从整体上推进干部人事制度改革的实际步骤，也是进一步树立正确的选人用人导向的具体行动。后备干部队伍建设是领导班子建设的基础性工作，是关系大局、关系长远的一项战略性任务。州委决定公选副县级后备干部，主要基于以下几个方面的考虑：

一是为加快全州经济社会的发展和构建和谐临夏提供坚强的组织保证。当前，我州正处在改革发展的重要时期，各项建设和发展的任务十分繁重。要更好地贯彻落实好州委"打民族牌、走民营路、谋富民策"的总体思路，改变临夏贫困落后的面貌，加快发展，缩小与发达地区的差距，关键在于人，关键在于培养和选拔一大批能够担负起建设重任，经得起风浪考验的领导干部。这次公选副县级后备干部就是州委着眼于时代和发展的需要。

二是为州管领导班子建设储备充足的优秀人才。近几年来，一大批政治上靠得住，工作上有本事，群众拥护的优秀干部走上了县级领导岗位，我州州管领导班子的整体素质不断提高。但是，与新形势和新任务的要求相比，无论是年龄结构、知识结构，还是领导能力、工作水平，还存在着一些不相适应的地方。今后一个时期，州管领导班子建设的任务还相当艰巨，迫切需要我们培养和提供一批后备人选。公选副县级后备干部，使后备干部队伍的选拔从封闭走向公开，从零散走向分类有序，从单纯组织推荐走向面向社会公选，扩大了选人的视野和渠道，促进优秀人才脱颖而出，也能为州管领导班子建设提供充足的后备人才。

三是为干部选拔任用创建科学机制。这两年来，州委在加大干部人事制度改革，规范干部选拔任用程序，健全和完善干部选拔机制等方面做了大量工作，使我州的干部工作呈现出健康、有序、平稳的发展态势，社会各方面反映比较好。但是，客观地、实事求是地讲，我们在干部选拔任用方面也存在着一些问题，与中央和省委的要求以及广大干部群众的期望值相比，还有一定的差距。比如，干部推荐的范围比较窄，群众对干部工作的知情权、参与权、选择权和监督权落实得不够。干部提名推荐这个关键环节还不够规范和科学，干部考察的科学性还需进一步提高，等等。对此，州委有清醒的认识，也在不断加大改革力度，采取措施加以解决。这次州委提出对副县级后备干部的产生采取公开选拔的方式，说明我州在健全和完善干部选拔机制方面有了新的突破，对推动干部工作的制度化、科学化、民主化将产生积极的影响。

记者：公开选拔副县级后备干部，在我州来说是第一次，也是一项全新的工作。请您介绍一下这项工作主要有哪些程序和特点？

李均：这次公选工作，在州委的正确领导下，各级党政组织高度重视，州、县（市）组织部门精心组织，广大干部积极参与，严格按照宣传动员、报名及资格审查、知识测试、民主推荐、党委（党组）推荐、组织考察的程序进行。州委专门成立了公开选拔副县级后备干部工作领导小组，下设办公室，从5月13日开始，认真扎实地开展了各项准备工作，下发了《关于公开选拔副县级后备干部的通知》和《临夏州2005年公开选拔副县级后备干部工作材料汇编》等文件材料，并利用州内所有媒体广泛宣传报道了公选的目的意义、目标要求和操作程序。进入实质阶段后，明确公开选拔工作的基本原则、基本条件和资格要求，严把资格审查关。严格遵循中央《党政领导干部选拔任用工作条例》《党政领导班子后备干部工作规定》和《公开选拔党政领导干部工作暂行规定》的基本条件，还对干部的年龄、学历、政治面貌等作了具体的规定。最后全州有符合条件的1592名科级干部报名，6月11日实际参加知识测试的有1533名，全州统一划分数线为68分，知识测试后实际入围1030人。对知识测试入围人员通过民主推荐、党委推荐、组织考察程序，最后州委常委会研究确定，有692名干部分近期、中期、远期进入副县级后备干部人才库，其中列入近期的249人。

这次公选工作组织严密，进展有序，运行平稳，达到了预期目的。从入库人员的情况看，绝大多数工作骨干和原有的后备干部都基本上入选，发现和掌握了一批优秀年轻干部，为州管领导班子建设储备了大量可供挑选的各类人才。总结这次公选工作的成功做法，主要有这样几个特点，一是通过公开选拔，把竞争机制引入后备干部队伍建设，拓宽了选人用人视野。这次公选工作与以往相比，最大的特点是把后备干部放在全州范围内选拔，给广大干部提供了一个平等竞争的机会，改变了在少数人中选人的局面，打破了部门、单位和地域的局限，也可以说打破了干部选拔任用的"潜规则"，拓宽了选人用人的渠道和视野。二是通过公开选拔，把知识测试与民主推荐、党委推荐、组织考察、组织决定等有机结合起来，促使优秀人才脱颖而出。这次公选的明显特点是不搞一考定终身，"考试关"过了之后，还要经过民主推荐的"群众关"、党委推荐和组织考察的"实绩关"、组织决定的"组织关"等环节。这样做，就把现有各项干部选用制度综合运用起来，取长补短，有利于新的干部选拔机制的形成。三是通过公开选拔，把干部任用推荐提名规范化，从源头上防止和克服了干部工作的随意性。通过公选建立后备干部人才库，明确了干部任用中推荐和提名的范围，使得人人有权推荐干部，但人人都不能超出范围推荐干部。即使在范围内推荐也必须严格按考察程序办。这是对我州干部推荐提名工作的重大改进，也是一个强有力的规范。四是通过公开选拔，把后备干部工作公开化，有利于健全干部工作的监督激励机制。公选的重要意义在于公开，把整个后备干部的选拔过程公开化，进行"阳光"操作，实现了后备干部工作由封闭向公开透明转变，扩大了干部工作中的民主，进一步落实了群众对干部工作的知情权、参与权、选择权和监督权，有效地防止选人用人上的不正之风。对于干部来说进了后备干部人才库，说明他有发展潜力，但这绝不意味着进入了"保险箱"，群众还要对他们的工作表现时刻进行关注，这既是一种激励，更是一种鞭策，有利于干部的健康成长。同时，公开也意味着群众对我们干部工作的监督，这对我们各级党组织来说，既是一种压力，也是一种责任，有利于督促更好地搞好干部的选拔使用工作。

记者：全州副县级后备干部人才库已经建立，库存人才的使用将成为备受社会关注的问题，请您讲一下将如何加强对后备干部的管理和使用？

李均：以公开选拔的方式建立副县级后备干部人才库，仅仅是我们工作的第一步。

当前和今后，我们在后备干部的培养、管理和使用等方面，还有许多工作要做。如何保证后备库所储人才"不变色不褪色"，我们就要把人才库打造成透明的"玻璃缸"，置于"三光"透视，把干部的选拔置于"阳光"下，把候选人置于群众"目光"下，把整个后备库干部置于"激光"下，公开、公平、公正选拔。在后备干部的使用上，州委决定，今后提拔任用50岁以下的副县级干部，除特殊岗位外，主要从后备人才库中选拔，使副县级干部后备人才库真正成为干部选拔的主渠道。最近，州委将从后备干部人才库近期人选中提拔任用一批，这就充分说明了这一点。在后备干部的培养上，按照"坚持标准、区分类型、优化结构、动态管理"和"缺什么补什么"的原则，制订后备干部培养计划。把选拔与培养、管理、使用有机结合起来，计划采取多种形式，用三年左右的时间，力争把所有后备干部集中培训一遍。在后备干部的管理上，要建立健全正常的调整补充机制，同时将公选后备干部工作制度化、规范化。州委决定，今后每两年采取党委（党组）推荐、组织考察的方式，进行调整补充，并根据需要适时组织公开选拔，使后备干部人才库始终保持充足的数量和合理的结构。保证干部参与公选有信心，群众关注公选有信任，党委开展公选有决心。

展出亮点　赛出效益　评出成绩[①]
——访州委常委、组织部长李均

为了认真贯彻落实科学发展观和省州党代会精神，切实改进机关和干部的工作作风，进一步促进各项工作的落实，全面推进我州经济社会的又好又快发展，州委、州政府决定在全州范围内组织开展"展、赛、评"活动。近日，记者就此次活动的相关问题采访了州委常委、组织部长、州"展、赛、评"活动领导小组副组长兼办公室主任李均。

记者：州上为什么要组织开展"展、赛、评"活动？

李均：开展"展、赛、评"活动是州委、州政府认真贯彻科学发展观，全面落实省第十一次党代会和州第十次党代会精神，在新形势下推动全州经济社会又好又快发展的重大举措。扎实开展"展、赛、评"活动，旨在逐步建立健全和完善比较科学的经济社会发展考核评价体系，力求考核的内容、方法符合实际，客观公正，真实反映各县市、各部门和各单位的工作实绩，充分激发和调动广大干部的工作积极性，形成人人身上有责任、个个肩上有担子的工作局面和你追我赶、争先创优、竞相发展的良好风尚，确保各项重点工作顺利推进，发展速度进一步加快，发展质量进一步提升，发展规模进一步壮大，综合实力进一步增强，发展亮点进一步增多，工作水平进一步提高，各项目标任务全面完成，推动经济社会的稳步发展。

记者："展、赛、评"活动主要有哪些内容？

李均："展、赛、评"活动中的"展"就是展示经济特色、展示发展亮点、展示创新成果、展示领导班子的能力、展示干部队伍的形象；"赛"就

---

① 这是记者王晓娟在《民族日报》2007年6月4日上发表的访谈。

是围绕重点项目和重点工作，赛速度、赛规模、赛质量、赛效益、赛实力；"评"就是要上级组织评、有关部门评、服务对象评、社会各界评，开展纵向和横向评。同时，对各县（市）采取计分制的办法，即根据自然条件、工作基础和发展状况，按当年工作的完成情况进行综合评价打分。既要看经济增长的数量指标，又要看经济增长的质量指标；既要看经济发展情况，又要看社会进步情况；既要看当前取得的"显绩"，又要看对长远发展有利的"潜绩"。各个部门要将全年的目标和重点工作任务分解落实到每个岗位和干部身上，使每个干部都有具体的目标任务，并围绕这些目标任务，在改进工作作风、严格工作标准、规范办事程序、注重工作质量、提高工作水平、取得工作成效上开展"展、赛、评"。

记者：此次活动将以何种方式开展？

李均：在展示上，各县（市）、部门、单位将通过现场推进、领导指导、栏目展示、部门监督、综合分析等形式全面开展。

在竞赛上，各县（市）、部门围绕重点工作，开展纵向和横向比，既要与自己的过去比，又要与州内县（市）部门比，更要注意与省内兄弟县（市、区）和市州部门之间的位次变化，比发展速度、比发展规模、比经济质量、比经济效益、比经济实力、比工作成效、比发展变化。

在评比上，紧紧围绕州委、州政府年初确定的重点工作和各项目标责任制，采取上级组织评，县（市）、部门评，服务对象评，社会各界代表及离退休干部评的办法，广泛征求社会各界意见，全面评价工作成效。

记者：对这一活动州上有什么基本要求？

李均：对这一活动有五点基本要求：一要统一思想，提高认识。全州各县（市）、各部门、各单位一定要从促进临夏经济社会又好又快发展的高度，充分认识开展"展、赛、评"活动的重要性和必要性，把开展这项活动作为实现全年各项任务目标的重要创新手段，高度重视，精心安排部署，有重点、有步骤地推进。二要加强领导，狠抓落实，各县（市）、各部门、各单位要成立相应的"展、赛、评"活动领导机构，制订具体的实施方案。三要广泛宣传，扩大声势。各级宣传、广电、文化部门及新闻媒体，要密切配合精心组

2007年7月16日,作者为"临夏州干部人事制度改革法规性文件知识竞赛"中获奖的参赛队及队员颁奖

织,制订"展、赛、评"活动宣传计划,确定不同阶段的宣传点,采取多种形式,宣传先进典型,在全州形成浓厚的"展、赛、评"氛围。四要靠实责任,务求实效。各(市)、各部门、各单位要按照州上的统一安排部署,紧密结合各自工作实际,建立健全领导责任制,切实靠实责任,真正做到一级抓一级,层层抓落实。五要严格考核,兑现奖惩。"展、赛、评"活动采取定性和定量、平时和年终相结合的方式,进行严格考核。

后 记

我所以要结集出版这本诗文选，主要是为过往岁月不能忘却的纪念。

几十年来，既有难以忘怀的奋发过程，又有起伏跌宕的艰辛经历。幼年丧父，我从小吃的苦太多太多，得到学习工作机会十分不易，所以，我无论在哪个学习层面，无论在哪个工作岗位，都无比珍惜。对我来说，一个岗位就是一部活的教科书，我将工作和生活中的一些点滴感悟及时记下来，并能自己动手写起。我的每一段进程，都与伟大时代的脉动息息相关，我想把一段段记述，打磨成一面面镜子，于此瞻顾既往、现实、未来。想把走过的一个个或深或浅的脚印，串缀成五彩缤纷的花环，献给我们为之奋斗的时代！

几十年来，公务繁忙之余，我喜欢挤出一点点业余时间，用手中的笔，进行一些文学创作。正如中国当代著名作家王蒙说的"文学是对时光的一种挽留，文学使青春不老。"公文写作是我的阶段性职业，而文学写作是我的终身爱好，这两种写作互为补充，也互为营养。

我很欣赏《钢铁是怎样炼成的》中的一段名言："一个人的生命应当这样度过：当他回首往事的时候，不因虚度年华而悔恨，也不因碌碌无为而羞愧。"时间，对每一个人都是公平的，而每个人对待时间的态度，却形成了人与人之间形形色色的差别。如今，回首既往，我认为自己没有浪费时间，也没有辜负时间，这本诗文选，是时间对我努力小小的回报。所选的作品在报刊上发表后，曾引起过良好反响。

诗文选付梓之时，感慨良多。首先，我想到的是感谢每一位帮助过我、指导过我、激励过我的领导、同学、同事、同仁。没有你们施以援手，我不会有今天的收获。于此，特别感念我平凡而伟大的母亲，她成了我写作的巨大精神动力！还要感谢妻子及子女们的鼎力支持，才使这本诗文选得以顺利完成。

抚摸墨香流溢的样书，我想，这本诗文选，写出了我最真切的感受，我觉得没有什么比亲历的成长过程更能激动人心。这也是我人生的一个驿站。从这里再出发，顺着成长留下的一串串深深浅浅的脚印，我要坚定地走下去，和我的读者一道，用劳动和创造给今后的时间赋予意义，让生命的涟漪在时代脉动中闪动暖光。

2024 年 3 月于兰州

图书在版编目（CIP）数据

李均诗文选 / 李均著 . --北京：作家出版社，2024.1
ISBN 978－7－5212－2515－0

Ⅰ.①李… Ⅱ.①李… Ⅲ.①诗集－中国－当代　②散文集－中国－当代　Ⅳ.①I217.2

中国国家版本馆 CIP 数据核字（2023）第 180882 号

李均诗文选

作　　者：	李　均
责任编辑：	袁艺方
装帧设计：	薛　怡
出版发行：	作家出版社有限公司
社　　址：	北京农展馆南里 10 号　　邮　编：100125
电话传真：	86－10－65067186（发行中心及邮购部）
	86－10－65004079（总编室）
E－mail：	zuojia@zuojia.net.cn
http：	// www.zuojiachubanshe.com
印　　刷：	河北鹏润印刷有限公司
成品尺寸：	170×240
字　　数：	450 千
印　　张：	32.25
版　　次：	2024 年 5 月第 1 版
印　　次：	2024 年 5 月第 1 次印刷
ISBN	978－7－5212－2515－0
定　　价：	98.00 元

作家版图书，版权所有，侵权必究。
作家版图书，印装错误可随时退换。